Introduction

Guy de Maupassant a fait ses débuts de chroniqueur à peu près dans le même temps que ses débuts de voyageur. Ce n'est pas un hasard. Avant 1880, sa notoriété n'est pas nulle : il est depuis longtemps l'admirateur, l'ami, le disciple, le protégé de Flaubert ; il a pénétré le milieu des écrivains que Zola a baptisés très tôt « naturalistes » : Zola lui-même, Edmond de Goncourt et leurs épigones, Huysmans, Alexis, Céard, Hennique ; il est reçu également dans les cercles « parnassiens » ; il a écrit de nombreux poèmes, quelques contes et nouvelles, trois pièces de théâtre, et il travaille à un roman, le futur *Une vie*. Mais cette notoriété, encore fraîche et sans témoignages décisifs, n'est pas telle que puissent affluer les propositions des grands journaux. Quant aux voyages au-delà des frontières de l'Île-de-France et de la Normandie, Maupassant est alors à la fois trop prisonnier des bureaux du ministère de la Marine, trop désargenté, et peut-être aussi trop attiré par les plaisirs des bords de Seine immédiats, pour s'octroyer des destinations plus lointaines. Ses deux premiers « grands » itinéraires l'entraînent en Suisse dans l'été de 1877 – mais pour une cure médicale – et en Bretagne en septembre 1879.

Tout change après le succès de « Boule de Suif », publié en avril 1880 dans *Les Soirées de Médan*, sous le patronage de Zola. En même temps, paraît chez Charpentier un volume de vers. Le 11 mai 1880, c'est lui qui conduit les obsèques de Flaubert à Rouen. Subitement, les échotiers s'intéressent à lui. Les directeurs de journaux aussi : le 31 mai 1880, il fait son entrée au *Gaulois*, avec des émoluments de 500 francs par mois pour un article par semaine – sans préjudice des piges à recevoir pour ses contes et nouvelles. Dix-huit mois plus tard, il passera contrat – sous le pseudonyme de Maufrigneuse – avec le *Gil Blas*. Le 1er juin 1880, il s'est mis en congé du ministère de l'Instruction publique, qui l'avait accueilli en décembre 1878. De prolongation en prolongation jusqu'à une démission définitive le 11 janvier 1882, il n'y reviendra pas. Son dernier traitement annuel s'élevait à 3 300 francs, indemnités et gratification comprises ; pour l'année 1882, les revenus de ses publications dans la presse peuvent s'évaluer à 40 000 francs. Le voilà fortuné, célèbre, libre et disponible pour les horizons lointains. Ses allées et venues ne cesseront plus de s'entrelacer avec la livraison régulière de ses chroniques, de ses récits courts et de ses romans – jusqu'à ce que la maladie, moins de dix ans plus tard, tarisse le flot des allées et venues et de l'œuvre.

Maupassant a réuni et adapté un bon nombre de ses chroniques de voyages pour leur publication en deux volumes, *Au soleil* (1884) et *La Vie errante* (1890), qui seront suivis d'un volume posthume, *Sur l'eau* (1899). Ces trois titres définissent un homme qui n'a cessé de vouloir échapper à la solitude casanière et continue du cabinet de travail : il est très différent en cela de ses confrères Flaubert, Goncourt, Zola, et il s'apparente plutôt à la famille des écrivains voyageurs, Chateaubriand, Stendhal, Nerval, Fromentin, Loti. Il ne faut pas pour autant se fier au titre de *La Vie errante*. Car il ne s'est jamais lancé dans des « errances » au sens précis du mot, il n'a jamais pris le départ pour des voyages sans terme défini. Et la carte de ses parcours s'inscrit pour l'essentiel sur trois points d'ancrage : sa Normandie natale, Paris, les « pays du soleil ». Le Normand, le Parisien, l'homme du Sud. La Normandie, plus exactement le pays de Caux ou Haute-Normandie, pour le retour régulier aux racines, à la mère, à l'enfance, à la mer, à la terre aussi. Paris, pour le métier, l'écriture, les femmes – et les médecins. Le Sud, pour la chaleur, l'eau, le soleil, la voile – l'espoir de guérison, et de bien-être. Peut-être pour les femmes aussi… Ni les danseuses oulad-naïl, ni les filles des côtes italiennes ne le laisseront indifférent.

Ce sont bien les trois espaces dominants des trois genres principaux entre lesquels se répartit l'œuvre, romans, contes et nouvelles, chroniques. L'éditrice des contes et nouvelles, Marie-Claire Bancquart, a pu distribuer ces récits courts en trois volumes, *Contes parisiens*, *Contes normands*, *Contes cruels et fantastiques* ; mais ces derniers sont aussi, pour les uns, des contes normands, pour les autres, des contes parisiens. On ne trouverait qu'un nombre restreint de « contes du Sud ». Pour les romans, l'action d'*Une vie* (1883) et de *Pierre et Jean* (1888) se passe pour l'essentiel en Normandie ; celle de *Bel-Ami* (1885) principalement à Paris, avec quelques épisodes normands et cannois ; celle de *Fort comme la mort* (1889) à peu près intégralement à Paris ; de même celle de *Notre cœur* (1890), à l'exception des chapitres qui transportent le lecteur au Mont-Saint-Michel et dans la forêt de Fontainebleau. Reste *Mont-Oriol* (1887), dont le décor s'inspire des séjours thérapeutiques de Maupassant au Mont-Dore, en Auvergne.

Quant aux chroniques, si l'on en compte soixante-cinq qui commentent les questions de société, de politique et de mœurs – pour la plupart rapportées à la vie urbaine, et presque exclusivement parisienne –, le nombre de celles qui sont consacrées aux voyages s'élève à soixante et onze. Restent soixante-deux chroniques littéraires et artistiques[1].

Les chroniques du Sud

Dans les chroniques de voyages, la dominance des pays du Sud est écrasante : tous horizons confondus, cinquante et une chroniques méridionales, contre cinq normandes, trois bretonnes, trois évoquant le centre de la France et quatre contant deux voyages en ballon au-dessus des paysages picards et belges. L'inversion thématique, d'un genre à l'autre, est frappante : si le cap au sud est presque totalement absent de l'inspiration romanesque (exception faite pour la Corse dans *Une vie* et pour l'expérience algérienne de Georges Duroy, dans *Bel-Ami*, qui reste d'ailleurs à l'état de bribes de récit et de souvenirs extra-diégétiques), il occupe de loin la première place dans les chroniques de voyages.

1. Le décompte est établi à partir de l'édition des *Chroniques* publiées dans la Pochothèque (Le Livre de Poche, 2008), présentation et annotation d'Henri Mitterand.

Ceci peut s'expliquer par plusieurs raisons. La première est la fréquence des allées et venues de Maupassant entre Paris et la Côte d'Azur à partir de 1882 : d'année en année, il fait escale en de nombreux points de la Côte, Golfe-Juan, Menton, Cannes où séjourne souvent sa mère, Antibes, Nice, Marseille, Saint-Tropez ; et il cabote d'un port à l'autre, sur le *Bel-Ami*, puis sur le *Bel-Ami II*. C'est Cannes qui le retiendra le plus longtemps. La seconde raison est son attrait, répété, pour deux des pays du Maghreb, l'Algérie et la Tunisie, et pour l'Italie : voyages moins fréquents – tout de même, trois allers-retours en Algérie-Tunisie et trois en Italie –, mais plus exploratoires, plus longuement attentifs aux réalités géographiques et sociales, et, pour l'Italie, aux trésors artistiques.

À cet égard, le genre de la chronique offre plus de ressources que le roman ou la nouvelle, on le comprend aisément. La chronique, avec son rythme hebdomadaire, sa brièveté, son unité de sujet et de motif pittoresque, se coule directement sur la succession des étapes, des paysages, des sociétés traversées, des portraits et des anecdotes cueillis au passage. Elle accueille plus volontiers que les genres narratifs les descriptions prolongées, les réflexions induites, les digressions même. Enfin, elle est toujours, explicitement ou implicitement, écrite à la première personne : elle se prête sans détour au point de vue et au jugement du voyageur ou du flâneur. Amoureux des paysages et des soleils méridionaux, Maupassant ne pouvait faire mieux que de leur donner toutes les libertés et toutes les fantaisies de la chronique.

Ces chroniques du Sud sont distribuées dans ce volume selon un ordre dont le premier principe est géographique et le second chronologique. Les quatre parties parcourent les pays méditerranéens traversés par Maupassant, du plus proche au plus lointain : d'abord la Côte d'Azur (« Au pays des roses »), puis la Corse (« Le voyage en Corse »), l'Italie, y compris, bien entendu, la Sicile (« Le seul nom de l'Italie »), et enfin l'Algérie et la Tunisie (« Soleils d'Afrique »). Ces parties sont de longueurs inégales : trois chroniques seulement pour le voyage en Corse, effectué au début de la collaboration de Maupassant au *Gaulois*, en septembre 1880 ; quatre pour la Côte d'Azur, bien qu'il y ait fait de très fréquentes apparitions, parfois plusieurs par an ; treize pour l'Italie, couvrant les deux voyages de 1885 et 1889 ; dix-sept pour le Maghreb, où il a multiplié les expéditions et les arrêts, en Algérie et en Tunisie, en 1881, 1888 et 1890. Pour chacune de ces quatre parties, les chroniques se suivent, sauf exception, dans l'ordre chronologique de leur publication, qui est aussi l'ordre de ses itinéraires. Le lecteur est ainsi invité à parcourir quatre univers géographiques sur les traces de Maupassant, guidé seulement par les propres choix et les propres visées du chroniqueur.

Il était juste, semble-t-il, de terminer par les chroniques maghrébines, parce que visiblement c'est au soleil et au pittoresque humain d'Afrique du Nord que Maupassant s'est montré le plus sensible. Plus les années passaient, plus il espérait trouver sous ces climats un adoucissement aux maux de son corps, mais aussi, notamment lors de son premier voyage, un terrain où tester, voire dépasser, ses propres forces physiques et morales, comme il l'avait fait auparavant, toutes proportions gardées, dans ses prouesses de rameur de la Seine. Ajoutons l'enjeu professionnel, au moins pour les articles envoyés d'Italie ou d'Afrique : Maupassant se distingue ici, par un parfum d'aventure, au désert ou sur mer, de la plupart de ses confrères, un Albert Wolff, un Aurélien Scholl ou un

Henri Rochefort, dont l'horizon se limite aux terrasses des cafés parisiens. Et en quelque sorte, il inaugure le métier, la hardiesse, les risques aussi, du « reporter » moderne, avec la prime, au retour, de l'aura ainsi acquise auprès de ses amies du meilleur monde.

Enfin, il se peut bien que quitter les amarres parisiennes, se retrouver seul avec deux matelots dans les coups de vent de la Méditerranée, ou avec trois spahis au milieu du désert algérien, lui procure une intense, profonde, organique et secrète jubilation : échapper au microcosme parisien, fuir et oublier les « commotions moyennes », les « satisfactions vulgaires » et les « plaisirs grégaires », s'immerger dans « l'immense repos des éléments ». « Il me semble que quelque chose de ce calme éternel de l'espace descend et se répand sur la mer immobile [...] Toute la volonté défaille, toute pensée s'arrête, le sommeil s'empare du corps et de l'âme »[1]. Sensations et écriture subtiles, peut-être inédites depuis les *Rêveries du promeneur solitaire*, et en tout cas étrangères au petit monde de la chronique parisienne, et aussi bien aux autres auteurs des *Soirées de Médan*.

Sur la côte d'Azur

À la fin du XIXe siècle, les villes de villégiature de la Côte sont devenues des lieux d'espérance pour les phtisiques fortunés qui croient, comme leurs médecins, aux vertus de l'air sec et chaud et de la douceur de vivre loin de l'agitation des capitales. Maupassant n'est pas dupe :

1. *Chroniques*, Le Livre de Poche, « La Pochothèque », 2008, p. 840, 829, 838.

ce pays est aussi « le pays de la mort », où Charles Forestier, dans *Bel-Ami*, viendra finir ses jours. Il n'en est pas moins assuré que le climat du Sud soulagera ses propres souffrances. Il partage cette certitude avec sa mère, qui a pris l'habitude de venir soigner ses malaises dans le Midi méditerranéen, le plus souvent à Cannes.

À cette quête de bien-être s'ajoutera bien vite le divertissement des visites à ses amis et amies du monde parisien, qui passent eux-mêmes dans les stations de la Côte, à Antibes, Menton, Cannes, une partie de l'automne et de l'hiver. Plusieurs possèdent là-bas de confortables villas. Lui-même en louera quelques-unes à Cannes et à Antibes. Il s'arrêtera plusieurs fois chez Juliette Adam, à Golfe-Juan. À l'inverse, il recevra sur son bateau, le 2 février 1890, plusieurs amis et confrères, Paul Bourget, Henry Bauër, Octave Mirbeau, le docteur Cazalis – qui sera un de ses derniers confidents médicaux. Ses séjours sur la Côte, en contrepoint à ses courses dans Paris, font de lui non seulement un flâneur de Paris, mais aussi un habitué des ports et des hôtels particuliers méditerranéens. Il complète à Cannes et à Antibes sa galerie de portraits et ses croquis de situations, ainsi que le note Edmond de Goncourt dans son *Journal* en décembre 1884 : « Guy de Maupassant m'avoue que Cannes est une fourmilière de renseignements pour lui [...]. Il me laisse entendre très justement et très intelligemment que pour les romans qu'il veut faire sur le monde, sur la société parisienne et ses amours, il trouve ses types d'hommes et de femmes là. »

Sentiers corses

Maupassant n'est jamais retourné en Corse après le séjour qu'il y a fait en septembre-octobre 1880 – traversant une partie de la Méditerranée avant même de choisir la côte cannoise comme lieu de ses villégiatures préférées. Lorsqu'il part pour Ajaccio, il est en congé du ministère de l'Instruction publique depuis le 1er juin et il se donne pour ce voyage une bonne raison : le séjour de Laure de Maupassant dans l'île. Il limitera ses excursions à la côte ouest entre Ajaccio et Calvi. Il a commencé *Une vie* en 1878 et il songe à situer en Corse, précisément sur la côte ouest – la plus pittoresque –, le voyage de noces de ses deux principaux personnages. Si son voyage est motivé par l'occasion que lui fournit sa mère, il l'est aussi et surtout par le désir de porter un regard personnel sur le décor naturel d'un des principaux chapitres du roman. Le décor social de la Corse n'apparaît guère dans *Une vie*, mais Maupassant aura néanmoins partagé son temps entre les paysages de la côte et du maquis, la brève fréquentation de quelques personnalités politiques locales des deux camps, républicains et bonapartistes, la visite à un prédicateur mondain, flaubertien à ses heures, exilé pour un temps dans un couvent montagnard, et le recueil de quelques histoires de bandits. Il n'est dupe d'aucun des propos entendus et laisse planer sur sa trilogie chroniqueuse un accent d'ironie. Mais il n'est pas fâché de constater que les portes du milieu corse, ou du moins certaines d'entre elles, lui ont été ouvertes grâce à sa notoriété naissante et à l'influence posthume de son maître, Gustave Flaubert.

Les chroniques italiennes

De toutes ses destinations, c'est l'Afrique du Nord qui a donné naissance à l'ensemble de chroniques le plus abondant et le plus original. Mais la série la plus talentueuse est peut-être celle qu'a inspirée la navigation en direction des côtes italiennes.

À travers les paysages d'Algérie, Maupassant ne croise qu'un devancier à sa mesure, Eugène Fromentin. Il peut spéculer à son aise sur l'exotisme du désert ou des campements de nomades, et provoquer ses lecteurs par son scepticisme affiché sur la politique coloniale. Mais sur les routes d'Italie, il trouve des devanciers de qualité, de Montaigne à Lamartine et à Taine. Il lui est plus difficile de renouveler les motifs d'admiration et de rêverie. Heureusement, il a sur les autres voyageurs illustres l'avantage d'approcher l'Italie par la mer, et qui plus est, sur son propre yacht et non pas en paquebot, comme l'a fait Taine quinze ans auparavant : privilège unique, forme du voyage ignorée de tous les écrivains avant lui, et dont le plaisir, lié au contact direct du vent et de la mer, est en somme nettoyé, sinon de la littérature, au moins de la « littérature de voyage ».

« Le seul nom de l'Italie » fait rêver : c'est Maupassant qui l'écrit, et c'est pourquoi le chapitre italien de ses voyages porte ici ce titre. Il comporte trois volets : « Venise-Naples », « L'âme sicilienne » et « La croisière génoise ».

En octobre 1881, au retour d'Algérie, Maupassant passe brièvement par la Ligurie et la Toscane : Gênes et Florence. D'avril à juin 1885, il effectue une longue descente de la côte ouest de l'Italie continentale, suivie d'un tour de la Sicile. Du 20 août à la fin d'octobre

1889, enfin il s'accorde une lente villégiature, par mer d'abord, par voie de terre ensuite, sur les côtes de Ligurie puis dans les villes toscanes.

Pourquoi a-t-il laissé passer quatre années entre sa première et sa seconde entrée en Italie ? Peut-être parce que les trois années 1882, 1883 et 1884 sont particulièrement chargées de besognes, d'obligations diverses et de déplacements à l'intérieur de la France. Une collaboration au *Gil Blas* s'est ajoutée à son engagement au *Gaulois*. Ses revenus s'accroissent, mais du même coup aussi la diversité de ses villégiatures, ainsi que le poids de ses dépenses et de ses allées et venues. De nombreux allers et retours entre Paris et la Côte d'Azur s'entrelacent depuis 1882 avec ses voyages à Étretat – et avec ses cures médicales. En 1883, on le voit à Rouen pour une période militaire, à Châtelguyon pour une cure thermale, à Mantes, à Étretat, à Cannes. En 1884, la rédaction de *Bel-Ami* succède à celle d'*Une vie*. Chaque année voit paraître un et parfois deux recueils de contes et nouvelles, dont il faut assurer le lancement. En 1884 toujours, trois séjours à Cannes et, à quelques mois de distance, un déménagement parisien, plusieurs allers-retours à Étretat, une série de navigations dans la baie de Cannes, une descente de la Seine en yole… Où loger dans tout cela un voyage hors des frontières ?

Le séjour italien de 1885 et celui de 1889 ont une durée sensiblement équivalente : près de deux mois et demi. Mais le premier est géographiquement plus distendu que le second, et également plus conventionnel, eu égard aux moyens de locomotion utilisés : le train, la calèche et le bateau des lignes maritimes publiques (entre Naples et la Sicile), à la différence du dernier voyage, où

Maupassant sera à la barre de son propre yacht entre Cannes et La Spezia.

Venise-Naples

D'octobre 1881 à avril 1885, Maupassant n'a donc sans doute pas dépassé Gênes, visitée depuis ses villégiatures à Menton ou à Cannes. Mais à partir du printemps de 1884, il méditait une plus longue incursion en Italie. Il est parti pour Cannes vers le milieu de janvier 1885. Là, il a navigué, il est passé à Menton et à Nice et il a fini d'écrire *Bel-Ami.* À la fin de février, il a conçu le projet d'un voyage en « Orient » qui le conduirait jusqu'en Grèce. « L'Orient » : peut-être rêvait-il de suivre les traces de Chateaubriand, de Nerval et de Flaubert, les rêveries de Hugo, de Musset et de Delacroix, à la lueur des derniers feux de « l'orientalisme » romantique. Pourtant, le 4 avril, il prend le train non pour la Grèce, mais pour l'Italie, Venise, Florence, Rome, Naples – d'où il embarquera pour la Sicile.

Rome le déçoit. Il déteste Michel-Ange, que Zola admirera sans réserve neuf ans plus tard : « *Le Jugement dernier* [...] a l'air d'une toile de foire, peinte pour une baraque de lutteurs[1] ». Il ne s'attarde pas et part pour Naples le 16 avril. Montée au Vésuve en compagnie de trois amis, le peintre Gervex, Georges Legrand et Henri Amic, visite d'Herculanum, puis, seul avec Amic, de Sorrente, Capri, Paestum et, de retour à Naples, de l'île d'Ischia. Les deux chroniques réunies ici font malheureusement l'impasse sur la plupart de ces escales. Seules en restent Venise, Ischia et la promenade de Chiaia à Naples.

1. *Chroniques, op. cit.*, p. 762.

L'âme sicilienne

Palerme et les grands sites siciliens – Ségeste, Agrigente, Syracuse – ont davantage inspiré le voyageur, peut-être tout simplement parce qu'il a davantage pris son temps, avec des arrêts hôteliers plus confortables et plus prolongés – le luxueux Grand Hôtel des Palmes à Palerme… Sept chroniques siciliennes permettent de le suivre d'une excursion à une autre jusqu'aux îles Éoliennes.

À la différence de Venise, Rome et Naples, Palerme est devenue pour lui non seulement un motif de promenade urbaine, mais la matière d'une excursion ethnographique et culturelle. Il donne ici la mesure de son art de voir et de rendre, dans un défilé aussi précis que rapide d'images exactement choisies et cadrées : la gestuelle du Sicilien, les femmes aux yeux noirs et brillants, les marchands des rues, l'exposition des morts habillés comme des vivants dans les galeries souterraines du cimetière des capucins… Le fantastique croise le burlesque.

Les sept chroniques siciliennes offrent au lecteur le plus séduisant des guides pour la visite de l'île. Certes, Maupassant y fait passer des informations qu'il a recueillies dans les guides en usage à la fin du XIXe siècle, tel le fameux Baedeker. Mais il y ajoute les explications reçues de ses accompagnateurs locaux, et surtout la fraîcheur de ses impressions, le choix tout personnel de ses points de vue, la sincérité de ses émotions et de ses admirations, et aussi la franchise de ses ironies ou de ses indignations – comme devant la souffrance des petits esclaves de la mine de soufre.

La croisière génoise

Il reverra l'Italie cinq ans plus tard et ce sera son ultime grande joie de navigation. Descendant le long de la côte de l'Italie du Nord, il ne dépassera pas La Spezia et continuera son voyage par la terre jusqu'à Pise et Florence. Quatre chroniques scandent ce troisième et dernier itinéraire italien. La première est une sorte de barcarolle en prose, où se mêlent les souffles apaisés et parfumés du vent de terre, la récitation des plus beaux vers de la moderne poésie française et les musiques venues de la côte. Les trois dernières font contrepoint à la description des villes siciliennes : à Palerme, à Agrigente, à Syracuse, Maupassant ne tournait guère ses références vers la mer, trop occupé à ausculter l'âme et l'histoire de l'île. Sur la côte de Ligurie, sans doute parce que les petits ports d'escale et la grande ville, Gênes, se dévoilent à lui dans toute l'immensité de leur espace marin, ses pages semblent sortir elles-mêmes de l'eau, toutes mouillées de sensations épidermiques, d'impressions sensibles et sensuelles ; et c'est alors qu'il s'attarde à regarder de plus près les promeneuses de Savone et de Santa Margherita, mêlant au souvenir tout récent des caresses de l'eau et de la brise du large le désir de « ces palpitations d'éventails » et de ces « chevelures nues » autour de lui. « Lorsqu'on rencontre [...] des créatures semblables, que ne peut-on les saisir et les emporter, quand ce ne serait que pour les parer, leur dire qu'elles sont belles et les admirer ! » (p. 225).

Laissant la mer derrière lui, Maupassant s'engage dans les terres et les collines, et gagne Florence, puis Pise. C'est le point d'orgue de ses chroniques italiennes. Il pensait avoir rencontré dans les hameaux de la côte « les plus belles des créatures vivantes » (*ibid*). C'était peut-être vrai. Et pourtant, il lui manquait encore de rencontrer la beauté absolue. Ce sera chose faite en face de « la femme peinte du Titien » (*ibid*) : la Vénus couchée, aujourd'hui visible à la galerie des Offices à Florence. « [...] cette image de femme couchée, rêve prodigieux d'attrait charnel. Quand je songe à cette cité si pleine de merveilles [...], m'apparaît soudain lumineuse [...] cette grande toile longue, où se repose cette grande femme au geste impudique, nue et blonde, éveillée et calme » (p. 226).

L'Algérie et la Tunisie

Trois voyages en Italie : 1881, 1885, 1889. Trois voyages en Afrique du Nord : 1881, 1888, 1890. Le premier voyage africain s'est achevé par une brève incursion en Italie ; les deux autres ont encadré la dernière visite de l'Italie.

C'est sans doute son long service au ministère de la Marine qui a amené Maupassant à s'intéresser aux affaires algériennes et tunisiennes. « Voir l'Afrique, écrira-t-il, était un de mes vieux rêves » (p. 241). Mais l'année 1881 est une année cruciale pour les visées politiques de la France sur deux des trois pays qui composent l'Afrique du Nord. Dans le premier, l'Algérie, colonisée depuis 1830 mais jamais totalement pacifiée, une insurrection a éclaté au printemps ; elle a enflammé la presse française et mis en marche la machinerie de la répression militaire. Dans le second, la Tunisie, les opérations de conquête ont été déclenchées en avril – en attendant celles qui vont s'ouvrir deux ans plus tard, en Indochine et à Madagascar. À Paris fleurissent les discours nationalistes triomphants. Maupassant entend pour sa part se livrer à une vraie et impartiale enquête. Il a pris position, le 10 avril 1881, contre l'intervention militaire en Tunisie. Depuis le 31 mai 1880, il fait partie de l'équipe de rédaction du *Gaulois*. C'est l'occasion rêvée pour tenter de se rendre avec tout son neuf talent d'enquêteur et de chroniqueur sur les lieux où la colonisation française est le plus vivement prise à partie. Ce sera le début d'une sorte de roman d'amour entre Maupassant et les paysages nord-africains. Les paysages et aussi les populations.

Sans doute sollicite-t-il lui-même une mission d'envoyé spécial. Il n'a pas de peine à convaincre la direction du journal. En un peu plus d'un an, de juin 1880 à juin 1881, ses chroniques sur les mœurs des tribus françaises ont suffisamment séduit le public pour que le journal puisse escompter le succès d'un reportage sur les aspects les plus brûlants de la question algérienne.

Les chroniques de juillet à septembre 1881 témoignent sans enflure, mais avec précision, des fatigues affrontées et des risques courus. A-t-il embelli sa bravoure et sa résistance physique aux marches, aux cahots, à la chaleur, au sirocco, aux eaux croupies, à « la solitude horrible, brûlante et désolée des Hauts Plateaux algériens »[1] ? Il ne le semble pas. Il se sépare des autres envoyés spéciaux, qui ne quittent pas les auberges protégées ; il n'hésite pas à débarquer du train qui l'a conduit en direction du Sud pour arpenter le djebel, dans un pays hostile, avec la seule escorte de deux officiers. Mais cette reconnaissance aventureuse ne dure que deux heures. Plus tard, du côté de Bougie, il se portera au plus près des forêts incendiées. Ces incursions le font pénétrer dans des zones que ne

1. *Chroniques*, *op. cit.*, p. 896.

fréquentent guère les touristes en raison de l'éloignement et du danger, qu'il s'agisse du Sud-Oranais, des Hauts Plateaux, du Sahara de l'axe sud d'Alger ou des régions de l'Est.

Ses premières « Lettres d'Afrique » montent un procès tous azimuts. Il critique l'impéritie du gouverneur de l'Algérie, l'incapacité des généraux en charge du retour à l'ordre colonial, desquels se joue Bou-Amama, l'inintelligence politique des subordonnés du gouverneur ; et il dénonce encore plus vivement l'expropriation frauduleuse des terres possédées par les familles indigènes ainsi que les deux discours racistes qui entendent les justifier : l'Arabe serait barbare par nature, incapable de faire fructifier sa terre ; et lorsqu'il se révolte, on ne saurait le « réduire » que par une répression impitoyablement meurtrière.

Les causes de l'insurrection dépassent à ses yeux les limites des exactions commises par quelques Européens malhonnêtes. Elles relèvent d'une politique délibérée de l'État et du gouvernement général de l'Algérie : ce sont des crédits d'État qui servent à l'administration dépendant du gouverneur pour payer quarante francs l'hectare des terres qui valent vingt fois plus.

Et pourtant, recul, ou embarras et retournement devant la violence destructrice des formes prises par la révolte ? Entre les premières chroniques et les dernières, le ton va changer. La dénonciation des spoliateurs et des administrateurs à courtes vues subsiste. Mais les propositions dénotent quelque ambiguïté. Cela ne peut surprendre si l'on songe à l'époque où ces chroniques paraissent. On ne peut prêter à Maupassant un anticolonialisme, un antiracisme et un internationalisme de principe. Il n'aime guère, en la circonstance, les Espagnols, ni les Italiens, ni les juifs, ni les musulmans. La conquête, l'occupation et la surveillance militaires sont légitimes parce que la France apporte avec elles la civilisation. Et si la révolte use des violences du fanatisme, il ne faut pas craindre de détruire le fanatisme dans ses racines, ses symboles et ses agents. Mais pour éviter d'avoir à opposer un train d'atrocités à un autre, qu'on les prévienne en tenant compte des différences régionales et en installant deux gouvernements plutôt qu'un seul : un gouverneur civil pour les régions pacifiques et européanisées, et un gouverneur militaire pour les régions lointaines, menacées d'insurrections. C'est un discours appelé à un long avenir. Mais Maupassant, qui le tient à la veille de son retour, ne croit pas lui-même à son efficacité. Et lorsqu'il reviendra sept ans plus tard, il ne se préoccupera plus de la politique coloniale : il se satisfera de substituer à la froidure parisienne la douceur du climat algérien et tunisien, et à la fadeur des salons la contemplation des « femmes d'Alger » déjà peintes par Delacroix.

Les trois visages du chroniqueur

En somme, ces chroniques du Sud font reconnaître en le seul Maupassant trois hommes, ou pour le moins trois images de sa personnalité, sur le plan privé et sur le plan littéraire. Ceci est peut-être de nature à corriger quelque peu les idées reçues sur l'homme et sur son art.

« Le taureau normand », disait de lui Edmond de Goncourt, qui n'était pas avare d'épithètes outrageantes, dans le secret – vite éventé – de son *Journal*, et qui préférait la plupart du temps à l'analyse des œuvres les ragots sur leur auteur. Cette insanité reflète le portrait qu'ont peu à peu dessiné les rumeurs, les anecdotes amplifiées colportées de salons en salles de rédaction, les jugements à l'emporte-pièce, les arrêts complaisants sur les visites de la « femme en gris » selon les confidences du valet de chambre, le tableau des infirmités, la camisole, les infirmiers du docteur Blanche, etc. Il est bien vrai que Maupassant est mort jeune – quarante-trois ans –, des suites d'une syphilis contractée, selon ses propres confidences, seize ans plus tôt. Mais s'attarder, comme l'ont fait beaucoup de biographes ou d'échotiers, parfois avec salacité, sur ses prouesses érotiques et sur leur envers, ainsi que sur le catalogue de ses maux et de ses consultations médicales, ou encore sur la parenté supposée de certains de ses personnages avec ses propres traits de caractère, tout cela défigure sa vraie personnalité. Seul compte ce qu'il a écrit, les témoignages qu'il a lui-même laissés sur la conduite de sa vie et de son œuvre – en particulier dans ses chroniques.

Un certain goût du risque

Maupassant n'est pas Bel-Ami, contrairement au titre, lui-même séducteur, d'une biographie d'autre part inspirée par la sympathie, bien documentée et talentueuse. Il n'est ni cynique, ni hâbleur, ni affairiste, ni courtisan, ni carriériste, ni manipulateur, ni prostitué de la plume… Ni Parisien invétéré : il n'a pas caché, au contraire, son mépris pour la société des beaux quartiers, ni son dégoût des « expositions universelles » dont s'enorgueillit la capitale. Dès qu'il le peut, il s'évade hors de ce monde dont pourtant il fréquente les salons – sans rien abdiquer de sa liberté de jugement. Et lorsqu'il s'en va, ce n'est pas seulement du côté de Sartrouville, ni même d'Étretat. C'est vers la solitude et les dangers de la voile sous les sautes de vent de la Méditerranée, mer moins accueillante qu'il ne paraît les jours de beau temps. Ou c'est vers les confins du Sahara, les souks d'Alger et les pistes impossibles du Sud tunisien. Là où l'endurance physique et la force morale comptent plus que tout – en dépit des escortes militaires et des auxiliaires de voyage. Ce qui l'emporte alors, pour son estime de soi et aussi pour ce qu'il attend de l'écriture, c'est ce qu'ignorent de lui Goncourt et les échotiers, et dont témoignent ses pages marines et africaines : sa soif d'horizons lointains et de sociétés inconnues, et sa volonté de se mesurer au risque, y compris au risque vital. Ce n'est pas « le taureau normand » qui se montre ici, mais l'homme de courage, d'enquête et de découverte hors de la banalité familière.

Liberté et vérité

Il est certain que ses chroniques de voyages ont pour lui une vertu alimentaire ; certain aussi qu'il les écrit d'une plume rapide, parfois au lendemain de l'étape, parfois au terme de l'expédition tout entière, et même parfois après son retour en France ; mais dans tous les cas, à l'écart des clichés qu'on dirait aujourd'hui médiatiques. Et même s'il ne s'interdit pas des visites imposées par la tradition héritée de ses prédécesseurs, ou tout simplement par le guide Baedeker, toujours il cherche, puis restitue, l'impression personnelle, la scène vue – souvent par lui seul, sur le terrain, quand ses confrères « couvrant » l'insurrection algérienne restent à l'abri des états-majors ou des mess d'officiers –, le détail de reportage authentique. Pas de photos : il ne semble pas familier de la prise de vues photographiques, et de toute manière le matériel technique de l'époque coexisterait mal avec le sable du désert ou les embruns et les roulis de la navigation méditerranéenne. Mais une mémoire fidèle et précise des êtres croisés, des choses vues et des sensations perçues, dans leur singularité : la tempête de sable, le lac de sel, la danse des Oulad-Naïl, la fureur de la fantasia, le croquis des gamins sur les rochers de la côte italienne – l'extase devant la *Vénus* du Titien… Et aussi les secousses et les grondements de la maison d'Antibes, une nuit de séisme.

L'envoyé spécial du *Gaulois* n'est pas seulement ici un croqueur d'images, de bruits, d'odeurs, ni un batteur de pistes ensablées ou de sentiers côtiers, ni un fou de voile, ni un consommateur de plaisirs rendus faciles par l'argent ou par la proximité du pouvoir colonial… Il voyage pour découvrir, pour apprendre, pour comprendre, et pour expliquer, transmettre – et démystifier. Derrière les insurgés insaisissables de Bou-Amama, et aussi bien derrière les incendies de la forêt algérienne, il met au jour les incapacités et les cynismes coloniaux, les spoliations des agriculteurs et des bergers algériens, le vol des terres cultivables et des pacages, la corruption des « caïds » et des « aghas », mais aussi le mépris et l'exploitation des femmes par leur propre société. Il décrit et raconte en dessinateur et en peintre, mais également en ethnologue, et en analyste politique. Et de ses observations, par ricochet, ce sont les plus hautes autorités, gouverneur général, états-majors coloniaux, gouvernement central, qui font les frais. Maupassant se gardera bien, pour autant, de se mêler aux débats politiques de Paris, qui opposent à Jules Ferry et à ses soutiens, promoteurs de l'expansionnisme colonial en Afrique et en Extrême-Orient, les radicaux et une partie des nationalistes de la droite extrême, avec

Clemenceau, accusant l'idéologie coloniale de détourner le peuple de la nécessaire préparation d'une revanche contre l'Allemagne.

Attentif et lucide sur l'état d'esprit des populations algériennes et tunisiennes, son regard se fait aussi sensible, ému, compatissant et même indigné devant les misères qu'il croise. Qu'on relise à cet égard le tableau tunisien des fous vociférateurs de l'asile. Ou encore, pendant les jours de Sicile, la page révoltée et hallucinante qui décrit le martyre des enfants esclaves de la mine de soufre. Il arrive que la chronique prenne les accents du réquisitoire social, et remette en question tous les discours dominants. Ce n'est pas ce ton qu'on a principalement retenu de la voix de Maupassant romancier et conteur : celui-là, il faut aller l'entendre et le reconnaître précisément dans ses chroniques venues du Sud.

La vision artiste

Très tôt, l'auteur de *Boule de Suif* avait retenu l'estime de Flaubert, qui le complimentait – ou l'admonestait – comme un père, ou comme un maître. Ce n'est pas rien. Et pourtant, Flaubert est mort avant que la carrière littéraire de Maupassant n'ait pris véritablement son envol ; trois ans avant la publication de son premier roman, un mois avant son engagement au *Gaulois*. À vrai dire, Flaubert aurait-il approuvé son entrée dans le journalisme, lui qui en détestait les contraintes et les facilités, et les compromissions ? Ce n'est nullement assuré. En revanche, il n'est pas sûr qu'il aurait uniformément rejeté cette partie de l'œuvre de son protégé. À suivre ce dernier de loin, dans ses pérégrinations italiennes et africaines, il se serait sans doute souvenu de ses propres carnets de voyage en Égypte et en Italie. Et surtout, il aurait goûté bon nombre de pages, tout simplement pour leurs qualités de vision et d'écriture. C'est là, certainement, le troisième visage de Maupassant, reconnaissable en particulier dans ses pages du Sud.

Il existe une différence remarquable entre Maupassant et la plupart de ses confrères chroniqueurs. C'est la consanguinité d'écriture entre ses chroniques, ses romans et ses contes et nouvelles, sans aucun doute dans les motifs, mais aussi dans les dispositifs formels. On repère dans *Bel-Ami*, par exemple, plusieurs échos des chroniques africaines : la politique coloniale en Algérie, l'armée française et les Arabes, les affaires tunisiennes et marocaines ; mais également des scènes vues sur la Côte d'Azur et rapportées dans les journaux parisiens : les panoramas de Cannes, la phtisie omniprésente, les mourants des grands hôtels, les escadres dans la rade de Cannes, les parties de canotage, etc. Bon nombre de chroniques, d'autre part, recèlent un canevas ou des silhouettes qui auraient pu transformer à moindres frais le texte en nouvelle : ainsi, la visite du cimetière des capucins à Palerme, ou la mention de l'Anglais qui dort tandis que les petits transporteurs de minerai détruisent leurs poumons au fond de la mine de soufre ; ou bien la rencontre des fous à Tunis, ou les incidents de la fantasia, ou l'errance dans les bas quartiers arabes – et beaucoup d'autres situations de porosité entre les deux genres. L'art du narrateur et la possibilité de la fiction affleurent sous chaque page. Comme Maupassant passe de la mer à la côte, de la ville au désert, de la politique corse au couvent de montagne et des femmes de Savone aux Vénus des musées, il passe avec la même liberté de l'art du paysage à celui du portrait, de celui-ci à la scène de genre et de l'anecdote à la réflexion, ou inversement.

À cette souplesse, cette alacrité de la démarche, s'allie une maîtrise mesurée de la prose artiste, c'est-à-dire d'un langage qui s'essaie, et réussit, à épouser au plus près, dans son vocabulaire, sa respiration, ses cadences, la spontanéité et la sincérité des impressions. Une écriture de la justesse et de la liberté en même temps – ou de la libération par rapport aux codes du genre et aux exemples des prédécesseurs ou contemporains admirés. Maupassant assure son écriture comme il assure son cap à la barre de son canot, sans dériver au-delà des louvoiements nécessaires, et en filant vent arrière lorsque le trajet s'y prête.

Les chroniques du Sud sont originales par rapport au matériel le plus courant de la chronique parisienne, dont il a usé en d'autres circonstances. Exception faite des scènes de la Côte d'Azur, ce sont des chroniques en mouvement, ou de mouvement : crapahutage dans les sentiers corses ou dans les oasis algériennes, « course affolée » (p. 221) du yacht sous les risées ou approche à la rame des rochers du rivage italien, chevauchées au côté des spahis, culbutes de carrioles dans les oueds asséchés, traversée des forêts incendiées… Le reportage rétrospectif avance au rythme des trajets, des sillages, des expériences inédites, vivifié par la contemplation des horizons aussi bien que par la rapidité des changements de cadrage ou la fraîcheur des réminiscences poétiques. Le texte est souvent imprévisible dans sa discontinuité, mais il reste toujours attentif, précis, délicat – comme une manœuvre de barreur… Qu'on apprécie par exemple cette description si juste, si expressive, de l'affalement d'une voile sous la menace du coup de vent : « L'ordre fut donné ; et la longue voile gonflée descendit du mât, glissa, pendante et flasque, palpitante encore comme un oiseau qu'on tue, le long de la misaine qui commençait à pressentir la rafale annoncée et proche[1] ». La phrase devient une portée sur laquelle s'inscrivent les notes d'une composition verbale dont les mots et les inflexions épousent exactement, avec l'apparence d'une totale facilité, le mouvement de la chose vue et sa durée.

« Lassitude » est le titre qu'il donnera à la première chronique de son dernier voyage en Italie : il n'en peut plus des vulgarités grégaires. Mais c'est peut-être aussi une lassitude de sa propre image telle que l'a figée la critique : champion du conte ou de la nouvelle à répétition, lestes ou pathétiques ; romancier des médiocrités et des indignités de l'ordre petit- ou grand-bourgeois.

Maupassant, chroniqueur, flâne, explore, découvre, et écrit. Il écrit pour remplir son contrat, qui est d'instruire et de faire rêver à leur tour ses lecteurs, dont la plupart ne verront jamais ce qu'il a vu. Mais aussi pour écrire, tout court. Ou plus exactement pour mettre le langage des mots et de leur phrasé au défi de restituer toute la richesse et la nouveauté d'un regard, de ce qu'on est venu voir ailleurs par lassitude du trop vu chez soi.

Henri MITTERAND.

N.B. : Les intertitres ont été ajoutés par nous. Le signe [...] indique une coupe dans le texte des chroniques.

1. Page 220.

On trouvera une chronologie biographique de Maupassant, une liste de l'ensemble de ses chroniques et une bibliographie dans : Guy de Maupassant, *Chroniques*, présentées et annotées par Henri Mitterand, Le Livre de Poche, « La Pochothèque », Paris, 2008.

PREMIÈRE PARTIE

Au pays des roses

On ne connaît pas les fréquentations féminines de Maupassant pendant ses dernières années d'adolescence tandis qu'il termine à Rouen ses années de lycée, puis s'inscrit en première année de droit à Paris à partir d'octobre 1869. Il serait bien étonnant qu'il n'ait pas eu alors recours, comme beaucoup des jeunes gens de sa génération, aux services de quelques pensionnaires des « Maisons Tellier », nombreuses à Rouen et à Paris. Installé définitivement à Paris au début de 1872, il a connu, en compagnie de ses amis de la « Bande des cinq », d'innombrables jeunes femmes peu farouches. Il en avait du moins la réputation. Dans les conditions de l'époque, c'était prendre de terribles risques – mortels à terme.

Le 7 mars 1877, il apprend à un de ses correspondants qu'il a « la vérole », « la grande » : « Je n'ai plus peur de l'attraper. » C'est sans doute un médecin qui n'a pas craint de l'informer. Plus tard, d'autres médecins, consultés pour divers troubles de santé, le rassureront, pour ne pas le désespérer – ou peut-être tout simplement par ignorance. Cependant, à partir de 1882, sa correspondance rend compte de la fréquence grandissante avec laquelle se succèdent ses atteintes physiques – cérébrales, viscérales, cardiaques et nerveuses –, ses visites aux médecins, ses médications, toutes impuissantes, et ses cures – pas davantage efficaces.

Parmi celles-ci, la plus constante, dès 1880 : la cure de soleil. Cela commence avec un séjour en Corse à la fin de l'été 1880. Cela continue avec un voyage en Algérie en 1881. Et cela se perpétue désormais, avec, chaque année, un ou plusieurs séjours sur la Côte d'Azur : Menton, Cannes, Golfe-Juan,

Nice, Antibes. « Les pays du soleil » : la chaleur, le bain, la mer, le bateau.

Maupassant a toujours été amoureux de l'eau, douce ou marine, tiède ou fraîche, mais l'eau de la Méditerranée conjuguera pour lui tous les attraits : la bienfaisance physique, la beauté des paysages qu'elle baigne, la lumière qui la surplombe, la jouissance de la navigation à voile.

À la différence des reportages de voyage que Maupassant compose pendant ou après ses voyages en Corse, en Italie ou au Maghreb, les chroniques consacrées à la côte méditerranéenne se présentent selon une composition moins homogène et moins continue. On les suit du 8 mai 1882 (« Chez la mort ») au 12 août 1887 (« Livre de bord ») à raison d'une seule chronique par an, sauf pour l'année 1887, qui en voit paraître trois.

Le choix retenu pour cette partie privilégie non pas l'ordre chronologique mais un ordre thématique : deux tableaux de nature et deux chroniques de société.

La chartreuse de La Verne

Cette chronique a été publiée dans le Gil Blas *du 26 août 1884. Nous sommes en Provence dans le massif des Maures, entre Hyères et Saint-Raphaël. Contrée alors encore peu explorée, elle était autrefois séparée de Fréjus et Saint-Raphaël par un cours d'eau, l'Argens. Au temps de Maupassant, on peut le traverser par un pont de bois. Des promoteurs, au-delà du pont, ont tenté d'édifier une cité, dont les villas étaient déjà guignées sur plans par les artistes à la mode. Puis la débâcle financière est arrivée et il ne reste du projet que des avenues vides traversant les bois et portant les noms des plus grands peintres du passé. Beaucoup plus tard, la cité fantôme reprendra vie et deviendra Saint-Aygulf.*

De l'autre côté de la rivière, une route suit la mer et conduit jusqu'à Sainte-Maxime. De là, Maupassant est monté jusqu'à Grimaud, berceau de la famille qui règne sur la principauté de Monaco, les Grimaldi. Au-delà de Cogolin, il est entré dans des vallons déserts, puis est arrivé, après avoir écouté le récit d'un drame d'amour local, à l'ancienne abbaye de La Verne, devenue une bergerie. À une heure encore de cheminement, du haut de la dernière cime, il a pris une vue circulaire et surplombante de la Méditerranée, avec les îles d'Hyères, de la montagne des Maures, et, toujours plus loin, des « têtes géantes » et enneigées des Alpes. « Et rien au monde n'est plus beau que ce qu'on voit de là ».

Ceux qui aiment la terre de cet amour profond, tendre et sensuel qu'on a pour les êtres, s'en vont parfois, seuls, pendant un mois ou deux, en quelque pays bien inconnu, bien sauvage, bien neuf, et ils le parcourent à pied, savourant heure par heure quelque chose de semblable au bonheur qu'on doit éprouver en possédant une vierge.

Elles sont rares aujourd'hui, les contrées inexplorées et désertes, surtout quand on ne veut point sortir de France. La Normandie est traversée par autant de promeneurs que le boulevard des Italiens. La vieille Bretagne cache un touriste, un odieux touriste, derrière chaque menhir. L'Auvergne abreuve à ses sources guérissantes des légions de malades qui rapportent des ballots de photographies prises sur les dômes, les pics et les plombs.

Où aller ? Il est pourtant en France tout un petit pays, bien solitaire et bien beau, qu'on nomme les montagnes des Maures. Un chemin de fer le traversera demain. Passons avant lui dans ces vallons ignorés, incultes, inhabités, où s'élèveront sans doute bientôt autant de villas que sur les rivages de Cannes et de Menton.

Au pied des Maures

Où sont-elles, ces montagnes ? Dans la contrée la plus connue et la plus parcourue de France : entre Hyères et Saint-Raphaël. Les géographes nous apprennent qu'elles possèdent à elles seules un système géologique complet. Elles ont toutes les divisions, toutes les parties, tous les organes de leurs grandes sœurs les Alpes et les Pyrénées.

Leur flore est des plus riches de France. Au midi, la Méditerranée baigne leurs côtes où se suivent d'admirables plages. Au nord, un beau fleuve, l'Argens, les sépare du reste du monde.

Il y a six mois, quand les baigneurs de Saint-Raphaël se promenaient sur la longue dune qui contourne le golfe de Fréjus, ils arrivaient, au bout d'une heure de marche, au bord d'un large cours d'eau dont l'embouchure ensablée permettait parfois de passer à pied sec.

Quand on suivait ce fleuve en remontant vers sa source, on s'avançait au milieu d'une sorte d'immense marécage boisé et cultivé par places. On allait à travers des bouquets d'arbres, à travers des taillis épais d'où s'envolaient à tout instant des canards sauvages, des bécassines, des buses aux larges ailes et des nuées de pigeons ramiers.

Puis, après avoir reconnu qu'il était impossible de traverser ce large cours d'eau dont les berges disparaissent sous des bois de roseaux, on revenait par le même chemin en se demandant quel pays inconnu s'étendait derrière. Et on regardait dans la brume rose du couchant la grande ligne des montagnes bleuâtres couvertes de sapins, déroulant à perte de vue leurs cimes pointues et bosselées vers l'ouest.

Aujourd'hui, un pont de bois traverse l'Argens. Voici l'histoire de ce pont.

Sous l'Empire, une route fut commencée, qui devait relier Saint-Tropez, situé à l'extrémité de la presqu'île des Maures, à Saint-Raphaël.

On fit cette route jusqu'à l'Argens. L'Empire tomba, la République fut proclamée, et les travaux furent arrêtés. Il ne restait plus qu'à jeter un pont sur le fleuve. On ne le construisit pas.

On avait donc un beau ruban de chemin de trente-cinq à quarante kilomètres absolument inutile et parfaitement entretenu. Aucune voiture ne passait sur cette route sans issue ; mais les cantonniers l'empierraient, la nivelaient et la nettoyaient pour employer les fonds destinés à l'entretien d'une voie existante.

Cela dura douze ans. Puis, comme cet état de choses menaçait de continuer jusqu'à une restauration impériale, une quinzaine de propriétaires du golfe de Grimaud se réunirent, donnèrent mille francs chacun et firent un pont de bois à l'américaine.

On peut donc aujourd'hui pénétrer par terre dans le massif des Maures.

Dès qu'on a traversé le fleuve, on atteint sur les pentes boisées des montagnes l'emplacement d'une ville future.

La côte de la Méditerranée est couverte de ces cités en projet. Celle-ci offre un caractère particulier. Au milieu d'un joli bois de sapins qui descend jusqu'à la mer, s'ouvrent dans tous les sens de magnifiques avenues. Pas une maison, rien que le tracé des rues traversant des arbres. Voici les places, les carrefours, les boulevards. Leurs noms sont même inscrits sur des plaques de métal : boulevard Ruysdaël, boulevard Rubens, boulevard Van-Dyck, boulevard Claude-Lorrain. On se demande pourquoi tous ces peintres. Ah ! pourquoi ? C'est que la *Société* s'est dit, comme Dieu lui-même avant d'allumer le soleil : « Ceci sera une station d'artistes ! » Boum ! La *Société* !! On ne sait pas dans le reste du monde tout ce que ce mot signifie d'espérances, de dangers, d'argent gagné et perdu, sur les bords de la Méditerranée ! La *Société* ! terme mystérieux, fatal, profond, trompeur !

En ce lieu pourtant, la Société semble réaliser ses espérances, car elle a déjà des acheteurs et des meilleurs, parmi les peintres. On lit de place en place : « Lot acheté par M. Carolus Duran ; lot de M. Clairin ; lot de Mlle Croisette, etc., etc. » Cependant… qui sait ?… Les Sociétés de la Méditerranée ne sont pas en veine.

Rien de plus drôle que cette spéculation furieuse qui aboutit à des faillites formidables. Quiconque a gagné dix mille francs sur un champ achète pour dix millions de terrains à vingt sous le mètre pour les revendre à vingt francs. On trace les boulevards, on amène l'eau, on prépare l'usine à gaz et on attend l'amateur. L'amateur ne vient pas, mais la débâcle arrive.

Dans ce pays d'ailleurs, n'allez pas dire qu'il fait froid, qu'il a plu, que le mistral a soufflé. Car les habitants se réuniraient en armée pour vous lapider. Jamais de gelée, jamais d'eau, jamais de vent. Jamais de vent surtout ! C'est qu'ils ont l'air de croire vraiment que le mistral ne souffle jamais, alors qu'il dépierre les grand-routes.

On racontait cet hiver une anecdote assez amusante. L'excellent paysagiste Guillemet, qui fait, pendant l'été, ces remarquables vues de Normandie qu'on connaît, était venu à Saint-Raphaël. Ce peintre (ses amis le savent) a autant d'esprit que de talent. Or, comme il dînait, un soir, avec les grosses têtes d'une Société, ces messieurs célébrèrent si énergiquement et avec tant d'abondance les avantages du pays qu'on ne parla pas d'autre chose. Un d'eux enfin, un des plus importants, dit à l'artiste : « Eh bien, monsieur, avez-vous fait de jolies vues de nos côtes, cet hiver ? » Guillemet répondit qu'il avait travaillé le plus possible.

« En destinez-vous une au Salon ?

— Mais oui.

— Peut-on vous demander le sujet ?

— Certainement. C'est Saint-Raphaël sous la neige. »

Sainte-Maxime, Grimaud, La Verne

Continuons notre voyage.

La route suit la mer, serpente le long de la côte dans un admirable paysage. À droite, c'est la montagne, quarante kilomètres de cimes, de vallons où coulent de petits torrents, une immense forêt de sapins, onduleuse et soulevée comme une tempête, sans un village, sans une maison, presque sans route, un désert boisé.

Mais voici que nous arrivons sur les bords d'un admirable golfe qui s'enfonce dans une échancrure des monts, le golfe de Grimaud. En face de nous, de l'autre côté, nous apercevons une petite ville, Saint-Tropez, la patrie du bailli de Suffren.

Et nous traversons un village, Sainte-Maxime. À quelle extrémité du monde sommes-nous donc ? On lit sur les murs de ce hameau, qui compte seulement quelques maisons et que traversent deux voitures par jour : « Par ordre de M. le Maire, il est défendu de trotter dans les rues. »

Mais on trotte, dans les rues de Paris, monsieur le Maire ! Et Paris est plus grand que Sainte-Maxime ; et il y a quelques voitures de plus. On trotte même à Marseille, monsieur le Maire, et Marseille est aussi plus grand que Sainte-Maxime. Voyons, laissez-nous trotter, que diable, nous n'écraserons pas vos soixante habitants d'un coup. Mais pourquoi, oui, pourquoi ne peut-on pas trotter dans les rues de Sainte-Maxime ? Confiez-nous-en la raison, je vous prie, car je ne la devine pas.

Quand je vous disais que nous étions ici au bout du monde ! Mais quelle magnifique route, le long du golfe, avec une grande montagne boisée en face, et, au fond du large bassin, un village en pyramide sur une côte, dominée par la tour en ruine d'un château.

Voici encore des avenues dans une superbe forêt de sapins. La *Société* a préparé une station ici. Elle a eu raison, ma foi. J'apprends que le charmant peintre Jeanniot y possède un terrain.

On aperçoit une maison, enfin, une belle maison ancienne qui domine un admirable paysage. Elle appartient à M. de Raymond.

On approche du village grimpé autour du monticule. C'est une ancienne ville des Maures. Voici leurs demeures précédées d'arcades, avec leurs étroites fenêtres, les portes couvertes de belles ferrures ouvragées, les cours mystérieuses qu'on trouve en toute maison mauresque ; et les hauts palmiers poussés sur les terrasses, les aloès aux fleurs monstrueuses, les cactus géants, toutes les plantes d'Afrique.

Et le grand soleil d'été tombe en nappes de feu sur la vieille petite cité étrange et tranquille au fond de son golfe. On la nomme Grimaud.

C'est ici le berceau de l'ancienne famille des Grimaldi.

Nous suivons la route d'Hyères, nous traversons un autre village, Cogolin ; puis nous tournons à droite dans un ravin profond et nous entrons dans l'inconnu, dans l'inhabité.

Plus de route, une ornière qui côtoie un torrent et le coupe à tout instant. Il faut sauter de pierre en pierre au risque de tomber en des trous pleins l'eau. Plus rien que des sapins et des vallons déserts ; toujours des vallons, toujours des sapins, un vaste pays nu, sauvage, d'un caractère sévère et calme, moins tourmenté que les régions des grandes montagnes, mais plus poétiquement beau, plus largement triste.

On aperçoit, là-bas, une petite maison abandonnée. Et voici ce qu'on me raconte :

Il y a soixante ans environ, deux jeunes gens, une belle fille et un beau garçon, vinrent s'installer là, tout seuls.

On parla, tout bas, d'une histoire d'amour, d'un enlèvement. Ils vécurent ensemble jusqu'au dernier hiver, heureux, invraisemblablement heureux, au milieu de leurs enfants. L'homme avait quatre-vingt-deux ans quand sa vieille compagne apprit qu'il entretenait une fille des environs !

En une seconde, tout son bonheur, son long bonheur si doux, s'écroula, et la misérable femme se jeta par la fenêtre. Elle mourut le lendemain.

Il est si admirablement placé dans cet austère paysage ce drame simple et biblique, qu'il semble inventé par un poète. Nous allons toujours et nous parvenons dans une sorte d'impasse, dans un grand cirque vert entouré de cimes. Il faut monter par un sentier de chèvres ; nous montons, découvrant à tout instant par-dessus les sommets moins élevés toute cette contrée de ravins sauvages.

Puis nous passons entre deux pics, nous allons sur le flanc du mont, et bientôt apparaît une immense châtaigneraie qui descend comme un manteau de haut en bas de la montagne, une ruine énorme, presque noire, surprenante. Une longue suite d'arceaux, appuyés au roc, supportent sur leurs voûtes l'antique et croulante abbaye de La Verne[1].

Certaines parties datent du IXe siècle. Aujourd'hui des vaches habitent dans le cloître où circulaient les moines ; une famille de pâtres occupe un vaste bâtiment plus récent qui semble refait au XVIIe siècle.

Et cette ruine, la plus imposante que je connaisse, celle qui se trouve le mieux dans le milieu qui lui convient,

1. La chartreuse de La Verne se trouve au voisinage de la route qui conduit de Grimaud à Collobrières, à peu près à mi-chemin, au sud du village de Capelude.

celle dont la physionomie désolée s'accorde le plus avec le sombre et imposant paysage, a l'air de l'âme même de ces montagnes, de la seule habitante digne d'elles, faite pour elles.

Et nous montons encore sur la dernière cime qu'il faut une heure pour gravir. Et rien au monde n'est plus beau que ce qu'on voit de là.

En face, dans la brume d'or du soleil couchant, la mer, la Méditerranée plate, luisante, avec les îles d'Hyères, qui crèvent, comme des taches noires, son dos immobile et bleu. Autour de nous, un grand désert boisé de vallons et de ravins, les montagnes des Maures. Et là-bas, vers le nord, les Alpes, dont on voit luire, par places, les sommets blancs, les têtes géantes, coiffées de neige.

(*Gil Blas*, 26 août 1884.)

Tremblement de terre

On sait que la côte méditerranéenne française est une zone géographique sujette aux troubles sismiques, heureusement rares et peu graves. Toujours est-il que le 23 février 1887, à Antibes où il séjourne depuis le 10, Maupassant est réveillé à la fin de la nuit par un tremblement de terre.

Nice, qui venait de fêter le dernier soir du carnaval, a souffert de gros dégâts ; mais à Antibes, les secousses ont été moins violentes : craquements, vacarme, oscillations. Et surtout, pour Maupassant, si l'on en croit son récit, écrit à un moment où le sol continue à vibrer, un réveil brutal, une intense émotion, une perte momentanée de l'équilibre et la fuite dans le jardin.

Tandis qu'il rentrait dans la maison à la recherche de vêtements chauds et d'argent, de nouvelles trépidations ont fait tout trembler et vaciller autour de lui. Nouvelle fuite, tandis que l'aurore monte sur le golfe de Nice et le cap d'Antibes. Il apprendra que dans le même temps un tsunami, tout de même modéré, s'est jeté sur les plages.

Le danger passé, l'émotion du peintre et du poète se substitue à la terreur ; et aussi le désir de ne rien laisser se dissiper du reportage des sensations particulières qu'il vient de vivre : ces rumeurs, ces souffles, ces soubresauts, ce « frisson de la terre »… Et par-dessus tout la beauté du spectacle que la nature en folie offre au-delà de la ville ravagée, dans les lueurs aveuglantes d'un « admirable lever de soleil ».

La chronique ne s'achève pas moins sur une méditation aiguë de « l'impuissance » et de « l'instabilité » en des circonstances où l'être humain se transforme en « une bête errante, perdue, affolée ». À quoi s'ajoute la pensée effrayée d'un caprice supplémentaire de ces forces inconnues : le contraste entre les allégresses du carnaval et l'« effrayant sinistre » qui l'a clos. Les masques grimaçants de la soirée étaient-ils porteurs d'une annonce de l'« épouvante » ? – On retrouve ici l'attrait de Maupassant pour la pensée du fantastique.

On sait les détails, tous les détails du terrible tremblement de terre qui vient de ravager et d'affoler la côte entière de la Méditerranée. Je ne peux rien ajouter à la précision sinistre des faits, mais je veux dire quelques sensations personnelles. La façon de percevoir et d'interpréter un accident aussi rare qu'un tremblement de terre peut révéler, à beaucoup de gens qui n'ont jamais été secoués par ces étranges tempêtes du sol, le genre de trouble et d'émotion qu'il produirait sans doute en elles. C'est donc la répercussion de ce phénomène sur les sens et sur les nerfs que j'essayerai de noter en m'efforçant de le faire aussi exactement que possible.

La soirée avait été fort belle et j'étais resté debout assez tard à regarder le ciel criblé d'étoiles, et là-bas, de l'autre côté du large golfe, Nice illuminée, Nice chantant et dansant par ce dernier soir de carnaval. Le phare tournant de Villefranche ouvrait de demi-minute en demi-minute son œil de feu sur la mer, tandis que le phare fixe du cap d'Antibes[1] debout sur le haut promontoire, pareil à une monstrueuse étoile, parcourait l'horizon de son regard fixe et circulaire. Puis j'avais lu, avec un intérêt passionné, *Pœuf*[2], le court et admirable récit de Léon Hennique, histoire si simple, si dramatique, d'une poignante simplicité et racontée avec un accent de vérité tout nouveau. Et je m'étais couché, vers une heure du matin, après avoir encore considéré, pendant quelques instants, les illuminations lointaines de Nice, en songeant qu'on devait être fort gai, là-bas.

La première secousse

Je dormais profondément quand je fus réveillé par d'épouvantables secousses. Pendant la première seconde d'effarement, je crus tout simplement que la maison s'écroulait. Mais comme les soubresauts de mon lit s'accentuaient, comme les murs craquaient, comme tous les meubles se heurtaient avec un bruit effrayant, je compris que nous étions balancés par un tremblement de terre.

---

1. À Antibes, Maupassant, après avoir habité la villa Muterse, sur la route du cap d'Antibes, s'est installé en décembre 1886 au Chalet des Alpes, sur les hauteurs d'Antibes (aujourd'hui 22, route de la Badine). 2. Avec *Pœuf* (1887), Léon Hennique s'éloigne de la veine naturaliste. L'action de ce roman se passe à la Guadeloupe, où est né l'auteur. Le narrateur, fils d'un officier colonial, raconte ses souvenirs. Dans son enfance, il a connu et aimé le soldat Pœuf, alors au service de son père. Mais Pœuf a commis un crime, a été jugé et doit être fusillé. L'enfant se révolte, mais la justice passe. Plus tard, l'adulte qu'il est devenu médite à la fois sur l'événement qu'il a vécu et sur son désarroi d'enfant. – Sur Léon Hennique, voir aussi « Les audacieux », *Chroniques*, *op. cit.*, p. 1406.

Je sautai debout dans ma chambre et j'allais atteindre la porte quand une oscillation violente me jeta contre la muraille. Ayant repris mon aplomb, je parvins enfin sur l'escalier où j'entendis le sinistre et bizarre carillon des sonnettes tintant toutes seules comme si un affolement les eût saisies ou comme si, servantes fidèles, elles appelaient désespérément les dormeurs pour les prévenir du danger.

Mon domestique descendait en courant l'autre étage, ne comprenant pas ce qui arrivait et me croyant écrasé sous le plafond de ma chambre tant les craquements avaient été forts. Cependant la convulsion cessait quand tout le monde enfin gagna le vestibule et sortit dans le jardin. Il était six heures, le jour naissait rose et doux, sans un souffle d'air, si pur, si calme ! Cette absolue tranquillité du ciel, pendant ce bouleversement épouvantable, était tellement saisissante, tellement imprévue, qu'elle me surprit et m'émut davantage que la catastrophe elle-même.

Cette aurore charmante prenait pour nous quelque chose d'exaspérant, de révoltant, de cynique.

Mais je rentrai pour chercher des vêtements, des couvertures et de l'argent pour le cas, assez vraisemblable, où l'accident se renouvellerait et nous forcerait à quitter la maison, en admettant même que la maison résistât à une seconde secousse.

Je prenais des manteaux dans une armoire quand j'entendis de nouveau le singulier bruit qui m'avait saisi, sans que je l'eusse compris, lors du premier ébranlement de la terre ; et le battant de l'armoire vint me frapper la figure.

On a dit, on a écrit que le phénomène était accompagné d'une rumeur semblable à un violent souffle de mistral. Cette affirmation, que je n'oserais pas nier, devrait être vérifiée avec soin. Ce bruit bizarre, si particulier que je le reconnaîtrais toujours, m'a paru provenir uniquement de la trépidation des murailles et des meubles, des murailles surtout, secouées jusque dans les fondations, et des poutres ballottées, et des tuiles soulevées, des ciments brisés, des pierres disjointes et heurtées, de toute la dislocation du bâtiment entier.

Les personnes qui se trouvaient dehors n'ont point entendu ce bruit, ce qui me paraît assez concluant.

Lever de soleil sur le désastre

Nous revoilà donc dans le jardin, forcés de contempler l'aurore.

De la villa, on voit tout le golfe de Nice, et tout le cap d'Antibes. Les côtes se déroulent jusque bien au-delà de la frontière d'Italie, baignées par la mer toute bleue. Le long des plages, les villages blancs ont l'air, de loin, de si loin, d'œufs d'oiseau pondus sur les sables ; puis la montagne s'élève portant encore, de place en place, sur un pic, une petite ville ou un hameau. Et sur tout cela s'étend l'immense cime neigeuse des Alpes avec ses sommets pointus, éclatants et tout roses à cet instant, d'un rose aveuglant sous l'aurore.

On a écrit encore qu'au moment de la catastrophe le ciel paraissait en feu ! C'était tout simplement un admirable lever de soleil qui n'a pu surprendre et épouvanter que les gens peu accoutumés à sortir si tôt de leur lit.

Mais tout paraît calmé ; et la tranquillité de la matinée nous rassure au point que chacun rentre dans sa chambre. Je me jette, tout habillé, sur mon lit.

Deux heures se passent sans que rien trouble notre repos, et notre confiance revenue, quand soudain je crois sentir une agitation presque imperceptible du sol. Rien ne semble remuer pourtant, mais on dirait un frisson de la terre, un frisson profond, continu, qui va devenir un tremblement tout à l'heure. Je me lève aussitôt et j'appelle. Les murs craquent de nouveau avec le bruit étrange et sinistre dont j'ai parlé. Nous subissons une troisième secousse plus courte et moins forte que les autres.

Les répliques

Depuis ce moment, le sol est sans cesse vibrant. Il ne palpite pas, il semble seulement agité d'un presque insaisissable grelottement. Cela cesse parfois pendant plusieurs heures, puis soudain la légère trépidation recommence, dure une minute ou un quart d'heure, cesse de nouveau, et la terre redevient tout à fait stable sous nos pieds. On dirait, en vérité, le frémissement d'une locomotive au repos, dont les flancs sont chargés de vapeur qui n'a point d'issue pour fuir.

Plusieurs secousses très perceptibles nous ont encore soulevés d'ailleurs, trois dans la nuit qui suivit la catastrophe, une dans le jour, et deux dans la nuit d'après. Aujourd'hui, rien ; mais le sol n'a point fini de grelotter. Nous attendons. À Antibes, un autre phénomène, signalé aussi sur plusieurs points de la côte, a accompagné le mouvement de la terre.

Quelques instants après la première secousse, la mer s'est brusquement retirée, laissant à sec des bateaux de pêche et des poissons sur le sable. Les petites sardines frétillaient, un gros congre rampait en fuyant, mais on ne songeait guère à le poursuivre. Puis, un flot haut de deux mètres, plutôt un soulèvement qu'une vague, est venu couvrir la plage et la mer enfin a repris son niveau.

Plusieurs pêcheurs affirment avoir distingué, non loin de la côte, des remous et des tourbillons ; mais d'autres le nient et le fait paraît très douteux.

*

Il semble que ce phénomène bizarre laisse en nous une émotion très spéciale qui n'est point la peur connue dans les accidents, mais la sensation aiguë de l'impuissance humaine et de l'instabilité. Contre la guerre, il y a la force ; contre la tempête, il y a l'adresse ; contre la maladie, il y a le remède et le médecin, efficaces ou non. Contre le tremblement de terre il n'y a rien ; et cette certitude entre en nous bien plus par le fait lui-même que par le raisonnement.

Le refuge de tout homme qui souffre, de tout homme menacé, c'est son toit, c'est son lit. Or, dans ces crises de la terre, rien n'est plus redoutable que le lit et que le toit. Alors l'impossibilité de rentrer chez soi fait de l'homme une bête errante, perdue, affolée, qui s'enfuit, et qui porte en elle une angoisse nouvelle et imprévue, celle du civilisé forcé de camper comme l'Arabe.

Et puis, pour tous les gens de Nice que j'ai rencontrés, cherchant refuge autour de la ville d'Antibes où aucune maison n'est tombée, il semble que l'émotion ait été accrue par la curieuse coïncidence de l'effrayant sinistre fermant le carnaval. Ils avaient vu des masques tout le jour d'avant ; ils s'étaient couchés et endormis avec ces visages, ces grimaces, ces figures grotesques dans les yeux ;

et voilà qu'ils s'éveillent au milieu d'une ville croulante et d'un peuple fou d'épouvante.

Et ce contraste a dû en effet frapper leurs âmes étrangement, y produire un travail mystérieux qui servirait dans un siècle de foi à consolider une religion, car je sens moi-même que ma lecture du soir, précédant de quelques minutes le sommeil, cette histoire d'un soldat, Pœuf, qui a tué son supérieur par jalousie, reste et restera liée en mon esprit à l'émotion du tremblement de terre. Chaque fois que ma pensée retourne à l'accident, le souvenir du roman me revient plus vif que celui d'aucune autre lecture, et les faits qui y sont racontés se mêlent, malgré moi, aux faits réels de la nuit.

(*Gil Blas*, 1er mars 1887.)

Fin de saison

Cette chronique paraît dans le Gil Blas *le 17 mars 1885. En ce mois, selon Maupassant, les Parisiens quittent leurs villégiatures de la Côte d'Azur, où ils ont passé décembre, janvier et février, pour rentrer à Paris. Dans la seconde moitié du XIXe siècle, les villes méditerranéennes sont pendant l'hiver le refuge des aristocrates et des bourgeois aisés qui redoutent les effets du froid sur leurs gorges et leurs bronches, à une époque où la phtisie, maladie alors incurable, sème la mort. Apparemment, les mœurs parisiennes ont changé depuis lors. Maupassant a lui-même séjourné à Cannes en janvier-février 1885. Il reviendra dans le Midi en décembre pour y rester jusqu'en mars 1886. C'est son rythme.*

Les Parisiens partent donc lorsque « cette terre merveilleuse se met à fleurir ». Le carnaval s'est éteint avec ses batailles de fleurs. Les villas se vident. Plus loin, dans les Maures, on attend encore la construction de nouvelles stations. La presse locale pointe les noms des célébrités qui s'éloignent, à commencer par l'héritier du trône d'Angleterre. Il faudra attendre encore plus de cinquante ans que les foules, l'été venu, déferlent sur les plages de la Côte.

Maupassant conduit son lecteur de Hyères jusqu'à Menton, avec de brefs instantanés de Cavalaire, Saint-Raphaël, Beaulieu, et des arrêts prolongés à Cannes, Nice, où « la vie joyeuse est en permanence », Villefranche, où l'on aperçoit les « monstres étranges » de la flotte militaire, et Monaco, sur son roc, où l'on « rencontre tous les artistes du monde ».

Ces paradis de la fête mondaine ont donc fermé leurs portes. Au fait, qui peuple Paris en l'absence des Parisiens ? La chronique elle-même quitte la Méditerranée pour nous ramener dans la capitale à la rencontre des « gens qui restent ». Ce sont « les provinciaux de Paris », qui vivent dans Paris comme dans une province où l'on s'encroûte : d'un côté les plus boulevardiers, gens de journal et de théâtre, toujours affairés et qui méprisent la mer, les bois, les voyages, les étrangers ; de l'autre, un peuple enfermé dans ses tribus, employés, fonctionnaires, commerçants, ou dans ses quartiers, son voisinage immédiat, ignorant de la vie du monde, de la science et des livres.

Cette petite sociologie de la vie parisienne s'achève par un hommage aux vrais Parisiens, ceux qui ne se perdent nulle part et sont à l'aise partout, qui sont curieux de tout et qui « se moque[nt] de tout » après y avoir goûté.

Donc, on rentre à Paris.

— Qui ça ?

— Les Parisiens, parbleu.

— Ah ! vraiment ! Les Parisiens étaient sortis de Paris ?

— D'où sortez-vous, vous-même, monsieur, qui ignorez que les vrais Parisiens ne sont jamais à Paris. Ou plutôt ils y passent trois mois par an, avril, mai et juin. En juillet et en août, ils vont aux eaux des Pyrénées, de l'Auvergne ou de l'Allemagne. En septembre, octobre et novembre, ils chassent dans leurs terres. En décembre, ils traversent Paris pour acheter des costumes d'hiver, puis ils repartent bien vite pour la Méditerranée.

La Méditerranée, cela veut dire ce jardin incomparable qui commence à Hyères et qui finit à Menton, pour les Français. On y passe janvier, février et mars, et on part juste au moment où cette terre merveilleuse se met à fleurir. Les champs, oui les champs, les humbles champs sont pleins de fleurs sauvages plus belles que celles des serres. Des armées d'enfants les cueillent pour les vendre.

Les roses grimpent au sommet des arbres, et bientôt les citronniers et les orangers, ouvrant leurs grappes blanches, exhaleront un parfum si fort qu'il grise comme le vin. Leur odeur puissante et délicieuse emplira ce pays, le couvrira, l'endormira, le bercera ; et chaque nuit les lucioles, ces mouches de feu, danseront sous les feuillages, dans l'air embaumé, mêlant, par milliers, leurs vols lumineux. On croirait assister à l'éclosion miraculeuse de larves d'étoiles qui s'exercent à voltiger pour monter dans le firmament.

Chronique de la Côte

Mais les Parisiens seront partis. Car les Parisiens s'en vont. La saison fut sans grand événement. On a cependant potiné pas mal – car on potine sur la côte – comme partout. Hyères est calme. Sa splendeur est passée. Plus loin dans les sauvages montagnes des Maures inexplorées jusqu'ici, de nouvelles stations se préparent. La grande plage de Cavalaire attend des acheteurs. Tout le long de l'admirable golfe de Grimaud les boulevards ouverts dans les forêts de sapins attendent des villas. – Qui vivra verra.

Saint-Raphaël. – Ici tous les propriétaires sont médecins. Ils attendent leurs malades – qui ne viennent pas vite.

On traverse l'Esterel, voici Cannes, l'aristocrate, la ville des princes, des princesses et des duchesses. Calme comme une grande dame, elle fait fi du menu bourgeois qui semble d'ailleurs l'abandonner, car il n'y trouve ni casino, ni promenade fréquentée, ni distraction d'aucune sorte, le théâtre ouvrant sa porte une fois par mois environ. Repoussé par la société altière et fermée de la route de Fréjus, rebuté par la maladresse ignorante de l'autorité locale qui ne fait rien pour lui, le particulier qui cherche à s'amuser s'en va à Nice.

Le merveilleux jardin de M. Doguin montre ce qu'on pourrait obtenir, si on voulait, si on savait, si on avait un peu l'intelligence des choses vraiment intéressantes et utiles.

La grande distraction de Nice et de Cannes au moment du carnaval consiste en des batailles de fleurs[1]. Rien de plus charmant que ce long défilé de voitures

1. Plusieurs batailles de fleurs ont lieu chaque hiver à Cannes, en particulier au moment du carnaval, mais aussi dès la fin de janvier. C'est à celle du 24 janvier 1884 que la nouvelle intitulée « Rose », publiée le 29 janvier 1884, fait sans doute allusion. En décembre 1884, et à la fin de février 1885, Maupassant est à Cannes. Il y séjournera également en mars 1886. Il sera à Antibes en février-mars 1887, et retournera à Cannes en novembre de la même année, et encore en janvier-février et en avril 1888. Cannes le verra de nouveau longuement en 1889, 1890 et 1891. Dans ses souvenirs, François Tassart, valet de chambre de Maupassant, écrit que le 6 avril 1888 son « maître », ayant pris une voiture avec deux amis, est allé « se jeter dans la mêlée » de la bataille de fleurs, malgré sa détestation de la foule. « Je me suis bien amusé, se serait-il écrié, mieux que je n'aurais cru. »

chargées de bouquets, au bord de la mer, et que cette lutte à coups de roses, de violettes, d'anémones, de résédas, de tubéreuses, de mimosas.

La chronique, cet hiver, s'est émue de la brusque disparition du prince de Galles, en plein carnaval, en pleine fête[1]. Bien des histoires ont circulé sur ce départ inattendu. D'après les uns, qui paraissent sûrs de leurs renseignements, la police de Londres aurait prévenu celle de Nice qu'un attentat était préparé contre l'Altesse roulante et joyeuse. On a même fait circuler le texte de dépêches confidentielles de grands journaux anglais à leurs correspondants. Ces dépêches disaient : « Un crime horrible a été conçu. Il menace la vie de notre prince héritier. Si le ciel permettait qu'un pareil malheur arrivât, veuillez nous télégraphier immédiatement les circonstances. Nous vous envoyons ci-joint un modèle de dépêche. Vous n'aurez qu'à biffer les mots inutiles :

« S. A. R. le prince de Galles a été attaqué – blessé – assassiné – tantôt – rue... – au moment où il... – Le – ou les – meurtriers ont été – arrêtés – poursuivis – ou... ont échappé grâce à..., etc. »

D'après d'autres personnes non moins bien informées, des hommes mal élevés auraient crié deux ou trois fois : « Khartoum ! » sur le passage de ce futur monarque sans souci[2]. Enfin, une troisième version circule, d'après

1. Le futur Édouard VII. 2. C'est l'époque où la Grande-Bretagne cherche à s'installer au Soudan. Le Soudan a été incorporé dans l'empire égypto-ottoman de 1820 à 1885. Entre 1863 et 1879, Ismaïl Pacha, qui règne en Égypte, s'est efforcé de développer le Soudan. En 1876, le colonel britannique George Gordon, installé à Khartoum en 1874, devient gouverneur général du Soudan égyptien, en principe pour le compte du khédive Ismaïl Pacha, et le reste jusqu'en 1879. En 1881, le Soudan se révolte contre l'autorité égyptienne. En

laquelle Sa Majesté la reine, la sévère et austère historiographe de John Brown, aurait rappelé son fils, trouvant mauvais qu'il jetât des violettes aux dames de France au bord des eaux bleues de la Méditerranée, tandis que les Arabes infidèles jetaient dans les eaux du Nil les uniformes rouges des soldats anglais.

Quoi qu'il en soit, l'aimable prince est parti si vite que tout le monde a flairé un mystère.

À Nice la vie joyeuse est en permanence comme la guillotine aux jours de la Terreur. Il faut qu'on s'amuse, le jour ou la nuit, du matin au soir et du soir au matin. Et on s'amuse, bon gré mal gré, sans rire et sans plaisir, sans entraînement et sans conviction. On s'amuse parce qu'il faut s'amuser à Nice. C'est la patrie élégante et blanche des rastaquouères et des princesses russes, des pilleurs de bourse de tout sexe. En cette ville du moins on offre aux étrangers tous les plaisirs possibles. On y joue la comédie, l'opérette et l'opéra. Mme Pasca vient d'y obtenir un grand succès dans une reprise de *Séraphine*, l'œuvre magistrale de M. Victorien Sardou, dont l'auteur, qui habite Nice, a dirigé les répétitions.

Voici Villefranche où l'escadre est à l'ancre. Les lourds navires de fer, accroupis sur l'eau, semblent des monstres étranges poussés du fond de la mer.

1884-1885, Khartoum, capitale du Soudan, est reprise par Gordon, mais celui-ci meurt le 26 janvier 1885. Un État mahdiste (du titre de *mahdi*, choisi par le chef de l'insurrection de 1881) sera constitué en 1889, mais la conquête définitive du Soudan sera entreprise par l'Angleterre en 1896. Pendant toutes ces années, les rivalités anglo-françaises se sont exacerbées dans la haute vallée du Nil, atteignant leur point culminant à Fachoda en septembre-novembre 1898. En 1899, un traité anglo-égyptien établit un condominium sur le Soudan, tandis que la France renonce à ses ambitions sur ce pays.

Mais dans le port, derrière les jetées, on aperçoit trois bateaux minces, longs, peints en gris, pareils à des poissons flottants. Ce sont les torpilleurs, les petites bêtes qui mangeront les grosses. De temps en temps, on voit une voiture venue de Menton s'arrêter sur la route qui domine le golfe. Un jeune homme en descend, regarde longtemps les énormes bâtiments dans la rade et les étroits bateaux dans le port, et il prononce la phrase célèbre de Victor Hugo : « Ceci tuera cela. »

C'est M. Gabriel Charmes, l'éminent rédacteur des *Débats*, qui a abandonné l'Égypte anglaise pour la côte charmante du Midi français, et qui continue ses études si intéressantes sur le rôle de la torpille dans les guerres maritimes.

Voici Beaulieu, le bien nommé. Puis Monaco, Monte-Carlo, dont les noms sonnent comme des sacs d'écus. Admirables villes habitées par la plus odieuse population de la terre. Je parle de la population volante – sans jeu de mots ; – une cour des Miracles, une race de chiffonniers, un quartier peuplé de mendiants sont moins horribles que ce mélange de vieilles femmes à cabas, d'aventuriers et de gens du monde qui entourent les tables de jeu. On n'imagine point ce public interlope, étrange et répugnant.

Mais qu'il est admirable le vieux Monaco, sur son roc au pied de l'énorme montagne où l'on voit poindre, tout en haut, un fort français. Monte-Carlo n'est pas seulement la patrie de la roulette, c'est aussi celle de la musique. On y donne de magnifiques concerts, et on y rencontre tous les artistes du monde : voici Mme Nilsson qui cause avec M. Faure, voici Mme Heilbron, Mme Franck-Duvernoy qui vient d'être acclamée dans le premier acte d'*Hérodiade*[1] chanté par elle en grande artiste.

Et là-bas c'est Menton, le point le plus chaud de la côte, le pays préféré des malades.

Les provinciaux de Paris

Donc les Parisiens quittent la Méditerranée et rentrent à Paris.

Mais alors quelles sont les gens qui peuplent Paris en l'absence des vrais Parisiens qui n'y sont jamais ? Car la ville est toujours pleine, hiver comme été ; et il serait bien difficile à un ignorant de dire si les Parisiens sont ou ne sont pas à Paris.

— Les gens qui restent, monsieur, sont les provinciaux de Paris.

— Ah ! très bien, mais à quoi les reconnaît-on ?

— On les reconnaît à leurs mœurs. Je veux dire que, ne quittant jamais une ville qu'il est de bon ton de quitter à certaines époques, ils vivent dedans comme des provinciaux encroûtés.

Je dois ajouter qu'il existe à Paris plusieurs sortes de provinciaux parisiens :

1° Ceux pour qui Paris constitue l'univers entier et qui ignorent Argenteuil autant que Londres ou Saint-Pétersbourg. Rien n'existe pour eux en dehors de ce qui se fait dans l'enceinte des fortifications. Ceux-là ne connaissent point d'autres arbres que ceux des boulevards, d'autres nouvelles que celles du boulevard, d'autre

1. Opéra en 4 actes de Jules Massenet (1842-1912), joué pour la première fois au théâtre de la Monnaie le 19 décembre 1881.

chemin de fer que celui de la Ceinture. Ils vivent une vie affairée, mouvementée, étroite et pressée. Ils sont toujours en retard de dix minutes en tout ce qu'ils font ; ce qui les empêche de jamais penser longuement à des choses profondes, de jamais entreprendre un travail de grande étendue, de connaître autre chose que les besognes rapides, les plaisirs immédiats, les affaires urgentes de l'existence parisienne. Ils méprisent la province, les voyages, la mer, les bois, les peuples voisins, les mœurs des Anglais, des Allemands, des Russes et des Américains, ces provinciaux du trottoir parisien ! Ils se moquent de ce qu'ils ne savent pas, de ce qu'ils ne comprennent pas, de ce qu'ils ne connaissent pas, persuadés d'avance que rien ne vaut leur intelligence harcelée par de menues occupations.

Ils se disent et se croient les Parisiens par excellence, les seuls spirituels des hommes, les seuls connaisseurs en art, les seuls artistes de la terre.

Les deux pôles de leur préoccupation sont le journal – ou le théâtre. Ils se passionnent pour tout ce qu'on fait à Paris.

2° À côté d'eux vit le peuple innombrable des vrais provinciaux, enfermés dans Paris, comme on le serait dans une prison. Il se divise en tribus nombreuses : tribu des employés, tribu des fonctionnaires, tribu des commerçants, tribu du vieux faubourg. Ils vivent, ceux-là, entre eux, dans *leur société*. Ils voient leurs connaissances, leur monde, sans se douter que Paris, le vrai Paris, est fait de cent mondes différents, et que chacun renferme des mystères étranges. Ils ne se doutent pas que le vrai Parisien, lui, connaît tous ces mondes, les aime et les fréquente, se trouve chez lui partout, parle avec chacun suivant sa langue et sa morale.

Les gens attardés de ce qu'on appelle encore le faubourg Saint-Germain – provinciaux.

La société des Ponts et Chaussées, par exemple, si particulière, fermée, vivant suivant des traditions, si préoccupée de hiérarchies et de convenances, monde honorable entre tous, mais morne et éteint, est-ce autre chose qu'un monde de province à Paris ?

Chaque quartier a ses provinciaux différents, chez qui on retrouve toujours les traits caractéristiques du provincial. Chaque rue est une province où on voisine, où on potine, où on complote, où on végète comme à Carpentras, où on ignore les choses importantes du jour, de la vraie vie du monde, le mouvement de la ville et des peuples voisins, l'activité de la pensée humaine en travail, les livres, les arts, la science.

Le vrai Parisien, au contraire, qui se trouve dans toutes les classes, dans toutes les professions, dans tous les milieux, ignore son voisinage, ne sait pas les noms des locataires de sa maison, mais connaît ceux de tous les gens célèbres, possède leur histoire et leurs œuvres, pénètre dans tous les salons, s'occupe et se préoccupe de toutes les manifestations de l'esprit, ne se perdrait pas plus dans Nice, dans Florence ou dans Londres que dans Paris. Il vit de la vie générale et non d'une vie cloîtrée comme le provincial. Il n'a guère de morale et guère de croyance, guère d'opinion et guère de religion, bien qu'il en montre par décence et par savoir-vivre ; il s'intéresse à tout sans se passionner plus d'une semaine au plus. Son esprit est ouvert à tout, accepte tout, regarde tout, s'amuse de tout et se moque de tout après avoir un peu cru à tout.

(*Gil Blas*, 17 mars 1885.)

Chez la mort

Cette chronique, pourtant antérieure de près de trois ans à la précédente, en est comme l'envers et la version frissonnante. Maupassant méditera plus tard sur le départ des villégiaturistes vers un printemps de divertissements parisiens succédant à l'hiver des bals et du carnaval de Nice. Mais au moment d'une de ses premières arrivées sur la Côte, c'est une tout autre image qui le saisit après les odeurs et les couleurs entrées par les fenêtres du train : le convoi des malades qu'on voit débarquer de gare en gare. Car ce pays n'est pas seulement la salle des fêtes du grand monde : c'est aussi « l'hôpital [...] et le cimetière de l'Europe ».

Maupassant n'écrit pas le mot « phtisie », nom ancien de la tuberculose. C'est elle, pourtant, « l'inguérissable mal ». Elle a frappé tous ces hommes et ces femmes, jeunes et vieux, qui viennent demander au soleil un supplément de vie dans la senteur des fleurs d'oranger. Elle emplit les riches hôtels où viennent mourir les princes. C'est elle qui emportera en 1884 la jeune Marie Bashkirtseff, la correspondante spirituelle et impertinente qu'il n'a jamais identifiée, morte à vingt-quatre ans. Et c'est dans l'espoir illusoire de lui échapper que Charles Forestier, protecteur de Georges Duroy, héros de Bel-Ami, *viendra agoniser sur les hauteurs de Cannes. – Le bacille de la tuberculose n'a été découvert par Koch qu'en 1882. Mais la médecine de l'époque ne dispose d'aucun remède contre la maladie. On compte pour la soigner, illusoirement, sur le climat méditerranéen, sec et chaud.*

Dans les palaces de Cannes ou de Menton, on cache les morts comme on fait le silence sur le mal qui les a tués. Mais de temps en temps, un incident tragico-burlesque, un vacarme, la nuit, dans le grand escalier d'un hôtel, révèle l'horreur et réveille la peur. – Le soir venu, cependant, on danse, tandis que la mer, indifférente, miroite sous la lune.

Chronique prémonitoire ? C'est à Cannes que onze ans plus tard Maupassant, lui aussi détruit par un autre mal implacable, tentera de se trancher la gorge avant de finir sa vie de dément, le 6 juillet 1893, dans une clinique parisienne.

Le pays où fleurit l'oranger

Des roses, des roses, partout des roses. Le train court entre deux champs infinis de roses ; et le vent qui vous souffle au visage par la portière semble un ouragan de parfums.

Une autre odeur, plus pénétrante, vous frappe encore : on dirait qu'elle flotte sur la première et l'enveloppe : c'est la senteur puissante des citronniers et des orangers fleuris[1] ; car au-dessus des champs de rosiers s'étagent des feuillages sombres où brillent comme des astres

1. « En voyage » (nouvelle, *Gil Blas*, 10 mai 1882) : « J'ai voulu, cette année, respirer de la fleur d'oranger et je suis parti pour le Midi, à l'heure où tout le monde revient. »

les oranges d'or et les citrons jaunes oubliés aux branches. Et la montagne s'élève, toute plantée de ces arbres embaumants qui portent en même temps leurs fruits ardents et leurs bouquets exquis. Une mollesse vous envahit, dans cette abondance d'odeurs, une envie de s'anéantir, enivré jusqu'à l'épuisement par ces douces exhalaisons.

Le train court. À droite, c'est la Méditerranée, immobile, sommeillante aussi, d'un bleu épais ; la mer caressante et nonchalante qui ne se fatigue point, comme les autres océans, aux laborieuses marées contre les hautes falaises. À gauche, la pente boisée des Alpes ; et parfois, dans une échancrure de la montagne, au-dessus des champs qui vous font murmurer sans cesse, malgré vous, dans une incessante obsession, la phrase banale et si répétée :

Connais-tu le pays où fleurit l'oranger ?

On aperçoit parfois un sommet neigeux, encore vêtu par l'âpre hiver des cimes.

De temps en temps, le train s'arrête dans une petite ville au nom sonore. Et le long des grilles on voit des gens qui regardent le convoi. Malgré la chaleur et le soleil, ils sont enveloppés de manteaux, appuyés sur un bras ami, avec des yeux profonds, désespérés et méchants.

Ils regardent passer le convoi et descendre les nouveaux malades.

Car ce pays ravissant et tiède, c'est l'hôpital du monde et le cimetière de l'Europe.

Le cimetière de l'Europe

Voici Menton. La reine d'Angleterre[1] est partie. La ville est calme, laissée aux seuls mourants. Ils se traînent, à pas lents, le long des flots pacifiques, et, quand leur œil s'élève, ils aperçoivent, dominant le pays comme une citadelle, le cimetière escarpé, tout au sommet d'un monticule.

Dans les villes de guerre, on voit ainsi les forteresses debout sur les hauteurs environnantes : dans ces villes d'agonie, l'invincible bastion est fait avec des tombes.

Quel lieu ce serait pour vivre, ce jardin où dorment les morts ! Des roses, des roses, toujours des roses. Elles sont sanglantes, ou pâles, ou blanches, ou veinées de filets écarlates. Les tombes, les allées, les places vides encore, et remplies demain, tout en est couvert. Leur parfum violent étourdit, fait vaciller les têtes et les jambes.

Et tous ceux qui sont couchés là avaient seize ans, dix-huit ans, vingt ans.

De tombe en tombe, on va, lisant les noms de ces êtres tués si jeunes, par l'inguérissable mal[2]. C'est un cimetière d'enfants, un cimetière pareil à ces bals blancs où ne sont point admis les gens mariés.

---

1. La reine Victoria (1819-1901). 2. Louis Forestier, à propos de la nouvelle « La morte » (*Gil Blas*, 31 mai 1887, *Contes et nouvelles*, II, « Bibl. de la Pléiade », p. 939), commente « la passion morbide que l'auteur voue aux cimetières ». Il rappelle la visite de Maupassant au cimetière des Capucins, à Palerme (voir « Palerme (II) », *Le Figaro*, 13 mai 1885, ici p. 137 *sqq.*), et au cimetière de l'Enfida en Tunisie (voir « Vers Kairouan », *La Revue des Deux Mondes*, 1er février 1889, ici p. 335 *sqq.*, et les nouvelles « La tombe », *Gil Blas*, 29 juillet 1884 et « Les tombales », *Gil Blas*, 9 janvier 1891).

Comme de tous les coins du monde on doit la maudire, cette terre charmante et redoutable, antichambre de la mort, parfumée et douce, où tant de familles, humbles et royales, princières et bourgeoises, ont laissé quelqu'un, presque toutes un enfant en qui germaient leurs espérances et s'épanouissaient leurs tendresses !

De ce cimetière la vue s'étend, à gauche, sur l'Italie, jusqu'à la pointe où Bordighera allonge, dans la mer ses maisons blanches ; à droite, jusqu'au cap Martin, qui trempe dans l'eau ses flancs feuillus.

La souveraine cachée

Partout, le long de cet adorable rivage, nous sommes chez la Mort. Mais elle est discrète, voilée, pleine de savoir-vivre et de pudeurs, bien élevée enfin. Jamais on ne la voit face à face bien qu'elle vous frôle à tout moment.

On dirait même qu'on ne meurt point en ce pays. Tout est complice de la fraude où se complaît cette souveraine. Mais comme on la sent, comme on la flaire, comme on entrevoit parfois le bout de sa robe noire ! Certes, il faut bien des roses et bien des fleurs de citronniers pour qu'on ne saisisse jamais, dans la brise, l'affreuse odeur qui s'exhale des chambres de trépassés.

Jamais un cercueil dans les rues, jamais une draperie de deuil, jamais un glas funèbre. Le maigre promeneur d'hier ne passe plus sous votre fenêtre, et voilà tout.

On ne saurait même point comment disparaissent ces gens, si celle qu'on appelait jadis la Camarde ne se laissait parfois deviner ; on dirait alors qu'elle pousse un rire féroce pour se moquer des peurs humaines.

Elle a des malices infernales, de sinistres plaisanteries. Toutes ses apparitions sont burlesques et terribles, pleines d'une ironie formidable, d'un comique lugubre et irrésistible. Elle est chez elle, elle s'amuse.

À Paris, on salue gravement la Mort qui passe. Elle se promène avec cérémonie en des voitures sombres, chamarrées d'argent. Ici, elle se cache derrière les portes.

Or, dans un grand hôtel où des princes habitaient, des princes creux et râlants, on affirmait avec sérénité que depuis un an personne n'était trépassé. L'air était si sain, disait-on ; la côte si peuplée de sapins vivifiants, le soleil si doux, que les malades les plus désespérés se guérissaient à qui mieux mieux.

On le croyait ; et, quand on ne voyait plus errer dans les jardins la figure sèche aux yeux luisants de quelque promeneur à toux furieuse, on le supposait retourné dans sa patrie, guéri subitement. – Guéri, certes, à tout jamais, et sans danger de rechute[1] !

Au premier étage, un fils de roi, bien malade, mais confiant, attendait avec assurance cette santé promise.

---

1. « L'affreux mal qui ne pardonne guère et qu'on nomme aujourd'hui la tuberculose, le mal qui ronge, brûle et détruit par milliers les hommes, semble avoir choisi cette côte pour y achever ses victimes » (*Sur l'eau*, Paris, Ollendorff, 1899, p. 56). Le bacille de la tuberculose n'est découvert par Koch qu'au cours de cette même année 1882. La médecine française de l'époque compte sur le climat de Cannes, Menton et Nice pour soigner la maladie. Cette confiance est illusoire. Il est clair que pour Maupassant ces cités ne sont que des antichambres de la mort. Voir aussi « Nos Anglais », nouvelle (*Gil Blas*, 10 février 1885) : « Menton, capitale des poitrinaires, célèbre par ses tubercules pulmonaires » ; et également « Auprès d'un mort » (*Gil Blas*, 30 janvier 1883), qui se passe à Menton et qui commence par cette phrase : « Il s'en allait mourant, comme meurent les poitrinaires. »

Or, une nuit, comme tous dormaient dans la vaste maison, un bruit terrible la fit trembler soudain du haut en bas. Ce fut d'abord une secousse vibrante, pareille à un coup de tonnerre ; puis un roulement retentissant semblable aux bondissements de la foudre, un fracas épouvantable comme si le feu du ciel eût crevé le toit de la maison, et précipité les poutres et les tuiles tout le long du grand escalier.

Le prince, d'un saut, fut debout et sa bougie à la main ouvrit sa porte, contre laquelle un choc violent s'était produit. Et il se trouva face à face avec un cadavre gisant auprès du cercueil éventré. Les croque-morts éperdus descendaient l'escalier en hâte pour rattraper leur proie, qu'ils avaient lâchée au dernier étage.

Et, toutes les portes s'ouvrant, tous les condamnés apparaissaient, puis demeuraient hagards, affolés, immobiles, devant le compagnon de la veille, dont ils devaient être les compagnons du lendemain.

Dans un autre hôtel de la même ville, une jeune femme, saine et gaie, celle-là, venue en ces pays qui sont autant de plaisir que de douleur, avait pris, par mégarde, un petit escalier dérobé. Un valet qu'elle rencontra lui dit, oubliant son rôle : « Comment, madame, vous montez par l'escalier des morts ? »

*

Le soir tombe ; quelques villas s'illuminent. On danse. La lune, du fond du ciel, jette à la mer calme des reflets mobiles, et l'Océan miroite, doucement, comme frotté de lumière, avec des frémissements de moire.

Et sous les bosquets d'orangers les lucioles, ces mouches ardentes, dansent dans l'air parfumé un étrange ballet de feu. Elles vont, viennent, se mêlent, jetant leur lueur intermittente et fantastique, cette lueur rapide, éteinte aussitôt qu'allumée qui paillette les feuillages d'étoiles errantes.

Comme il est ravissant, ce pays de la Mort !

(*Le Gaulois*, 8 mai 1882.)

DEUXIÈME PARTIE

Le voyage en Corse

L'arrivée en Corse, le 8 septembre 1880, est la première évasion de Maupassant vers le Sud. Il s'est mis en congé du ministère de l'Instruction publique depuis le 1er juin et il se donne une bonne raison : le séjour de sa mère, Laure de Maupassant, à Bastelica, lieu de villégiature d'été des habitants d'Ajaccio. Il a quitté Paris le 3 septembre. Il s'est d'abord arrêté à Marseille, puis s'est embarqué dans la soirée du 7. Sa première chronique ne sera datée que du 24 septembre.

Il passera un grand mois en Corse et rentrera à Paris vers le 20 octobre, après un arrêt à Golfe-Juan, chez Juliette Adam, qui a fondé *La Nouvelle Revue* en 1879. Il ne tirera cependant que trois chroniques de ses pérégrinations entre Ajaccio, Bastelica, Calvi, Piana, Vico, et retour à Ajaccio. Il prêtera toutefois aux deux personnages d'*Une vie*, en 1883, un voyage de noces qui les conduira sur les mêmes routes. Il est d'ailleurs probable que cette traversée de la partie ouest de l'île répondait au besoin d'un regard personnel sur le décor naturel d'un des principaux chapitres du roman, en chantier depuis 1878.

Les trois chroniques publiées dans *Le Gaulois* (27 septembre, 5 et 12 octobre) ne rendent pas compte de tout ce qu'il a vu et entendu au cours de ses cheminements à pied, à dos de mulet ou en cabriolet, aussi bien que dans ses rencontres avec les personnalités corses. Mais on y trouve l'essentiel de ce que pouvaient attendre les lecteurs du journal : le pittoresque des villages et des montagnes, l'odeur et les mystères du maquis, l'immensité des forêts et des plages, la sauvagerie des défilés et des rocs, la beauté saisissante des calanques, la faconde et les querelles des politiciens locaux, le souvenir embelli des Bonaparte, les histoires de bandits corses et de vendettas, authentiques ou fictives.

La patrie de Colomba

Employé au ministère de l'Instruction publique depuis décembre 1878, Maupassant a pris un premier congé de santé en avril 1879. En septembre, nouveau congé, qu'il occupe à un voyage le long des côtes bretonnes. À cette occasion, il a fait la traversée de Saint-Malo à Jersey. Mais son premier véritable éloignement des côtes françaises est celui qui le conduit en Corse en septembre 1880. Bénéficiant d'un nouveau congé depuis le 1er juin, il s'assurera dès lors plusieurs prolongations jusqu'à son départ définitif, rendu possible par son entrée comme chroniqueur régulier au Gaulois, *pour un salaire qui double sa rémunération ministérielle – sans parler de ses piges de nouvelliste.*

Il rejoint sa mère, Laure de Maupassant, le 8 septembre. Il visite Ajaccio, Bastelica, Corbara, Calvi, Piana, Vico, Ajaccio de nouveau. Il revient à Paris le 20 octobre. Il a trouvé le temps d'écrire, en plus de ses trois chroniques de Corse, publiées dans Le Gaulois *des 27 septembre, 5 et 12 octobre, « La maison Tellier », une de ses plus fameuses nouvelles normandes.*

La presse locale a salué son arrivée dès le 9 septembre. Depuis le succès de « Boule de Suif », la nouvelle qu'il a publiée en avril 1880 dans Les Soirées de Médan, *et de ses premières chroniques, il compte parmi les jeunes écrivains dont on parle. Les personnalités corses espèrent qu'il évoquera leurs noms dans* Le Gaulois, *grand quotidien conservateur de Paris. Le voilà donc invité à une séance du Conseil général.*

Ses hôtes seront peut-être déçus. D'abord à cause du titre de la chronique, qui entretient le stéréotype des vendettas corses – et qui suscitera son ironie, parce que c'est le journal qui l'a choisi, sans doute pour adresser un clin d'œil posthume à Prosper Mérimée. Ensuite parce que Maupassant donne aux lecteurs parisiens un tableau burlesque des rivalités entre les deux clans qui se partagent l'électorat corse et des « séances orageuses » du Conseil général. Visiblement, il a préféré à ces débats la vue du port de Marseille et de sa population mêlée et grouillante, et la contemplation des côtes de la Corse, dont les images grandissent au fur et à mesure de l'approche du paquebot, au petit matin. Les charmes d'un paysage maritime ensoleillé et odoriférant l'emportent toujours chez lui sur le spectacle des passions politiques et sur le souvenir des grands hommes.

Ajaccio, 24 septembre 1880.

De Marseille à Ajaccio

Le port de Marseille bruit, remue, palpite sous une pluie de soleil, et le bassin de la Joliette, où des centaines de paquebots projettent sur le ciel leur fumée noire et leur vapeur blanche, est plein de cris et de mouvements pour les départs prochains.

Marseille est la ville nécessaire sur cette côte aride, qu'on dirait rongée par une lèpre.

Des Arabes, des nègres, des Turcs, des Grecs, des Italiens, d'autres encore, presque nus, drapés en des loques bizarres, mangeant des nourritures sans nom, accroupis, couchés, vautrés sous la chaleur de ce ciel brûlant, rebuts de toutes les races, marqués de tous les vices, êtres errants sans famille, sans attaches au monde, sans lois, vivant au hasard du jour dans ce port immense, prêts à toutes les besognes, acceptant tous les salaires, grouillant sur le sol comme sur eux grouille la vermine, font de cette ville une sorte de fumier humain où fermente échouée là toute la pourriture de l'Orient.

Mais un grand paquebot de la Compagnie transatlantique quitte lentement son point d'attache en poussant des mugissements prolongés, car le sifflet n'existe déjà plus ; il est remplacé par une sorte de cri de bête, une voix formidable qui sort du ventre fumant du monstre. Le navire tout doucement passe au milieu de ses frères prêts à partir aussi, et dont les flancs sont pleins de rumeurs ; il quitte le port, et tout à coup comme pris d'une ardeur, il s'élance, ouvre la mer, laisse derrière lui un sillage immense, pendant que fuient les côtes et que Marseille disparaît à l'horizon.

La nuit vient ; des gens souffrent, allongés en des lits étroits, et leurs soupirs douloureux se mêlent au ronflement précipité de l'hélice, qui secoue les cloisons, et au remous de l'eau fendue et rejetée écumante par le poitrail du paquebot dont les yeux allumés, l'un vert et l'autre rouge, regardent au loin, dans l'ombre. Puis l'horizon pâlit vers l'Orient et, dans la clarté douteuse du jour levant, une tache grise apparaît au loin sur l'eau. Elle grandit comme sortant des flots, se découpe, festonne étrangement sur le bleu naissant du ciel ; on distingue enfin une suite de montagnes escarpées, sauvages, arides, aux formes dures, aux arêtes aiguës, aux pointes élancées, c'est la Corse, la terre de la vendetta, la patrie de Bonaparte.

De petits îlots, portant des phares, apparaissent plus loin ; ils s'appellent les Sanguinaires et indiquent l'entrée du golfe d'Ajaccio. Ce golfe profond se creuse au milieu de collines charmantes, couvertes de bois d'oliviers que traversent parfois comme des ossements de granit d'énormes rochers gris, plus hauts que les arbres. Puis, après un détour, la ville toute blanche, assise au pied d'une montagne, avec sa grâce méridionale, mire dans le bleu violent de la Méditerranée ses maisons italiennes à toit plat. Le grand navire jette l'ancre à deux cents mètres du quai, et le représentant de la Compagnie transatlantique, M. Lanzi, met en garde les voyageurs contre la rapacité des mariniers qui opèrent le débarquement.

La patrie des Bonaparte

La ville, jolie et propre, semble écrasée déjà, malgré l'heure matinale, sous l'ardent soleil du Midi. Les rues sont plantées de beaux arbres ; il y a dans l'air comme un sourire de bienvenue où des parfums inconnus flottent, des arômes puissants, cette odeur sauvage de la Corse, qui faisait s'attendrir encore le grand Napoléon mourant là-bas sur son rocher de Sainte-Hélène.

On reconnaît tout de suite qu'on est ici dans la patrie des Bonaparte. Partout des statues du Premier consul et de l'Empereur, des bustes, des images, des inscriptions, des noms de rues rappellent le souvenir de cette race.

Des paroles qu'on surprend sur les places publiques font dresser l'oreille. Comment, on cause encore politique ici ? Les passions s'allument ? On croit sacrées ces choses qui maintenant ne nous intéressent guère plus que des tours de cartes bien faits ? Vraiment la Corse est fort en retard ; cependant, on dirait qu'un événement se prépare. On rencontre plus de gens décorés que sur le boulevard des Italiens, et les consommateurs du café Solférino[1] lancent des regards belliqueux aux consommateurs du café Roi-Jérôme[2]. Ceux-ci ont l'air prêts au combat ; mais ils se lèvent comme un seul homme à l'approche d'un monsieur, et tous le saluent avec respect. Il se retourne... On dirait... c'est le comte de Benedetti[3] ! Puis voici MM. Pietri, Galloni d'Istria, le comte Multedo, vingt autres noms non moins connus dans l'armée bonapartiste.

Que se passe-t-il ? La Corse prépare-t-elle une descente à Marseille ?

Mais les habitués du café Solférino se lèvent à leur tour, agitent leurs chapeaux devant deux personnages qui

---

1. Du nom de la localité italienne où l'armée franco-piémontaise commandée par Napoléon III a battu l'armée autrichienne le 24 juin 1859. 2. Jérôme Bonaparte, frère de Napoléon Ier, né à Ajaccio en 1784 et mort en 1860, a été roi de Westphalie de 1807 à 1813. Il était le père du prince Jérôme. Au café Solferino se réunissent les républicains, au café Roi-Jérôme les bonapartistes. 3. Le comte Vincent de Benedetti (1817-1900), diplomate, partisan de l'indépendance italienne, ambassadeur à Turin en 1861 après la reconnaissance du royaume d'Italie, ambassadeur en Prusse de 1864 à la guerre de 1870, avocat à Ajaccio à partir de 1871, conseiller général de Nonza. – Joseph-Marie Pietri (1820-1902), préfet de police de 1866 à 1870, sénateur de la Corse en 1879. Son frère Pierre-Marie (1810-1884) a été, lui aussi, préfet de police sous le second Empire. Les Pietri sont originaires de Sartène. – Jérôme Galloni d'Istria (1813-1890), sous-préfet de Bastia, député de la Corse à l'Assemblée nationale en 1871, bonapartiste, sénateur de la Corse en 1876, soutien du cabinet De Broglie en 1877.

passent et crient comme un seul homme « Vive la République ! ». Quels sont ces Messieurs ? Je m'approche et je reconnais le comte Horace de Choiseul[1] (à tout seigneur tout honneur !) et le duc de Choiseul-Praslin. Comment le député de Melun se trouve-t-il en ce pays ? Je retourne au café Roi-Jérôme et j'interroge un consommateur, qui me répond avec finesse que « faute d'anguille de Melun, on mangerait bien un merle de Corse ». M. le comte Horace de Choiseul est membre du Conseil général et la session va s'ouvrir.

Donc, sur cette terre de Corse où le souvenir de Napoléon est encore si chaud et si vivant, une lutte peut-être définitive va s'engager entre l'idée républicaine et l'idée monarchique. Les champions de l'Empire sont de vieux combattants tous connus, les Benedetti, les Pietri, les Gavini[2], les Franchini. Les champions de la République portent aussi des noms célèbres dans le pays, et ils ont à leur tête le maire d'Ajaccio, M. Peraldi, fort aimé et qu'on dit fort capable.

Bien que la politique me soit tout à fait étrangère, ce combat est trop intéressant pour n'y point assister, et j'entre à la préfecture avec le flot montant des conseillers généraux.

1. Le comte Horace de Choiseul-Praslin (1837-1915), candidat de l'opposition en 1869, député de la Seine-et-Marne le 8 février 1871, réélu député à Melun le 20 février 1876, membre du centre gauche, sous-secrétaire d'État aux Affaires étrangères le 28 septembre 1880, député de Corte en 1889. 2. Antoine Gavini (1856-1938), avocat au barreau de Bastia, républicain, conseiller général de Campile en août 1880, député révisionniste-bonapartiste en 1889.

Une séance au Conseil général

Un homme charmant, M. Folacci, représentant un des plus beaux cantons de Corse, Bastelica[1], me fait ouvrir le sanctuaire.

Ils sont là cinquante-huit, occupant deux longues tables couvertes de tapis verts. Des crânes luisent comme lorsqu'on regarde de haut la Chambre des députés. Vingt-huit sont assis à droite, trente à gauche. Les républicains vont être victorieux.

Un personnage galonné, qui représente le gouvernement avec un air arrogant[2], est assis à droite du président d'âge, M. le docteur Gaudin.

— Introduisez le public !

Le public entre par une porte réservée. Mystère !

M. de Pitti-Ferrandi, agrégé, professeur de droit, se lève et demande la parole pour réclamer l'expulsion de M. Emmanuel Arène[3].

Qui n'a pas vu une de ces séances de la Chambre, une de ces séances orageuses où les députés gesticulent comme des fous et jurent comme des charretiers, une de ces séances qui vous emplissent de colère et de mépris pour la politique et pour tous ceux qui la pratiquent ?

Eh bien, la première séance du Conseil général a failli prendre cette allure, mais MM. les représentants de la

---

1. Bastelica est le lieu de villégiature d'été des habitants d'Ajaccio. Laure de Maupassant, mère du chroniqueur, y séjourne à cette époque : Maupassant ira l'y rejoindre. 2. « Le gouvernement » est ici le préfet de Corse, Edgar de Marçay. 3. Emmanuel Arène (1856-1906), journaliste (*Le XIXe Siècle, La République française*), conseiller général de Zicavo, député de Corte en 1881, réélu député en 1886.

Corse sont gens de meilleur monde apparemment, car ils se sont arrêtés sur la pente.

Tous étaient debout, tous parlaient en même temps ; de petites voix grêles montaient ; des voix de taureau beuglaient des discours dont pas un mot n'était entendu. Qui avait raison ?... Qui avait tort ?... Le gouvernement déclara péremptoirement que, toute discussion sur ce sujet étant illégale, il se verrait obligé de quitter la salle si l'on passait outre. Cependant le Conseil général ayant décidé, sur la proposition de la gauche, de voter sur la discussion, le susdit gouvernement, espérant sans doute une victoire pour les siens, assista au vote aussi illégal apparemment que la discussion qui devait suivre ; puis, comme la droite était victorieuse, il se retira, se voyant battu, et toute la gauche le suivit...

Quand donc fera-t-on de la politique de bonne foi au lieu de faire uniquement de la politique de parti ? Jamais, sans doute, car le seul mot « politique » semble être devenu le synonyme de « mauvaise foi, arbitraire, perfidie, ruse et délation ».

Cependant la ville d'Ajaccio, si jolie au bord de son golfe bleu, entourée d'oliviers, d'eucalyptus, de figuiers et d'orangers, attend les travaux indispensables qui feront d'elle la plus charmante station d'hiver de toute la Méditerranée.

Il y faut organiser des plaisirs qui attirent les continentaux, étudier les projets, voter les fonds, et les habitants inquiets regardent depuis huit jours déjà si la seconde moitié du Conseil général consent à remonter dans la salle où l'attend la première moitié en nombre insuffisant pour délibérer.

Mais les grands sommets montrent au-dessus des collines leurs pointes de granit rose ou gris ; l'odeur du maquis vient chaque soir, chassée par le vent des montagnes ; il y a là-bas des défilés, des torrents, des pics, plus beaux à voir que des crânes d'hommes politiques, et je pense tout à coup à un aimable prédicateur, le P. Didon, que je rencontrai l'an dernier dans la maison du pauvre Flaubert.

Si j'allais voir le P. Didon ?

(*Le Gaulois*, 27 septembre 1880.)

Le monastère de Corbara
Une visite au P. Didon

La visite de Maupassant au père Didon a été annoncée à la fin de la chronique précédente. Le père Didon (1840-1900) est un prédicateur mondain et lettré, moderniste, lecteur de Balzac, Flaubert et Zola, « orateur préféré des belles dames », et qui n'hésite pas à traiter du divorce dans ses conférences et à évoquer la nécessaire évangélisation de la « société moderne » : comprendre et récupérer plutôt que condamner. Tenu en suspicion par sa hiérarchie, il a été exilé en Corse. Maupassant l'avait déjà rencontré en 1879 chez la nièce de Flaubert, Caroline Commanville.

Le couvent où il séjourne se trouve à Corbara, au nord-est de l'île. Partant d'Ajaccio, Maupassant a pris l'itinéraire des montagnes et des forêts, non celui de la côte. Près de deux cents kilomètres de chemins et de routes, soit plusieurs journées de voyage au rythme des avancées et des arrêts de sa voiture à cheval. Le père Didon lui a assuré qu'il se plaisait dans cette retraite au cœur d'un « paysage [...] grandiose et mélancolique », parce que cette solitude, bien qu'elle lui soit imposée, favorise la vie contemplative.

Visiblement, Maupassant a été enchanté de cette rencontre, qui l'a laissé, au-delà de sa propre incroyance, dans l'admiration de ce prêtre « ardent » et « sans hypocrisie ». Après l'avoir quitté, il a continué son voyage jusqu'à Calvi, en s'arrêtant aux calanques de Piana, dont il décrit les roches de granit rose aux formes fantastiques : deux d'entre elles lui évoquent deux moines debout, telle la dernière image qu'il a conservée du père Didon, silhouette détachée sur le ciel, au pied de la croix érigée en haut du pic qui surmonte le monastère de Corbara.

Maupassant décrira dans son premier roman, Une vie *(1883), l'arrivée par mer à Ajaccio et les calanques de Piana. On retrouve aussi ces dernières dans la nouvelle intitulée « Histoire corse ».*

Le chemin des montagnes

Les Alpes ont plus de grandeur que les montagnes de la Corse. Leurs sommets toujours blancs, leurs passages presque impraticables, leurs abîmes effrayants où l'on entend, sans les voir, rouler des torrents, en font une sorte de domaine du terrible et de l'escarpé. Les montagnes de Corse, moins hautes, ont un caractère tout différent.

Elles sont plus familières, faciles d'accès, et, même dans leurs parties les plus sauvages, n'ont point cet aspect de désolation sinistre qu'on trouve partout dans les Alpes. Puis sur elles flambe sans cesse un éclatant soleil. La lumière ruisselle comme de l'eau le long de leurs flancs, tantôt vêtus d'arbres immenses, qui de loin semblent une mousse, tantôt nus, montrant au ciel leur corps de granit.

Même sous l'abri des forêts de châtaigniers, des flèches de lumière aiguë percent le feuillage, vous brûlent la peau, rendent l'ombre chaude et toujours gaie.

Pour aller d'Ajaccio au monastère de Corbara, on peut suivre deux chemins, l'un à travers les montagnes et l'autre au bord de la mer.

Le premier serpente sans fin à mi-côte au milieu d'impénétrables maquis, longe des précipices où l'on ne tombe jamais, domine des fleuves presque sans eau à cette saison, traverse des villages de cinq maisons accrochés comme des nids aux saillies du roc, passe devant des sources minces, où boivent les voyageurs éreintés, et devant des croix nombreuses annonçant qu'en cet endroit un homme est mort : et c'est une balle qui les a tués presque toujours, ces pauvres diables couchés au bord de la route.

Voulant aller à Corbara serrer la main du P. Didon, j'ai choisi, pour m'y rendre, le chemin des montagnes. Là, point d'hôtels, point d'auberges, pas même de cafés, où l'on peut à la rigueur coucher. On demande l'hospitalité, comme autrefois, et la maison des Corses est toujours ouverte aux étrangers.

Arrivé dans un adorable village, Létia, d'où l'on aperçoit un magnifique horizon de sommets et de vallées, je ne pouvais plus même partir, retenu sans fin par les instances des familles Paoli et Arrighi[1], qui organisaient chaque jour parties de chasse ou excursions pour me faire rester plus longtemps. Après avoir traversé les immenses forêts d'Aïtone et de Valdoniello[2], le val du Niolo[3], la plus belle chose que j'aie vue au monde après le Mont-Saint-Michel et une partie de la Balagne[4], le pays des oliviers, j'ai retrouvé la mer auprès de Corbara.

---

1. Les Paoli et les Arrighi sont deux des plus riches et plus puissantes familles de Corse. 2. Les forêts d'Aïtone et de Valdoniello occupent une partie du centre de l'île, entre Evisa et Calacuccia. Le village de Bocognano, sur la route d'Ajaccio à Bastia, se trouve à leur lisière. 3. Le val du Niolo coupe un plateau situé à une altitude de 800 mètres, au bas du col de Vergio (1 464 m). 4. La Balagne se partage entre la plaine côtière de Calvi et des collines sur le flanc desquelles se logent de nombreux villages, dominant la plaine et, au loin, la mer.

Le paysage est grandiose et mélancolique. Une plage immense s'étend en demi-cercle, fermée à gauche par un petit port presque abandonné des habitants (car la fièvre ici dépeuple toutes les plaines), et terminée à droite par un village en amphithéâtre, Corbara, élevé sur un promontoire.

Le chemin qui me conduit au monastère est à mi-côte et passe au pied d'un mont élevé que couronne un paquet de maisons jetées dans le ciel bleu si haut qu'on pense avec tristesse à l'essoufflement des habitants contraints de remonter chez eux. Ce hameau s'appelle Santo-Antonino [1]. On découvre, à droite de la route, une petite église du XIIIe siècle, de style pur, chose rare en ce pays sans monuments et sans aucun art national. Cet édifice a été élevé par les Pisans, me dit-on. Plus loin, dans un repli de montagne, au pied d'un pic élancé en forme de pain de sucre, un grand bâtiment gris et blanc domine l'horizon, les campagnes inclinées, la plaine, la mer : c'est le couvent des dominicains.

Un frère italien m'introduit, ne comprend pas ce que je lui dis, et me parle inutilement. Je tire ma carte où j'écris : « Pour le R. P. Didon », et je la lui donne. Il part alors, après m'avoir indiqué une porte de la maison. C'est le parloir, et j'attends.

1. Corbara et le hameau de Santo-Antonino se trouvent tout près d'une petite route d'intérieur dominant la mer, à mi-chemin entre L'Île-Rousse et Calvi. Le monastère a été fondé par les franciscains au XVe siècle et restauré en 1857.

Le père Didon

La première fois que je vis le P. Didon, c'était chez Gustave Flaubert.

J'avais passé la journée avec l'immortel écrivain et, devant dîner chez lui, nous entrâmes ensemble vers sept heures dans le salon de sa nièce[1]. Un prêtre, vêtu de blanc, avec une tête intelligente, de grands yeux bruns où passait une flamme, des gestes lents, une voix douce et bien timbrée, causait assis sur un canapé. J'appris son nom quand on nous présenta l'un à l'autre et je me rappelle qu'il resta encore quelque temps parlant avec facilité des choses mondaines, possédant Paris comme nous, admirant violemment Balzac et connaissant parfaitement Zola, dont *L'Assommoir* faisait un bruit retentissant[2].

J'ai revu, plusieurs fois depuis, l'orateur préféré des belles dames élégantes, et toujours je l'ai trouvé fort aimable, homme d'esprit largement ouvert et de manières simples, malgré ses succès d'éloquence.

Je songeais à notre dernière entrevue à Paris, le lendemain d'une de ses conférences les plus remarquées, quand un bruit de pas me fit tourner la tête. Le P. Didon était debout dans l'embrasure de la porte.

Il ne me parut point changé ; un peu engraissé peut-être par la vie tranquille du cloître ; il a toujours cet œil lumineux d'apôtre et de « convertisseur » qui sert à l'orateur presque autant que le geste, et le même calme plisse un peu la joue autour de sa bouche qui s'ouvre

1. Caroline Commanville, chez qui, au 240 de la rue du Faubourg-Saint-Honoré, Flaubert disposait d'un pied-à-terre depuis le courant de 1875. 2. Cette rencontre est donc à situer à l'automne de 1876 ou au début de 1877.

largement à chaque parole. Il attendait ma visite, annoncée par son ami, M. Nobili-Savelli, conseiller général revenu d'Ajaccio.

Alors nous avons parlé de Paris, et le même amour pour cette admirable ville nous retint longtemps en face l'un de l'autre. Il m'interrogeait, demandant des nouvelles, s'intéressant à tout, repris par le « souvenir » comme on est ressaisi par une fièvre mal guérie.

— En entrant ici, me dit-il, j'ai eu l'impression d'être mort, car n'est-ce pas mourir que renoncer brusquement à tout ce qui emplissait votre existence ? Puis j'ai reconnu que l'homme a l'esprit souple et vivace ; je me suis peu à peu accoutumé aux lieux, aux choses, à cette vie nouvelle ; et je n'ai plus même le désir de m'en aller, car j'ai entrepris des travaux très longs.

Il s'arrêta, regardant l'horizon immense, la Méditerranée si bleue qui luisait sous le soleil, et, à sa droite, la montagne haute et pointue dont le sommet porte une grande croix noire.

— Je suis un montagnard, dit-il, et ce pays sauvage ne me fait point peur. J'étudie sans cesse, d'ailleurs, et les quinze ou seize heures de vie éveillée, que j'ai chaque jour, ne me semblent pas même longues.

Il se remit à marcher et, comme je le pressais fort, il convint en souriant qu'on travaille à Paris mieux que partout ailleurs, au milieu de cette furieuse excitation cérébrale, de ces luttes constantes, de l'émulation acharnée qui vous exalte.

— N'avez-vous jamais, lui demandai-je, de violents désirs de retourner là-bas ?

— Non, dit-il, moi je ne vis que par mes idées, que par ma foi. Je ne compte pas ma personne, je ne suis rien qu'un levier. J'ai une foi ardente, et mon seul désir est de la communiquer, de la verser en d'autres.

Mais comme je lui parlais d'un évêché que, suivant certains journaux, on lui aurait offert, il se mit franchement à rire.

— Cette nouvelle est une folie, dit-il ; ce n'est pas ici qu'on m'offrirait un évêché.

Puis, redevenant grave :

— D'ailleurs, je ne suis qu'un apôtre et je ne changerais pas la chaire de saint Paul contre le plus grand évêché du monde.

Je voulus savoir s'il pensait rester longtemps encore dans cette retraite ; il l'ignorait, indifférent d'ailleurs à l'avenir, pris tout entier par ses croyances idéales, élargissant ses études, voyant le monde de plus loin et le jugeant de plus haut dans un ardent amour de la vérité et une grande haine pour toute hypocrisie, puis il ajouta :

— Je partirai sans doute plus tôt que nous le croyons tous les deux, car nous allons assurément être chassés avant peu de jours.

Et c'est ainsi que j'appris la chute du ministère Freycinet[1]. Le soir venait ; le soleil, plus rouge, s'abaissait vers la mer d'un bleu plus sombre. Toute une vallée à gauche était remplie par l'ombre d'un mont ; les grillons sonores des pays chauds commençaient à jeter leur cri. Le

1. Le ministère Freycinet, constitué le 28 décembre 1879 après la chute du gouvernement Waddington (dans lequel Freycinet était ministre des Travaux publics), est tombé en septembre 1880. Il a été remplacé le 25 septembre 1880 par un ministère Jules Ferry, qui conservait la plupart des ministres de Freycinet. Celui-ci sera encore trois fois président du Conseil, jusqu'en 1892.

P. Didon, depuis quelques instants, levait les yeux vers la haute montagne surmontée d'une croix.

— Voulez-vous venir avec moi là-haut ? dit-il.

Je le remerciai, car il me fallait gagner Calvi ; mais je lui demandai :

— Est-ce que vous allez grimper là ?

Il me répondit :

— J'y vais souvent quand le soir approche et je reste jusqu'à la nuit, perdu dans la contemplation de la mer, presque sans idée, admirant par la sensation plutôt que par la pensée.

Il se tut une seconde ; puis il ajouta :

— De là-haut je vois les côtes de France.

Je le quittais, quand il m'offrit de visiter sa cellule. Elle est spacieuse et toute blanche, avec une fenêtre ouverte vers la mer ; sur sa table des papiers sont épars, pleins d'écriture. Puis je m'en allai.

Longtemps après, quand j'eus gagné dans la plaine la route qui serpente au bord des flots, je me retournai pour jeter un dernier regard au monastère et, levant les yeux plus haut, vers le pic élancé dans l'espace, j'aperçus au pied de la croix, devenue presque invisible, un point blanc immobile détaché sur le bleu du ciel : c'était la longue robe du P. Didon regardant la mer et les côtes de France.

Alors, une tristesse me vint en songeant à cet homme, sincère et droit, ardent dans ses croyances, franc et sans hypocrisie, défendant passionnément sa cause parce qu'il la croit juste et qu'il espère en l'Église, envoyé là, sur ce rocher, pour n'avoir point pris sa part de tartuferie courante.

Quant à moi, si je deviens vieux, mon Révérend Père, et si je me fais alors ermite, ce dont je doute, c'est sur votre montagne que j'irai prier.

Mais le P. Didon n'était pas le seul moine que je devais voir en ce voyage, car le lendemain, à la nuit tombante, j'ai traversé les calanches[1] de Piana.

Je m'arrêtai d'abord stupéfait devant ces étonnants rochers de granit rose, hauts de quatre cents mètres, étranges, torturés, courbés, rongés par le temps, sanglants sous les derniers feux du crépuscule et prenant toutes les formes comme un peuple fantastique de contes féeriques, pétrifié par quelque pouvoir surnaturel.

J'aperçus alternativement deux moines debout, d'une taille gigantesque : un évêque assis, crosse en main, mitre en tête ; de prodigieuses figures, un lion accroupi au bord de la route, une femme allaitant son enfant et une tête de diable immense, connue, grimaçante, gardienne sans doute de cette foule emprisonnée en des corps de pierre.

Après le « Niolo » dont tout le monde, sans doute, n'admirera pas la saisissante et aride solitude, les calanches de Piana sont une des merveilles de la Corse ; on peut dire, je crois, une des merveilles du monde. Mais qui donc les connaîtrait ? Aucune voiture n'y conduit, aucun service n'est organisé sur cette côte encore sauvage, dont la route cependant est plus belle, à mon avis, que la « Corniche » tant célèbre.

(*Le Gaulois*, 5 octobre 1880.)

---

1. On dit aujourd'hui *calanques.*

Les bandits corses

Après Ajaccio et les politiciens locaux, puis la montagne et un révérend père, voici le maquis et le personnage attendu du bandit.

Le 12 octobre 1880, jour où cette chronique paraît dans Le Gaulois, *Maupassant est sans doute de retour à Ajaccio. La mention des lieux est moins précise que dans les deux premiers volets de la trilogie corse : un « col » entre deux sommets « escarpés et nus », cela ne manque pas dans le paysage. De même, l'itinéraire suivi par l'auteur et la caravane qu'il accompagne reste flou. En revanche, Maupassant multiplie les notations d'atmosphère psychologique, pour ancrer dans l'esprit de ses lecteurs le sentiment que les sentiers du maquis corse sont rien moins que sûrs – sauf pour les « amis », des clandestins qui jaillissent subitement du désert. On semble redouter la rencontre des gendarmes plus que celle des bandits.*

Puis la chronique cède place aux récits et aux commentaires du guide, qui prend plaisir, une fois la tension adoucie, à éclairer son client sur le nombre et les mœurs des « hors-la-loi », non point malfaiteurs, encore moins détrousseurs de touristes, mais vengeurs impitoyables des offenses et, en dépit de leur cruauté, « gens d'honneur ».

La seconde partie de la chronique, qui délaisse totalement le récit d'expédition, est consacrée à l'histoire du père et des frères Bellacoscia, emblématique de l'aura qui entoure dans l'île les hommes en révolte contre les lois du continent. Le patriarche Bellacoscia, nanti d'une épouse et de plusieurs enfants, s'était montré également fort galant auprès des deux sœurs de sa femme. De là une triple branche de descendants, qui peuplaient désormais toute une contrée : histoire peut-être embellie sur le modèle des récits bibliques…

Deux fils légitimes, Antoine et Jacques, devenus bandits d'honneur, sont restés imprenables, ont fait fortune, reçoivent les voyageurs, séduisent de jolies Parisiennes. Jacques s'est même offert l'audace d'arrêter la voiture du préfet Haussmann et de présenter à celui-ci, fort poliment, sa demande de grâce… Ils règnent par la sympathie autant que par la peur. L'évocation des épisodes de leur vie, dramatiques, burlesques ou sentimentaux, forme un véritable nid de nouvelles possibles. Mais Prosper Mérimée a déjà bien exploité cette veine, dans Mateo Falcone *(1829) et dans* Colomba *(1840). À part ces trois chroniques, Maupassant s'en tiendra à une seule nouvelle, « Histoire corse », et à un chapitre d'*Une vie. *Et il n'aura plus l'occasion de séjourner en Corse, séduit davantage par la Côte d'Azur et par l'Italie.*

Le col que j'avais à traverser formait de loin une sorte d'entonnoir entre deux sommets de granit escarpés et nus. Les flancs de la montagne étaient couverts de maquis dont l'odeur violente me troublait la tête, et le soleil, encore invisible, se levant derrière les monts, jetait une teinte rose et comme poudreuse sur les cimes, où sa flamme semblait éclaboussée, rejaillissait dans l'espace en longues gerbes lumineuses.

Une rencontre mystérieuse

Comme nous devions marcher, ce jour-là, quinze ou seize heures, mon guide nous avait fait admettre dans une sorte de caravane de montagnards qui suivaient la même route, et nous allions à la file, d'un pas rapide, sans dire un mot, grimpant l'étroit sentier noyé dans les maquis.

Deux mulets venaient les derniers, portant les provisions et les paquets. Les Corses, le fusil sur l'épaule, l'allure leste, s'arrêtaient, selon leur usage, à toutes les sources pour boire quelques gorgées d'eau, puis repartaient. Mais en approchant du sommet, leur marche peu à peu se ralentit, des conversations avaient lieu à voix basse, dans leur idiome incompréhensible pour moi. Cependant, à plusieurs reprises le mot « gendarme » me frappa. Enfin, l'on s'arrêta et un grand garçon brun disparut dans le fourré. Au bout d'un quart d'heure, il revint ; on repartit tout doucement pour s'arrêter encore deux cents mètres plus loin, et un autre homme plongea sous les branches. Fort intrigué j'interrogeai mon guide. Il me répondit qu'on attendait un « ami ».

Comme il ne venait pas, cet « ami », on se remit à marcher, dès que l'homme envoyé à sa rencontre eut reparu. Puis tout à coup, ainsi qu'un diable jaillissant d'une boîte, un petit être noir et trapu surgit au milieu de nous, sortant du maquis par un énorme bond. Il avait comme tous les Corses son fusil chargé sur l'épaule, et il me regarda d'un air soupçonneux. Il était laid, noueux comme un tronc d'olivier, très sale naturellement et ses yeux, aux paupières sanguinolentes, louchaient un peu. Il fut entouré, fêté, interrogé, chacun semblait l'aimer comme un frère et le vénérer comme un saint. Puis, lorsque les expansions furent passées, on se remit en route d'un pas très allongé, et l'un des montagnards marchait devant nous, à cent mètres environ, comme un éclaireur.

Je commençais à comprendre, ayant depuis un mois les oreilles toutes pleines d'histoires de bandits.

À mesure qu'on approchait du col, une sorte d'appréhension semblait gagner tout le monde. Enfin, on y parvint. Deux grands vautours tournoyaient sur nos têtes. Au loin, derrière nous, la mer apparaissait vaguement, encore obscurcie par des brumes et, devant nous, une interminable vallée s'allongeait, sans une maison, sans un champ cultivé, pleine de maquis et de chênes verts. Une gaieté semblait venue sur les figures, et l'on commença la descente… Puis, au bout d'une heure environ, le mystérieux personnage qui s'était joint à nous d'une façon si inattendue, nous fit des adieux empressés, serra toutes les mains, même les miennes, et sauta de nouveau dans le maquis.

Quand il fut parti, j'interrogeai mon guide, qui me répondit simplement :

— Il n'aime pas les gendarmes[1].

Les hommes du maquis

Alors, je lui demandai des détails sur les bandits corses qui tiennent en ce moment la montagne. J'appris d'abord que le col où nous venions de passer servait souvent de

1. Un peu plus d'un an après la publication de cette chronique, le 21 novembre 1881, deux gendarmes, conduisant un prisonnier, seront tués, entre Loreto et Sartène, par des parents et amis du prisonnier.

souricière aux gendarmes pour pincer les « hors-la-loi » qui veulent gagner le territoire de Sartène, refuge habituel des brigands. Ils sont en ce moment deux cent quarante environ qui narguent les gendarmes, la magistrature et le préfet. Ce ne sont point, d'ailleurs, des malfaiteurs, car jamais ils ne voleraient les voyageurs. Un fait de cette nature les exposerait peut-être même à être jugés, condamnés à mort et exécutés par leurs semblables, gens d'honneur s'il en fut. C'est en effet un sentiment exagéré de l'honneur qui a poussé presque toujours ces pauvres diables dans la montagne. Quand une femme a trompé son mari, quand une fille est soupçonnée d'une faute, quand on a une querelle de jeu avec son meilleur ami, et pour mille autres causes aussi légères sur lesquelles les civilisés passent assez facilement l'éponge, on égorge ici la femme, la fille, l'amant, l'ami, les pères, les frères, les parents, toute la race ; puis, sa besogne accomplie, on s'en va tranquillement dans le maquis, où le pays – qui vous estime en raison du nombre d'hommes occis – vous donne les moyens de vivre, où la gendarmerie vous poursuit inutilement, et se fait massacrer souvent, à la grande joie des paysans montagnards, car tout Corse, pouvant au premier matin devenir bandit, hait instinctivement le gendarme.

À côté de ces malheureux que leur tempérament violent a poussés à commettre un meurtre, et qui vivent au hasard du jour, couchant sous le ciel, traqués sans cesse, il y a en Corse des bandits heureux, riches, vivant en paix sur leurs terres au milieu des paysans, leurs sujets ; ce sont les frères Bellacoscia. L'histoire de leur famille est étrange.

Le père Bellacoscia (Belle-Cuisse) possédait une femme stérile et, sur l'exemple des patriarches, il la répudia, prit une jeune fille d'une maison voisine et l'emmena sur les hauteurs où paissaient ses troupeaux. D'elle, il eut plusieurs enfants et, entre autres, les deux frères Antoine et Jacques, dont je parlerai tout à l'heure[1]. Mais sa femme avait une sœur qui faisait souvent dans la maison Bellacoscia des visites de voisinage. L'époux galant, trop galant, la reconduisait. Il en eut un fils, avoua tout à la première, garda la seconde et lui bâtit une demeure séparée pour éviter les scènes de famille. Or, une troisième sœur, à son tour, se mit à fréquenter les deux ménages, et un nouvel accident se produisit. Le pauvre père n'avait qu'une ressource : construire une troisième maison ; ce qu'il fit, et tout le monde vécut en paix. Il eut en tout une trentaine de descendants qui, à leur tour, en ont produit plusieurs centaines. Cette tribu habite en partie le village de Bocognano et les lieux environnants.

Deux des fils, Antoine et Jacques, gagnèrent de bonne heure le maquis pour des causes assez « futiles ». Le premier refusait de servir comme militaire, le second avait enlevé une jeune fille que désirait un de ses frères.

À partir de leur disparition, ils ont dominé le pays en maîtres incontestés.

On évalue à trois cent mille francs environ la somme qu'ils ont coûtée au gouvernement en expéditions dirigées contre eux. Pendant des années on les a poursuivis sans cesse, toujours en vain. Des colonnes entières de carabiniers… non, de gendarmes, partaient, officiers en tête, battaient la région, occupaient les villages, cernaient des monts où l'on était sûr de les prendre, et, pendant ce temps, les frères Bellacoscia, assis tranquillement sur

1. Il s'agit d'Antoine et Jacques Bellacoscia, nés respectivement en 1817 et 1832. Leur père avait eu dix-huit enfants.

un pic voisin, suivaient avec intérêt les opérations de la troupe. Puis, fatigués de ce spectacle, ils redescendaient avec sécurité dans la plaine au-devant du convoi qui apportait des vivres aux gendarmes, s'emparaient des mulets chargés et, pour calmer la conscience inquiète des conducteurs, leur remettaient une réquisition en règle, signée Bellacoscia, à l'adresse de l'intendant militaire.

Vingt fois ils ont failli être pris, vingt fois ils ont échappé à toutes les attaques grâce à leur courage, à leur sang-froid, à leurs ruses et à la complicité de toute la contrée, pleine de leurs parents.

Un jour, par exemple, le plus jeune, Jacques, avait été trahi. Il devait, à une heure donnée, venir mesurer du bois qu'il avait fait couper, et les gendarmes embusqués à vingt pas de là l'attendaient.

On l'aperçut dans la vallée, suivant le sentier avec lenteur, les mains derrière le dos, et aussitôt, sans attendre qu'il s'approchât, une fusillade terrible éclata, mais si loin qu'il en prit le bruit pour des claquements de fouet. Il chercha le charretier et découvrit un baudrier jaune ; alors sautant derrière un tronc de châtaignier, il examina la situation. Tout se taisait maintenant.

Inquiet, il croyait à une ruse quelconque quand il aperçut, dans une éclaircie de la forêt, le détachement de gendarmerie qui retournait tranquillement à la caserne, marchant au pas, l'arme à l'épaule après avoir tiré ses cartouches.

Il alla mesurer son bois.

Les deux frères sont riches, achètent des terres grâce à des prête-noms, exploitent des forêts, même celles de l'État, dit-on.

Tout bétail qui s'égare sur leurs domaines leur appartient, et bien hardi qui le réclamerait.

Ils rendent des services à beaucoup de gens ; ces services naturellement sont payés fort cher.

Leur vengeance est prompte et capitale.

Mais ils sont toujours d'une courtoisie parfaite avec les étrangers.

Histoires corses

Ceux-ci vont souvent leur rendre visite. Les Bellacoscia se prêtent volontiers à ces rencontres.

Antoine, l'aîné, est d'assez grande taille, brun, avec les cheveux grisonnants ; il porte toute sa barbe, a l'air d'un bonhomme, d'abord « sympathique ». Le plus jeune, Jacques, est blond, plus petit que son frère ; son œil perçant révèle une vive intelligence et son habileté, en effet, est remarquable. C'est le plus actif des deux ; c'est aussi le plus redouté.

Il y a quelques années, une jeune fille, une Parisienne, voulut le voir et partit avec un parent.

On s'aborda dans un ravin profond, en plein maquis, en plein mystère, et la Parisienne, avec cette facilité d'enthousiasme bête qui rend le mariage si dangereux, raffola tout de suite du bandit. Songez donc ! un garçon qui couche à la belle étoile, ne se déshabille jamais, tue les hommes à la douzaine, vit hors la loi et fait des pieds de nez aux carabines gouvernementales. On déjeuna ensemble, puis on partit à travers des rochers inaccessibles. Le parent geignait, soufflait, tremblait. La jeune fille, au bras du bandit, sautait les gouffres, était ravie, transportée. Quel rêve ! avoir un vrai bandit pour soi toute seule, un jour entier, de l'aurore au soir. Il lui racontait des histoires d'amour, des histoires corses, où le stylet joue toujours un rôle ; il lui parlait d'une institutrice qui l'avait aimé ; et l'amadou que les femmes souvent ont à la place de cervelle s'enflamma si bien qu'à la nuit elle ne voulait plus quitter son bandit, et prétendait le ramener, pour souper, dans la maison du village où les lits étaient préparés.

Il fallut de longs pourparlers pour décider la séparation et l'on se quitta, paraît-il, avec une grande tristesse de part et d'autre.

M. Haussmann a vu Jacques Bellacoscia d'une assez singulière façon. Il allait en voiture à Bocognano, quand une femme, se présentant à la portière, lui annonça que le bandit désirait vivement lui parler. M. Haussmann hésitait à accorder un entretien à un homme si compromettant, quand une idée lui traversa l'esprit.

— Je n'ai pas d'armes, dit-il ; par conséquent si l'on m'arrête je ne pourrai me défendre et je compte, à telle heure, passer par telle route.

À l'heure dite, un homme sautait à la tête des chevaux ; la portière s'ouvrit ; il entra chapeau bas dans la voiture et causa longtemps avec le rebâtisseur de Paris à qui il demanda de lui faire obtenir sa grâce.

Un fait entre mille indiquera bien quelle est la vengeance de ces rôdeurs corses.

Un homme, un berger, avait vendu un des bandits et il gravissait la montagne au milieu des gendarmes qu'il allait poster pour leur livrer leur proie. Un coup de feu soudain part du maquis, et le berger, la tête fracassée, tombe dans les bras des gendarmes stupéfaits qui battirent en vain les environs et furent réduits à rapporter à la ville le cadavre de leur guide. Ces braves Bellacoscia, par exemple, manquent du goût littéraire le plus simple, et leurs lettres de menace, toujours datées du « Palais

Vert » et tracées à l'encre rouge, sont écrites en style poétique de Peaux-Rouges de l'effet le plus étonnant : « Partout où la lumière du ciel te frappera, disent-ils, nos balles aussi t'atteindront. »

Ils habitent un ravin profond, inaccessible, effroyable à voir, dans les environs du village presque peuplé par leur famille. Comme les bonnes mœurs sont chez eux héréditaires, Jacques enleva, il y a quelques années, la femme de son frère Antoine et la garda. Il a, plus tard, accouplé son fils, un enfant, avec une fillette mineure aussi et sortant du couvent ; puis, l'âge venu, les a mariés.

Beaucoup de Corses les connaissent et sont leurs amis, soit par crainte, soit par un sentiment instinctif de révolte contre le gouvernement.

Beaucoup d'étrangers les ont vus, mais se gardent bien de l'avouer, car l'autorité qui ne parvient point à les prendre ne tarderait pas à mettre la main sur le pauvre homme assez naïf pour confesser qu'il a eu des relations avec des bandits dont la tête est mise à prix.

(*Le Gaulois*, 12 octobre 1880.)

TROISIÈME PARTIE

« Le seul nom de l'Italie »

Venise et Rome

En 1881, Maupassant est passé très vite à Gênes et à Florence. En 1885, il s'arrête plus longuement à Venise, qu'il n'apprécie guère parce que les canaux y sont des « courants d'eaux malpropres », et les palais des « ruines » : tout de même, la basilique Saint-Marc est « la chose la plus complètement admirable qui soit au monde ». Il gardera au moins un souvenir émerveillé des peintres vénitiens. Mais si Venise a droit à une chronique entière, il fera l'impasse sur Rome, qu'il trouve « horrible ». Même Michel-Ange et Raphaël le laissent dubitatif. Ces jugements s'expliquent peut-être à la fois par un agacement, partagé alors avec beaucoup de Français, devant une Italie qui a choisi en 1882 l'alliance avec l'Allemagne et l'Autriche, et par un sursaut de méfiance de l'athée, ou pour le moins de l'agnostique qu'est Maupassant, devant l'art de la Contre-Réforme et des papes : « Saint-Pierre, écrit-il à sa mère le 15 avril, est assurément le plus grand monument de mauvais goût qu'on ait jamais construit. »

Naples et la Sicile

On le sent plus heureux devant le charivari insouciant de Naples et devant les « fort jolies femmes brunes » du quartier de Chiaia. Naples est une ville de la mer : elle n'a pas de peine, à ce titre, à gagner la complicité de Maupassant. De même, l'architecture sicilienne, où coexistent les formes byzantines, arabes et gothiques en raison de l'histoire accidentée de l'île, le séduit plus que l'architecture du baroque romain. L'essentiel de ce premier récit de voyage en Italie restera consacré à la Sicile, déclinant dans son détail tous les motifs imposés. Palerme, dans son cirque de montagnes, avec sa chapelle Palatine, sa Martorana, son cimetière des capucins aux momies suspendues, son Hôtel des Palmes où Wagner a écrit les dernières notes de *Parsifal*, Monreale et les mosaïques immenses de sa cathédrale et la colonnade de son « merveilleux » cloître, le souvenir des derniers brigands, l'ascension de l'Etna, le théâtre antique de Taormina, les temples de Ségeste et d'Agrigente, la Vénus de Syracuse… Nul ne saurait visiter aujourd'hui la Sicile sans avoir en poche ces pages, qui sont à un guide de voyage ce qu'une toile méditerranéenne de Renoir est à une carte postale.

La côte génoise et la Toscane

Les chroniques du troisième et dernier voyage ont un autre charme, notamment en raison de la part essentielle qu'y prend le récit de navigation. Maupassant est parti de Cannes à la fin d'août 1889, embarqué sur son nouveau yacht, le *Bel-Ami II*. Sa première chronique de voyage, publiée seulement quatre mois plus tard, s'intitule sans équivoque « Lassitude ». Il a fui les « horreurs de halle foraine » de l'Exposition universelle pour la quasi-solitude de la pleine mer. Il a plus que jamais besoin de lumière et de chaleur. Voilà plusieurs mois qu'il se préparait à une longue navigation : depuis son achat, le 23 janvier, d'un nouveau bateau, plus long et plus spacieux que le *Bel-Ami*. Mais il songeait plutôt à faire le tour de l'Espagne. Ses migraines et ses troubles oculaires, et aussi les crises mentales de son frère Hervé, l'ont dissuadé d'un projet si ambitieux et il s'est tourné vers les côtes orientales de la Méditerranée, moins éloignées de Cannes. Il rêve tout de même de longues étapes le conduisant en Corse, puis sur la côte italienne et jusqu'à Naples. Il n'ira pas plus loin que La Spezia, en faisant escale de port en port et en prenant le temps de flâner dans les villes (Savone, Gênes, Santa Margherita) et dans les villages de leurs environs. Il continuera son voyage par la terre jusqu'à ce que la maladie le rattrape à Florence en octobre.

Il y souffre violemment de maux divers : hémorragies intestinales, malaises nerveux, stomacaux, cardiaques, locomoteurs. De port en port, de ville en ville, d'une marche à l'autre, il a trop préjugé de sa résistance physique, pourtant étonnante. Mais il se remémore « avec une vraie tendresse » « toutes les belles choses d'ici ». C'est le moment et les lieux, Florence et Pise, où, plus que lors de ses passages, quatre ans auparavant, à Venise et à Rome, il se sent empli d'une admiration sans limites pour les arts de l'Italie d'autrefois. Ses longues stations devant les tableaux et les monuments de la cité toscane équilibrent et complètent, culture et nature se liant intimement l'une à l'autre dans ce pays, les ravissements qu'il a connus en mer à l'approche des côtes italiennes. À Florence, alors que déjà la mort le guette, il laisse déborder la coupe lyrique : « J'aime ça à retourner dix fois devant un monument ou un tableau [...]. Comme il faut un beau cerveau, un beau miroir à belles images, à idées hautes, synthétiques et en même temps presque matérielles pour concevoir et dessiner un rare monument, un de ceux qui contiennent l'histoire d'une race, d'une civilisation et de tout un peuple d'esprits. Moi j'aime autant vivre avec les pierres sculptées d'ici qu'avoir toutes les belles dames de Paris, qui durent moins. »

Il faut rentrer, pourtant, écourter peut-être le séjour florentin, et prendre quelques jours de repos à Cannes. Il ne reviendra jamais en Italie. Mais ses quatre chroniques sur l'approche et le parcours de la côte italienne resteront sans doute celles qui nous ouvrent le plus de vues sur les secrets, longtemps préservés, de sa sensibilité, de sa culture, de ses goûts et de ses affinités d'artiste.

Venise

Les chroniques inspirées à Maupassant par son premier long voyage en Italie, qui s'est déroulé du 4 avril au début de juin 1885, ont été écrites au fur et à mesure de ses étapes et elles ont toutes paru avant son retour à Paris vers le 15 juin. La brève incursion qu'il a faite à Santa Margherita, près de Gênes, puis à Florence, entre le 1er et le 15 octobre 1881, n'a donné lieu à aucun article.

La première chronique italienne, publiée dans le Gil Blas *du 5 mai 1885, commence par un hymne à Venise et à la douceur du nom. L'évocation lyrique de Venise n'est plus depuis longtemps un genre neuf et Maupassant sait bien qu'on ne peut pénétrer dans cette ville tant admirée et chantée sans se laisser envahir par le souvenir des dithyrambes anciens, et même par la crainte de la désillusion. Mais il note aussi que les images déjà acquises, et le désir qu'elles engendrent, accroissent de manière irrésistible la séduction immédiate. Venise est tout à la fois un rêve, une vision intérieure, une attente, et puis un éblouissement.*

L'arrivée s'est faite par le train, dont le talus artificiel traverse la lagune. Le premier regard de Maupassant s'est porté sur les gondoles, emblème du tourisme vénitien, qui l'attendent le long du quai. En fin canotier, il apprécie leur forme étrange et racée, leur manœuvre, leur élégance toute féminine et leur symbolisme d'amour et de mort. Il note après beaucoup d'autres les équivoques de la ville, où se confondent, dans l'omniprésence de l'eau, le canal et l'égout, la ruine et la grâce. Son tableau de Venise est mouvant, souple, balancé, harmonieux comme la lente et continue progression de la gondole et comme le ralentissement du temps dans une ville sans âge.

Débarquant sur la Piazzetta, il s'arrête devant la basilique Saint-Marc. Sa façade le déçoit, mais il se laisse émerveiller par la beauté quasi « divine » de l'intérieur. Le lecteur pourra néanmoins s'étonner de l'analogie qu'il établit entre cette « chose la plus complètement admirable qui soit au monde » et l'abbaye du Mont-Saint-Michel, alors même qu'il énumère toutes les différences qui opposent les deux monuments : il évoque le site, la taille, la matière, l'architecture, la décoration, le style... Il est vrai que ce sont deux édifices religieux bâtis au milieu des eaux. Au cœur de Venise, en tout cas, Maupassant n'oublie pas sa Normandie.

Dans la dernière partie de la chronique, il s'est tourné vers les peintres vénitiens par excellence, Titien, Véronèse, Carpaccio, Tiepolo. Curieusement, il ne semble pas s'être arrêté devant le Tintoret, au génie peut-être trop épique et démesuré pour son goût.

Venise ! Est-il une ville qui ait été plus admirée, plus célébrée, plus chantée par les poètes, plus désirée par les amoureux, plus visitée et plus illustre ?

Venise ! Est-il un nom dans les langues humaines qui ait fait rêver plus que celui-là ? Il est joli, d'ailleurs, sonore et doux ; il évoque d'un seul coup dans l'esprit un éclatant défilé de souvenirs magnifiques et tout un horizon de songes enchanteurs.

Venise ! Ce seul mot semble faire éclater dans l'âme une exaltation, il excite tout ce qu'il y a de poétique en nous, il provoque toutes nos facultés d'admiration. Et quand nous arrivons dans cette ville singulière, nous la contemplons infailliblement avec des yeux prévenus et ravis, nous la regardons avec nos rêves.

Car il est presque impossible à l'homme qui va par le monde de ne pas mêler son imagination à la vision des réalités. On accuse les voyageurs de mentir et de tromper ceux qui les lisent. Non, ils ne mentent pas, mais ils voient avec leur pensée bien plus qu'avec leur regard. Il suffit d'un roman qui nous a charmés, de vingt vers qui nous ont émus, d'un récit qui nous a captivés pour nous préparer au lyrisme spécial des coureurs de route, et quand nous sommes ainsi excités, de loin, par le désir d'un pays, il nous séduit irrésistiblement.

De la lagune aux canaux

Aucun coin de la terre n'a donné lieu, plus que Venise, à cette conspiration de l'enthousiasme. Lorsque nous pénétrons pour la première fois dans la lagune tant vantée il est presque impossible de réagir contre notre sentiment anticipé de subir une désillusion. L'homme qui a lu, qui a rêvé, qui sait l'histoire de la cité où il entre, qui est pénétré par toutes les opinions de ceux qui l'ont précédé, emporte avec lui ses impressions presque toutes faites ; il sait ce qu'il doit aimer, ce qu'il doit mépriser, ce qu'il doit admirer.

Le train traverse d'abord une plaine, criblée de flaques d'eau bizarres. On dirait une sorte de carte de géographie, avec les océans et les continents ; puis le sol disparaît peu à peu ; le convoi court, sur un talus d'abord et bientôt il s'élance sur un pont démesuré jeté dans la mer et qui s'en va vers la ville aperçue là-bas, élevant ses clochers et ses monuments au-dessus de la nappe immobile et illimitée des eaux. Quelques îlots portant des fermes apparaissent de temps en temps, à droite ou à gauche.

Nous entrons en gare ! Des gondoles attendent le long du quai.

Longue, mince et noire, dressant les pointes de ses extrémités et portant à l'avant une proue étrange et jolie, en acier luisant, la fine gondole mérite sa gloire. Un homme, debout derrière les voyageurs, la gouverne avec une seule rame que porte et que soutient une sorte de bras en bois tordu, fixé sur le bord droit de l'embarcation. Elle a un air coquet et sévère, amoureux et guerrier, et elle berce d'une façon délicieuse le promeneur étendu sur une sorte de chaise longue. La douceur de ce siège, le balancement exquis de ces barques, leur allure vive et calme, nous donnent une inattendue et adorable sensation. On ne fait rien et on va, on se repose et on voit, on est caressé par ce mouvement, caressé dans l'esprit et dans la chair, pénétré par une subite et continue jouissance physique et par un profond bien-être de l'âme. Quand il pleut, on ajuste au milieu de ces embarcations une petite chambre en bois sculpté, ornée de cuivres, et couverte de drap noir. Les gondoles alors glissent, impénétrables, sombres et closes, cercueils flottants vêtus de crêpe. Elles semblent porter des mystères de mort ou d'amour, et elles montrent parfois une jolie figure de femme derrière leur étroite fenêtre.

Nous descendons le grand canal. On est surpris d'abord par l'aspect de cette ville dont les rues sont des rivières… des rivières ou plutôt des égouts à ciel ouvert.

C'est là vraiment l'impression que donne Venise après le premier étonnement passé. Il semble que des ingénieurs facétieux aient fait sauter la voûte de maçonnerie et de pavés qui recouvre ces courants d'eaux malpropres dans toutes les autres villes du monde, pour forcer les habitants à naviguer sur leurs égouts.

Et cependant quelques-uns de ces canaux, les plus étroits, sont parfois délicieusement bizarres. Les vieilles maisons rongées par la misère y reflètent leurs murailles déteintes et noircies, y trempent leurs pieds sales et crevassés, comme des pauvres en guenilles qui se laveraient dans des ruisseaux. Les ponts de pierre enjambent cette eau et renversant dedans leur image l'encadrent d'une double voûte dont l'une est fausse et l'autre vraie. On a rêvé une vaste cité aux immenses palais, tant est grande la renommée de cette antique reine des mers. On s'étonne que tout soit petit, petit, petit ! Venise n'est qu'un bibelot, un vieux bibelot d'art charmant, pauvre, ruiné, mais fier d'une belle fierté de gloire ancienne.

Tout semble en ruines, tout semble sur le point de s'écrouler dans cette eau qui porte une ville usée. Les palais ont des façades ravagées par le temps, tachées par l'humidité, mangées par la lèpre qui détruit les pierres et les marbres. Quelques-uns sont vaguement inclinés sur le côté, prêts à tomber, fatigués de rester depuis si longtemps debout sur leurs pilotis.

Les palais et les peintres

Tout à coup l'horizon grandit, la lagune s'élargit ; là-bas, à droite, apparaissent des îles couvertes de maisons, et, à gauche, un admirable monument de style mauresque, une merveille de grâce orientale et d'élégance imposante, c'est le palais des Doges.

Je ne raconterai pas Venise dont tout le monde a parlé. La place Saint-Marc ressemble à celle du Palais-Royal, la façade de cette église a l'air d'une devanture de café-concert en carton-pâte, mais l'intérieur est tout ce qu'on peut concevoir de plus absolument beau. La pénétrante harmonie des lignes et des tons, les reflets des vieilles mosaïques d'or aux lueurs adoucies, au milieu des marbres sévères, les merveilleuses proportions des voûtes et des lointains, un je ne sais quoi de divinement trouvé dans l'ensemble, dans l'entrée calme du jour qui devient religieux autour de ces piliers, dans la sensation jetée à l'esprit par les yeux, font de Saint-Marc la chose la plus complètement admirable qui soit au monde.

Mais en contemplant cet incomparable chef-d'œuvre de l'art byzantin, on se met à songer en le comparant à un autre monument religieux, sans égal lui aussi, si différent pourtant, chef-d'œuvre de l'art gothique, bâti encore au milieu des flots gris des mers du Nord, à ce bijou monstrueux de granit qui se dresse tout seul dans l'immense baie du Mont-Saint-Michel[1].

Ce qui fait Venise absolument sans égale, c'est la Peinture ! Elle fut la patrie, la mère de quelques maîtres de premier ordre qu'on ne peut connaître que dans ses musées, ses églises et ses palais. Le Titien, Paul Véronèse ne se révèlent vraiment qu'à Venise dans leur splendeur géniale. Ceux-là, du moins, possèdent la gloire dans toute

1. Maupassant a visité le Mont-Saint-Michel, sans doute pendant l'un de ses deux voyages en Bretagne et Basse-Normandie. Il en admire le site et la construction. Le Mont-Saint-Michel réapparaîtra dans *Le Horla* et dans *Notre cœur*.

sa puissance et toute son étendue. Il en est d'autres que nous ignorons trop en France et qui atteignent presque la valeur de ces artistes, tels Carpaccio et surtout Tiepolo, le premier des plafonniers passés, présents et futurs. Personne comme lui n'a su répandre sur un mur la grâce des lignes humaines, la séduction des nuances qui grisent sensuellement le regard, et le charme des choses rêvées dans cette sorte d'ivresse étrange que l'art communique à l'esprit. Élégant et coquet comme Watteau ou Boucher, Tiepolo possède surtout un admirable et invincible pouvoir de charmer. On peut en admirer d'autres plus que lui, d'une admiration raisonnée, mais on le subit plus que personne. L'ingéniosité de ses compositions, l'imprévu puissant et joli de son dessin, la variété de son ornementation, la fraîcheur inaltérable et unique de son coloris font naître en nous un besoin singulier de vivre toujours sous un de ces plafonds inestimables qu'orna sa main.

Le palais Labbia, une ruine, montre peut-être la plus admirable chose qu'ait laissée ce grand artiste. Il a peint une salle entière, une salle immense. Il a tout fait, le plafond, les murailles, la décoration et l'architecture, avec son pinceau. Le sujet, l'histoire de Cléopâtre, une Cléopâtre vénitienne du XVIIIe siècle, se continue sur les quatre faces de l'appartement, passe à travers les portes, sous les marbres, derrière les colonnes imitées. Les personnages sont assis sur les corniches, appuient leurs bras ou leurs pieds sur les ornementations, peuplent ce lieu de leur foule charmante et colorée.

Le palais qui contient ce chef-d'œuvre est à vendre, dit-on ! Comme on vivrait là-dedans[1] !

---

1. À part un haut-le-cœur initial devant les « égouts à ciel ouvert », et sa hâte de gagner le Sud, l'impression globale de Maupassant devant

Ischia

*Maupassant est resté moins d'une semaine à Venise. Malgré tous ses motifs d'admiration, il la quitte « sans regrets » et prend le train pour l'Italie du Sud. Deux ou trois jours à Florence, autant à Rome, qu'il trouve « horrible », et le voilà, le 16 avril, en route pour Naples, puis la Sicile. Il restera dans le Sud jusque vers le 28 mai. Au cours de sa première escale à Naples, il visite le Vésuve, Herculanum, Sorrente, Capri, Salerne, Paestum, Ischia. De tous ces lieux de la Campanie, célèbres soit pour la rude beauté de leurs côtes et la douceur de leur climat, soit pour leurs trésors archéologiques, seule l'île d'Ischia fera l'objet d'une chronique, associée à l'évocation des avenues de Naples (*Gil Blas, *12 mai 1885).*

*La première vue que Maupassant prend de Naples répond-elle à ses rêves italiens du passé, lorsqu'il écrivait : « Pourquoi le seul nom de l'Italie soulève-t-il dans les âmes une sorte d'attendrissement mystérieux ? » (*Le Figaro,

---

Venise, lors de cette première étape italienne, est conforme à ce qu'il attendait dans ses rêves. Dans sa chronique intitulée « L'aristocratie » (*Le Figaro*, 21 avril 1884), il avait écrit : « Pourquoi le seul nom de l'Italie soulève-t-il dans les âmes une sorte d'attendrissement mystérieux ? Pourquoi vient-on de tous les coins du monde sur ce sol rempli de chefs-d'œuvre ? Pourquoi l'éducation intellectuelle d'un homme n'est-elle pas complète tant qu'il n'a pas vu Venise, Florence et Rome ? »

21 avril 1884) ? On ne peut répondre à cette question ni par oui ni par non. Le premier regard est effaré par la poussière, les débris, les odeurs, le grouillement populaire, les sollicitations des gamins et des cochers. Mais il n'est pas insensible aux appels des jeunes marchandes de frutti di mare, *à la gaieté de la foule, à l'exubérance clinquante des équipages, et par-dessus tout à la noblesse du Vésuve détaché sur le ciel bleu. En une page, il rend compte de toutes les images napolitaines fin de siècle, avec une précision dans le pittoresque aisément comparable par exemple à celles des toiles et des dessins de Jean-Jacques Henner.*

Embarquement pour Ischia. On laisse derrière soi les fumées du Vésuve, on longe la côte nord, d'où l'on aperçoit l'île de Capri, on s'arrête à la petite île de Procida et l'on gagne Ischia. Le tremblement de terre de 1885 a épargné la cité mais a détruit sa voisine, Casamicciola. Maupassant raconte le séisme, la longue attente des secours, les familles décimées, les morts encore enfouis sous les ruines, la transformation de la petite ville en une Pompéi moderne. Et surgit un thème qu'on retrouvera en 1887 dans le récit du tremblement de terre de la Côte d'Azur (voir p. 46 sqq.*) : le contraste entre l'horreur et la beauté, d'un côté la ville blessée à mort, de l'autre la sérénité infinie de la mer et des vagues fraîches.*

De retour à Naples, lorsque le soir tombe, Maupassant écoute les musiques qui éclatent dans la ville, contemple les comédies mondaines qui se jouent dans le quartier élégant de Chiaia, sur la place du Palais-Royal et sur le boulevard du front de mer, suit du regard le ballet des équipages et écarte les innombrables propositions du vice.

Les quais de Naples

Naples s'éveille sous un éclatant soleil. Elle s'éveille tard, comme une belle fille du Midi endormie sous un ciel chaud. Par ses rues, où jamais on ne voit un balayeur, où toutes les poussières, faites de tous les débris, de tous les restes des nourritures mangées au grand jour, sèment dans l'air toutes les odeurs, commence à grouiller la population remuante, gesticulante, criante, toujours excitée, toujours enfiévrée, qui rend unique cette ville si gaie. Le long des quais, les femmes, les filles, vêtues de robes roses ou vertes, dont le bas grisâtre est limé par le frottement des trottoirs, la gorge enveloppée de foulards rouges, bleus, de toutes les couleurs les plus vives, les plus criardes et les plus inattendues, appellent le passant pour lui offrir des huîtres fraîches, des oursins, tous les fruits de la mer comme on dit (*frutti di mare*), ou des boissons de toute nature, ou des oranges, des nèfles du Japon, des cerises, les fruits de la terre. Elles piaillent, s'agitent, lèvent les bras, et leurs visages aux plis mobiles expriment dans une mimique amusante et naïve les qualités des choses qu'elles vous proposent.

Les hommes, en guenilles, vêtus d'innommables loques, causent avec furie ou bien sommeillent sur le granit chaud du port. Des gamins, pieds nus, nous suivent en poussant le cri national : « Macaroni » ; et les cochers qui vous voient passer lancent sur vous leurs chevaux comme s'ils voulaient vous écraser, en faisant claquer leurs fouets de toute leur force. Ils hurlent : « Un bon voiture, mousieu », et, après dix minutes de marchandage, ils consentent à faire pour dix sous une promenade pour laquelle ils avaient demandé cinq francs.

Les petites voitures à deux places vont comme le vent, font briller au soleil le cuivre coquet dont le harnais est couvert ; et le cheval, qui n'a point de mors, mais dont les naseaux sont étreints par les deux grandes branches d'une sorte de levier, galope, bat la terre du pied, piaffe, fait semblant de s'emporter, de se fâcher, de vouloir vous briser contre les murs, car il est exubérant, paradeur et bon enfant, comme son maître. Les bêtes qui traînent des charrettes, ou toute voiture de service, portent sur le dos un vrai monument de cuivre, une selle géante à trois sommets, avec sonnettes, girouettes, ornements de toute espèce qui font penser aux baraques des bateleurs, aux mosquées d'Orient, aux pompes d'église et de foire. Cela est joli, vaniteux, amusant, clinquant, un peu mauresque, un peu byzantin, un peu gothique, et tout à fait napolitain.

Et là-bas, dominant la ville, la mer, les plaines et les montagnes, le cône immense du Vésuve, de l'autre côté de la baie, souffle d'une façon lente et continue sa lourde fumée de soufre, qui monte tout droit, comme un panache énorme, sur sa tête pointue, puis se répand par tout le ciel bleu qu'il voile d'une brume éternelle.

L'île d'Ischia

Mais un affreux petit vapeur dépeint, avec des nuances de torchon sale, siffle coup sur coup pour appeler les voyageurs qui veulent visiter les tristes ruines d'Ischia. Il part lentement, car il lui faudra trois heures et demie pour accomplir cette courte traversée, et son pont, qui ne doit être lavé que par l'eau des pluies, est certainement plus malpropre que le pavé poudreux des rues.

On suit la côte de Naples couverte de maisons. On passe devant le tombeau de Virgile. Là-bas, en face, de l'autre côté du golfe, Caprée lève sa double croupe rocheuse au-dessus de la mer bleue. Le bateau s'arrête à Procida. La petite cité est jolie, dégringolant en cascade sur la montagne. On se remet en route.

Enfin, voici Ischia. Un château bizarre, perché sur un roc, forme la pointe de l'île et domine la ville avec qui il communique par une longue digue.

Ischia a peu souffert ; on ne voit aucune trace de la catastrophe qui ruina pour toujours peut-être sa voisine. Le bateau repart pour ce qui fut Casamicciola[1]. Il suit la rive qui est charmante. Elle s'élève doucement, couverte de verdure, de jardins, de vignes, jusqu'au sommet d'une grande côte. Un ancien cratère, qui fut ensuite un lac, forme maintenant un port où les navires se mettent à l'abri. Le sol que la mer baigne a le brun foncé des laves, toute cette île n'étant qu'une écume volcanique.

La montagne s'élève, devient énorme, se déroulant comme un immense tapis de verdure douce. Au pied de ce grand mont on aperçoit des ruines, des maisons écroulées, pendues, entrouvertes, des maisons roses d'Italie.

C'est ici. L'entrée dans cette ville morte est effrayante. On n'a rien refait, rien réparé, rien. C'est fini. On a seulement changé de place les décombres pour chercher les morts. Les murs éboulés dans les rues y forment des vagues de débris ; ce qui reste debout est crevassé de toutes parts ; les toits sont tombés dans les caves. On regarde avec terreur dans ces trous noirs, car il y a encore des hommes là-dessous. On ne les a pas tous retrouvés.

1. Sur la côte nord de l'île, à environ six kilomètres à l'ouest d'Ischia.

On va dans cette horrible ruine qui serre le cœur, on passe de maison en maison, on enjambe des tas de maçonnerie émiettée dans les jardins qui ont refleuri, libres, tranquilles, admirables, pleins de roses. Un parfum de fleurs flotte dans cette misère. Des enfants qui errent par cette étrange Pompéi moderne, par cette Pompéi qui semble saignante, à côté de l'autre momifiée par les cendres, des enfants, des orphelins mutilés, qui montrent les cicatrices affreuses de leurs petites jambes écrasées, vous offrent des bouquets cueillis sur cette tombe, dans ce cimetière qui fut une ville, et demandent l'aumône en racontant la mort de leurs parents.

Un garçon de vingt ans nous guide. Il a perdu tous les siens et il est demeuré lui-même deux jours enseveli sous les murs de son logis. Si les secours étaient venus plus tôt, dit-il, on aurait pu sauver deux mille personnes de plus. Mais les soldats ne sont arrivés que le troisième jour.

Le nombre des morts fut de quatre mille cinq cents environ.

Il était à peu près dix heures un quart du soir quand la première secousse eut lieu. Le sol s'est soulevé, affirment les habitants, comme s'il allait sauter en l'air. En moins de cinq minutes la ville fut par terre. Le même phénomène se reproduisit, assure-t-on, les deux jours suivants, à la même heure, mais il ne restait plus rien à détruire.

Voici le grand hôtel des Étrangers, qui ne montre plus que ses murs rouges, déteints et pâlis, gardant encore son nom écrit en lettres noires. Cinquante-cinq personnes furent ensevelies dans la salle de bal, en pleine fête, jeunes filles et jeunes hommes, écrasés en dansant, enlacés, unis ainsi par la surprise de cette mort foudroyante, dans un mariage étrange et brutal qui mêla leurs chairs broyées.

Plus loin, on trouva quarante cadavres, ici vingt, là six seulement, dans une cave. Le théâtre étant construit en bois, les spectateurs furent épargnés. Voici les bains : trois grands établissements écroulés où s'agitent toujours, au milieu des machines élévatoires disloquées, les sources chaudes venues du foyer souterrain, si proche qu'on ne peut plonger le doigt dans cette eau bouillante. La femme qui garde ces ruines perdit son mari et ses quatre filles sous les murs de la maison. Comment peut-elle vivre encore ?

Dans les débris de l'hôtel du Vésuve on retrouva cent cinquante cadavres ; sous les ruines de l'hôpital, dix enfants ; ici un évêque, là une famille très riche disparue tout entière en quelques secondes.

Nous montons et nous redescendons les rues en dos d'âne, car la ville était bâtie sur une suite de mamelons pareils à des vagues de terre. Et chaque fois que nous atteignons une hauteur, nous découvrons un large et superbe paysage. En face, la mer calme et bleue ; là-bas, dans une brume légère, la côte d'Italie, la côte classique aux rochers corrects ; le cap Misène la termine au loin, tout au loin. Puis, à droite, entre deux monticules, on aperçoit toujours la tête fumante et pointue du Vésuve. Il semble être le maître menaçant de toute cette côte, de toute cette mer, de toutes ces îles qu'il domine. Son panache s'en va lentement vers le centre de l'Italie, traversant le ciel d'une ligne presque droite qui se perd à l'horizon.

Puis, autour de nous, derrière nous, jusqu'au sommet de la côte, des vignes, des jardins, des vignes fraîches d'un vert si tendre, si doux ! La pensée de Virgile vous envahit, vous possède, vous obsède. Voilà bien la terre charmante qu'il aima, qu'il chanta, la terre où ont germé ses vers, ces fleurs du génie. De son tombeau, qui domine Naples, on voit Ischia.

Nous sortons enfin des ruines et voici la ville nouvelle où s'est réfugié ce qui reste des habitants. C'est une pauvre cité de planches, une suite de cabanes en bois, de baraquements misérables. Cela rappelle les ambulances ou les installations hâtives des premiers colons débarqués sur une terre neuve. Dans tous les passages qui servent de rues entre ces cases, on voit grouiller beaucoup d'enfants.

Soirée napolitaine

Mais l'affreux petit vapeur nous appelle à coups de sifflet ; nous repartons pour rentrer dans Naples à la nuit tombante. C'est l'heure où les équipages vont quitter la promenade élégante de la Chiaia.

Elle s'étend, le long de la mer, bordée de l'autre côté par les hôtels riches et par un beau jardin plein d'arbres fleuris. Quatre lignes de voitures s'y croisent, s'y mêlent, comme au bois de Boulogne dans ses beaux jours, avec moins de luxe sérieux, mais avec plus de clinquant, de pétulance méridionale. Les chevaux ont toujours l'air de s'emporter, les cochers des fiacres et des carrioles à deux roues font toujours claquer leurs fouets. De fort jolies femmes brunes se saluent avec une grâce sérieuse de mondaines, des cavaliers caracolent, des gommeux napolitains, debout sur le trottoir, regardent le défilé et jettent des coups de chapeau aux dames souriantes des équipages.

Puis soudain tout se débande ; la foule des voitures s'élance vers la ville comme si une barrière qui les arrêtait s'était rompue tout à coup. Tous les chevaux galopent, luttant de vitesse, excités par les cochers, soulevant des flots de poussière, de cette poussière aux mille odeurs, si spéciale à Naples.

C'est fini, la promenade est vide. Les étoiles paraissent peu à peu dans l'espace obscurci. Virgile a dit :

Majoresque cadunt altis de montibus umbrae[1].

Mais là-bas, un phare colossal s'allume, au milieu du ciel, un phare étrange qui jette de moment en moment des lueurs sanglantes ; de grandes gerbes de clarté rouge s'élancent en l'air et retombent comme une écume de feu. C'est le Vésuve. Les orchestres ambulants commencent à jouer sous les fenêtres des hôtels. La ville s'emplit de musique. Et des hommes, qu'on prendrait ailleurs pour d'honnêtes bourgeois, tant leur tenue est correcte, vous poursuivent en vous proposant les plus bizarres divertissements. Et si vous passez avec indifférence, ils multiplient à l'infini leurs offres aussi singulières que répugnantes. Vous vous efforcez de les fuir ; alors ils cherchent par quels appas invraisemblables ils éveilleront votre désir. L'arche de Noé contenait moins d'animaux qu'ils n'ont de propositions. Leur imagination s'enflamme par la difficulté de la victoire ; et ces Tartarins du vice, ne connaissant plus d'obstacle, vous offriraient le volcan lui-même, pour peu qu'on parût le désirer.

(*Gil Blas*, 12 mai 1885.)

1. « Et les ombres glissant du sommet des montagnes / S'élargissent ».

Palerme (I)

Accompagné de son ami Henri Amic, qui l'a rejoint à Naples, Maupassant s'embarque au début de mai 1885 pour Palerme. Il restera trois grandes semaines en Sicile.

À Palerme, les deux amis habitent le Grand Hôtel des Palmes, le plus luxueux de la ville, où Wagner a terminé la composition de son dernier opéra, Parsifal. *La première chronique paraît dans* Le Figaro *du 13 mai. Elle a donc été écrite vers le 8 mai, peu après l'arrivée dans l'île.*

Entre un premier coup d'œil sur la ville et la lecture du guide Baedeker, le plus usuel des guides de voyage à cette époque, Maupassant ouvre sa chronique sur un éloge des beautés naturelles et des beautés artistiques de la Sicile. Il dénonce dès la première ligne le préjugé qui fait redouter aux Français le voyage dans un pays qu'ils tiennent pour « sauvage, difficile et même dangereux »). C'est au contraire « une terre indispensable à voir et unique au monde » parce qu'« elle est, d'un bout à l'autre, un étrange et divin musée d'architecture »). Maupassant exprimera plusieurs fois sa prédilection pour l'art de l'architecte.

Après un bref exposé sur l'histoire de cet art, où il fait s'unir les époques byzantine, arabe et gothique, il entraîne son lecteur au cœur de Palerme. Nous découvrons avec lui la ville de deux manières croisées : d'abord par une plongée dans la foule, avec un zoom sur « la première charrette aperçue », une de ces charrettes palermitaines décorées de peintures naïves qui racontent des aventures guerrières de toutes époques, mystérieuses pour le touriste, mais qui font de la rue un théâtre de mélodrame historique aux décors changeants et mobiles ; puis une vue d'ensemble sur toute l'étendue de l'espace urbain, la « Conque d'Or » ouverte sur la mer au milieu de son cirque de montagnes.

La partie centrale de la chronique se concentre sur la chapelle Palatine, construite au début du XIIe siècle, à l'époque de la souveraineté normande sur l'île. Maupassant mêle les informations acquises sur l'histoire et la topographie du monument, et son émerveillement personnel devant l'harmonie des lignes et la lumière des mosaïques.

Changement de décor et de sensations. De retour à l'Hôtel des Palmes, Maupassant visite sous la conduite de son directeur, Enrico Ragusa, l'appartement qu'a occupé Richard Wagner, « musicien génial » à ses yeux comme à ceux de ses amis Zola, Céard et Mallarmé. Il n'y reste plus de signes visibles de son passage, aucun objet oublié, aucun autographe. Puis une espèce de miracle : de l'armoire qu'on a ouverte pour lui s'échappe une senteur de rose, celle-là même dont le Maître parfumait son linge, flottant encore après trois ans, ultime trace du passage d'un génie. Faut-il accorder crédit à la jolie chute ainsi ménagée à cette première chronique sicilienne ? Se non è vero…

L'île de tous les arts

On est convaincu, en France, que la Sicile est un pays sauvage, difficile et même dangereux à visiter. De temps en temps, un voyageur, qui passe pour un audacieux, s'aventure jusqu'à Palerme et il revient en déclarant que c'est une ville très intéressante. Et voilà tout. En quoi Palerme et la Sicile tout entière sont-elles intéressantes, on ne le sait pas au juste chez nous. À la vérité, il n'y a là qu'une question de mode. Cette île, perle de la Méditerranée, n'est point au nombre des contrées qu'il est d'usage de parcourir, qu'il est de bon goût de connaître, qui font partie, comme l'Italie, de l'éducation d'un homme bien élevé.

À deux points de vue, cependant, la Sicile devrait attirer les voyageurs, car ses beautés naturelles et ses beautés artistiques sont aussi particulières que remarquables. On sait combien est fertile et mouvementée cette terre, qui fut appelée le grenier de l'Italie, que tous les peuples envahirent et possédèrent l'un après l'autre, tant fut violente leur envie de la posséder, qui fit se battre et mourir tant d'hommes, comme une belle fille ardemment désirée. C'est, autant que l'Espagne, le pays des oranges, le sol fleuri dont l'air, au printemps, n'est qu'un parfum ; et elle allume, chaque soir, au-dessus des mers, le fanal monstrueux de l'Etna, le plus grand volcan d'Europe. Mais ce qui fait d'elle, avant tout, une terre indispensable à voir et unique au monde, c'est qu'elle est, d'un bout à l'autre, un étrange et divin musée d'architecture.

L'architecture est morte aujourd'hui, en ce siècle encore artiste, pourtant, mais qui semble avoir perdu le don de faire de la beauté avec des pierres, le mystérieux secret de la séduction par les lignes, le sens de la grâce dans les monuments. Nous paraissons ne plus comprendre, ne plus savoir que la seule préparation d'un mur peut donner à l'esprit la même sensation de joie artistique, la même émotion secrète et profonde qu'un chef-d'œuvre de Rembrandt, de Velasquez ou de Véronèse.

La Sicile a eu ce bonheur d'être possédée, tour à tour,

par des peuples féconds, venus tantôt du Nord et tantôt du Sud, qui ont couvert son territoire d'œuvres diverses où se mêlent d'une façon inattendue et charmante les influences les plus contraires. De là est né un art spécial, inconnu ailleurs, où domine l'influence arabe, au milieu des souvenirs grecs, et même égyptiens, où les sévérités du style gothique apporté par les Normands sont tempérées par la science admirable de l'ornementation et de la décoration byzantines.

Et c'est un bonheur délicieux de rechercher, dans ces exquis monuments, la marque spéciale de chaque art, de discerner tantôt le détail venu d'Égypte, comme l'ogive lancéolée qu'apportèrent les Arabes, les voûtes en relief, ou plutôt en pendentifs qui ressemblent aux stalactites des grottes marines, tantôt le pur ornement byzantin, ou les belles frises gothiques qui éveillent soudain le souvenir des hautes cathédrales des pays froids, dans ces églises un peu basses construites aussi par des princes normands.

Quand on a vu tous ces monuments qui ont, bien qu'appartenant à des époques et à des genres différents, un même caractère, une même nature, on peut dire qu'ils ne sont ni gothiques, ni arabes, ni byzantins, mais siciliens ; on peut affirmer qu'il existe un art sicilien et un style sicilien toujours reconnaissable, et qui est assurément le plus charmant, le plus varié, le plus coloré et le plus rempli d'imagination de tous les styles d'architecture.

C'est également en Sicile qu'on retrouve les plus magnifiques et les plus complets échantillons de l'architecture grecque antique, au milieu de paysages incomparablement beaux.

Les mosaïques de Palerme

La traversée la plus facile est celle de Naples à Palerme. On demeure surpris, en quittant le bateau, par le mouvement et la gaieté de cette grande ville de 250 000 habitants, pleine de boutiques et de bruit, moins agitée que Naples, bien que tout aussi vivante. Et d'abord, on s'arrête devant la première charrette aperçue. Ces charrettes, de petites boîtes carrées haut perchées sur des roues jaunes, sont décorées de peintures naïves et bizarres qui représentent des faits historiques ou particuliers, des aventures de toute espèce, des combats, des rencontres de souverains, mais surtout les batailles de Napoléon Ier et des Croisades. Une singulière découpure de bois et de fer les soutient sur l'essieu ; et les rayons de leurs roues sont ouvragés aussi. La bête qui les traîne porte un pompon sur la tête et un autre au milieu du dos, et elle est vêtue d'un harnachement coquet et coloré, chaque morceau de cuir étant garni d'une sorte de laine rouge et de menus grelots. Ces voitures peintes passent par les rues, drôles et différentes, attirent l'œil et l'esprit, se promènent comme des rébus qu'on cherche toujours à deviner.

La forme de Palerme est très particulière. La ville, couchée au milieu d'un vaste cirque de montagnes nues, d'un gris bleu nuancé parfois de rouge, est divisée en quatre parties par deux grandes rues droites qui se coupent en croix au milieu. De ce carrefour on aperçoit par trois côtés la montagne, là-bas au bout de ces immenses corridors de maisons, et par le quatrième, on voit la mer, une tache bleue, d'un bleu cru, qui semble tout près, comme si la ville était tombée dedans !

Un désir hantait mon esprit en ce jour d'arrivée. Je voulus voir la chapelle Palatine, qu'on m'avait dit être la merveille des merveilles.

La chapelle Palatine, la plus belle qui soit au monde, le plus surprenant bijou religieux rêvé par la pensée humaine et exécuté par des mains d'artiste, est enfermée dans la lourde construction du palais royal, ancienne forteresse construite par les Normands.

Cette chapelle n'a point de dehors. On entre dans le palais où l'on est frappé tout d'abord, par l'élégance de la cour intérieure entourée de colonnes. Un bel escalier à retours droits fait une perspective d'un grand effet inattendu ; en face de la porte d'entrée, une autre porte, crevant le mur du palais et donnant sur la campagne lointaine, ouvre soudain un horizon étroit et profond, semble jeter l'esprit dans des pays infinis et dans des songes illimités, par ce trou cintré qui prend l'œil, et l'emporte irrésistiblement vers la cime bleue du mont aperçu là-bas, si loin, si loin, au-dessus d'une immense plaine d'orangers.

Quand on pénètre dans la chapelle, on demeure d'abord saisi comme en face d'une chose surprenante dont on subit la puissance avant de l'avoir comprise. La beauté colorée et calme, pénétrante et irrésistible de cette petite église qui est le plus absolu chef-d'œuvre imaginable vous laisse immobile devant ces murs couverts d'immenses mosaïques à fond d'or, luisant d'une clarté douce éclairant le monument entier d'une lumière sombre, entraînant aussitôt la pensée en des paysages bibliques et divins où l'on voit, debout dans un ciel de feu, tous ceux qui furent mêlés à la vie de l'Homme-Dieu.

*

Ce qui fait si violente l'impression produite par ces monuments siciliens, c'est que l'art de la décoration y est plus saisissant au premier coup d'œil que l'art de l'architecture.

L'harmonie des lignes et des proportions n'est qu'un cadre à l'harmonie des nuances.

On éprouve en entrant dans nos cathédrales gothiques une sensation sévère, presque triste. Leur grandeur est imposante, leur majesté frappe, mais ne séduit pas. Ici on est conquis, ému, par ce quelque chose de presque sensuel que la couleur ajoute à la beauté des formes.

Les hommes qui conçurent et exécutèrent ces églises lumineuses, et sombres pourtant, avaient certes une idée tout autre du sentiment religieux que les architectes des cathédrales allemandes ou françaises ; et leur génie spécial s'inquiéta surtout de faire entrer le jour dans ces nefs si merveilleusement décorées, de façon qu'on ne le sentît pas, qu'on ne le vît point, qu'il s'y glissât, qu'il effleurât seulement les murs, qu'il y produisît des effets mystérieux et charmants, et que la lumière semblât venir des murailles elles-mêmes, des grands ciels d'or peuplés d'apôtres.

La chapelle Palatine, construite en 1132 par le roi Roger II, dans le style gothique normand, est une petite basilique à trois nefs. Elle n'a que trente-trois mètres de long et treize mètres de large, c'est donc un joujou, un bijou de basilique.

Deux lignes d'admirables colonnes de marbre, toutes différentes de couleur, conduisent sous la coupole, d'où vous regarde un Christ colossal, entouré d'anges aux ailes déployées[1]. La mosaïque qui forme le fond de la chapelle

1. C'est le « Christ Pantocrator », motif caractéristique de l'art religieux byzantin. – Voir « Monreale. Les brigands » p. 147 *sqq.*

latérale de gauche est un saisissant tableau. Elle représente saint Jean prêchant dans le désert. On dirait un Puvis de Chavannes plus coloré, plus puissant, plus naïf, moins voulu, fait dans des temps de foi violente par un artiste inspiré. L'apôtre parle à quelques personnes. Derrière lui, le désert et, tout au fond, quelques montagnes bleuâtres, de ces montagnes aux lignes douces et perdues dans une brume, que connaissent bien tous ceux qui ont parcouru l'Orient. Au-dessus du Saint, autour du Saint, derrière le Saint, un ciel d'or, un vrai ciel de miracle où Dieu semble présent.

En revenant vers la porte de sortie, on s'arrête sous la chaire, un simple carré de marbre roux, entouré d'une frise de marbre blanc incrustée de menues mosaïques, et porté sur quatre colonnes finement ouvragées. Et on s'émerveille de ce que peut faire le goût, le goût pur d'un artiste, avec si peu de chose.

Tout l'effet admirable de ces églises vient, d'ailleurs, du mélange et de l'opposition des marbres et des mosaïques. C'est là leur marque caractéristique. Tout le bas des murs, blanc et orné seulement de petits dessins, de fines broderies de pierre, fait ressortir puissamment, par le parti pris de simplicité, la richesse colorée des larges sujets qui couvrent le dessus.

Mais on découvre même dans ces menues broderies qui courent comme des dentelles de couleur sur la muraille inférieure des choses délicieuses grandes comme le fond de la main : ainsi deux paons qui, croisant leurs becs, portent une croix.

(*Le Figaro*, 6 juin 1885). – Le plafond en bois à caissons est arabe. Les voûtes sont romanes.

On retrouve dans plusieurs églises de Palerme ce même genre de décoration. Les mosaïques de la Martorana[1] sont même, peut-être, d'une exécution plus remarquable que celles de la chapelle Palatine, mais on ne peut rencontrer dans aucun monument l'ensemble merveilleux qui rend unique ce chef-d'œuvre divin.

L'armoire de Wagner

Je reviens lentement à l'Hôtel des Palmes[2], qui possède un des plus beaux jardins de la ville, un de ces jardins de pays chauds rempli de plantes énormes et bizarres. Un voyageur assis sur un banc me raconte en quelques instants toutes les aventures de l'hiver, puis il remonte aux histoires des années passées, et il dit, dans une phrase : – « C'était au moment où Wagner habitait ici. »

Je m'étonne : « Comment ici, dans cet hôtel ? – Mais oui. C'est ici qu'il a écrit les dernières notes de *Parsifal* et qu'il en a corrigé les épreuves. »

Et j'apprends que l'illustre maître allemand a passé à Palerme un hiver tout entier, et qu'il a quitté cette ville quelques mois seulement avant sa mort[3]. Comme partout, il a montré ici son caractère intolérable, son invraisemblable orgueil, et il a laissé le souvenir du plus insociable des hommes.

---

1. Église du XIIe siècle, au cœur de Palerme. 2. Hôtel le plus connu de Palerme, en raison de son style fin de siècle et des personnalités qui y ont séjourné. 3. Richard Wagner, né à Leipzig le 22 mai 1813, est mort à Venise le 13 février 1883. *Parsifal* a été achevé en 1882.

J'ai voulu voir l'appartement occupé par ce musicien génial, car il me semblait qu'il avait dû y mettre quelque chose de lui, et que je retrouverais un objet qu'il aimait, un siège préféré, la table où il travaillait, un signe quelconque indiquant son passage, la trace d'une manie ou la marque d'une habitude.

Je ne vis rien d'abord qu'un bel appartement d'hôtel. On m'indiqua les changements qu'il y avait apportés, on me montra, juste au milieu de la chambre, la place du grand divan où il entassait les tapis brillants et brodés d'or.

Mais j'ouvris la porte de l'armoire à glace.

Un parfum délicieux et puissant s'envola comme la caresse d'une brise qui aurait passé sur un champ de rosiers.

Le maître de l'hôtel qui me guidait me dit : « C'est là-dedans qu'il serrait son linge après l'avoir mouillé d'essence de roses. Cette odeur ne s'en ira jamais maintenant. »

Je respirais cette haleine de fleurs, enfermée en ce meuble, oubliée là, captive ; et il me semblait y retrouver, en effet, quelque chose de Wagner, dans ce souffle qu'il aimait, un peu de lui, un peu de son désir, un peu de son âme, dans ce rien des habitudes secrètes et chères qui font la vie intime d'un homme.

(*Le Figaro*, 13 mai 1885.)

Palerme (II)

Maupassant écrit dans le souci de faire imaginer de manière très visuelle les lieux, les personnes et les scènes qu'il a vus ou même dont il a seulement trouvé mention dans les livres. Les lecteurs qui sont venus sur les sites qu'il décrit éprouvent le plaisir de les reconnaître et de raviver leurs souvenirs. Les autres se laissent aller au plaisir d'un voyage tout en pensée, mais où cependant toute leur curiosité et tous leurs sens sont sollicités par des images aussi vivantes que les « choses vues » qu'elles restituent.

C'est le cas ici. Maupassant commence par donner vie à la gestuelle du Sicilien, à son timbre, à son intonation, à son accent et à son rythme qui apparentent son chant à celui de l'Arabe, tandis que sa physionomie, la sensibilité de son oreille et son amour frémissant et exigeant de la musique tiennent totalement de l'Italie.

La rue à Palerme, les femmes aux yeux noirs et brillants, le bureau de loterie face à la statue de la Vierge – ici protectrice des joueurs –, les marchandes des rues, tout ce kaléidoscope, on dirait de nos jours cette vidéo, défile très vite sous sa plume.

Mais le morceau de bravoure qui occupe la plus grande partie de la chronique est le récit de la visite au cimetière des Capucins, catacombes siciliennes dont l'annonce de la noire mise en scène donne aux touristes un frisson mêlé d'attente morbide et d'horreur. Une « sinistre collection de trépassés », momifiés et accrochés aux murs des galeries souterraines, dans leurs habits de vivants. Maupassant a voulu entrer et tout apprendre sur l'histoire et même la chimie physiologique de cet hallucinant théâtre.

Il ne fait grâce au lecteur d'aucun détail, macabre ou burlesque : seuls sont ainsi exposés les morts dont la famille paie pour continuer à leur rendre visite, et certains ont choisi leur place par avance ; des photographies montrent le défunt tel qu'il était dans la vie ; la galerie d'honneur réservée aux prêtres, couverts de leurs costumes sacerdotaux, est la plus carnavalesque… Et gare à ceux qui se laissent enfermer la nuit en ce lieu ! On les retrouve au petit matin, devenus fous de terreur. Ce pourrait être le scénario d'une nouvelle fantastique… de Maupassant.

La description est longue, obsessionnelle. Pourquoi, au milieu de ce tour de Sicile, cet arrêt prolongé et halluciné dans ce musée des momies costumées, sinon parce que s'y nourrit et s'y exacerbe une imagination de plus en plus hantée par l'angoisse du néant ? À moins que Maupassant ne s'amuse tout simplement à reprendre les motifs très anciens de la Danse macabre, de la « Ballade des pendus », ou encore les cauchemars du romantisme noir, adaptés au Memento mori *de la superstition sicilienne.*

Les Siciliens

Puis je sortis pour errer par la ville.

Personne ne ressemble moins à un Napolitain qu'un Sicilien. Dans le Napolitain du peuple, on trouve toujours trois quarts de polichinelle. Il gesticule, s'agite, s'anime sans cause, s'exprime par les gestes autant que par les paroles, mime tout ce qu'il dit, se montre toujours aimable par intérêt, gracieux par ruse autant que par nature, et il répond par des gentillesses aux compliments désagréables.

Mais dans le Sicilien on trouve déjà beaucoup de l'Arabe. Il en a la gravité d'allure, bien qu'il tienne de l'Italien une grande vivacité d'esprit. Son orgueil natal, son amour des titres, la nature de sa fierté et la physionomie même de son visage le rapprochent aussi davantage de l'Espagnol que de l'Italien. Mais ce qui étonne sans cesse, dès qu'on pose le pied en Sicile, l'impression profonde de l'Orient, c'est le timbre de voix, l'intonation nasale des crieurs des rues. On la retrouve partout, la note aiguë de l'Arabe, cette note qui semble descendre du front dans la gorge tandis que, dans le Nord, elle monte de la poitrine à la bouche. Et la chanson traînante, monotone et douce entendue en passant par la porte ouverte d'une maison, est bien la même, par le rythme et l'accent, que celle chantée par le cavalier vêtu de blanc qui guide les voyageurs à travers les grands espaces nus du désert.

Au théâtre, par exemple, le Sicilien redevient tout à fait l'Italien et il est fort curieux pour nous d'assister, à Rome, Naples ou Palerme, à quelque représentation d'opéra.

Toutes les impressions du public éclatent aussitôt qu'il les éprouve. Nerveuse à l'excès, douée d'une oreille aussi délicate que sensible, aimant à la folie la musique, la foule entière devient une sorte de bête vibrante, qui sent et ne raisonne pas. En cinq minutes, elle applaudit avec enthousiasme et siffle avec frénésie le même acteur ; elle trépigne de joie ou de colère, et si quelque note fausse s'échappe de la gorge du chanteur, un cri étrange, exaspéré, suraigu sort de toutes les bouches en même temps. Quand les avis sont partagés, les chut ! et les applaudissements se mêlent. Rien ne passe inaperçu de la salle attentive et frémissante qui témoigne à tout instant son sentiment, et qui parfois, saisie d'une colère soudaine, se met à hurler comme ferait une ménagerie de bêtes féroces.

Carmen[1], en ce moment, passionne le peuple sicilien, et on entend, du matin au soir, fredonner par les rues le fameux « Toréador ».

La rue à Palerme n'a rien de particulier. Elle est large et belle dans les quartiers riches et ressemble, dans les quartiers pauvres, à toutes les ruelles étroites, tortueuses et colorées des villes d'Orient[2].

Les femmes enveloppées de loques de couleurs éclatantes, rouges, bleues ou jaunes, causent devant leurs portes et vous regardent passer avec leurs yeux noirs, qui brillent sous la forêt de leurs cheveux sombres.

Parfois, devant le bureau de la loterie officielle qui fonctionne en permanence comme un service religieux et rapporte à l'État de gros revenus, on assiste à une petite scène drôle et typique.

En face est la Madone, dans sa niche, accrochée au mur, avec la lanterne qui brille à ses pieds. Un homme sort du bureau, son billet de loterie à la main, met un sou dans le tronc sacré qui ouvre sa petite bouche noire devant la statue, puis il se signe avec le papier numéroté qu'il vient de recommander à la Vierge en l'appuyant d'une aumône.

---

1. Opéra de Georges Bizet (1838-1875), d'après la nouvelle de Prosper Mérimée (1845), représenté pour la première fois en 1875, et dont l'action se passe à Séville. 2. Réminiscence de son voyage de 1881 en Algérie.

On s'arrête de place en place devant les marchands de vues de Sicile, et l'œil tombe sur une étrange photographie qui représente un souterrain plein de morts, de squelettes grimaçants bizarrement vêtus. On lit dessous : « Cimetière des Capucins. »

La galerie des trépassés

Qu'est-ce que cela ? Si on le demande à un habitant de Palerme, il répond avec dégoût : « N'allez pas voir cette horreur. C'est une chose affreuse, sauvage, qui ne tardera pas à disparaître, heureusement. D'ailleurs on n'enterre plus là-dedans depuis plusieurs années[1]. »

Il est difficile d'obtenir des renseignements plus détaillés et plus précis tant la plupart des Siciliens semblent éprouver d'horreur pour ces extraordinaires catacombes.

Voici pourtant ce que je finis par apprendre. La terre sur laquelle est bâti le couvent des Capucins possède la singulière propriété d'activer si fort la décomposition de la chair morte, qu'en un an il ne reste plus rien sur les os, qu'un peu de peau noire séchée, collée, et qui garde parfois les poils de la barbe et des joues.

On enferme donc les cercueils en des petits caveaux latéraux qui contiennent chacun huit ou dix trépassés, et, l'année finie, on ouvre la bière d'où l'on retire la momie, momie effroyable, barbue, convulsée, qui semble hurler, qui semble travaillée par d'horribles douleurs. Puis

1. Les catacombes du couvent des capucins se trouvent à l'écart du centre de la ville. Ces galeries ont été construites à la fin du XVIe siècle.

on la suspend dans une des galeries principales où la famille vient la visiter de temps en temps. Les gens qui voulaient être conservés par cette méthode de séchage le demandaient avant leur mort, et ils resteront éternellement alignés sous ces voûtes sombres, à la façon des objets qu'on garde dans les musées, moyennant une rétribution annuelle versée par les parents. Si les parents cessent de payer, on enfouit tout simplement le défunt, à la manière ordinaire.

J'ai voulu visiter aussitôt cette sinistre collection de trépassés.

À la porte d'un petit couvent d'aspect modeste, un vieux capucin, en robe brune, me reçoit, et il me précède sans dire un mot, sachant bien ce que veulent voir les étrangers qui viennent en ce lieu.

Nous traversons une pauvre chapelle, et nous descendons lentement un large escalier de pierre. Et tout à coup, j'aperçois devant nous une immense galerie, large et haute, dont les murs portent tout un peuple de squelettes habillés d'une façon bizarre et grotesque. Les uns sont pendus en l'air côte à côte, les autres couchés sur cinq tablettes de pierre, superposées depuis le sol jusqu'au plafond. Une ligne de morts est debout par terre, une ligne compacte dont les têtes affreuses semblent parler. Les unes sont rongées par des végétations hideuses qui déforment davantage encore les mâchoires et les os, les autres ont gardé leurs cheveux, d'autres un bout de moustache, d'autres une mèche de barbe.

Celles-ci regardent en l'air, de leurs yeux vides, celles-là en bas ; en voici qui semblent rire atrocement, en voilà qui sont tordues par la chaleur, toutes paraissent affolées par une épouvante surhumaine.

Et ils sont vêtus, ces morts, ces pauvres morts hideux et ridicules, vêtus par leur famille qui les a tirés du cercueil pour leur faire prendre place dans cette effrayante assemblée. Ils ont presque tous des espèces de robes noires dont le capuchon parfois est ramené sur la tête. Mais il en est qu'on a voulu habiller plus somptueusement ; et le misérable squelette, coiffé d'un bonnet grec à broderies et enveloppé d'une robe de chambre de rentier riche, étendu sur le dos, semble dormir d'un sommeil douloureux, d'un sommeil terrifiant et comique.

Une pancarte d'aveugle pendue à leur cou, porte leur nom, et la date de leur mort. Ces dates font passer des frissons dans les os. On lit : 1880, 1881, 1882.

Voici donc un homme, ce qui était un homme, il y a trois ans, rien que trois ans ? Cela vivait, riait, parlait, mangeait, buvait, était plein de joie et d'espoir. Et le voilà ! Devant cette double ligne d'êtres innommables, des cercueils et des caisses sont entassés, des cercueils de luxe en bois noir, avec des ornements de cuivre et des petits carreaux pour voir dedans. On croirait que ce sont des malles, des valises de sauvages, achetées en quelque bazar invraisemblable, au hideux bazar de ceux qui partent pour le grand voyage, comme on aurait dit autrefois.

Mais d'autres galeries s'ouvrent à droite et à gauche, prolongeant indéfiniment cet immense cimetière souterrain.

Voici les femmes, plus burlesques encore que les hommes, car on les a parées avec coquetterie. Les têtes vous regardent serrées en des bonnets à dentelles et à rubans, d'une blancheur de neige autour de ces visages noirs, pourris, rongés par l'étrange travail de la terre. Les mains, pareilles à des racines d'arbres coupées, sortent des manches de la robe neuve, et les bas semblent vides qui enferment les os des jambes. Quelquefois le mort ne porte que des souliers, de grands, grands souliers pour ces pauvres pieds secs.

Voici les jeunes filles, les hideuses jeunes filles, en leur parure blanche, portant autour du front une couronne de métal, symbole de l'innocence. On dirait des vieilles, très vieilles, tant elles grimacent. Elles ont seize ans, dix-huit ans, vingt ans. Quelle horreur !

Mais nous arrivons dans une galerie pleine de petits cercueils de verre – ce sont les enfants. Les os, à peine durs, n'ont pas pu résister. Et on ne sait pas bien ce qu'on voit tant ils sont déformés, écrasés et affreux les misérables gamins. Mais les larmes vous montent aux yeux, car les mères les ont vêtus avec les petits costumes qu'ils portaient aux derniers jours de leur vie. Et elles viennent les revoir ainsi, leurs enfants !

Souvent, à côté du cadavre, est suspendue une photographie qui le montre tel qu'il était, et rien n'est plus saisissant, plus terrifiant que ce contraste, que ce rapprochement, que les idées éveillées en nous par cette vue et par cette comparaison.

Nous traversons une galerie plus sombre, plus basse, qui semble réservée aux pauvres. Dans un coin noir ils sont une vingtaine ensemble suspendus sous une lucarne, qui leur jette l'air du dehors par grands souffles brusques. Ils sont vêtus d'une sorte de toile noire nouée aux pieds et au cou, et penchés les uns sur les autres. On dirait qu'ils grelottent, qu'ils veulent se sauver, qu'ils crient « au secours ! ». On croirait l'équipage noyé de quelque navire, battu encore par le vent, enveloppé de la toile brune et goudronnée que les matelots portent dans les tempêtes, et toujours secoués par la terreur du dernier instant quand la mer les a saisis[1].

Voici le quartier des Prêtres. Une grande galerie d'honneur ! Au premier regard ils semblent plus terribles à voir que les autres, couverts ainsi de leurs ornements sacrés noirs, rouges et violets. Mais en les considérant l'un après l'autre, un rire nerveux et irrésistible vous saisit devant leurs attitudes bizarres et sinistrement comiques. En voici qui chantent ; en voilà qui prient. On leur a levé la tête et croisé les mains. Ils sont coiffés de la barrette de l'officiant qui reste posée au sommet de leur front décharné, tantôt se penche sur l'oreille d'une façon badine, tantôt leur tombe jusqu'au nez. C'est le carnaval de la mort, que rend plus burlesque la richesse dorée des costumes sacerdotaux.

De temps en temps, paraît-il, une tête roule à terre, les attaches du cou ayant été rongées par les souris. Des milliers de souris vivent dans ce charnier humain.

On me montre un homme mort en 1882. Dix-huit mois plus tôt, gai et bien portant, il était venu choisir sa place, accompagné d'un ami. « Je serai là », disait-il, et il riait.

L'ami revient seul maintenant et regarde, pendant des heures entières, le squelette immobile, debout à l'endroit désigné.

En certains jours de fête, les catacombes des Capucins sont ouvertes à la foule. Un ivrogne s'endormit une fois en ce lieu et se réveilla au milieu de la nuit. Il appela,

1. Souvenir du *Vaisseau fantôme* de Wagner ? ou d'un de ces romans d'aventures macabres, où l'on rencontrait en pleine mer un vaisseau errant, avec sur son pont tous ses marins morts de quelque mystérieuse maladie ?

hurla, éperdu d'épouvante, courant de tous les côtés, cherchant à fuir. Mais personne ne l'entendit. On le trouva au matin, tellement cramponné aux barreaux de fer de la grille d'entrée qu'il fallut de longs efforts pour l'en détacher.

Il était fou.

Depuis ce jour on a suspendu une grosse cloche près de la porte.

(*Le Figaro*, 22 mai 1885.)

Monreale. Les brigands

Cinq ans plus tôt, Maupassant s'est fait raconter en Corse des histoires de bandits (voir p. 95 sqq.*). Il ne peut éviter, à Palerme, de faire entrevoir la figure du bandit sicilien, moins stéréotypée, cependant, dans l'imaginaire des Français du* XIXe *siècle, que celle du bandit calabrais. Il prend soin, d'entrée de jeu, de rassurer ses compatriotes voyageurs : il n'y a plus de brigands en Sicile – pas depuis longtemps, cinq ou six ans... –, les derniers se sont cachés sur les hauteurs de Monreale.*

Cette chronique paraît dans Le Figaro *du 6 juin 1885, deux semaines après le reportage de la visite au cimetière des capucins. Entre-temps, Maupassant a fait le tour de l'île, d'ouest au sud et en est, par Ségeste, Sélinonte, Agrigente, Syracuse, Catane et Messine. Il est probable que le récit de la visite de Monreale a été écrit après son départ de Palerme, peut-être à Catane, ou même après son retour à Rome (le 28 mai). Mais pour donner l'impression d'une suite immédiate, il rattache directement le début de la chronique à la fin de la précédente : de fait, à la sortie du cimetière des capucins, quoi de plus naturel que de chercher dans un jardin empli de fleurs un retour à l'équilibre mental ?*

La petite ville de Monreale se trouve à huit kilomètres au nord-ouest du centre de Palerme, à mi-pente d'une des collines qui dominent la ville. On peut voir dans sa cathédrale les plus grandes mosaïques de Sicile. Maupassant a visité l'édifice, qui mêle comme souvent dans l'île des époques et des styles différents : tours normandes, portails de bronze gothiques, sculptures de chœur arabes, mosaïques byzantines. Puis il est passé dans le vieux cloître des bénédictins, laissant longtemps se déployer une admiration lyrique, enchanté par la beauté des colonnettes, alignées deux par deux côte à côte et toutes différentes, mi-romanes, mi-arabes, ornées de motifs qui symbolisent les quatre éléments, c'est-à-dire le grand tout : « divin promenoir ».

De là, il est monté à la forteresse ruinée de Castellaccio, au-dessus de Monreale, accompagné d'un guide, le long d'un chemin ignoré des touristes et d'un chaos de pierres, jusqu'à la découverte fabuleuse de l'horizon sicilien. Point de brigands. Mais tout de même, pour clore sa chronique, une « histoire de brigands », nullement terrifiante, mais fort ironique : le dernier brigand sicilien n'existait que dans l'imagination des gendarmes et des juges. Tant pis si ses lecteurs sont déçus par cette démystification.

Où sont les Brigands ?

Après cette sinistre visite, j'éprouvai le désir de voir des fleurs et je me fis conduire à la villa Tasca, dont les jardins, situés au milieu d'un bois d'orangers, sont pleins d'admirables plantes tropicales.

En revenant vers Palerme, je regardais, à ma gauche, une petite ville vers le milieu d'un mont, et, sur le sommet, une ruine. Cette ville, c'est Monreale, et cette ruine, Castellaccio, le dernier refuge où se cachèrent les brigands siciliens, m'a-t-on dit.

Le maître poète Théodore de Banville a écrit un traité de prosodie française que devraient savoir par cœur tous ceux qui ont la prétention de faire rimer deux mots ensemble. Un des chapitres de ce livre excellent est intitulé : « Des Licences poétiques » ; on tourne la page, et on lit :

— Il n'y en a pas.

Ainsi, quand on arrive en Sicile, on demande tantôt avec curiosité, et tantôt avec inquiétude : « Où sont les Brigands ? » et tout le monde vous répond : « Il n'y en a plus. »

Il n'y en a plus, en effet, depuis cinq ou six ans. Grâce à la complicité cachée de quelques grands propriétaires dont ils servaient souvent les intérêts, et qu'ils rançonnaient souvent aussi, ils ont pu se maintenir dans les montagnes de Sicile jusqu'à l'arrivée du général Palavicini, qui commande encore à Palerme. Mais cet officier les a pourchassés et traités avec tant d'énergie que les derniers ont disparu en peu de temps.

Il y a souvent, il est vrai, des attaques à main armée et des assassinats dans ce pays, mais ce sont là des crimes communs, provenant de malfaiteurs isolés et non de bandes organisées, comme jadis.

En somme, la Sicile est aussi sûre pour le voyageur, que l'Angleterre, la France, l'Allemagne ou l'Italie, et ceux qui désirent des aventures à la Fra Diavolo devront aller les chercher ailleurs.

En vérité, l'homme est presque en sûreté partout, excepté dans les grandes villes. Si on comptait les voyageurs arrêtés et dépouillés par les bandits dans les contrées sauvages, ceux assassinés par les tribus errantes du désert, et si on comparait les accidents arrivés dans les pays réputés dangereux avec ceux qui ont lieu en un mois à

Londres, Paris et New York, on verrait combien sont innocentes les régions redoutées.

Moralité : si vous recherchez les coups de couteau et les arrestations, allez à Paris et à Londres, mais ne venez pas en Sicile. On peut, en ce pays, courir les routes, de jour et de nuit, sans escorte et sans armes ; on ne rencontre que des gens pleins de bienveillance pour l'étranger, à l'exception de certains employés des postes et des télégraphes. Je dis cela seulement pour ceux de Catane, d'ailleurs.

Le cloître de Monreale

Donc, une des montagnes qui dominent Palerme porte, à mi-hauteur, une petite ville célèbre par ses monuments anciens, Monreale ; et c'est aux environs de cette cité haut perchée qu'opéraient les derniers malfaiteurs de l'île. On a conservé l'usage de placer des sentinelles tout le long de la route qui y conduit. Veut-on, par là, rassurer ou effrayer les voyageurs ? Je l'ignore.

Les soldats, espacés à tous les détours du chemin, font penser à la sentinelle légendaire du ministère de la Guerre, en France. Depuis dix ans, sans qu'on sût pourquoi, on plaçait chaque jour un soldat en faction dans le corridor qui conduisait aux appartements du ministre, avec mission d'éloigner du mur tous les passants. Or, un nouveau ministre, d'esprit inquisiteur, succédant à cinquante autres qui avaient passé sans étonnement devant le factionnaire, demanda la cause de cette surveillance.

Personne ne put la lui dire, ni le chef du cabinet ni les chefs de bureau collés à leur fauteuil depuis un demi-siècle. Mais un huissier, homme de souvenir, qui écrivait peut-être ses mémoires, se rappela qu'on avait mis là un soldat autrefois parce qu'on venait de repeindre la muraille et que la femme du ministre, non prévenue, y avait taché sa robe. La peinture avait séché, mais la sentinelle était restée.

Donc les brigands ont disparu, mais les factionnaires demeurent sur la route de Monreale. Elle tourne le long de la montagne, cette route, et arrive enfin dans la ville, fort originale, fort colorée et fort malpropre. Les rues en escalier semblent pavées avec des dents pointues. Les hommes ont la tête enveloppée d'un mouchoir rouge à la manière espagnole.

Voici la cathédrale, grand monument long de plus de cent mètres, en forme de croix latine, avec trois absides et trois nefs, séparées par 18 colonnes de granit oriental qui s'appuient sur une base en marbre blanc et sur un socle carré en marbre gris. Le portail, vraiment admirable, encadre de magnifiques portes de bronze, faites par *Bonannus, civis Pisanus*.

L'intérieur de ce monument montre ce qu'on peut voir de plus complet, de plus riche et de plus saisissant, comme décoration en mosaïque à fond d'or.

Ces mosaïques, les plus grandes de Sicile, couvrent entièrement les murs sur une surface de *six mille quatre cents mètres*. Qu'on se figure ces immenses et superbes décorations mettant, en toute cette église, l'histoire fabuleuse de l'Ancien Testament, du Messie et des Apôtres. Sur le ciel d'or qui ouvre, tout autour des nefs, un horizon fantastique, on voit se détacher, plus grands que nature, les prophètes annonçant Dieu, et le Christ venu, et ceux qui vécurent autour de lui.

Au fond du chœur, une figure immense de Jésus, qui ressemble à François Ier, domine l'église entière, semble l'emplir et l'écraser tant est énorme et puissante cette étrange image.

Il est à regretter que le plafond, détruit par un incendie, soit refait de la façon la plus maladroite ; le ton criard des dorures et les couleurs trop vives sont des plus désagréables à l'œil.

Tout près de la cathédrale, on entre dans le vieux cloître des Bénédictins.

Que ceux qui aiment les cloîtres aillent se promener dans celui-ci et ils oublieront presque tous les autres vus avant lui.

Comment peut-on ne pas adorer les cloîtres, ces lieux tranquilles, fermés et frais, inventés, semble-t-il, pour faire naître la pensée qui coule des lèvres, profonde et claire, pendant qu'on va à pas lents sous les longues arcades mélancoliques ?

Comme elles paraissent bien créées pour engendrer la songerie, ces allées de pierres, ces allées de menues colonnes enfermant un petit jardin qui repose l'œil sans l'égarer, sans l'entraîner, sans le distraire !

Mais les cloîtres de nos pays ont parfois une sévérité un peu trop monacale, un peu trop triste, même les plus jolis, comme celui de Saint-Wandrille, en Normandie. Ils serrent le cœur et assombrissent l'âme.

Qu'on aille visiter le cloître désolé de la Chartreuse de La Verne[1], dans les sauvages montagnes des Maures. Il donne froid jusque dans les moelles.

Le merveilleux cloître de Monreale jette, au contraire, dans l'esprit une telle sensation de grâce qu'on y voudrait rester presque indéfiniment. Il est très grand, tout à fait carré, d'une élégance délicate et jolie ; et qui ne l'a point vu ne peut pas deviner ce qu'est l'harmonie d'une

1. Voir « La chartreuse de La Verne », p. 37 *sqq.* (*Gil Blas*, 26 août 1884).

colonnade. L'exquise proportion, l'incroyable sveltesse de toutes ces légères colonnes, allant deux par deux, côte à côte, toutes différentes, les unes vêtues de mosaïque, les autres nues, celles-ci couvertes de sculpture d'une finesse incomparable, celles-là ornées d'un simple dessin de pierre qui monte autour d'elle en s'enroulant comme grimpe une plante, étonnent le regard, puis le charment, l'enchantent, y engendrent cette joie artiste que les choses d'un goût absolu font entrer dans l'âme par les yeux.

Ainsi que tous ces mignons couples de colonnettes, tous les chapiteaux, d'un travail charmant, sont différents. Et on s'émerveille en même temps, chose bien rare, de l'effet admirable de l'ensemble et de la perfection du détail.

On ne peut regarder ce vrai chef-d'œuvre de beauté gracieuse sans songer aux vers de Victor Hugo sur l'artiste grec qui sut mettre

Quelque chose de beau comme un sourire humain
Sur le profil des Propylées.

Ce divin promenoir est enclos en de hautes murailles très vieilles, à arcades ogivales ; c'est là tout ce qui reste aujourd'hui du couvent.

La Sicile d'ailleurs est la patrie, la vraie, la seule patrie des colonnades. Toutes les cours intérieures des vieux palais et des vieilles maisons de Palerme en renferment d'admirables qui seraient célèbres ailleurs que dans cette île si riche en monuments.

Le petit cloître si joli de l'église San Giovanni degli Eremiti[1], une des plus anciennes églises normandes de

---

1. Cette église du XIIe siècle se trouve à Palerme, au voisinage immédiat du palais des Normands.

caractère oriental, bien que moins remarquable que celui de Monreale, est encore bien supérieur à tout ce que je connais de comparable en France ou ailleurs.

*

En sortant du couvent, on pénètre dans le jardin, d'où l'on domine toute la vallée pleine d'orangers en fleurs. Un souffle continu monte de la forêt embaumée ; un souffle qui grise l'esprit et trouble les sens. Le désir indécis et poétique qui hante toujours l'âme humaine, qui rôde autour, affolant et insaisissable, semble sur le point de se réaliser. Cette senteur vous enveloppant soudain, mêlant cette délicate sensation des parfums à la joie artiste de l'esprit, vous jette pendant quelques secondes dans un bien-être de pensée et de corps qui est presque du bonheur.

Castellaccio

Je lève les yeux vers la haute montagne dominant la ville et j'aperçois sur le sommet la ruine que j'avais vue la veille. Un ami qui m'accompagne interroge les habitants et on nous répond que ce vieux château fut, en effet, le dernier refuge des brigands siciliens. Encore aujourd'hui, presque personne ne monte jusqu'à cette antique forteresse nommée Castellaccio. On n'en connaît même guère le sentier, car elle est sur une cime peu abordable. Nous y voulons aller. Un Palermitain, qui nous fait les honneurs de son pays, s'obstine à nous donner un guide, et ne pouvant en découvrir un qui lui semble sûr du chemin, s'adresse, sans nous prévenir, au chef de la police.

Et bientôt un agent, dont nous ignorons la profession, commence à gravir avec nous la montagne.

Mais il hésite lui-même et s'adjoint, en route, un compagnon, nouveau guide qui conduira le premier. Puis tous deux demandent des indications aux paysans rencontrés, aux femmes qui passent en poussant un âne devant elles. Un curé conseille enfin d'aller droit devant nous. Et nous grimpons, suivis de nos conducteurs.

Le chemin devient presque impraticable. Il faut escalader des rochers, s'enlever à la force des poignets. Et cela dure longtemps. Un soleil ardent, un soleil d'Orient nous tombe d'aplomb sur la tête.

Nous atteignons enfin le faîte au milieu d'un surprenant et superbe chaos de pierres énormes qui sortent du sol, grises, chauves, rondes ou pointues, et emprisonnent le château sauvage et délabré dans une étrange armée de rocs s'étendant au loin, de tous les côtés autour des murs.

La vue, de ce sommet, est une des plus saisissantes qu'on puisse trouver. Tout autour du mont hérissé se creusent de profondes vallées qu'enferment d'autres monts, élargissant vers l'intérieur de la Sicile un horizon infini de pics et de cimes. En face de nous, la mer ; à nos pieds, Palerme. La ville est entourée par ce bois d'orangers qu'on nomme la Conque d'Or, et ce bois de verdure noire s'étend comme une tache sombre au pied des montagnes grises, des montagnes rousses qui semblent brûlées, rongées et dorées par le soleil, tant elles sont nues et colorées.

Un de nos guides a disparu. L'autre nous suit dans les ruines. Elles sont d'une belle sauvagerie et fort vastes. On sent, en y pénétrant, que personne ne les visite. Partout, le sol creusé sonne sous les pas ; par places, on voit l'entrée des souterrains. L'homme les examine avec curiosité et nous dit que beaucoup de brigands ont vécu là-dedans, quelques années plus tôt. C'était leur meilleur refuge, et le plus redouté. Dès que nous voulons redescendre, le premier guide reparaît ; mais nous refusons ses services et nous découvrons, sans peine, un sentier fort praticable qui pourrait même être suivi par des femmes.

Une histoire de bandits

Les Siciliens semblent avoir pris plaisir à grossir et à multiplier les histoires de bandits pour effrayer les étrangers ; et encore aujourd'hui on hésite à entrer dans cette île aussi tranquille que la Suisse.

Voici une des dernières aventures à mettre au compte des rôdeurs malfaisants. Je la garantis vraie.

Un entomologiste fort distingué de Palerme, M. Ragusa, avait découvert un coléoptère qui fut longtemps confondu avec le *Polyphylla Olivieri*. Or un savant allemand, M. Kraatz, reconnaissant qu'il appartenait à une espèce bien distincte, désira en posséder quelques spécimens et écrivit à un de ses amis de Sicile, M. di Stephani, qui s'adressa à son tour à M. Giuseppe Miraglia, pour le prier de lui capturer quelques-uns de ces insectes. Mais ils avaient disparu de la côte. Juste à ce moment, M. Lombardo Martorana, de Trapani, annonça à M. di Stephani qu'il venait de saisir plus de cinquante polyphylla.

M. di Stephani s'empressa de prévenir M. Miraglia, par la lettre suivante :

« Mon Cher Joseph,

« Le *Polyphylla Olivieri*, ayant eu connaissance de tes intentions meurtrières, a pris une autre route et il est allé se réfugier sur la côte de Trapani où mon ami Lombardo en a déjà capturé plus de cinquante individus. »

Ici l'aventure prend des allures tragi-comiques d'une invraisemblance épique.

À cette époque, les environs de Trapani étaient parcourus, paraît-il, par un brigand nommé Lombardo.

Or, M. Miraglia jeta au panier la lettre de son ami. Le domestique vida le panier dans la rue, puis le ramasseur d'ordures passa et porta dans la plaine ce qu'il avait recueilli. Un paysan, voyant dans la campagne un beau papier bleu à peine froissé, le ramassa et le mit dans sa poche, par précaution ou par un besoin instinctif de lucre.

Plusieurs mois se passèrent, puis, cet homme, ayant été appelé à la questure, laissa glisser cette lettre à terre. Un gendarme la saisit et la présenta au juge qui tomba en arrêt sur les mots : *intentions meurtrières, pris une autre route, réfugiés, capturés, Lombardo*. Le paysan fut emprisonné, interrogé, mis au secret. Il n'avoua rien. On le garda, et une enquête sévère fut ouverte. Les magistrats publièrent la lettre suspecte, mais comme ils avaient lu « Petronilla » Olivieri au lieu de « Polyphylla », les entomologistes ne s'émurent pas.

Enfin on finit par déchiffrer la signature de M. di Stephani, qui fut appelé au Tribunal. Ses explications ne furent pas admises. M. Miraglia, cité à son tour, finit par éclairer le mystère.

Le paysan était demeuré trois mois en prison.

Un des derniers brigands siciliens fut donc, en vérité, une espèce de hanneton connu par les hommes de science sous le nom de *Polyphylla Ragusa*.

(*Le Figaro*, 6 juin 1885.)

L'Etna

Le récit de cette ascension de l'Etna est plus impressionnant que les histoires fantaisistes de brigands.

*Lorsque cette chronique paraît (*Gil Blas, *14 juillet 1885), Maupassant est de retour à Paris depuis un mois. Son récit commence par une navigation de Naples à Messine. Mais c'est probablement un trompe-l'œil. Il ne semble pas qu'il ait interrompu son séjour en Sicile pour un aller-retour à Naples. Sa description du Stromboli est plutôt inspirée par le bref voyage qu'il a fait aux îles Lipari vers la fin de son séjour, avant son voyage de retour à Naples, puis à Rome.*

En réalité, il a gagné directement l'intérieur de l'île en partant de Palerme, par le train, puis en voiture, accompagné du prince Scalea et du vicomte de Gerrione, deux aristocrates siciliens. Il est arrivé à Catane après des arrêts successifs à Ségeste, dont il parlera dans une chronique ultérieure, à Sélinonte, à Agrigente et à Syracuse. Le 15 mai, il est à Catane, d'où il décrit à son amie Hermine Lecomte du Noüy son tout récent voyage : « Le voyage prend toutes mes minutes. Je me lève à quatre ou cinq heures du matin, et puis je roule en voiture ou je marche […]. Je vois des monuments, des montagnes, des villes, des ruines, des temples grecs étonnants en des paysages bizarres, et puis des volcans, de petits volcans qui crachent de la boue et de grands volcans qui crachent du feu […]. »

Dans l'après-midi du même jour, selon cette correspondance, il se prépare pour l'ascension du volcan. Selon le texte complet de la chronique, il a visité auparavant Taormina, un village « accroché sur une grande montagne », en venant de Messine par le train. Mais le calendrier de son grand voyage de Palerme à Catane et à Messine, où il sera le 23 mai, n'est pas clairement établi. Peut-être s'est-il contenté d'un aller-retour de Catane à Taormina.

En tout cas la chronique évolue peu à peu vers un exposé de géographie, puis d'histoire, emprunté au guide Baedeker, avec un long développement sur les éruptions successives de l'Etna. Vient enfin le récit de l'ascension : une voiture de Catane à Nicolosi, trois heures de marche jusqu'au dernier village, puis une montée à dos de mulet sous la conduite des guides, à travers les vignes et, plus haut, la lande de lave ancienne, noire et pétrifiée. La vue se dégage sur la couronne de montagnes qui entoure l'Etna. Mais la marche se poursuit de nuit dans le vent et le froid tandis qu'une tempête se déchaîne, presque à l'arrivée au refuge. Le monstre semble résister à la profanation. Le récit tourne au roman d'aventures.

Au matin, le vent s'est calmé ; on approche des neiges du sommet, non sans risque d'enlisement, puis de la « région morte », paysage lunaire couvert de lave, de neige, de glace et de cendre froide. Il faut encore quatre heures d'efforts pour atteindre le pied du dernier cône, « énorme et tout droit, couronné de fumée ». Après une nuit sur la paille dans une petite maison de pierre, on met une heure pour gravir les trois cents mètres de ce « mur [...] de cendre durcie ». Et c'est alors qu'apparaît l'abîme, au milieu des jets de fumée et des vapeurs de soufre, s'enfonçant vers « le mystérieux et terrible pays de feu ». Par bonheur, « la bête est calme ».

Maupassant est arrivé au terme de son voyage au bout de l'enfer. Du haut de l'Etna, il a salué Alexandre Dumas, qui l'y avait précédé cinquante ans plus tôt. L'immense panorama qu'il contemple, à trois cent soixante degrés autour de la Sicile, est sa récompense.

Montée à l'Etna

[...] Grâce à l'excessive complaisance de M. Ragusa, membre du Club Alpin, et propriétaire du Grand-Hôtel, nous avons fait avec une extrême facilité l'ascension de ce volcan, ascension un peu fatigante, mais nullement périlleuse.

Une voiture nous conduisit d'abord à Nicolosi, à travers des champs et des jardins pleins d'arbres poussés dans la lave pulvérisée. De temps en temps on traverse d'énormes coulées que coupe l'entaille de la route et partout le sol est noir. Après trois heures de marche et de montée douce on arrive au dernier village au pied de l'Etna, Nicolosi, situé déjà à 700 mètres d'altitude et à 14 kilomètres de Catane.

Là, on laisse la voiture pour prendre des guides, des mulets, des couvertures, des bas et des gants de laine, et on repart.

Il est quatre heures de l'après-midi. L'ardent soleil des pays orientaux tombe sur cette terre étrange, la chauffe et la brûle.

Les bêtes vont lentement, d'un pas accablé dans la poussière qui s'élève autour d'elles comme un nuage. La dernière, qui porte les paquets et les provisions, s'arrête à tout instant, semble désolée par la nécessité de refaire encore une fois ce voyage inutile et pénible.

Autour de nous maintenant ce sont des vignes, des vignes plantées dans la lave, les unes jeunes, les autres vieilles. Puis voici une lande, une lande de lave couverte de genêts fleuris, une lande d'or, puis nous traversons l'énorme coulée de 1882 ; et nous demeurons effarés devant ce fleuve immense, noir et immobile, devant ce fleuve bouillonnant et pétrifié, venu de là-haut, du sommet qui fume, si loin, si loin, à vingt kilomètres environ. Il a suivi des vallées, contourné des pics, traversé des plaines, ce fleuve ; et le voici maintenant près de nous, arrêté soudain dans sa marche quand sa source de feu s'est tarie.

Nous montons, laissant à notre gauche les monts Rossi, et découvrant sans cesse d'autres monts, innombrables, appelés par les guides les fils de l'Etna, poussés autour du monstre qui porte ainsi un collier de volcans. Ils sont 350 environ, ces noirs enfants de l'aïeul, et beaucoup d'entre eux atteignent la taille du Vésuve.

Maintenant nous traversons un maigre bois poussé toujours dans la lave, et soudain le vent s'élève. C'est d'abord un souffle brusque et violent que suit un moment de calme, puis une rafale furieuse, à peine interrompue, qui soulève et emporte un flot épais de poussière.

Nous nous arrêtons derrière une muraille de lave pour attendre, et nous demeurons là jusqu'à la nuit. Il faut enfin repartir bien que la tempête continue.

Et peu à peu, le froid nous prend, ce froid pénétrant des montagnes qui gèle le sang et paralyse les membres. Il semble caché, embusqué dans le vent ; il pique les yeux et mord la peau de sa morsure glacée. Nous allons, enveloppés dans nos couvertures, tout blancs comme des Arabes, des gants aux mains, la tête encapuchonnée, laissant marcher nos mulets qui se suivent et trébuchent dans le sentier raboteux et obscur.

Voici enfin la Casa del Bosco, sorte de hutte habitée par cinq ou six bûcherons. Le guide déclare qu'il est impossible d'aller plus loin par cet ouragan et nous demandons l'hospitalité pour la nuit. Les hommes se relèvent, allument du feu et nous cèdent deux maigres paillasses qui semblent ne contenir que des puces. Toute la cabane frissonne et tremble sous les secousses de la tempête, et l'air passe avec furie par les tuiles disjointes du toit.

Nous ne verrons pas le lever du soleil sur le sommet de la montagne.

Après quelques heures de repos sans sommeil, nous repartons. Le jour est venu et le vent se calme.

Autour de nous s'étend maintenant un pays noir et vallonné, montant lentement vers la région des neiges qui brillent, aveuglantes, au pied du dernier cône haut de trois cents mètres.

Bien que le soleil s'élève au milieu d'un ciel tout bleu, le froid, le cruel froid des grands sommets, nous engourdit les doigts et nous brûle la peau. Nos mulets, l'un derrière l'autre, suivent lentement le sentier tortueux qui contourne toutes les fantaisies de la lave.

Voici la première plaine de neige. On l'évite par un crochet. Mais une autre la suit bientôt, qu'il faut traverser en ligne droite. Les bêtes hésitent, la tâtent du pied, puis s'avancent avec précaution. Soudain j'ai la sensation brusque de m'engloutir dans le sol. Les deux jambes de devant de mon mulet, crevant la croûte glacée qui les porte, ont pénétré jusqu'au poitrail. La bête se débat, affolée, se relève, enfonce de nouveau des quatre pieds, se relève encore, pour retomber toujours.

Les autres en font autant. Nous devons sauter à terre, les calmer, les aider, les traîner. À tout instant elles plongent ainsi jusqu'au ventre dans cette mousse blanche et froide où nos pieds aussi pénètrent parfois jusqu'aux genoux. Puis entre ces passages de neige qui comblent les vallons, nous retrouvons la lave, de grandes plaines de lave pareilles à des champs immenses de velours noir, brillant sous le soleil avec autant d'éclat que la neige elle-même. C'est la *région déserte*, la région morte, qui semble en deuil, toute blanche et toute noire, aveuglante, horrible et superbe, inoubliable.

Après quatre heures de marche et d'efforts, nous atteignons la Casa Inglese, petite maison de pierre, entourée de glace, presque ensevelie sous la neige au pied du dernier cône qui se dresse derrière, énorme et tout droit, couronné de fumée.

C'est ici qu'on passe ordinairement la nuit sur la paille pour aller voir se lever le soleil au bord du cratère. Nous y laissons les mulets et nous commençons à gravir ce mur effrayant de cendre durcie qui cède sous le pied, où l'on ne peut s'accrocher, se retenir à rien, où l'on redescend un pas sur trois. On va, soufflant, haletant, enfonçant dans le sol mou le bâton ferré, s'arrêtant à tout moment.

On doit alors piquer entre ses jambes ce bâton pour ne point glisser et redescendre, car la pente est si rapide qu'on n'y peut même tenir assis.

Les vapeurs et l'azur

Il faut une heure environ pour gravir ces trois cents mètres. Depuis quelque temps déjà des vapeurs de soufre nous prennent à la gorge. Nous avons aperçu, tantôt sur la droite, tantôt sur la gauche, de grands jets de fumée sortant par des fissures du sol ; nous avons posé nos mains sur de grosses pierres brûlantes. Enfin nous atteignons une étroite plate-forme. Devant nous une nuée épaisse s'élève lentement comme un rideau blanc qui monte, qui sort de terre. Nous avançons encore quelques pas, le nez et la bouche enveloppés, pour n'être point suffoqués par le soufre ; et soudain, devant nos pieds, s'ouvre un prodigieux, un effroyable abîme qui mesure environ *cinq* kilomètres de circonférence. On distingue à peine à travers les vapeurs suffocantes, l'autre bord de ce trou monstrueux, large de quinze cents mètres, et dont la muraille toute droite s'enfonce vers le mystérieux et terrible pays de feu.

La bête est calme. Elle dort au fond, tout au fond. Seule la lourde fumée s'échappe de la prodigieuse cheminée, haute de 3 312 mètres.

Autour de nous, c'est plus étrange encore. Toute la Sicile est cachée par des brumes qui s'arrêtent au bord des côtes, voilant seulement la terre, de sorte que nous sommes en plein ciel, au milieu des mers, au-dessus des nuages, si haut, si haut, que la Méditerranée, s'étendant partout à perte de vue, a l'air d'être encore du ciel bleu. L'azur nous enveloppe donc de tous les côtés. Nous sommes debout sur un mont surprenant sorti des nuages et noyé dans le ciel, qui s'étend sur nos têtes, sous nos pieds, partout.

Mais peu à peu les nuées répandues sur l'île s'élèvent autour de nous, enfermant bientôt l'immense volcan au milieu d'un cercle de nuages, d'un gouffre de nuages. Nous sommes maintenant, à notre tour, au fond d'un cratère tout blanc d'où l'on n'aperçoit plus que le firmament bleu, là-haut, en regardant en l'air.

En d'autres jours, le spectacle est tout différent, paraît-il.

On attend le lever du soleil qui apparaît derrière les côtes de la Calabre. Elles jettent au loin leur ombre sur la mer jusqu'au pied de l'Etna, dont la silhouette sombre et démesurée couvre la Sicile entière de son immense triangle, qui s'efface à mesure que l'astre s'élève. On découvre alors un panorama ayant plus de quatre cents kilomètres de diamètre et treize cents de circonférence, avec l'Italie au nord et les îles Lipari, dont les deux volcans semblent saluer leur père, puis, tout au sud, Malte, à peine visible. Dans les ports de la Sicile, les navires ont l'air d'insectes sur la mer.

Alexandre Dumas père a fait de ce spectacle une description très heureuse et très enthousiaste. Il s'écrie, en la terminant : « Jamais je n'avais vu Dieu de si près et, par conséquent, si grand[1]. » C'est le seul point où il soit possible de contester l'exactitude de sa narration colorée et puissante, cette manière de mesurer les dimensions de Dieu n'étant pas à la portée de tous les esprits.

Nous redescendons, autant sur le dos que sur les pieds, le cône rapide du cratère, et nous entrons bientôt dans l'épaisse ceinture de nuages qui enveloppe la cime du mont. Après une heure de marche à travers les brumes, nous l'avons enfin franchie et nous découvrons sous nos pieds l'île dentelée et verte, avec ses golfes, ses caps, ses villes, et la grande mer toute bleue qui l'enferme.

(*Gil Blas*, 14 juillet 1885.)

1. Cette phrase se trouve dans *Le Speronare, Impressions de voyage, Œuvres complètes* d'Alexandre Dumas (Paris, *Le Siècle*, t. 8, 1850-1857). Alexandre Dumas avait fait l'ascension de l'Etna en 1835. Son récit et sa description sont plus riches de détails, surtout pour la dernière partie du parcours, que ceux de Maupassant.

Temples grecs

Cette chronique ne paraîtra que le 8 septembre 1885 dans le Gil Blas, *soit plus de trois mois après que Maupassant aura quitté la Sicile et près de deux mois après la chronique sur l'Etna. Il se peut que ce retard soit dû tout simplement à la période d'été. Et l'on est tenté de penser que la rédaction des deux articles a précédé celle des chroniques sur l'Etna et sur la Vénus de Syracuse. Car Maupassant a visité Ségeste, Sélinonte et Agrigente avant de parvenir à Catane, d'où il est parti pour l'Etna.*

Il poursuit ici son évocation des paysages intérieurs de la Sicile : en l'occurrence, la partie de l'île colonisée par les Grecs dès le VIIIe siècle avant Jésus-Christ. Départ de Palerme en train, puis continuation en voiture entre les vignes et les aloès. Le regard s'approche peu à peu du temple de Ségeste par un long traveling et le détache pour finir, avec ses trente-six colonnes, sur le fond de la montagne. C'est le seul reste de la ville grecque : œuvre grandiose, édifiée en ce lieu par un architecte de génie, imposant son ordre au chaos de la nature.

D'un site à l'autre. À Sélinonte, sur la côte sud-ouest de la Sicile, ce n'est pas un seul temple qui est donné à voir, ni un édifice quasi intact, mais un « immense amas de colonnes éboulées », issu, selon le constat de Renan, de sept temples des VIe et Ve siècles avant Jésus-Christ, dont cinq énormes, gisant sur le sol.

Ce pèlerinage auprès des dieux grecs, sur cette « terre divine » de Sicile, s'achève à Agrigente, « le plus étonnant ensemble de temples qu'il soit donné de contempler » : sur une « côte *[...] toute nue et rouge », trois « grandes silhouettes de pierre » profilées au-dessus de la mer, « demeures éternelles des dieux morts ». Maupassant emprunte ici les images et le ton de la* Prière sur l'Acropole *de Renan, unifiant ainsi la Sicile et la Grèce antiques sous le patronage de Jupiter et de Junon. Cependant, malgré l'envol de son émotion devant le « miracle grec », il termine, sur une note à la Chateaubriand, par un hommage absolu au génie du christianisme : non par un exercice de foi, mais sans doute plus simplement pour saluer en la Sicile une terre doublement « divine ».*

Rien de moins dangereux aujourd'hui que de parcourir cette Sicile redoutée, soit en voiture, soit à cheval, soit même à pied.

Toutes les excursions les plus intéressantes, d'ailleurs, peuvent être accomplies presque entièrement en voiture. La première à faire est celle du temple de Ségeste[1].

Tant de poètes ont chanté la Grèce que chacun de nous en porte l'image en soi ; chacun croit la connaître un peu, chacun la voit en songe telle qu'il la désire.

Pour moi, la Sicile a réalisé ce rêve ; elle m'a montré la Grèce et quand je pense à cette terre si artiste, il me semble que j'aperçois de grandes montagnes aux lignes douces, aux lignes classiques, et sur les sommets des temples, ces temples sévères, un peu lourds peut-être, mais

1. À une soixantaine de kilomètres au sud-ouest de Palerme.

admirablement majestueux, qu'on rencontre partout dans cette île.

Tout le monde a vu Paestum et admiré les trois ruines superbes jetées dans cette grande plaine nue que la mer continue au loin, et qu'enferme de l'autre côté un large cercle de monts bleuâtres[1]. Mais si le temple de Neptune est plus parfaitement conservé et plus pur (on le dit) que les temples de Sicile, ceux-ci sont placés en des paysages si merveilleux, si imprévus que rien au monde ne peut faire imaginer l'impression qu'ils laissent à l'esprit.

De Palerme à Ségeste

Quand on quitte Palerme, la grande ville gaie et vivante, que deux larges rues principales coupent en croix par le milieu, on traverse d'abord le vaste bois d'orangers qu'on nomme la Conque d'Or ; puis le chemin de fer suit le rivage, un rivage de montagnes rousses et de rochers rouges. La voie enfin s'incline vers l'intérieur de l'île et on descend à la station d'Alcamo-Calatafimi.

Ensuite on s'en va, à cheval ou en voiture, à travers un pays largement soulevé comme une mer de vagues monstrueuses et immobiles. Pas de bois, peu d'arbres, mais des vignes et des récoltes ; et la route monte entre deux lignes ininterrompues d'aloès fleuris. On dirait qu'un mot d'ordre a passé parmi eux pour leur faire pousser vers le ciel la même année, presque au même

1. Les trois grands temples de Paestum, la « Basilique » (VIᵉ siècle av. J.-C.), le temple de Neptune (Vᵉ siècle av. J.-C.) et le temple de Cérès (VIᵉ siècle av. J.-C.), se trouvent sur la côte ouest de l'Italie, à une cinquantaine de kilomètres au sud de Salerne.

jour, l'énorme et bizarre colonne que les poètes ont tant chantée. On suit, à perte de vue, la troupe infinie de ces plantes guerrières, épaisses, aiguës, armées et cuirassées, qui semblent porter leur drapeau de combat.

Après deux heures de route environ, on aperçoit tout à coup deux hautes montagnes reliées par une pente douce arrondie en croissant d'un sommet à l'autre et, au milieu de ce croissant, le profil d'un temple grec, d'un de ces puissants et beaux monuments que le peuple divin élevait à ses dieux humains.

Il faut, par un long détour, contourner l'un de ces monts, et on découvre de nouveau le temple qui se présente alors de face. Il semble maintenant appuyé à la montagne, bien qu'un ravin profond l'en sépare ; mais elle se déploie derrière lui, et au-dessus de lui, l'enserre, l'entoure, semble l'abriter, le caresser. Et il se détache admirablement avec ses trente-six colonnes doriques, sur l'immense draperie verte qui sert de fond à l'énorme monument, debout, tout seul, dans cette campagne illimitée.

On sent, quand on voit ce paysage grandiose et simple, qu'on ne pouvait placer là qu'un temple grec, et qu'on ne pouvait le placer que là. Les maîtres décorateurs qui ont appris l'art à l'humanité montrent, surtout en Sicile, quelle science profonde et raffinée ils avaient de l'effet et de la mise en scène. Je parlerai tout à l'heure des temples de Girgenti[1]. Celui de Ségeste semble avoir été posé au pied de cette montagne par un homme de génie qui avait eu la révélation du point unique où il devait être élevé. Il anime à lui tout seul l'immensité du paysage ; il la fait vivante et divinement artiste.

---

1. Nom donné à l'antique Agrigente par les Sarrasins, et officiellement utilisé jusqu'en 1927.

Sur le sommet du mont dont on a suivi le pied pour aller au temple on trouve les ruines du théâtre.

Quand on visite un pays que les Grecs ont habité ou colonisé, il suffit de chercher leurs théâtres pour trouver les plus beaux points de vue. S'ils plaçaient leurs temples juste à l'endroit où ils pouvaient donner le plus d'effet, où ils pouvaient le mieux orner l'horizon, ils plaçaient au contraire leurs théâtres juste à l'endroit d'où l'œil pouvait le plus être ému par les perspectives.

Celui de Ségeste, au sommet d'une montagne, forme le centre d'un amphithéâtre de monts dont la circonférence atteint au moins cent cinquante à deux cents kilomètres. On découvre encore d'autres sommets au loin, derrière les premiers ; et par une large baie en face de vous, la mer apparaît, bleue entre les cimes vertes.

Le lendemain du jour où l'on a vu Ségeste, on peut visiter Sélinonte[1], immense amas de colonnes éboulées, tombées tantôt en ligne, et côte à côte, comme des soldats morts, tantôt écroulées en chaos.

Ces ruines de temples géants, les plus vastes qui soient en Europe, emplissent une plaine entière et couvrent encore un coteau, au bout de la plaine. Elles suivent le rivage, un long rivage de sable pâle où sont échouées quelques barques de pêche, sans qu'on puisse découvrir où habitent les pêcheurs. Cet amas informe de pierres ne peut intéresser d'ailleurs que les archéologues ou les âmes poétiques, émues par toutes les traces du passé.

---

1. Sur la côte sud-ouest de la Sicile. Les temples de Sélinonte, répartis sur deux collines, datent des VIe et Ve siècles av. J.-C. Depuis le voyage de Maupassant, un certain nombre de colonnes éboulées ont été relevées.

Agrigente

Mais Girgenti, l'ancienne Agrigente, placée comme Sélinonte sur la côte sud de la Sicile, offre le plus étonnant ensemble de temples qu'il soit donné de contempler.

Sur l'arête d'une côte longue, pierreuse, toute nue et rouge, d'un rouge ardent, sans une herbe, sans un arbuste, et dominant la mer, la plage et le port, trois temples superbes profilent, vus d'en bas, leurs grandes silhouettes de pierre sur le ciel bleu des pays chauds.

Ils semblent debout dans l'air, au milieu d'un paysage magnifique et désolé. Tout est mort, aride et jaune, autour d'eux, devant eux et derrière eux. *Le soleil a brûlé, mangé la terre.* Est-ce même le soleil qui a rongé ainsi le sol, ou le feu qui brûle toujours les veines de cette île de volcans ? Car partout, autour de Girgenti, s'étend la contrée singulière des mines de soufre. Ici tout est du soufre, la terre, les pierres, le sable, tout.

Eux, les temples, demeures éternelles des dieux, morts comme leurs frères les hommes, restent sur leur colline sauvage, loin l'un de l'autre d'un demi-kilomètre environ.

Voici d'abord celui de Junon Lacinienne[1] qui renferma, dit-on, le fameux tableau de Junon, par Zeuxis, qui avait pris pour modèles les cinq plus belles filles d'Acragas.

Puis le temple de la Concorde[2], un des mieux conservés de l'antiquité parce qu'il servit d'église au Moyen Âge.

Plus loin les restes du temple d'Hercule[3].

Et enfin le gigantesque temple de Jupiter[4] vanté par Polybe et décrit par Diodore, construit au Ve siècle, et contenant trente-huit demi-colonnes de six mètres

1. Du Ve siècle av. J.-C. 2. Ve siècle av. J.-C. 3. Fin du VIe siècle av. J.-C. 4. Début du Ve siècle av. J.-C.

cinquante de circonférence. Un homme peut se tenir debout dans chaque cannelure.

Assis au bord de la route qui court au pied de cette côte surprenante, on reste à rêver devant ces admirables souvenirs du plus grand des peuples artistes. Il semble qu'on ait devant soi l'Olympe entier, l'Olympe d'Homère, d'Ovide, de Virgile, l'Olympe des dieux charmants, charnels, passionnés comme nous, faits comme nous, qui personnifiaient poétiquement toutes les tendresses de notre cœur, tous les songes de notre âme, et tous les instincts de nos sens.

C'est l'antiquité tout entière qui se dresse sur ce ciel antique. Une émotion puissante et singulière pénètre en vous, ainsi qu'une envie de s'agenouiller devant ces restes augustes, devant ces restes laissés par les maîtres de nos maîtres.

Certes, cette Sicile est avant tout une terre divine, car si l'on y trouve ces dernières demeures de Junon, de Jupiter, de Mercure, ou d'Hercule, on y rencontre aussi les plus remarquables églises chrétiennes qui soient au monde. Et le souvenir qui vous reste des cathédrales de Cefalu[1] ou de Monreale, ainsi que de la chapelle Palatine, cette unique merveille, est plus puissant et plus vif encore que le souvenir des monuments grecs.

(*Gil Blas*, 8 septembre 1885.)

1. À l'est de Palerme.

Le soufre

À Agrigente, Maupassant a constaté l'omniprésence du soufre : « Ici tout est du soufre, la terre, les pierres, le sable, tout ». À quelques kilomètres des temples, où s'est imposée l'image du pays des dieux, on pénètre dans un monde de damnés : les mines de soufre. Le monstrueux voisine avec le sublime.

Ici encore, il ne craint pas, il estime nécessaire même, de donner à ses lecteurs un enseignement encyclopédique, non pas cette fois historique et géographique, mais géologique et chimique. Toutefois, le compte n'y est pas encore. Il faut l'accompagner dans sa visite didactique de la mine, où il explique, dans le style du Tour de France de deux enfants, *sinon de Homais, comment on traite « le soufre tiré des mines [...] en des cuves où il bout et achève de se nettoyer ».*

L'homme réapparaît cependant derrière l'ingénieur des mines : suffocant, à demi asphyxié, puis révulsé à la vue de la cohorte des petits esclaves croulant sous leur bât, haletant et râlant de leurs poumons rongés par le soufre. « Exploitation révoltante de l'enfance ».

Maupassant greffe alors sur « Le soufre » le récit de son excursion aux îles Lipari. C'est un saut audacieux dans le temps et dans l'espace. En réalité, il s'est rendu aux îles Lipari, de Messine, le 23 mai, avant de revenir à Messine pour s'embarquer à destination de Naples, puis de Rome. –

À Lipari, il a loué une barque pour aller visiter l'île de Volcano, où fume un cratère. On retrouve ici le schéma de la montée à l'Etna, toutes proportions gardées : le cheminement jusqu'au sommet du cône, l'approche de la « cuve », la description du spectacle et du vacarme. À la différence de l'Etna, on peut ici prendre le risque de descendre le long des parois de l'abîme et de regarder bouillir la « cuve de soufre ». « Le liquide jaune » n'est pas perdu et c'est la note de drôlerie qui éteint l'effroi : recueillie, exploitée et vendue, la coulée enrichit un Anglais avisé « qui dort au pied du mont ». Version moderne d'une alchimie qui transforme le soufre en or. Encore y faut-il, en pays sicilien, l'astuce industrielle et commerciale d'un Britannique.

Enfants de l'enfer

Au bout de la colline aux temples de Girgenti commence une surprenante contrée qui semble le vrai royaume de Satan, car si, comme on le croyait jadis, le diable habite dans un vaste pays souterrain, plein de soufre en fusion, où il fait bouillir les damnés, c'est en Sicile assurément qu'il a établi son mystérieux domicile.

La Sicile fournit presque tout le soufre du monde. C'est par milliers qu'on trouve les mines de soufre dans cette île de feu.

Mais d'abord, à quelques kilomètres de la ville, on rencontre une bizarre colline appelée Maccaluba, composée d'argile et de calcaire, et couverte de petits cônes de deux à trois pieds de haut. On dirait des pustules, une monstrueuse maladie de la nature ; car tous les cônes laissent couler de la boue chaude, pareille à une affreuse suppuration du sol ; et ils lancent parfois des pierres à une grande hauteur, et ils ronflent étrangement en soufflant des gaz. Ils semblent grogner, sales, honteux, petits volcans bâtards et lépreux, abcès crevés.

Puis nous allons visiter les mines de soufre. Nous entrons dans les montagnes. C'est devant nous un vrai pays de désolation, une terre misérable qui semble maudite, condamnée par la nature. Les vallons s'ouvrent, gris, jaunes, pierreux, sinistres, portant la marque de la réprobation divine, avec un superbe caractère de solitude et de pauvreté.

On aperçoit enfin, de place en place, quelques vilains bâtiments, très bas. Ce sont les mines. On en compte, paraît-il, plus de mille dans ce bout de pays.

En pénétrant dans l'enceinte de l'une d'elles, on remarque d'abord un monticule singulier, grisâtre et fumant. C'est une vraie source de soufre due au travail humain.

Voici comment on l'obtient. Le soufre tiré des mines est noirâtre, mélangé de terre, de calcaire, etc., et forme une sorte de pierre dure et cassante. Aussitôt apporté des galeries, on en construit une haute butte, puis on met le feu dans le milieu. Alors un incendie lent, continu, profond, ronge, pendant des semaines entières, le centre de la montagne factice et dégage le soufre pur, qui entre en fusion et coule ensuite, comme de l'eau, au moyen d'un petit canal.

On traite de nouveau le produit ainsi obtenu en des cuves où il bout et achève de se nettoyer.

La mine où a lieu l'extraction ressemble à toutes les mines. On descend par un escalier étroit, aux marches énormes et inégales, en des puits creusés en plein soufre. Les étages superposés communiquent par de larges troncs qui donnent de l'air aux plus profonds. On étouffe cependant au bas de la descente ; on étouffe et on suffoque asphyxié par les émanations sulfureuses et par l'horrible chaleur d'étuve qui fait battre le cœur et couvre la peau de sueur.

De temps en temps on rencontre, gravissant le rude escalier, une troupe d'enfants chargés de corbeilles. Ils halètent et râlent ces misérables gamins accablés sous la charge. Ils ont dix ans, douze ans, et ils refont, quinze fois en un seul jour, l'abominable voyage, moyennant un sou par descente. Ils sont petits, maigres, jaunes, avec des yeux énormes et luisants, des figures fines aux lèvres minces qui montrent leurs dents, brillantes comme leurs regards.

Cette exploitation révoltante de l'enfance est une des choses des plus pénibles qu'on puisse voir.

Mais il existe sur une autre côte de l'île, ou plutôt à quelques heures de la côte, un si prodigieux phénomène naturel, qu'on oublie, quand on l'a vu, ces mines empoisonnées où l'on tue des enfants. Je veux parler du Volcano, fantastique fleur de soufre, éclose en pleine mer.

Les îles Lipari

On part de Messine à minuit, dans un malpropre bateau à vapeur, où les passagers des premières ne trouvent même pas de bancs pour s'asseoir sur le pont.

Aucun souffle de brise ; seule, la marche du bâtiment trouble l'air calme endormi sur l'eau.

Les rives de Sicile et les rives de la Calabre exhalent une si puissante odeur d'orangers fleuris, que le détroit tout entier en est parfumé comme une chambre de femme. Bientôt, la ville s'éloigne, nous passons entre

Charybde et Scylla[1], les montagnes s'abaissent derrière nous, et, au-dessus d'elles apparaît la cime écrasée et neigeuse de l'Etna, qui semble coiffée d'argent sous la clarté de la pleine lune.

Puis on sommeille un peu, bercé par le bruit monotone de l'hélice, pour rouvrir les yeux à la lumière du jour naissant.

Voici là-bas, en face de nous, les Lipari. La première, à gauche, et la dernière à droite, jettent sur le ciel une épaisse fumée blanche. Ce sont le Volcano et le Stromboli. Entre ces deux volcans on aperçoit Lipari, Filicuri, Alicuri, et quelques îlots très bas.

Et le bâtiment s'arrête bientôt devant la petite île et la petite ville de Lipari.

Quelques maisons blanches au pied d'une grande côte verte. Rien de plus, pas d'auberge, aucun étranger n'abordant sur cette île.

Elle est fertile, charmante, entourée de rochers admirables, aux formes bizarres, d'un rouge puissant et doux. On y trouve des eaux thermales qui furent autrefois fréquentées, mais l'évêque Todaso fit détruire les bains qu'on avait construits, afin de soustraire son pays à l'affluence et à l'influence des étrangers.

Lipari est terminée au nord par une singulière montagne blanche qu'on prendrait de loin pour une montagne de neige sous un ciel plus froid. C'est de là qu'on tire la pierre ponce pour le monde entier.

Mais je loue une barque pour aller visiter Volcano.

---

1. Dans Homère, Charybde est le nom d'un gouffre sur la côte nord-est de la Sicile ; Scylla, de même, est le nom d'un rocher sur la côte de Calabre.

Entraînée par quatre rameurs, elle suit la côte fertile, plantée de vignes. Les reflets des rochers rouges sont étranges dans la mer bleue. Voici le petit détroit qui sépare les deux îles. Le cône du Volcano sort des flots comme un volcan noyé jusqu'à sa tête.

C'est un îlot sauvage, dont le sommet atteint environ quatre cents mètres et dont la surface est d'environ vingt kilomètres carrés. On contourne, avant de l'atteindre, un autre îlot, le Volcanello, qui sortit brusquement de la mer vers l'an 200 avant J.-C. et qu'une étroite langue de terre, balayée par les vagues aux jours de tempête, unit à son frère aîné.

La cuve du Diable

Nous voici au fond d'une baie plate, en face du cratère qui fume. À son pied, une maison habitée par un Anglais qui dort, paraît-il, en ce moment, sans quoi je ne pourrais gravir le volcan que cet industriel exploite ; mais il dort, et je traverse un grand jardin potager, puis quelques vignes, propriété de l'Anglais ; puis un vrai bois de genêts d'Espagne en fleur. On dirait une immense écharpe jaune enroulée autour du cône pointu, dont la tête aussi est jaune, d'un jaune aveuglant sous l'éclatant soleil. Et je commence à monter par un étroit sentier qui serpente dans la cendre et dans la lave, va, vient, et revient, escarpé, glissant et dur. Parfois, comme on voit en Suisse des torrents tomber des sommets, on aperçoit une immobile cascade de soufre qui s'est épanchée par une crevasse.

On dirait des ruisseaux de féerie, de la lumière figée, des coulées de soleil.

J'atteins enfin, sur le faîte, une large plate-forme autour du grand cratère. Le sol tremble et devant moi, par un trou gros comme la tête d'un homme, s'échappe avec violence un immense jet de flamme et de vapeur tandis qu'on voit s'épandre des lèvres de ce trou le soufre liquide, doré par le feu. Il forme autour de cette source fantastique un lac jaune bien vite durci.

Plus loin, d'autres crevasses crachent aussi des vapeurs blanches qui montent lourdement dans l'air bleu.

J'avance avec crainte sur la cendre chaude et la lave jusqu'au bord du grand cratère. Rien de plus surprenant ne peut frapper l'œil humain.

Au fond de cette cuve immense, appelée « la Fossa », large de cinq cents mètres et profonde de deux cents mètres environ, une dizaine de fissures géantes et de vastes trous ronds vomissent du feu, de la fumée et du soufre, avec un bruit formidable de chaudières. On descend, le long des parois de cet abîme, et on se promène jusqu'au bord des bouches furieuses du volcan. Tout est jaune autour de moi, sous mes pieds et sur moi, d'un jaune aveuglant, d'un jaune affolant. Tout est jaune : le sol, les hautes murailles et le ciel lui-même. Le soleil jaune verse dans ce gouffre mugissant sa lumière ardente que la chaleur de cette cuve de soufre rend douloureuse comme une brûlure. Et l'on voit bouillir le liquide jaune qui coule, on voit fleurir d'étranges cristaux, mousser des acides éclatants et bizarres au bord des lèvres rouges des foyers.

L'Anglais, qui dort au pied du mont, recueille, exploite et vend ces acides, ces liquides, tout ce que vomit le cratère ; car tout cela, paraît-il, vaut de l'argent, beaucoup d'argent.

Je reviens lentement, essoufflé, haletant, suffoqué par l'haleine irrespirable du volcan ; et bientôt, remonté au sommet du cône, j'aperçois toutes les Lipari égrenées sur les flots.

Là-bas, en face, se dresse le Stromboli ; tandis que, derrière moi, l'Etna gigantesque semble regarder au loin ses enfants et ses petits-enfants.

De la barque, en revenant, j'avais découvert une île cachée derrière Lipari. Le batelier la nomma : « Salina. » C'est sur elle qu'on récolte le vin de Malvoisie.

Je voulus boire à sa source même une bouteille de ce vin fameux. On dirait du sirop de soufre. C'est bien le vin des volcans, épais, sucré, doré et tellement soufré que le goût vous en reste au palais jusqu'au soir : le vin du Diable !

(*Gil Blas*, 29 septembre 1885.)

Sur une Vénus

Après sa chronique sur « Le soufre », publiée le 29 septembre 1885 dans le Gil Blas, *Maupassant laissera s'écouler encore trois mois et demi avant de publier sa dernière chronique sicilienne : « Sur une Vénus ». Peut-être avait-elle été écrite beaucoup plus tôt, alors que Maupassant venait de faire étape à Syracuse avant de s'arrêter à Catane pour l'ascension de l'Etna. Il aurait alors rapporté à Paris, au milieu de juin, les quatre derniers articles inspirés par son tour de Sicile, et les aurait utilisés au mieux dans le* Gil Blas, *ajoutés aux chroniques de nouveau suscitées par l'actualité française.*

Il faut donc revenir à l'itinéraire qu'il a suivi au cours de la seconde quinzaine de mai 1885, au bas de la côte nord-est de Sicile. Il s'est arrêté dans cette autre cité du monde grec antique pour y admirer la Vénus de marbre trouvée en 1804 et conservée au musée archéologique de la ville.

Il s'est d'abord arrêté aux Latomies, ces anciennes carrières où le tyran Denys de Syracuse, à la fin du Ve siècle avant Jésus-Christ, fit périr de faim, de chaleur et de soif sept mille prisonniers athéniens. C'est par un trou au fond d'une grotte, appelé « oreille de Denys », que le tyran venait écouter les cris de ses victimes.

Le cœur du récit est cependant occupé par la description des deux statues les plus célèbres de Syracuse : la Vénus et le

Bélier. Devant la Vénus, Maupassant donne libre cours à sa rêverie lyrique sur le corps des femmes, de marbre sous le ciseau d'un sculpteur de génie, ou de chair et de nerfs. La statue le trouble comme une femme réelle, la Femme tout court : « Telle qu'elle est, telle qu'on l'aime, telle qu'on la désire, telle qu'on la veut étreindre ». Oubliés les chapitres de vulcanologie, oubliée la poétisation imposée des paysages et des monuments siciliens : au terme du voyage ne reste qu'un hymne, exalté et maîtrisé à la fois, à la « femellerie », mot rude auprès de ces œuvres d'art ; ne subsiste plus que le désir, à l'état pur, d'un Maupassant-Pygmalion, artiste amoureux de ses femmes de fiction. « L'amour impétueux d'où sort notre race ».

Le Bélier de bronze n'a pas droit, évidemment, au même traitement, bien qu'en quelques mots Maupassant en rende la superbe et divine bestialité. La Vénus et le Bélier : « Toute l'animalité du monde ». « Les deux seules statues qui m'aient laissé, comme des êtres, l'envie ardente de les revoir ».

Après ces minutes d'émoi, il s'enfonce pour un instant dans une méditation d'artiste, cette fois devant le mystère du génie : qui sont donc les deux artistes inconnus et « merveilleux » « qui ont ainsi formulé [...] la simple beauté de la créature » ? Ils ont disparu dans l'anonymat et l'histoire ne saurait lui répondre.

Syracuse

Des gens traversent des continents pour aller en pèlerinage à quelque statue miraculeuse, – moi j'ai porté mes dévotions à la Vénus de Syracuse[1] !

Dans l'album d'un voyageur, j'avais vu la photographie de cette sublime femelle de marbre ; et je devins amoureux d'elle, comme on est amoureux d'une femme. Ce fut elle, peut-être, qui me décida à faire ce voyage ; je parlais d'elle et je rêvais d'elle à tout instant, avant de l'avoir vue.

Mais nous arrivions trop tard pour pénétrer dans le musée confié aux soins du savant professeur Francesco Saverio Cavalari, qui, Empédocle moderne, descendit boire une tasse de café dans le cratère de l'Etna.

Il me faut donc parcourir la ville, bâtie sur un îlot, et séparée de la terre par trois enceintes, entre lesquelles passent trois bras de mer. Elle est petite, jolie, assise au bord du golfe, avec des jardins et des promenades qui descendent jusqu'aux flots.

Puis nous allons aux Latomies, immenses excavations à ciel ouvert, qui furent d'abord des carrières et devinrent ensuite des prisons où furent enfermés, pendant huit mois, après la défaite de Nicias, les Athéniens capturés, torturés par la faim, la soif, l'horrible chaleur de cette cuve, et la fange grouillante où ils agonisaient.

Dans l'une d'elles, la Latomie du Paradis, on remarque, au fond d'une grotte, une ouverture bizarre, appelée oreille de Denys, qui venait écouter au bord de ce trou, disait-on, les plaintes de ses victimes. D'autres versions

1. Vénus Anadyomède, statue romaine, sur un modèle grec.

ont cours aussi. Certains savants ingénieux prétendent que cette grotte, mise en communication avec le théâtre, servait de salle souterraine pour les représentations auxquelles elle prêtait l'écho de sa sonorité prodigieuse ; car les moindres bruits y prennent une surprenante résonance.

La plus curieuse des Latomies est assurément celle des Capucins, vaste et profond jardin divisé par des voûtes, des arches, des rocs énormes, et enfermé en des falaises blanches.

Un peu plus loin, on visite les catacombes, dont l'étendue atteindrait 200 hectares, et où M. Cavalari découvrit un des plus beaux sarcophages chrétiens qui soient connus.

Et puis on rentre dans l'humble hôtel qui domine la mer et on reste tard à rêver, en regardant l'œil bleu d'un navire à l'ancre.

Aussitôt le matin venu, comme notre visite est annoncée, on nous ouvre les portes du ravissant petit palais qui renferme les collections et les œuvres d'art de la ville.

Je la voulus voir, et j'allai, là-bas, dans la petite ville antique et charmante bâtie sur un îlot, au bord d'un golfe bleu, enfermée par trois enceintes où passent des bras de mer.

Les souvenirs pleuvent sur l'esprit dans cette jolie cité des tyrans, fameuse aussi par son vin, et où naquirent deux des plus prodigieuses œuvres d'art qu'il m'ait été donné de voir, la Vénus et le Bélier.

La Femme et le Fauve

En pénétrant dans le musée, je l'aperçus au fond d'une salle, et belle comme je l'avais devinée.

Elle n'a point de tête, un bras lui manque ; mais jamais la forme humaine ne m'est apparue plus admirable et plus troublante.

Ce n'est point la femme poétisée, la femme idéalisée, la femme divine ou majestueuse comme la Vénus de Milo, c'est la femme telle qu'elle est, telle qu'on l'aime, telle qu'on la désire, telle qu'on la veut étreindre.

Elle est grasse, avec la poitrine forte, la hanche puissante et la jambe un peu lourde, c'est une Vénus charnelle, qu'on rêve couchée en la voyant debout. Son bras tombé cachait ses seins ; de la main qui lui reste elle soulève une draperie dont elle couvre, avec un geste adorable, ses charmes les plus mystérieux. Tout le corps est fait, conçu, penché pour ce mouvement, toutes les lignes s'y concentrent, toute la pensée y va. Ce geste simple et naturel, plein de pudeur et d'impudicité, qui cache et montre, voile et révèle, attire et dérobe, semble définir toute l'attitude de la femme sur la terre.

Et le marbre est vivant. On le voudrait palper, avec la certitude qu'il cédera sous la main, comme de la chair.

Les reins, surtout, sont inexprimablement animés et beaux. Elle se déroule avec tout son charme, cette ligne onduleuse et grasse des dos féminins qui va de la nuque aux talons, et qui montre, dans le contour des épaules, dans la rondeur décroissante des cuisses et dans la légère courbe du mollet aminci jusqu'aux chevilles, toutes les modulations de la grâce humaine.

Une œuvre d'art n'est supérieure que si elle est, en même temps, un symbole et l'expression exacte d'une réalité.

La Vénus de Syracuse est une femme, et c'est aussi le symbole de la chair.

Devant la tête de la Joconde, on se sent obsédé par on ne sait quelle tentation d'amour énervant et mystique. Il existe aussi des femmes vivantes dont les yeux nous donnent ce rêve d'irréalisable et mystérieuse tendresse. On cherche en elles autre chose derrière ce qui est, parce qu'elles paraissent contenir et exprimer un peu de l'insaisissable idéal. Nous le poursuivons sans jamais l'atteindre, derrière toutes les surprises de la beauté, qui semble contenir de la pensée, dans l'infini du regard, qui n'est qu'une nuance de l'iris, dans le charme du sourire venu d'un pli de la lèvre et d'un éclair d'émail, dans la grâce du mouvement né du hasard et de l'harmonie des formes.

Ainsi les poètes, impuissants décrocheurs d'étoiles, ont toujours été tourmentés par la soif de l'amour mystique. L'exaltation naturelle d'une âme poétique, exaspérée par l'excitation artistique, pousse ces êtres d'élite à concevoir une sorte d'amour nuageux éperdument tendre, extatique, jamais rassasié, sensuel sans être charnel, tellement délicat qu'un rien le fait s'évanouir, irréalisable et surhumain. Et ces poètes sont, peut-être, les seuls hommes qui n'aient jamais aimé une femme, une vraie femme en chair et en os, avec ses qualités de femme, ses défauts de femme, son esprit de femme restreint et charmant, ses nerfs de femme et sa troublante femellerie.

Toute créature devant qui s'exalte leur rêve est le symbole d'un être mystérieux mais féerique : l'être qu'ils chantent, ces chanteurs d'illusions. Elle est, cette vivante adorée par eux, quelque chose comme la statue peinte, image d'un dieu devant qui s'agenouille le peuple. Où est ce dieu ? Quel est le dieu ? Dans quelle partie du ciel habite l'inconnue qu'ils ont tous idolâtrée, ces fous, depuis le premier rêveur jusqu'au dernier ? Sitôt qu'ils touchent une main qui répond à leur pression, leur âme s'envole dans l'invisible songe, loin de la charnelle réalité.

La femme qu'ils étreignent, ils la transforment, la complètent, la défigurent avec leur art de poètes. Ce ne sont pas ses lèvres qu'ils baisent, ce sont les lèvres rêvées. Ce n'est pas au fond de ses yeux bleus ou noirs que se perd ainsi leur regard exalté, c'est dans quelque chose d'inconnu et d'inconnaissable ! L'œil de leur maîtresse n'est que la vitre par laquelle ils cherchent à voir le Paradis de l'Amour idéal.

*

Mais si quelques femmes troublantes peuvent donner à nos âmes cette rare illusion, d'autres ne font qu'exciter en nos veines l'amour impétueux d'où sort notre race.

La Vénus de Syracuse est la parfaite expression de cette beauté puissante, saine et simple. Ce torse admirable, en marbre de Paros, est, dit-on, la Vénus Callipyge décrite par Athénée et Lampride, et qui fut donnée par Héliogabale aux Syracusains.

Elle n'a pas de tête ! Qu'importe, le symbole en est devenu plus complet. C'est un corps de femme qui exprime toute la poésie réelle de la caresse.

Schopenhauer a dit que la nature, voulant perpétuer l'espèce, a fait de la reproduction un piège.

Cette forme de marbre vue à Syracuse c'est bien le piège humain deviné par l'artiste antique, la femme qui cache et montre l'affolant mystère de la vie.

Est-ce un piège ? Tant pis ! elle appelle la bouche, elle attire la main, elle offre aux baisers la palpable réalité de la chair admirable, de la chair élastique et blanche, ronde et ferme, et délicieuse sous l'étreinte.

Elle est divine non pas parce qu'elle exprime une Pensée, mais seulement parce qu'elle est belle.

Et on songe en l'admirant, au bélier de bronze de Syracuse qui, lui aussi, semble contenir toute l'animalité du monde. La bête puissante est couchée, le corps sur ses pattes et la tête tournée à gauche. Et cette tête d'animal semble une tête de dieu, de dieu bestial, impur et superbe. Le front est large et frisé, les yeux écartés, le nez en bosse, long, fort et ras, d'une prodigieuse expression brutale. Les cornes rejetées en arrière tombent, s'enroulent et se recourbent, écartant leurs pointes aiguës sous les oreilles minces qui ressemblent elles-mêmes à deux cornes. Et le regard de la bête vous pénètre, stupide, inquiétant et dur. On sent le fauve en approchant de ce bronze.

Quels sont donc les deux artistes merveilleux qui ont ainsi formulé, sous deux aspects si différents, la simple beauté de la créature ?

Voilà les deux seules statues qui m'aient laissé, comme des êtres, l'envie ardente de les revoir.

Au moment de sortir, je donne encore à cette croupe de marbre ce dernier regard de la porte qu'on jette aux femmes aimées, en les quittant, et je monte aussitôt en barque pour aller saluer, devoir d'écrivain, les papyrus de l'Anapo.

Un bois de papyrus

On traverse le golfe d'un bord à l'autre et on aperçoit, sur la rive plate et nue, l'embouchure d'une très petite rivière, presque un ruisseau, où le bateau s'engage.

Le courant est fort et dur à remonter. Tantôt on rame, tantôt on se sert de la gaffe pour glisser sur l'eau qui court, rapide, entre deux berges couvertes de fleurs jaunes, petites, éclatantes, deux berges d'or.

Voici les roseaux que nous froissons en passant, qui se penchent et se relèvent, puis, le pied dans l'eau, des iris bleus, d'un bleu violent, sur qui voltigent d'innombrables libellules aux ailes de verre, nacrées et frémissantes, grandes comme des oiseaux-mouches. Maintenant, sur les deux talus qui nous emprisonnent, poussent des chardons géants et des liserons démesurés, enlaçant ensemble les plantes de la terre et les roseaux du ruisseau.

Sous nous, au fond de l'eau, c'est une forêt de grandes herbes onduleuses qui remuent, flottent, semblent nager dans le courant qui les agite.

Puis l'Anapo se sépare de l'antique Cyané[1], son tributaire. Nous allons toujours à coups de perche entre les berges. Le ruisseau serpente avec de charmants points de vue, des perspectives fleuries et coquettes. Une île apparaît enfin, pleine d'arbustes étranges. Les tiges grêles et triangulaires, hautes de neuf à douze pieds, portent à leur sommet des touffes rondes de fils verts, longs, minces et souples comme des cheveux. On dirait des têtes humaines devenues plantes, jetées dans l'eau sacrée de la source par un des dieux païens qui vivaient là jadis. C'est le papyrus antique.

---

1. Selon la légende antique, la nymphe Cyané, poursuivie par le fleuve Anapo, fut changée en source. La même aventure survint à la nymphe Aréthuse, qui fut changée en source par Artémis, déesse protectrice de la virginité. (On peut voir à Syracuse la fontaine Aréthuse.) La rivière Cyané et sa voisine Anapo sont bordées de papyrus.

Les paysans, d'ailleurs, appellent ce roseau : *parruca.*

En voici d'autres plus loin, un bois entier. Ils frémissent, murmurent, se penchent, mêlent leurs fronts poilus, les heurtent, semblent parler de choses inconnues et lointaines.

N'est-il pas étrange que l'arbuste vénérable qui nous apporta la pensée des morts, qui fut le gardien du génie humain, ait, sur son corps infime d'arbrisseau, une grosse crinière épaisse et flottante, ainsi que celle des poètes ?

Nous revenons à Syracuse alors que le soleil se couche ; et nous regardons, dans la rade, un paquebot qui vient d'arriver et qui, ce soir même, nous emportera vers l'Afrique.

(*Gil Blas*, 12 janvier 1886.)

La nuit

Le Bel-ami II *jauge quatorze tonneaux et non pas vingt, comme l'indique le début de la chronique. Ce n'en est pas moins un superbe voilier avec son grand mât, ses trois focs et sa voile d'artimon. Maupassant, son propriétaire et commandant, est assisté d'un « patron » et sans doute de deux matelots.*

*Ils ont quitté Cannes dans la nuit, vers l'est, en direction de San Remo, la première des villes qu'ils apercevront, ou aux abords desquelles Maupassant fera jeter l'ancre. « La nuit » évoque leur première journée et leur première nuit entière de navigation. « Comme c'est bizarre ce changement, après la clameur de Paris ! ». Le texte semble écrit au fur et à mesure de l'écoulement de ces heures du début de l'automne, alors qu'il ne paraîtra que le 10 janvier 1890 (*L'Écho de Paris*).*

Maupassant goûte ce silence, la paix de l'ensommeillement au gré des légers souffles du large, la solidité, le confort et l'élégance du Bel-Ami. *Son journal de navigation, épousant les harmonies du décor, « la […] sensation des solitudes », « les murmures des mondes », le « calme éternel de l'espace », les rythmes légers du « flottement », se transforme en un poème en prose, rivalisant avec les plus belles rêveries poétiques sur la mer.*

À la nuit tombante, on dîne, puis Maupassant, seul sous le ciel, enveloppé par la brume, se laisse aller à la songerie, à l'écoute ravie de la musique qui vient de San Remo et à l'enivrement des parfums apportés par le vent de terre.

C'est ici que l'amateur des récits de navigation peut se sentir déçu... Car les pensées de Maupassant dérivent alors vers une tout autre musique que celle des soirées marines : celle des vers de Baudelaire et de Rimbaud. Mais c'est de l'intérieur même de ses sensations nocturnes que Maupassant entend monter en lui les mesures des « Correspondances » et des « Voyelles ». Le « ravissement » du navigateur et celui du lecteur de poèmes s'intensifient l'un l'autre dans un effet de surimpression sensoriel et verbal audacieux : au plaisir du corps sensible, que sollicite une circonstance exceptionnelle comme celle de cette nuit marine où « les parfums, les couleurs » et la brise « se répondent », fait écho le plaisir du poème, baudelairien ou rimbaldien, où la rêverie sur le concert des « facultés perceptrices » naît d'un accord des mots qui brise les « cinq barrières entrouvertes et cadenassées qu'on appelle les cinq sens ».

Nuit féconde. Tout est dit en même temps sur les charmes de la mer et sur l'expérience poétique, non moins charmeuse, du transfert des sensations, autrement dit de la « synesthésie », que Maupassant appelle plus simplement la « contagion de sensibilité ». Cette chronique est peut-être une des plus artistes et des plus « musicales » de Maupassant (mis à part la dernière page, plus pédestrement didactique) : musicale par l'origine de ce nocturne, l'« harmonie vagabonde » venue de San Remo avec les parfums « d'aromates sauvages », et plus encore par sa composition. Entre le tumulte parisien de l'été 1889 et le largo *du parcours italien, la première « nuit » de la croisière introduit une sorte d'*andante*, un moment lent, une plage d'ombre et de paix, alternant la brise de mer et la brise de terre, la brume et la lumière, et deux jouissances peu communes chez les* *écrivains de l'époque : celle d'un instant vécu au cœur d'un concert d'effluves tout à la fois marins et terrestres, et celle de la remémoration des deux poèmes majeurs de l'ère symboliste.*

C'est cette science et cet art de la traversée *– d'une rive marine à une autre, du monde des sens à celui du langage – qu'on pourrait peut-être appeler le* dandysme *de Maupassant.*

Navigation

Sortis du port de Cannes à trois heures du matin, nous avons pu recueillir encore un reste des faibles brises que les golfes exhalent vers la mer pendant la nuit. Puis un léger souffle du large est venu, poussant le yacht couvert de toile vers la côte italienne.

C'est un bateau de vingt tonneaux[1] tout blanc avec un imperceptible fil doré qui le contourne comme une mince cordelière sur un flanc de cygne. Ses voiles en toile fine et neuve, sous le soleil d'août qui jette des flammes sur l'eau, ont l'air d'ailes de soie argentée déployées dans le firmament bleu. Ses trois focs s'envolent en avant, triangles légers qu'arrondit l'haleine du vent, et la grande misaine[2] est molle, sous la flèche aiguë qui dresse, à dix-huit mètres au-dessus du pont, sa pointe éclatante par le ciel. Tout à l'arrière, la dernière voile, l'artimon, semble dormir.

---

1. En réalité, le *Bel-Ami II* jaugeait environ quatorze tonneaux. Le tonneau était une unité de volume pour le jaugeage des bateaux (2,83 m^3). **2.** Voile du mât situé entre le grand mât et le mât de l'avant du bateau. La misaine peut aussi désigner le mât de misaine.

Et tout le monde bientôt sommeille sur le pont. C'est un après-midi d'été, sur la Méditerranée. La dernière brise est tombée. Le soleil féroce emplit le ciel et fait de la mer une plaque molle et bleuâtre, sans mouvement et sans frissons, endormie aussi, sous un miroitant duvet de brume qui semble la sueur de l'eau.

Malgré les tentes que j'ai fait établir pour me mettre à l'abri, la chaleur est telle sous la toile que je descends au salon me jeter sur un divan.

Il fait toujours frais dans l'intérieur. Le bateau est profond, construit pour naviguer dans les mers du Nord et supporter les gros temps. On peut vivre, un peu à l'étroit, équipage et passagers, à six ou sept personnes dans cette petite demeure flottante et on peut asseoir huit convives autour de la table du salon.

L'intérieur est en pin du Nord verni, avec encadrements de teck, éclairé par les cuivres des serrures, des ferrures, des chandeliers, tous les cuivres jaunes et gais qui sont le luxe des yachts.

Comme c'est bizarre ce changement, après la clameur de Paris ! Je n'entends plus rien, mais rien, rien. De quart d'heure en quart d'heure, le matelot qui s'assoupit à la barre, toussote et crache. La petite pendule suspendue contre la cloison de bois fait un bruit qui semble formidable dans ce silence du ciel et de la mer.

Et ce minuscule battement troublant seul l'immense repos des éléments, me donne soudain la surprenante sensation des solitudes illimitées, où les murmures des mondes, étouffés à quelques mètres de leurs surfaces, demeurent imperceptibles dans le silence universel !

Il semble que quelque chose de ce calme éternel de l'espace descend et se répand sur la mer immobile, par ce jour étouffant d'été. C'est quelque chose d'accablant, d'irrésistible, d'endormeur, d'anéantissant, comme le contact du vide infini. Toute la volonté défaille, toute pensée s'arrête, le sommeil s'empare du corps et de l'âme.

Dans la brume de mer

Le soir venait quand je me réveillai. Quelques souffles de brise crépusculaire, très inespérés d'ailleurs, nous poussèrent encore jusqu'au soleil couché.

Nous étions assez près des côtes, en face d'une ville, San Remo[1], sans espoir de l'atteindre. D'autres villages ou petites cités, s'étalant au pied de la haute montagne grise, ressemblaient à des tas de linge blanc mis à sécher sur les plages. Quelques brumes fumaient sur les pentes des Alpes, effaçaient les vallées en rampant vers les sommets dont les crêtes dessinaient une immense ligne dentelée dans un ciel rose et lilas.

Et la nuit tomba sur nous, la montagne disparut, des feux s'allumèrent au ras de l'eau tout le long de la grande côte.

Une bonne odeur de cuisine sortit de l'intérieur du yacht, se mêlant agréablement à la bonne et fraîche odeur de l'air marin.

Lorsque j'eus dîné, je m'étendis sur le pont. Ce jour tranquille de flottement avait nettoyé mon esprit comme un coup d'éponge sur une vitre ternie ; et des souvenirs

1. San Remo est la première des villes de la côte italienne que Maupassant apercevra au cours de sa navigation, ou aux abords desquelles il jettera l'ancre. Le long de la côte, autour du golfe de Gênes, se suivent San Remo, Imperia (Port-Maurice), Savone, Gênes, Santa Margherita, Rapallo, Portofino, Sestri Levante, La Spezia.

en foule surgissaient dans ma pensée, des souvenirs sur la vie que je venais de quitter, sur des gens connus, observés ou aimés.

Être seul, sur l'eau et sous le ciel, par une nuit chaude, rien ne fait ainsi voyager l'esprit et vagabonder l'imagination. Je me sentais surexcité, vibrant, comme si j'avais bu des vins capiteux, respiré de l'éther ou aimé une femme.

Une petite fraîcheur nocturne mouillait la peau d'un imperceptible bain de brume salée. Le frisson savoureux de ce tiède refroidissement de l'air courait sur les membres, entrait dans les poumons, béatifiait le corps et l'esprit en leur immobilité.

Sont-ils plus heureux ou plus malheureux ceux qui reçoivent leurs sensations par toute la surface de leur chair autant que par leurs yeux, leur bouche, leur odorat ou leurs oreilles ?

C'est une faculté rare et redoutable, peut-être, que cette excitabilité nerveuse et maladive de l'épiderme et de tous les organes qui fait une émotion des moindres impressions physiques et qui, suivant les températures de la brise, les senteurs du sol et la couleur du jour, impose des souffrances, des tristesses et des joies.

Ne pas pouvoir entrer dans une salle de théâtre, parce que le contact des foules agite inexplicablement l'organisme entier ; ne pas pouvoir pénétrer dans une salle de bal, parce que la gaieté banale et le mouvement tournoyant des valses irrite comme une insulte, se sentir lugubre à pleurer ou joyeux sans raison suivant la décoration, les tentures et la décomposition de la lumière dans un logis, et rencontrer quelquefois par des combinaisons de perceptions, des satisfactions physiques que rien ne peut révéler aux gens d'organisme grossier, est-ce un bonheur ou un malheur ?

Je l'ignore ; mais, si le système nerveux n'est pas sensible jusqu'à la douleur ou jusqu'à l'extase, il ne nous communique que des commotions moyennes, et des satisfactions vulgaires.

Cette brume de la mer me caressait, comme un bonheur. Elle s'étendait sur le ciel, et je regardais avec délices les étoiles enveloppées de ouate, un peu pâlies dans le firmament sombre et blanchâtre. Les côtes avaient disparu derrière cette vapeur qui flottait sur l'eau et nimbait les astres.

On eût dit qu'une main surnaturelle venait d'empaqueter le monde, en des nuées fines de coton, pour quelque voyage inconnu.

L'harmonie des sens

Et tout à coup, à travers cette ombre neigeuse, une musique lointaine venue on ne sait d'où, passa sur la mer. Je crus qu'un orchestre aérien errait dans l'étendue pour me donner un concert. Les sons affaiblis, mais clairs, d'une sonorité charmante, jetaient par la nuit douce un murmure d'opéra.

Une voix parla près de moi.

« Tiens, disait un marin, c'est aujourd'hui dimanche et voilà la musique de San Remo qui joue dans le jardin public. »

J'écoutais, tellement surpris que je me croyais le jouet d'un joli songe. J'écoutai longtemps, avec un ravissement infini, le chant nocturne envolé à travers l'espace.

Mais voilà qu'au milieu d'un morceau il s'enfla, grandit, parut accourir vers nous. Ce fut d'un effet si fantastique et si surprenant que je me dressai pour écouter. Certes, il venait, plus distinct et plus fort de seconde en seconde. Il venait à moi, mais comment ? Sur quel radeau fantôme allait-il apparaître ?

Il arrivait si rapide que, malgré moi, je regardai dans l'ombre avec des yeux émus ; et tout à coup je fus noyé dans un souffle chaud et parfumé d'aromates sauvages qui s'épandait comme un flot plein de la senteur violente des myrtes, des menthes, des citronnelles, des immortelles, des lentisques, des lavandes, des thyms, brûlés sur la montagne par le soleil d'été.

C'était le vent de terre qui se levait, chargé des haleines de la côte et qui emportait aussi vers le large, en la mêlant à l'odeur des plantes alpestres, cette harmonie vagabonde.

Je demeurais haletant, si grisé de sensations, que le trouble de cette ivresse fit délirer mes sens. Je ne savais plus vraiment si je respirais de la musique, ou si j'entendais des parfums, ou si je dormais dans les étoiles.

Cette brise de fleurs nous poussa vers la pleine mer en s'évaporant par la nuit. La musique alors lentement s'affaiblit, puis se tut, pendant que le bateau s'éloignait dans les brumes.

Je ne pouvais pas dormir, et je me demandais comment un poète moderniste, de l'école dite symboliste, aurait rendu la confuse vibration nerveuse dont je venais d'être saisi et qui me paraît, en langage clair, intraduisible. Certes, quelques-uns de ces laborieux exprimeurs de la multiforme sensibilité artiste s'en seraient tirés à leur honneur, disant en vers euphoniques, pleins de sonorités intentionnelles, incompréhensibles et perceptibles cependant, ce mélange inexprimable de sons parfumés, de brume étoilée et de brise marine, semant de la musique par la nuit.

Un sonnet de leur grand patron Baudelaire me revint à la mémoire :

La nature est un temple où de vivants piliers
Laissent parfois sortir de confuses paroles ;
L'homme y passe à travers des forêts de symboles
Qui l'observent avec des regards familiers.

Comme de longs échos qui de loin se confondent
Dans une ténébreuse et profonde unité
Vaste comme la nuit et comme la clarté,
Les parfums, les couleurs et les sons se répondent.

Il est des parfums frais comme des chairs d'enfants,
Doux comme les hautbois, verts comme les prairies,
— Et d'autres, corrompus, riches et triomphants,

Ayant l'expansion des choses infinies,
Comme l'ambre, le musc, le benjoin et l'encens,
Qui chantent les transports de l'esprit et des sens.

Est-ce que je ne venais pas de sentir jusqu'aux moelles ce vers mystérieux :

Les parfums, les couleurs et les sons se répondent.

Et non seulement ils se répondent dans la nature, mais ils se répondent en nous et se confondent quelquefois « dans une ténébreuse et profonde unité », ainsi que le dit le poète, par des répercussions d'un organe sur l'autre.

Ce phénomène, d'ailleurs, est connu médicalement.

On a écrit, cette année même, un grand nombre d'articles en le désignant par ces mots : l'audition colorée.

Il a été prouvé que, chez les natures très nerveuses et très surexcitées, quand un sens reçoit un choc qui l'émeut trop fortement, l'ébranlement de cette impression se communique, comme une onde, aux sens voisins qui le traduisent à leur manière. Ainsi, la musique, chez certains êtres, éveille des visions de couleurs. C'est donc une sorte de contagion de sensibilité, transformée suivant la fonction normale de chaque appareil cérébral atteint.

Par là, on peut expliquer le célèbre sonnet d'Arthur Rimbaud, qui raconte les nuances des voyelles, vraie déclaration de foi, adoptée par l'école symboliste.

A noir, E blanc, I rouge, U vert, O bleu : voyelles,
Je dirai quelque jour vos naissances latentes :
A, noir corset velu des mouches éclatantes
Qui bombinent autour des puanteurs cruelles,

Golfes d'ombre ; E, candeurs des vapeurs et des tentes,
Lances des glaciers fiers, rois blancs, frissons d'ombelles ;
I, pourpres, sang craché, rire des lèvres belles
Dans la colère ou les ivresses pénitentes ;

U, cycles, vibrements divins des mers virides,
Paix des pâtis semés d'animaux, paix des rides
Que l'alchimie imprime aux grands fronts studieux ;

O, suprême Clairon, plein des strideurs étranges,
Silences traversés, des Mondes et des Anges :
– O l'Oméga, rayon violet de Ses Yeux !

A-t-il tort, a-t-il raison ? Pour le casseur de pierres des routes, même pour beaucoup de nos grands hommes, ce poète est un fou ou un fumiste. Pour d'autres, il a découvert et exprimé une absolue vérité, bien que ces explorateurs d'insaisissables perceptions doivent toujours différer un peu d'opinion sur les nuances et les images que peuvent évoquer en nous les vibrations mystérieuses des voyelles ou d'un orchestre.

S'il est reconnu par la science – du jour – que les notes de musique agissant sur certains organismes font apparaître des colorations, si *sol* peut être rouge, *fa* lilas ou vert, pourquoi ces mêmes sons ne provoqueraient-ils pas aussi des saveurs dans la bouche et des senteurs dans l'odorat ? Pourquoi les délicats un peu hystériques ne goûteraient-ils pas toutes choses avec tous leurs sens en même temps, et pourquoi aussi les symbolistes ne révéleraient-ils point des sensibilités délicieuses aux êtres de leur race, poètes incurables et privilégiés ? C'est là une simple question de pathologie artistique bien plus que de véritable esthétique.

Ne se peut-il en effet que quelques-uns de ces écrivains intéressants, névropathes par entraînement, soient arrivés à une telle excitabilité que chaque impression reçue produise en eux une sorte de concert de toutes les facultés perceptrices ?

Et n'est-ce pas bien cela qu'exprime leur bizarre poésie de sons qui, tout en ayant l'air inintelligible, essaye de chanter en effet la gamme entière des sensations et de noter par les voisinages des mots, bien plus que par leur accord rationnel et leur signification connue, d'intraduisibles sens, qui sont obscurs pour nous, et clairs pour eux ?

Car les artistes sont à bout de ressources, à court d'inédit, d'inconnu, d'émotion, d'images, de tout. On a cueilli depuis l'antiquité toutes les fleurs de leur champ. Et voilà que, dans leur impuissance, ils sentent confusément qu'il pourrait y avoir peut-être pour l'homme un élargissement de l'âme et de la sensation. Mais l'intelligence a cinq barrières entrouvertes et cadenassées qu'on appelle les cinq sens, et ce sont ces cinq barrières que les hommes épris d'art nouveau secouent aujourd'hui de toute leur force.

L'Intelligence, aveugle et laborieuse Inconnue, ne peut rien savoir, rien comprendre, rien découvrir que par les sens. Ils sont ses uniques pourvoyeurs, les seuls intermédiaires entre l'Universelle Nature et Elle. Elle ne travaille que sur les renseignements fournis par eux, et ils ne peuvent eux-mêmes les recueillir que suivant leurs qualités, leur sensibilité, leur force et leur finesse.

La valeur de la pensée dépend donc évidemment d'une façon directe de la valeur des organes, et son étendue est limitée par leur nombre.

M. Taine d'ailleurs a magistralement traité et développé cette idée[1].

Les sens sont au nombre de cinq, rien que de cinq. Ils nous révèlent, en les interprétant, quelques propriétés de la matière environnante qui peut, qui doit recéler un nombre illimité d'autres phénomènes que nous sommes incapables de percevoir.

Supposons que l'homme ait été créé sans oreilles ; il vivrait tout de même à peu près de la même façon, mais pour lui l'Univers serait muet ; il n'aurait aucun soupçon du bruit et de la musique, qui sont des vibrations transformées.

Mais s'il avait reçu en don d'autres organes, puissants et délicats, doués aussi de cette propriété de métamorphoser

1. Hippolyte Taine, *De l'intelligence*, Paris, 2 vol., 1870.

en perceptions nerveuses les actions et les attributs de tout l'inexploré qui nous entoure, combien plus varié serait le domaine de notre savoir et de nos émotions !

C'est en ce domaine impénétrable que chaque artiste essaye d'entrer, en tourmentant, en violentant, en épuisant le mécanisme de sa pensée. Ceux qui succombent par le cerveau, Heine, Baudelaire, Balzac, Byron vagabond, à la recherche de la mort, inconsolable du malheur d'être un grand poète, Musset, Jules de Goncourt et tant d'autres, n'ont-ils pas été brisés par le même effort pour renverser cette barrière matérielle qui emprisonne l'intelligence humaine ?

Oui, nos organes sont les nourriciers et les maîtres du génie artiste. C'est l'oreille qui engendre le musicien, l'œil qui fait naître le peintre. Tous concourent aux sensations du poète. Chez le romancier la vision, en général, domine. Elle domine tellement qu'il devient facile de reconnaître, à la lecture de toute œuvre travaillée et sincère, les qualités et les propriétés physiques du regard de l'auteur. Le grossissement du détail, son importance ou sa minutie, son empiétement sur le plan et sa nature spéciale indiquent d'une façon certaine tous les degrés et les différences des myopies. La coordination de l'ensemble, la proportion des lignes et des perspectives préférées à l'observation menue, l'oubli même des petits renseignements qui sont souvent les caractéristiques d'une personne ou d'un milieu, ne dénoncent-ils pas aussitôt le regard étendu, mais lâche, d'un presbyte ?

(*L'Écho de Paris*, 10 janvier 1890.)

La côte italienne (I)

La nuit merveilleuse des « Correspondances » s'achève. Maupassant note, presque seconde après seconde, l'effacement progressif de la brume, les premières « traînées claires » de l'aurore, la montée du soleil à l'arrière des nuées, la lueur qui s'allume au milieu d'elles, et subitement l'explosion de la lumière. La prose du chroniqueur concurrence ici directement l'art de Monet, peintre de l'emblématique Impression. Soleil levant. *Mais à la différence du peintre, qui est astreint à l'instantané, le chroniqueur dispose de la durée, du changement et de la variation, pour traduire dans les mots le passage du temps – et le miracle d'un lever de soleil sur la mer italienne.*

Maupassant a choisi une manière fort privilégiée de contempler la côte italienne : en voilier. On approche au ralenti par la mer, la côte se dévoile au petit jour. Au lieu de l'espace routier ou ferroviaire, on a toute l'immensité de l'espace marin et céleste autour de soi. Et c'est de cette lumière du ciel et de l'eau qu'on voit surgir la terre italienne, qui n'est d'abord qu'une roche, avant de devenir une ville. De loin, une ville des Mille et Une Nuits, *irréelle. Quel écrivain, avant Maupassant, a vu dans de telles conditions une des villes de la côte ligurienne ?*

Et pourtant, « quand on l'a vue ainsi, il n'y faut point aborder ». Douche froide. « Dedans », plus trace du mirage. Le marin a posé pied à terre et les vues changent. Paysage sublime de loin, ambigu de près : c'est pour Maupassant la duplicité de la ville italienne. Ce qui, de loin, aux lueurs du jour naissant, paraissait un séjour des Mille et Une Nuits, *se révèle « une ruine ». Même spectacle à l'escale suivante, Oneglia : saleté, puanteur.*

Savone retiendra plus longtemps le regard. La ville est plus grande et plus mêlée. D'un côté, le port, industriel, charbonneux, enfumé ; de l'autre, la ville, « bien italienne », agitée, gaie, festive, débordante de légumes et de fruits.

La nuit offre une autre scène, typique aussi des villes du Sud : la lente promenade de la foule, le concert du soir au bord des flots, les becs de gaz, la flânerie le long de la grève, sous le ciel sans nuages. Là, encore, un tableau en mouvement, d'un instantané à l'autre. Et pour finir, un plan sur les femmes – sans lequel Maupassant ne serait pas lui-même. Les femmes de Savone, chevelures nues, leurs éventails voletant et palpitant comme des « papillons de nuit ». Alors les fumées du port sont oubliées, et même le présent, même le désir s'abolissent, dissipés par la renaissance nostalgique des émotions et des rêves adolescents.

Lever de soleil sur la mer

Tout le ciel est voilé de nuages. Le jour naissant descend grisaille, à travers ces brumes remontées dans la nuit, et qui étendent leur muraille sombre plus épaisse par places, presque blanche en d'autres, entre l'aurore et nous.

On craint vaguement, avec un serrement de cœur, que, jusqu'au soir, elles n'endeuillent l'espace, et on lève sans cesse les yeux vers elles avec une angoisse d'impatience, une sorte de muette prière.

Mais on devine, aux traînées claires qui séparent leurs masses plus opaques, que l'astre au-dessus d'elles illumine le ciel bleu et leur neigeuse surface. On espère. On attend.

Peu à peu elles pâlissent, s'amincissent, semblent fondre. On sent que le soleil les brûle, les ronge, les écrase de toutes ses ardeurs, et que l'immense plafond de nuées, trop faible, cède, plie, se fend et craque sous une énorme pesée de lumière.

Un point s'allume au milieu d'elles, une lueur y brille. Une brèche est faite, un rayon glisse, oblique et long, et tombe en s'élargissant. On dirait que le feu prend à ce trou du ciel. C'est une bouche qui s'ouvre, grandit, s'embrase, avec des lèvres incendiées, et crache sur les flots une cascade de clarté dorée.

Alors, en mille endroits en même temps, la voûte des ombres se brise, s'effondre, laisse par mille plaies passer des flèches brillantes qui se répandent en pluie sur l'eau, en semant par l'horizon la radieuse gaieté du soleil.

L'air est rafraîchi par la nuit ; un frisson de vent, rien qu'un frisson, caresse la mer, fait à peine frémir, en la chatouillant, sa peau bleue et moirée. Devant nous, sur un cône rocheux, large et haut, qui semble sortir des flots et s'appuie contre la côte, grimpe une ville pointue, peinte en rose par les hommes, comme l'horizon par l'aurore victorieuse. Quelques maisons bleues y font des taches charmantes. On dirait le séjour choisi par une princesse des Mille et Une Nuits.

Les villes de côtes

C'est Port-Maurice.

Quand on l'a vue ainsi, il n'y faut point aborder.

J'y suis descendu pourtant.

Dedans : une ruine. Les maisons semblent émiettées le long des rues. Tout un côté de la cité, écroulé vers la rive, peut-être à la suite du tremblement de terre, étage, du haut en bas du rocher qui les porte, des murs écrêtés et fendus, des moitiés de vieilles demeures plâtreuses, ouvertes au vent du large. Et la peinture si jolie de loin, quand elle s'harmonisait avec le jour naissant, n'est plus sur ces débris, sur ces taudis, qu'un affreux badigeonnage déteint, terni par le soleil et lavé par les pluies.

Et le long des ruelles, couloirs tortueux pleins de pierres et de poussière, une odeur flotte, innommable, mais explicable par le pied des murs, si puissante, si tenace, si pénétrante, que je retourne à bord du yacht, les yeux salis et le cœur soulevé.

Cette ville pourtant est un chef-lieu de province. On dirait, en mettant le pied sur cette terre italienne, un drapeau de misère.

En face, de l'autre côté du même golfe, Oneglia, très sale aussi, très puante, bien que d'aspect moins sinistrement pauvre et plus vivant.

Sous la porte cochère du collège royal, ouverte à deux battants en ces jours de vacances, une vieille femme rapièce un matelas sordide.

Nous entrons dans le port de Savone.

Un groupe d'immenses cheminées d'usines et de fonderies, qu'alimentent chaque jour quatre ou cinq grands vapeurs anglais chargés de charbon, projettent dans le ciel, par leurs bouches géantes, des vomissements tortueux de fumée, retombés aussitôt sur la ville, en une pluie noire de suie, que la brise déplace de quartier en quartier, comme une neige d'enfer.

N'allez point dans ce port, canotiers-caboteurs qui aimez garder sans taches les voiles blanches de vos petits navires.

Savone est gentille pourtant, bien italienne, avec des rues étroites, amusantes, pleines de marchands agités, de fruits étalés par terre, de tomates écarlates, de courges rondes, de raisins noirs ou jaunes et transparents comme s'ils avaient bu de la lumière, de salades vertes épluchées à la hâte et dont les feuilles semées à foison sur les pavés ont l'air d'un envahissement de la ville par les jardins.

En revenant à bord du yacht j'aperçois tout à coup, le long du quai, dans une balancelle napolitaine, sur une immense table tenant tout le pont, quelque chose d'étrange comme un festin d'assassins.

Sanglants, d'un rouge de meurtre, couvrant le bateau entier d'une couleur et, au premier coup d'œil, d'une émotion de tuerie, de massacre, de viande déchiquetée, s'étalent, devant trente matelots aux figures brunes, soixante ou cent quartiers de pastèques pourpres éventrées.

On dirait que ces hommes joyeux mangent à pleines dents de la bête saignante, comme les fauves dans les cages. C'est une fête. On a invité les équipages voisins. On est content. Les bonnets rouges sur les têtes sont moins rouges que la chair du fruit.

Concert de nuit

Quand la nuit fut tout à fait tombée, je retournai dans la ville.

Un bruit de musique m'attirant me la fit traverser tout entière. Je trouvai une avenue que suivaient par groupes la bourgeoisie et le peuple, lentement, allant vers ce concert du soir, que lui donne deux ou trois fois par semaine l'orchestre municipal.

Ces orchestres, sur cette terre musicienne, valent, même dans les petites villes, ceux de nos bons théâtres. Je me rappelai celui que j'avais entendu du pont de mon bateau l'autre nuit, et dont le souvenir me restait comme celui d'une des plus douces caresses qu'une sensation m'ait jamais données.

L'avenue aboutissait sur une place qui allait se perdre sur la plage, et là, dans l'ombre à peine éclairée par les taches espacées et jaunes des becs de gaz, cet orchestre jouait je ne sais trop quoi, au bord des flots.

Les vagues, un peu lourdes, bien que le vent du large fût tout à fait tombé, traînaient le long du rivage leur bruit monotone et régulier qui rythmait le chant vif des instruments ; et le firmament violet, d'un violet presque luisant, doré par une infinie poussière d'astres, laissait tomber sur nous une nuit sombre et légère. Elle couvrait de ses ténèbres transparentes la foule silencieuse à peine chuchotante, marchant à pas lents autour du cercle des musiciens ou bien assise sur les bancs de la promenade, sur de grosses pierres abandonnées le long de la grève, sur d'énormes poutres étalées à terre auprès de la haute carcasse de bois, aux côtes encore entrouvertes, d'un grand navire en construction.

Je ne sais pas si les femmes de Savone sont jolies, mais je sais qu'elles se promènent presque toutes nu-tête, le soir, et qu'elles ont toutes un éventail à la main. C'était charmant, ce muet battement d'ailes prisonnières, d'ailes blanches, tachetées ou noires, entrevues, frémissantes comme de gros papillons de nuit tenus entre des doigts. On retrouvait, à chaque femme rencontrée, dans chaque groupe errant ou reposé, ce volettement captif, ce vague effort pour s'envoler des feuilles balancées qui semblaient rafraîchir l'air du soir, y mêler quelque chose de coquet, de féminin, de doux à respirer pour une poitrine d'homme.

Et voilà qu'au milieu de cette palpitation d'éventails et de toutes ces chevelures nues autour de moi, je me mis à rêver niaisement comme en des souvenirs de contes de fées, comme je faisais au collège, dans le dortoir glacé, avant de m'endormir, en songeant au roman dévoré en cachette sous le couvercle du pupitre. Parfois ainsi, au fond de mon cœur vieilli, empoisonné d'incrédulité, se réveille, pendant quelques instants, mon petit cœur naïf de jeune garçon.

(*L'Écho de Paris*, 15 janvier 1890.)

La côte italienne (II)

Après une escale de deux jours à Port-Maurice, puis d'un ou deux jours à Savone, Maupassant a débarqué à Gênes le 12 septembre 1889. Il consacre à la grande ville de la côte nord une chronique entière, qui forme la clé de voûte de son journal de croisière.

Pour montrer Gênes dans tout le grandiose de son espace, il use du même procédé que dans les articles précédents : une découverte progressive à partir d'un panorama du paysage tout entier, saisi depuis la haute mer ; un resserrement, au fur et à mesure de l'approche, autour de l'image, seule mais totale, de la ville étagée sur les pentes de la montagne, au-dessus de son port ; et pour finir, une fois dans l'enceinte, une série de plans rapprochés sur le peuple des navires, baroque par ses formes, ses couleurs et ses décors. Entourée par ses quinze petites cités vassales, et régnant sur son armada, Gênes fait ainsi songer à une déesse de la fête marine.

Mais comme à Savone, comme à Venise, l'« ordure » voisine avec la puissance et l'éclat. Les rues étroites et sales des bas quartiers du port coexistent avec les magnifiques palais de marbre qui bordent les rues principales, à mi-pente : une cité aristocrate cernée par la populace.

Maupassant est entré dans les cours, les jardins intérieurs, les galeries de ces vieux palais. Il s'est promené sous leurs portiques, a gravi leurs escaliers de marbre. Et c'est pour lui l'occasion d'opposer à l'art de leurs architectes « l'opulente » laideur des plus beaux hôtels du Paris « moderne », la double barbarie de l'argent et de la démocratie, des « financiers sans goût » et des « parvenus sans traditions ».

Il est tout de même un domaine où « la vulgarité du bourgeois moderne » a pénétré l'Italie. C'est le domaine des morts. Dans le grand cimetière de Gênes, le Campo Santo, Maupassant s'afflige devant un spectacle macabre et comique : « une succession de bourgeois de marbre qui pleurent leurs morts » : travail remarquable, mais gâté par le caractère « indignement commun » des modèles. La « basse civilisation démocratique » a gagné jusqu'aux descendants de Michel-Ange. C'est un refrain récurrent sous la plume de l'auteur de « Boule de Suif ».

Gênes, la « patronne »

Une des plus belles choses qu'on puisse voir au monde : Gênes, de la haute mer.

Au fond du golfe, la ville se soulève comme si elle sortait des flots, au pied de la montagne. Le long des deux côtes qui s'arrondissent autour d'elle pour l'enfermer, la protéger et la caresser, dirait-on, quinze petites cités, des voisines, des vassales, des servantes, reflètent et baignent dans l'eau leurs maisons claires. Ce sont, à gauche de leur grande patronne, Cogoleto, Arenzano, Voltri, Pra, Pegli, Sestri Ponente, San-Pier d'Arena ; et, à droite, Sturla, Quarto, Quinto, Nervi, Bogliasco, Sori, Recco, Camogli, dernière tache blanche sur le cap de Porto-Fino, qui ferme le golfe au sud-est.

Gênes, au-dessus de son port immense, se dresse sur les premiers mamelons des Alpes, qui s'élèvent par-derrière, courbées et s'allongeant en une muraille géante. Sur le môle, une tour très haute et carrée, le phare appelé « la Lanterne », a l'air d'une chandelle démesurée.

On pénètre dans l'avant-port, énorme bassin admirablement abrité, où circulent, cherchant pratique, une flotte de remorqueurs, puis, après avoir contourné la jetée Est, c'est le port lui-même, plein d'un peuple de navires, de ces jolis navires du Midi et de l'Orient, aux nuances charmantes, tartanes, balancelles, mahonnes, peints, voilés et mâtés avec une fantaisie imprévue, porteurs de madones bleues et dorées, de saints debout sur la proue et d'animaux bizarres, qui sont aussi des protecteurs sacrés.

Toute cette flotte à bonnes vierges et à talismans est alignée le long des quais, tournant vers le centre des bassins ses nez inégaux et pointus. Puis apparaissent, classés par compagnies, de puissants vapeurs en fer, étroits et hauts, avec des formes colossales et fines. Il y a encore, au milieu de ces pèlerins de la mer, des navires tout blancs, de grands trois-mâts ou des bricks[1], vêtus comme les Arabes d'une robe éclatante sur qui glisse le soleil.

Contrastes

Si rien n'est plus joli que l'entrée de ce port, rien n'est plus sale que l'entrée de cette ville. Le boulevard du Quai est un marais d'ordures, et les rues étroites, originales, enfermées comme des corridors entre deux lignes

1. Navires à deux mâts et à voiles carrées.

tortueuses de maisons démesurément hautes, soulèvent incessamment le cœur par leurs pestilentielles émanations.

On éprouve à Gênes ce qu'on éprouve à Florence et encore plus à Venise, l'impression d'une très aristocrate cité tombée au pouvoir d'une populace.

Ici surgit la pensée des rudes seigneurs qui se battaient ou trafiquaient sur la mer, puis, avec l'argent de leurs conquêtes, de leurs captures ou de leur commerce, se faisaient construire les étonnants palais de marbre dont les rues principales sont encore bordées.

Quand on pénètre dans ces demeures magnifiques, odieusement peinturlurées par les descendants de ces grands citoyens de la plus fière des républiques, et qu'on en compare le style, les cours, les jardins, les portiques, les galeries intérieures, toute la décorative et superbe ordonnance, avec l'opulente barbarie des plus beaux hôtels du Paris moderne, avec ces palais de millionnaires qui ne savent toucher qu'à l'argent, qui sont impuissants à concevoir, à désirer une belle chose nouvelle et à la faire naître avec leur or, on comprend alors que la vraie distinction de l'intelligence, que le sens de la beauté rare des moindres formes, de la perfection des proportions et des lignes, ont disparu de notre société démocratisée, mélange de riches financiers sans goût et de parvenus sans tradition.

C'est même une observation curieuse à faire, celle de la banalité de l'hôtel moderne. Entrez dans les vieux palais de Gênes, vous y verrez une succession de cours d'honneur à galeries et à colonnades et d'escaliers de marbre incroyablement beaux, tous différemment dessinés et conçus par de vrais artistes, pour des hommes au regard instruit et difficile.

Entrez dans les anciens châteaux de France, vous y trouverez les mêmes efforts vers l'incessante rénovation du style et de l'ornement.

Entrez ensuite dans les plus riches demeures du Paris actuel, vous y admirerez de curieux objets anciens soigneusement catalogués, étiquetés, exposés sous verre suivant leur valeur connue, cotée, affirmée par des experts, mais pas une fois vous ne resterez surpris par l'originale et neuve invention des différentes parties de la demeure elle-même.

L'architecte est chargé de construire une belle maison de plusieurs millions, et touche cinq ou dix pour cent sur les dépenses, selon la quantité de travail artiste qu'il doit introduire dans son plan.

Le tapissier, à des conditions différentes, est chargé de la décorer. Comme ces industriels n'ignorent pas l'incompétence native de leurs clients et ne se hasarderaient point à leur proposer de l'inconnu, ils se contentent de recommencer à peu près ce qu'ils ont déjà fait pour d'autres.

Quand on a visité dans Gênes ces antiques et nobles demeures, admiré quelques tableaux et surtout trois merveilles de ce chef-d'œuvrier qu'on nomme Van Dyck[1], il ne reste plus à voir que le Campo-Santo, cimetière moderne, musée de sculpture funèbre le plus bizarre, le plus surprenant, le plus macabre et le plus comique peut-être, qui soit au monde. Tout le long d'un immense quadrilatère de galeries, cloître géant ouvert sur un préau que les tombes des pauvres couvrent d'une neige de

1. Peintre flamand de la première moitié du XVIIe siècle. Né à Anvers en 1599, mort à Londres en 1641, il travaille quelque temps à Gênes.

plaques blanches, on défile devant une succession de bourgeois de marbre qui pleurent leurs morts.

Quel mystère ! L'exécution de ces personnages atteste un métier remarquable, un vrai talent d'ouvriers d'art. La nature des robes, des vestes, des pantalons, y apparaît par des procédés de facture stupéfiants. J'y vis une toilette de moire, indiquée en cassures nettes de l'étoffe d'une incroyable vraisemblance ; et rien n'est plus irrésistiblement grotesque, monstrueusement ordinaire, indignement commun, que ces gens qui pleurent des parents aimés.

À qui la faute ? Au sculpteur qui n'a vu dans la physionomie de ses modèles que la vulgarité du bourgeois moderne, qui ne sait plus y trouver ce reflet supérieur d'humanité entrevu si bien par les peintres flamands quand ils exprimaient en maîtres artistes les types les plus populaires et les plus laids de leur race. – Au bourgeois peut-être que la basse civilisation démocratique a roulé comme le galet des mers en rongeant, en effaçant son caractère distinctif, et qui a perdu dans ce frottement les derniers signes d'originalité dont jadis chaque classe sociale semblait dotée par la nature.

Les Génois paraissent très fiers de ce musée surprenant qui désoriente le jugement.

(*L'Écho de Paris*, 17 janvier 1890.)

La côte italienne (III)

Cette dernière chronique italienne, publiée dans L'Écho de Paris *du 24 janvier 1890, est la plus longue et la plus vibrante, tant par le lyrisme de ses pages sur les villes de Toscane que par la poésie avertie de ses images de voilier et de mer. Peut-être Maupassant a-t-il deviné que c'était là sa dernière grande navigation : au cours des deux années suivantes, il ne naviguera plus qu'au voisinage de Cannes, avant d'être éloigné pour toujours de son* Bel-Ami. *Il donne libre cours à sa griserie, à l'ivresse de ses regards sur les caprices du vent et de la mer ; sa chronique prend son temps au seul rythme de ses errances solitaires de grotte en grotte, et de ses arrêts devant les gamins et les dentellières. Ces pages sont peut-être les plus belles « marines », au sens pictural du terme, de la prose française, les seules où l'œil de l'écrivain rivalise à ce point avec celui des plus grands peintres de la mer – les contemporains de Maupassant, Boudin, Manet, Monet, Courbet.*

Dans la première partie, le Bel-Ami II *vogue du port de Gênes jusqu'à Sestri Levante, en doublant Portofino et Santa Margherita. La brise se transforme soudain en coup de vent, emportant le yacht dans une « course affolée », toutes voiles « amenées », tandis que le commandant ressent l'« ivresse unique » de tenir en ses mains la barre de fer qui conduit le bateau à travers les rafales. Puis l'air et la mer se calment* *et le navigateur prend le temps d'admirer la vaste baie qui s'étend entre le cap de Portofino et le grand port de La Spezia. Le bateau jette l'ancre devant Portofino et Maupassant s'y attarde plusieurs jours. Après l'excitation de la tempête, la béatitude de l'apaisement. On entendrait presque, ici, des échos de l'*Odyssée, *Ulysse, ayant laissé ses matelots à bord, seul dans son canot, abordant à la plage où l'attendent Nausicaa et ses suivantes…*

La première vision est celle des gamins-tritons, échelonnés sur les rochers, « entre deux plongeons ». Peut-être aussi quelques jeunes femmes. Mais Maupassant en garde l'image pour une seconde escale : à Santa Margherita. Cette fois, laissant son canot le long du môle, il s'engage sur les chemins de la côte ; et il offre à ses lecteurs un contre-champ sur la mer, ses caps et ses villages avant un mouvement de prise de vues et un resserrement du cadrage qui le ramène devant la beauté un peu sauvage des jeunes femmes qu'il croise. L'une d'elles passe si près de lui que ses cheveux, et ses yeux – ses yeux surtout, comme chez Racine – lui inspirent soudain comme un désir d'enlèvement…

Il faut reprendre la mer. Maupassant passe sous silence sa dernière étape marine : de Santa Margherita, il a gagné La Spezia, puis il a renvoyé son bateau à Gênes et poursuivi son voyage par le train en compagnie de son valet Tassart. Il s'est arrêté à Pise quatre jours avant de terminer son voyage à Florence. Mais l'ordre suivi par la seconde partie de la chronique est inverse de celui des deux séjours qu'elle évoque. Nous sommes d'abord transportés à Florence, peut-être parce que au moment où Maupassant écrit, le rapprochement de deux images féminines, la « brune […] fille des Maures », frôlée à Santa Margherita, et la blonde Vénus au repos *du Titien, contemplée à Florence, lui impose une transition évidente. La « femme peinte » du peintre vénitien, prodige d'« attrait charnel », lui paraît l'allégorie même de Florence, « ville unique » dans un pays unique, la Toscane, « forêt d'œuvres d'art ».*

La fin de la chronique frémit de toutes les fièvres d'art ressenties devant toutes les églises, les baptistères, les portes de bronze, les cathédrales, les campaniles, à Pise comme à Florence. Avec toujours l'étonnement qui saisit Maupassant devant le contraste entre les lieux et la foule qui les habite, désormais ignorante et indifférente. C'est pourtant là, sous le ciel toscan, que l'on doit venir admirer la véritable et immortelle « exposition universelle » du génie humain. Cette dernière phrase, au terme de cette croisière ligurienne et toscane, clôt l'éventail ouvert par le coup d'œil las et écœuré jeté, à la veille du départ, sur l'éphémère Exposition universelle de Paris.

Un coup de vent

Depuis le port de Gênes jusqu'à la pointe de Portofino, c'est un chapelet de villes, un égrènement de maisons sur les plages, entre le bleu de la mer et le vert de la montagne. La brise du sud-est nous force à louvoyer. Elle est faible, mais à souffles brusques qui inclinent le yacht, le lancent tout à coup en avant, ainsi qu'un cheval s'emporte, avec deux bourrelets d'écume qui bouillonnent à la proue comme une bave de bête marine. Puis le vent cesse et le bateau se calme, reprend sa petite route tranquille qui, suivant les bordées, tantôt l'éloigne, tantôt le rapproche de la côte italienne. Vers deux heures, le patron, qui consultait l'horizon avec les jumelles, pour reconnaître à la voilure portée et aux amures[1] prises par les bâtiments en vue la force et la direction des courants d'air, en ces parages où chaque golfe donne un vent tempétueux ou léger, où les changements de temps sont rapides comme une attaque de nerfs de femme, me dit brusquement :

« Monsieur, faut amener le flèche[2] ; les deux bricks-goélettes, qui sont devant nous, viennent de serrer leurs voiles hautes. Ça souffle dur là-bas. »

L'ordre fut donné ; et la longue toile gonflée descendit du sommet du mât, glissa, pendante et flasque, palpitante encore comme un oiseau qu'on tue, le long de la misaine qui commençait à pressentir la rafale annoncée et proche.

Il n'y avait point de vagues. Quelques petits flots seulement moutonnaient de place en place ; mais soudain, au loin, devant nous, je vis l'eau toute blanche, blanche comme si on étendait un drap par-dessus. Cela venait, se rapprochait, accourait, et lorsque cette ligne cotonneuse ne fut plus qu'à quelques centaines de mètres de nous, toute la voilure du yacht reçut brusquement une grande secousse du vent qui semblait galoper sur la surface de la mer, rageur et furieux, en lui plumant le flanc comme une main plumerait le ventre d'un cygne. Et tout ce duvet arraché de l'eau, cet épiderme d'écume voltigeait, s'envolait, s'éparpillait sous l'attaque invisible et sifflante de la bourrasque. Nous aussi, couchés sur le côté, le bordage noyé dans le flot clapoteux qui montait sur

1. Côté d'où vient le vent. 2. Voile établie au-dessus d'une grand-voile.

le pont, les haubans tendus, la mâture craquant, nous partîmes d'une course affolée, gagnés par un vertige, par une furie de vitesse. Et c'est vraiment une ivresse unique, inimaginablement exaltante, de tenir en ses deux mains, avec tous ses muscles tendus depuis le jarret jusqu'au cou, la longue barre de fer qui conduit à travers les rafales cette bête emportée et inerte, docile et sans vie, faite de toile et de bois.

Cette fureur de l'air ne dura guère que trois quarts d'heure ; et tout à coup, lorsque la Méditerranée eut repris sa belle teinte bleue, il me sembla, tant l'atmosphère devint douce subitement, que l'humeur du ciel s'apaisait. C'était une colère tombée, la fin d'une matinée revêche ; et le rire joyeux du soleil se répandit largement dans l'espace.

Images à l'antique

Nous approchions du cap, où j'aperçus, à l'extrémité, au pied de la côte escarpée, dans une trouée apparue sans accès, une église et trois maisons. Qui demeure là, bon Dieu ? que peuvent faire ces gens ? Comment communiquent-ils avec les autres vivants sinon par un des deux petits canots tirés sur leur plage étroite ?

Voici la pointe doublée. La côte continue jusqu'à Porto-Venere, à l'entrée du golfe de la Spezzia. Toute cette partie du rivage italien est incomparablement séduisante.

Dans une baie large et profonde ouverte devant nous, on entrevoit Santa Margherita, puis Rapallo, Chiavari. Plus loin, Sestri Levante.

Le yacht ayant viré de bord glissait à deux encablures[1] des rochers, et voilà qu'au bout de ce cap, que nous finissions à peine de contourner, on découvre soudain une gorge où entre la mer, une gorge cachée, presque introuvable, pleine d'arbres, de sapins, d'oliviers, de châtaigniers. Un tout petit village, Portofino, se développe en demi-lune autour de ce calme bassin.

Nous traversons lentement le passage étroit qui relie à la grande mer ce ravissant port naturel, et nous pénétrons dans ce cirque de maisons couronné par un bois d'un vert puissant et frais, reflétés l'un et l'autre dans le miroir d'eau tranquille et rond où semblent dormir quelques barques de pêche.

Une d'elles vient à nous montée par un vieil homme. Il nous salue, nous souhaite la bienvenue, indique le mouillage, prend une amarre pour la porter à terre, revient offrir ses services, ses conseils, tout ce qu'il nous plaira de lui demander, nous fait enfin les honneurs de ce hameau de pêche. C'est le maître de port.

Jamais peut-être je n'ai senti une impression de béatitude comparable à celle de l'entrée dans cette crique verte, et un sentiment de repos, d'apaisement, d'arrêt de l'agitation vaine où se débat la vie, plus fort et plus soulageant que celui qui m'a saisi quand le bruit de l'ancre tombant eut dit à tout mon être ravi que nous étions fixés là.

Depuis huit jours je rame. Le yacht demeure immobile au milieu de la rade minuscule et tranquille ; et moi je vais rôder dans mon canot, le long des côtes, dans les grottes où grogne la mer au fond de trous invisibles, et

1. Mesure de distance, environ 200 mètres.

autour des îlots découpés et bizarres qu'elle mouille de baisers sans fin à chacun de ses soulèvements, et sur les écueils à fleur d'eau qui portent des crinières d'herbes marines. J'aime voir flotter sous moi, dans les ondulations de la vague insensible, ces longues plantes rouges ou vertes où se mêlent, où se cachent, où glissent les immenses familles à peine écloses des jeunes poissons. On dirait des semences d'aiguilles d'argent qui vivent et qui nagent.

Quand je relève les yeux sur les rochers du rivage, j'y aperçois des groupes de gamins nus, au corps bruni, étonnés de ce rôdeur. Ils sont innombrables aussi, comme une autre progéniture de la mer, comme une tribu de jeunes tritons nés d'hier qui s'ébattent et grimpent aux rives de granit pour boire un peu l'air de l'espace. On en trouve cachés dans toutes les crevasses, on en aperçoit debout sur les pointes, dessinant dans le ciel italien leurs formes jolies et frêles de statuettes de bronze. D'autres, assis, les jambes pendantes, au bord des grosses pierres, se reposent entre deux plongeons.

Nous avons quitté Porto-Fino pour un séjour à Santa Margherita[1]. Ce n'est point un port, mais un fond de golfe un peu abrité par un môle.

---

1. Voici ce que Maupassant écrit, de Santa Margherita, à sa cousine Lucie Le Poittevin (lettre simplement datée d'« octobre 1889 » : « Je vous écris d'une petite ville italienne où je me suis réfugié pour travailler. C'est un des plus jolis pays que je connaisse. La terre de Virgile. J'ai un appartement au premier étage d'une grande maison d'où je vois d'un côté vingt lieues de côtes avec des villages blancs au bord de la mer, d'autres sur la montagne. Par-derrière, mes fenêtres ouvrent sur les bois d'oliviers et de pins qui s'étendent jusqu'au sommet d'une côte, haute de cinq cents mètres et distante de dix kilomètres. Mes fenêtres de façade sont aussi proches de la mer que celles de Triel étaient proches de la Seine. La vague bat le chemin sur lequel

Les dentellières

Ici, la terre est tellement captivante, qu'elle fait presque oublier la mer. La ville est abritée par l'angle creux des deux montagnes. Un vallon les sépare qui va vers Gênes. Sur ces deux côtes, d'innombrables petits chemins entre deux murs de pierres, hauts d'un mètre environ, se croisent, montent et descendent, vont et viennent, étroits, pierreux, en ravins et en escaliers, et séparent d'innombrables champs ou plutôt des jardins d'oliviers et de figuiers qu'enguirlandent des pampres rouges. À travers les feuillages brûlés des vignes grimpées dans les arbres, on aperçoit à perte de vue la mer bleue, des caps rouges, des villages blancs, des bois de sapins sur les pentes, et les grands sommets de granit gris. Devant les maisons, rencontrées de place en place, les femmes font de la dentelle. Dans tout ce pays, d'ailleurs, on n'aperçoit guère une porte où ne soient assises deux ou trois de ces ouvrières, travaillant à l'ouvrage héréditaire, et maniant de leurs doigts légers les nombreux fils blancs ou noirs où pendent et dansent, dans un sautillement éternel, de courts morceaux de bois jaune. Elles sont souvent jolies, grandes et d'allure fière, mais négligées, sans toilette et sans coquetterie. Beaucoup conservent encore des traces du sang sarrasin.

Un jour, au coin d'une rue de hameau, une d'elles passa près de moi qui me laissa l'émotion de la plus surprenante beauté que j'aie rencontrée peut-être.

---

est construit le mur de ma demeure. Quant aux promenades, je n'en ai jamais fait d'aussi jolies, d'aussi variées, d'aussi ravissantes qu'ici. Elles sont dures, par exemple, en pleine montagne, faites pour des pieds de chèvre. »

Sous une botte lourde de cheveux sombres qui s'envolaient autour du front, dans un désordre dédaigneux et hâtif, elle avait une figure ovale et brune d'Orientale, de fille des Maures dont elle gardait l'ancestrale démarche ; mais le soleil des Florentines lui avait fait une peau aux lueurs d'or. Les yeux, – quels yeux ! – longs et d'un noir impénétrable, semblaient glisser une caresse sans regard entre des cils tellement pressés et grands que je n'en ai jamais vu de pareils. Et la chair autour de ses yeux s'assombrissait si étrangement, que si on ne l'eût aperçue en pleine lumière on eût soupçonné l'artifice des mondaines.

Lorsqu'on rencontre, vêtues de haillons, des créatures semblables, que ne peut-on les saisir et les emporter, quand ce ne serait que pour les parer, leur dire qu'elles sont belles et les admirer ! Qu'importe qu'elles ne comprennent pas le mystère de notre exaltation, brutes comme toutes les idoles, ensorcelantes comme elles, faites seulement pour être aimées par des cœurs délirants, et fêtées par des mots dignes de leur beauté !

Si j'avais le choix cependant entre la plus belle des créatures vivantes et la femme peinte du Titien que huit jours plus tard je revoyais dans la salle de la tribune à Florence, je prendrais la femme peinte du Titien[1].

1. La *Vénus au repos*, ou encore *Vénus couchée*, visible à la galerie des Offices, à Florence. Ou bien Maupassant se trompe de localisation, ou bien la place de la « Vénus » a changé. Elle se trouve dans la salle XXVIII de la galerie des Offices, ou « salle de Titien ». – Tiziano Vecellio, en français Titien (1488 ou 1490-1576), peintre vénitien.

Les merveilles de Florence

Florence, qui m'appelle comme la ville où j'aurais le plus aimé vivre autrefois, qui a pour mes yeux et pour mon cœur un charme inexprimable, m'attire encore presque sensuellement par cette image de femme couchée, rêve prodigieux d'attrait charnel. Quand je songe à cette cité si pleine de merveilles qu'on rentre à la fin des jours courbaturé d'avoir vu comme un chasseur d'avoir marché, m'apparaît soudain lumineuse, au milieu des souvenirs qui jaillissent, cette grande toile longue, où se repose cette grande femme au geste impudique, nue et blonde, éveillée et calme.

Puis après elle, après cette évocation de toute la puissance séductrice du corps humain, surgissent, douces et pudiques, des vierges : celles de Raphaël d'abord, la *Vierge au chardonneret*, la *Vierge du grand-duc*, la *Vierge à la chaise*, d'autres encore, celles des primitifs, aux traits innocents, aux cheveux pâles, idéales et mystiques, et celles des matériels, pleines de santé.

Quand on se promène non seulement dans cette ville unique, mais dans tout ce pays, la Toscane, où les hommes de la Renaissance ont jeté des chefs-d'œuvre à pleines mains, on se demande avec stupeur ce que fut l'âme exaltée et féconde, ivre de beauté, follement créatrice, de ces générations secouées par un délire artiste. Dans les églises des petites villes, où l'on va, cherchant à voir des choses qui ne sont point indiquées au commun des errants, on découvre sur les murs, au fond des chœurs, des peintures inestimables de ces grands maîtres modestes, qui ne vendaient point leurs toiles dans les Amériques encore inexplorées, et s'en allaient, pauvres, sans espoir de fortune, travaillant pour l'art comme de pieux ouvriers.

Et cette race sans défaillance n'a rien laissé d'inférieur. Le même reflet d'impérissable beauté, apparu sous le pinceau des peintres, sous le ciseau des sculpteurs, s'agrandit en lignes de pierre sur la façade des monuments. Les églises et leurs chapelles sont pleines de sculptures de Lucca della Robbia, de Donatello, de Michel-Ange ; leurs portes de bronze sont par Bonannus ou Jean de Bologne.

Lorsqu'on arrive sur la piazza della Signoria, en face de la loggia dei Lanzi, on aperçoit ensemble, sous le même portique, *L'Enlèvement des Sabines*, et *Hercule terrassant le centaure Nessus*, de Jean de Bologne ; *Persée* avec la tête de *Méduse*, de Benvenuto Cellini ; *Judith et Holopherne*, de Donatello. Il abritait aussi, il y a quelques années seulement, le *David* de Michel-Ange.

Mais plus on est grisé, plus on est conquis par la séduction de ce voyage dans une forêt d'œuvres d'art, plus on se sent aussi envahi par un bizarre sentiment de malaise qui se mêle bientôt à la joie de voir. Il provient de l'étonnant contraste de la foule moderne si banale, si ignorante de ce qu'elle regarde avec les lieux qu'elle habite. On sent que l'âme délicate, hautaine et raffinée du vieux peuple disparu qui couvrit ce sol de chefs-d'œuvre, n'agite plus les têtes à chapeaux ronds couleur chocolat, n'anime point les yeux indifférents, n'exalte plus les désirs vulgaires de cette population sans rêves.

Les quatre miracles de Pise

En revenant vers la côte, je me suis arrêté dans Pise, pour revoir aussi la place du Dôme.

Qui pourra jamais expliquer le charme pénétrant et triste de certaines villes presque défuntes ?

Pise est une de celles-là[1]. À peine entré dedans, on s'y sent à l'âme une langueur mélancolique, une envie impuissante de partir et de rester, une nonchalante envie de fuir et de goûter indéfiniment la douceur morne de son air, de son ciel, de ses maisons, de ses rues qu'habite la plus calme, la plus morne, la plus silencieuse des populations.

La vie semble sortie d'elle comme la mer qui s'en est éloignée, enterrant son port jadis souverain, étendant une plaine et faisant pousser une forêt entre la rive nouvelle et la ville abandonnée.

L'Arno la traverse de son cours jaune qui glisse, doucement onduleux, entre deux hautes murailles supportant les deux principales promenades bordées de maisons jaunâtres, aussi d'hôtels et de quelques palais modestes.

Seule, bâtie sur le quai même, coupant net sa ligne lumineuse, la petite chapelle de Santa-Maria della Spina, appartenant au style français du XIIIe siècle, dresse juste au-dessus de l'eau son profil ouvragé de reliquaire. On dirait, à la voir ainsi au bord du fleuve, le mignon lavoir gothique de la bonne Vierge, où les anges viennent laver, la nuit, tous les oripeaux fripés des madones.

Mais par la via Santa-Maria on va vers la place du Dôme.

Pour les hommes que touchent encore la beauté et la puissance mystiques des monuments, il n'existe assurément rien sur la terre de plus surprenant et de plus

1. En route vers Florence, Maupassant écrivait, de Pise, à Ferdinand Brunetière : « Je viens de passer un mois en mer [...]. Je vais à présent voir des tableaux. Je suis à Pise depuis 4 jours et je compte en passer 15 à Florence, tout seul, dans les musées » (cité par Gérard Delaisement, *Chroniques*, Rive droite, 2004, p. 1790).

saisissant que cette vaste place herbeuse, cernée par de hauts remparts qui emprisonnent, en leurs attitudes si diverses, le Dôme, le Campo-Santo, le Baptistère et la Tour penchée.

Quand on arrive au bord de ce champ désert et sauvage, enfermé par de vieilles murailles et où se dressent soudain devant les yeux ces quatre grands êtres de marbre, si imprévus de profil, de couleur, de grâce harmonieuse et superbe, on demeure interdit d'étonnement et troublé d'admiration comme devant le plus rare et le plus grandiose spectacle que l'art humain puisse offrir au regard.

Mais c'est le Dôme bientôt qui attire et garde toute l'attention par son inexprimable harmonie, la puissance irrésistible de ses proportions et la magnificence de sa façade.

C'est une basilique du XIe siècle de style toscan, toute en marbre blanc avec des incrustations noires et de couleur. On n'éprouve point, en face de cette perfection de l'architecture romane-italienne, la stupeur qu'imposent à l'âme certaines cathédrales gothiques par leur élévation hardie, l'élégance de leurs tours et de leurs clochetons, toute la dentelle de pierre dont elles sont enveloppées, et cette disproportion géante de leur taille avec leur pied.

Mais on demeure tellement surpris et captivé par les irréprochables proportions, par le charme intraduisible des lignes, des formes et de la façade décorée, en bas, de pilastres reliés par des arcades, en haut, de quatre galeries de colonnettes plus petites d'étage en étage, que la séduction de ce monument reste en nous comme celle d'un poème admirable, comme une émotion trouvée[1].

---

1. À Florence, Maupassant a été « fort malade ». Cela ne l'a pas empêché de s'éprendre « d'une vraie tendresse pour toutes les belles

Rien ne sert de décrire ces choses, il faut les voir, et les voir sur leur ciel, sur ce ciel classique, d'un bleu spécial, où les nuages lents et roulés à l'horizon en masses argentées semblent copiés par la nature sur les tableaux des peintres toscans. Car ces vieux artistes étaient des réalistes, tout imprégnés de l'atmosphère italienne ; et ceux-là seulement demeurent de faux ouvriers d'art qui les ont imités sous le soleil français.

Derrière la cathédrale, le Campanile, éternellement penché comme s'il allait tomber, gêne ironiquement le sens de l'équilibre que nous portons en nous, et en face d'elle le Baptistère arrondit sa haute coupole conique devant la porte du Campo-Santo.

En ce cimetière antique dont les fresques sont classées comme des peintures d'un intérêt capital, s'allonge un cloître délicieux, d'une grâce pénétrante et triste, au milieu duquel deux antiques tilleuls cachent sous leur robe de verdure une telle quantité de bois mort qu'ils font aux souffles du vent un bruit étrange d'ossements heurtés.

Les jours passent. L'été touche à sa fin. Je veux visiter encore un pays éloigné, où d'autres hommes ont laissé

---

choses d'ici ». De l'hôtel de la ville de Florence, à Jean Bourdeau, octobre 1889 : « J'aime ça à retourner dix fois devant un monument ou un tableau […]. Moi j'aime autant vivre avec les pierres sculptées d'ici qu'avec toutes les belles dames de Paris, qui durent moins. » Mais ainsi qu'il l'a souvent confié, « de tous les arts plastiques, le plus cérébral peut-être, le plus supérieur et le plus séduisant [pour lui], c'est l'architecture […], cet art de lignes, dominant l'âme par la composition et séduisant par la grâce sobre du détail ». « Comme il faut un beau cerveau, un beau miroir à belles images, à idées hautes, synthétiques et en même temps presque matérielles pour concevoir et dessiner un rare monument, un de ceux qui contiennent l'histoire d'une race, d'une civilisation et de tout un peuple d'esprits. »

des souvenirs plus effacés, mais éternels aussi[1]. Ceux-là vraiment sont les seuls qui ont su doter leur patrie d'une Exposition universelle qu'on reviendra voir dans toute la suite des siècles.

1. Sur la voie du retour, quittant Florence, Maupassant s'est arrêté de nouveau à Pise. Il y a retrouvé les impressions de son premier séjour : « Cette ville est d'un calme délicieux, d'un climat doux comme une caresse. Si ce temps continue, j'y reviendrai après mon excursion à Florence. Que cette place du Dôme à Pise est belle, d'un sentiment grave, et d'une harmonie supérieurement triste ! » (lettre à Brunetière, de l'hôtel Victoria, Pise, oct. 1889, voir p. 228, note 1).

QUATRIÈME PARTIE

Soleils d'Afrique

Le 6 juillet 1881, Maupassant quitte Paris pour l'Algérie, où il restera près de trois mois. Besoin de chaleur, quasi médical. Mais surtout, volonté d'y voir clair par lui-même dans la politique algérienne de la France, et plus généralement dans la question coloniale.

Sa première intervention publique dans l'actualité politique date du 10 avril 1881 : exprimant son dégoût de la guerre, il prenait en fait position contre les opérations déclenchées en Tunisie, dans le but encore non déclaré explicitement d'établir un protectorat sur ce pays et d'y contrer les ambitions italiennes. Cependant, vers le même temps, éclataient deux insurrections en Afrique du Nord, l'une à la frontière algéro-tunisienne, l'autre dans le Sud-Oranais.

Envoyé spécial

Au début de juillet, devant l'inquiétude croissante qu'entretient le soulèvement, il décide d'aller observer sur place « la situation où se trouve le colon français ». A-t-il conçu seul ce projet ? Il est probable, plutôt, qu'il accepte une proposition du *Gaulois* qui fera de lui son envoyé spécial. Sans doute le journal prend-il à sa charge les frais du voyage et lui ménage-t-il les contacts utiles. C'est un organe conservateur ; peut-être a-t-il le projet de faire servir les reportages de Maupassant à une offensive contre la politique du nouveau gouvernement républicain : le gouverneur de l'Algérie, Albert Grévy, qui a remplacé le général Chanzy, est le frère du président de la République. D'où également l'idée de dédoubler ces reportages en faisant entendre la voix de Maupassant et une voix prêtée par ce dernier à de prétendus officiers ou de prétendus colons.

L'insurrection fomentée et dirigée par le chef religieux Bou-Amama n'est nullement la première du genre. Des révoltes semblables ont éclaté en février et avril 1871, en 1876 dans le Mzab, en 1879 dans les Aurès. Mais celle-ci se fait rapidement plus meurtrière. La machine de la répression militaire se met en marche. La presse parisienne s'enflamme et fait du chef insurgé Bou-Amama, qui reste insaisissable, un personnage mythique. Comme toujours en pareil cas, la majorité des journaux appelle à des mesures impitoyables, tandis que leurs envoyés se tiennent prudemment à l'abri dans les états-majors. Pour sa part, Maupassant entend se livrer à une vraie et impartiale enquête au plus près du terrain des affrontements. Dès son arrivée, il se hâtera de se rendre dans l'Oranais et il n'hésitera pas à accompagner des détachements militaires dans des zones non totalement pacifiées.

Son statut de journaliste lui ménage des contacts privilégiés avec les officiers responsables de la « pacification » sur le terrain même des troubles, et aussi avec ceux des chefs locaux, bachagas et cadis, qui restent fidèles à la présence française – avec parfois quelques éclipses. Ajouté à l'intelligence et au talent propre de l'observateur et du narrateur, c'est ce qui donne un prix singulier à ces reportages sur l'Algérie de 1881, au moins en trois aspects principaux.

Paysages, mœurs, colonisation

Pictural, d'abord : les paysages de l'Afrique du Nord, déjà décrits et peints par Eugène Fromentin, sont brossés ici par un homme en marche, qui en fait défiler sous les yeux du lecteur toutes les formes, en tous lieux, villes ou désert, et à toutes les heures du jour et de la nuit. Au-delà du compte rendu d'expédition, Maupassant joue en artiste de toutes les optiques, de toutes les teintes, de toutes les images et de toutes les cadences pour traduire l'intensité de ses impressions, devant un spectacle qui « suffit à l'œil, suffit à la pensée, satisfait les sens et le rêve, parce qu'il est complet, absolu, et qu'on ne pourrait le concevoir autrement ».

Ces paysages sont peuplés : 400 000 autochtones, Arabes et Kabyles, pour 175 000 Européens. Ceux-ci stationnent en majorité dans les villes, les Algériens de souche sont répandus sur tout le territoire : villages, campements des tribus nomades, caravaniers du désert, et aussi contingents révoltés. Maupassant abandonne alors la posture du peintre pour adopter celle de l'ethnographe.

Parti assez vite pour l'Oranais, il raille l'ignorance des administrateurs locaux venus de la métropole et il entend faire pour ses lecteurs ce que les fonctionnaires n'ont pas voulu (ou su) faire pour eux-mêmes : une étude de la répartition géographique, des conditions d'existence et des mœurs des Algériens, ceux du bled comme ceux des villes. Passent ainsi dans ses pages tous les types d'hommes et de femmes, saisis par le regard d'un portraitiste attentif à tout, costumes, bijoux (pour les danseuses oulad-naïl), attitudes, gestes, coutumes, divertissements, signes de richesse ou de misère, rites religieux, hiérarchies, alimentation, rituel des repas, codes d'hospitalité, juridictions, palabres… Sa documentation n'est pas exclusivement de première main : il s'appuie aussi sur les ouvrages publiés par des officiers ou des universitaires. Mais ce qui n'appartient qu'à lui, c'est la mise en scène de cette vie quotidienne, fortement marquée par les différenciations sociales et par les contraintes et les traditions religieuses. Tout s'anime sous sa plume – accueils, réceptions, hébergement, exercices du culte, fêtes, danses, fantasias – comme dans un tournage sur le vif, et sans recherche ethnocentrique d'exotisme orientalisant.

Lorsqu'en novembre-décembre 1888 il reviendra à Alger puis se rendra en Tunisie, ce sont ces deux objets du regard qu'il privilégiera : les paysages, urbains et ruraux, et les « manières » de vie. Mais en 1881, l'enjeu politique, en l'occurrence la stratégie de la colonisation, est trop contraignant pour qu'il s'en désintéresse. Au contraire : il l'aborde de front – et de façon fort peu conformiste. Ce qui semble assuré, c'est que s'il ne condamne pas la colonisation en soi, il la condamne lorsqu'elle use d'expéditions armées et d'opérations de guerre pour imposer la mainmise de la France sur les pays africains. Cela suffit à faire de lui, au moins sur ce plan, un adversaire des cercles du pouvoir, qu'il s'agisse des partisans de Jules Ferry ou de ceux de Gambetta, d'accord entre eux sur l'opportunité d'une expansion coloniale.

Alger à vol d'oiseau

Maupassant s'est embarqué pour Alger le 6 juillet 1881. Il part en un moment où plusieurs insurrections menacent la présence française en Afrique du Nord – exactement en Algérie et en Tunisie, car le Maroc n'est pas encore l'objet direct des tentatives françaises de colonisation.

À la fin de juin 1881, en effet, une révolte a éclaté en Tunisie et une autre en Algérie, au sud d'Oran. On raconte dans la presse française que les populations, fanatisées, se soulèvent partout. Ce qui est vrai, c'est que le Maghreb n'est nullement pacifié et que les autochtones supportent mal, depuis un demi-siècle, l'occupation militaire et l'accaparement des terres par des colons étrangers.

Sur la politique française de l'autre côté de la Méditerranée, Maupassant est sceptique. Le 10 avril 1881, il a raillé les préparatifs d'offensive militaire sur Tunis (« La guerre », Le Gaulois*). Le 12 mai, il a traité de « balançoire guerrière » la campagne entamée contre les Kroumirs, qui s'agitent à la frontière algéro-tunisienne : « balançoire » parce que le corps expéditionnaire n'a rencontré aucun insurgé… Il aime le soleil, la mer, la Méditerranée. Il s'entend donc avec* Le Gaulois *pour aller observer sur place « la situation exacte où se trouvent le colon et l'indigène » (p. 242) et se faire en sorte l'envoyé spécial du journal. « Voir l'Afrique était un de mes vieux rêves ». Peut-être un* *rêve venu des témoignages entendus ou lus pendant son séjour au ministère de la Marine.*

Il part avec la volonté de conserver sa liberté d'appréciation et de rédaction, « sans tendresse pour l'Arabe et sans enthousiasme pour le sabre français » ni pour les « avocats attitrés de notre colonie ». Paroles courageuses, sinon imprudentes, dans le climat politique de l'époque. Il compte rejoindre sur place la colonne expéditionnaire envoyée contre le chef d'une insurrection déclenchée dans le Sud-Oranais : « le factieux, l'héroïque et insaisissable Bou-Amama ». Les qualificatifs sont calculés, et peuvent faire sursauter les ministres parisiens : « factieux », mais « héroïque ».

*À peine arrivé, il constate l'ignorance des Algérois d'origine européenne qui raisonnent sur des informations suspectes. Il lui faudra traverser l'Algérie de « province à province », pour démêler le vrai du faux. Dans sa première chronique (*Le Gaulois, *17 juillet 1881), il se contente de décrire la topographie et la population d'Alger : en bord de mer, le quartier français, et au-dessus la ville arabe. Deux mondes qui coexistent sans se pénétrer. Le reportage est sévère : d'un côté, une « fourmilière » de « gueux » – les autochtones –, de l'autre, une foule d'« aventuriers » crapuleux venus du reste du monde. De loin, une ville blanche ; de près, un grouillement « stupéfiant » et inquiétant.*

Conclusion : « Sans le connaître, je plains l'Arabe, l'Arabe des provinces, que gouvernent ces gens ». La colonisation, aux yeux de Maupassant, est « un contresens » parce qu'elle impose au pays conquis avec brutalité une civilisation qui ne lui est pas adaptée. Symbole ironique : au voisinage des Arabes indifférents, un bal populaire, où les danseurs de quadrilles et de chahuts se déhanchent comme au bal Mabille ou dans les bastringues de Neuilly…

Alger à vol d'oiseau

Alger, 11 juillet.

Voir l'Afrique était un des mes vieux rêves ; et je voulais la voir, cette terre du soleil et du sable, en plein été, sous la pesante chaleur, dans l'éblouissement furieux de la lumière.

Tout le monde connaît la magnifique pièce de vers du grand poète Leconte de Lisle :

Midi, roi des étés, épandu sur la plaine
Tombe, en nappes d'argent, des hauteurs du ciel bleu.
Tout se tait. L'air flamboie et brûle sans haleine ;
La terre est assoupie en sa robe de feu…

C'est le *Midi* du désert, le *Midi* épandu sur la mer de sable immobile et illimitée qui m'a fait quitter les bords *fleuris* de la Seine, chantés par Mme Deshoulières[1], et les bains frais du matin, et l'ombre verte des bois, pour traverser les solitudes brûlantes du Sahara.

L'insurrection

En ce moment, une autre cause donnait encore, pour moi, à l'Algérie un attrait nouveau. Les populations musulmanes tentaient, disait-on, un dernier effort contre nous. On racontait que l'insurrection était partout, que les anciens habitants fanatisés se soulevaient d'un bout à l'autre du pays, et c'était une occasion peut-être unique de voir cette lutte d'une religion si puissante qu'elle fait

1. Femme de lettres (1637-1694) née à Paris, auteur de poésies pastorales.

des forcenés de tous ses adeptes, contre la civilisation envahissante.

Beaucoup d'autres questions se lèvent et se heurtent en Algérie ; et chacun à Paris, comme ici d'ailleurs, me semble les trancher avec une hardiesse tranquille doublée d'une suffisance admirable. Les bêtises, énormes à première vue, débitées par les phraseurs avocats attitrés de notre colonie ; le point de vue étroit, patriotique si l'on veut, mais odieusement inhumain où ils se placent, donnent un désir ardent de tenter de comprendre quelque chose à cette situation unique au monde des populations algériennes.

Après les beautés de nature que présente ce pays, à côté de l'intérêt descriptif, et platoniquement artistique, apparaît la question des races, des mœurs, des tempéraments humains.

Flaubert disait quelquefois :

— On peut se figurer le désert avant de l'avoir vu ; mais ce qu'on ne s'imagine point, c'est la tête d'un barbier arabe ou turc accroupi devant sa porte.

Ici, je crois, personne ne cherche à savoir ce qui se passe dans cette tête de l'Arabe ou du Kabyle qui regarde passer l'Européen vainqueur.

Donc, en traversant l'Algérie, province par province, je m'efforcerai de saisir, si c'est possible, la situation exacte où se trouvent le colon et l'indigène. Je ferai cela sans parti pris pour l'un ou pour l'autre, sans tendresse pour l'Arabe et sans enthousiasme pour le sabre français.

Ce qui frappe d'abord quand on cause avec les habitants d'Alger, c'est leur ignorance invraisemblable sur tout ce qui touche à leur pays. En ce moment, par exemple, toute l'attention se porte vers Géryville[1], Saïda[2] et autres lieux que fréquente en ses promenades inattendues le vagabond Bou-Amena. Eh bien ! si l'on demande aux citoyens d'Alger, les plus enragés à indiquer la solution nécessaire de toutes les difficultés pendantes, quelques détails précis sur cette contrée, ils ne savent rien, mais rien de rien.

Les immenses distances à parcourir d'un point à un autre sont une des causes de cette ignorance. Les renseignements fournis par les intéressés, soldats ou colons, peuvent être nécessairement suspects, et c'est là-dessus pourtant que sont échafaudés les raisonnements. Ici, à part la troupe, personne ne voyage. Un habitant d'Alger ne connaît pas plus Oran qu'un Parisien ne connaît Carpentras. Quant à Saïda, les officiers seuls peuvent en parler avec quelque certitude.

La ville blanche

Tant de descriptions d'Alger ont été faites que je n'en tenterai point une nouvelle. Rien n'est joli comme cette ville. C'est un rêve. De la pleine mer, elle apparaît comme une tache blanche qui grandit. On approche, la ville s'étend ; devient distincte. Une immense terrasse longe le port avec des arcades élégantes. Au-dessus s'élèvent de grands hôtels européens et le quartier français ; au-dessus s'échelonne la ville arabe, amoncellement de petites

1. Aujourd'hui El-Bayadh, à environ deux cents kilomètres au sud-est de Saïda, entre les Hauts Plateaux et l'Atlas saharien. À Géryville se trouvait la zaouïa la plus importante des Oulad-Sidi-Cheikh.
2. Ville située à environ cent cinquante kilomètres au sud d'Oran, et à près de trois cents kilomètres au sud-ouest d'Alger.

maisons blanches, bizarres, enchevêtrées les unes dans les autres, séparées par des rues qui ressemblent à des souterrains clairs.

L'étage supérieur est soutenu par des suites de bâtons peints en blanc ; les toits se touchent. Il y a des descentes brusques en des trous habités, des escaliers mystérieux vers des demeures qui semblent des terriers pleins de grouillantes familles arabes. Une femme passe, grave et voilée, et chevilles nues, des chevilles peu troublantes, noires des poussières accumulées sur les sueurs.

De la pointe de la jetée, le coup d'œil sur la ville est un ravissement. On regarde extasié cette cascade éclatante de maisons dégringolant les unes sur les autres du haut de la montagne jusqu'à la mer. On dirait une écume de torrent, une écume d'une blancheur folle, et de place en place, comme un bouillonnement plus gros, une mosquée éclatante luit sous le soleil.

Partout grouille une population stupéfiante, une sorte de résidu de la crapulerie humaine.

Des gueux innombrables, vêtus d'une simple chemise ou de deux tapis cousus en forme de chasuble, ou d'un vieux sac percé de trous pour la tête et les bras, toujours nu-jambes et nu-pieds vont, viennent, s'injurient, se battent, venimeux, loqueteux, barbouillés de fange et puant la bête.

Tartarin[1] disait qu'ils sentent le TEUR (Turc) et on

1. « Héros » du roman d'Alphonse Daudet, *Aventures prodigieuses de Tartarin de Tarascon* (1872), Tartarin, qui a bâti sa réputation d'explorateur sur des récits d'expéditions inexistantes, est tout de même parti à la chasse au lion en Algérie. Mais après diverses sortes de tribulations, il ne réussit qu'à tuer une vieille bête aveugle qu'un mendiant arabe montrait sur les places. La peau du lion a été expédiée à Tarascon, et Tartarin, à son retour, y est accueilli en triomphe.

sent le TEUR partout, ici. Puis il y a tout un monde de mioches à la peau noire, métis de Kabyles, d'Arabes, de Nègres et de Blancs, fourmilières de cireurs de bottes, harcelants comme des mouches, cabriolants et hardis, vicieux à trois ans, malins comme des singes, qui vous injurient en arabe et vous poursuivent en français de leur éternel : « Ciré mosieu. » Ils vous tutoient et on les tutoie. Tout le monde ici d'ailleurs se dit « tu ». Le cocher qu'on arrête dans la rue vous demande : « Où je mènerai toi. » Je signale cet usage aux cochers parisiens, qui sont dépassés en familiarité.

Alger semble l'exutoire de l'Afrique en fait de races indigènes et l'exutoire de l'Europe en fait de races dites civilisées. Le désert y envoie sa vermine, la France y rejette tout ce qui est vieux, le monde y crache ses aventuriers.

Les gens vraiment honorables exilés ici racontent des choses stupéfiantes sur la SOCIÉTÉ d'Alger.

C'est le pays du casier judiciaire, le royaume des apparences plus ou moins sauvées, la patrie des tares mal dissimulées. Et vraiment, sans le connaître, je plains l'Arabe, l'Arabe des provinces, que gouvernent ces gens.

Mabille en Algérie

Dès qu'on débarque, une large enseigne vous tire l'œil : « Skating-Ring Algérien ! » et dès les premiers pas on est saisi, gêné par la sensation du progrès mal appliqué à ce pays, de la civilisation brutale, gauche, peu adaptée aux mœurs, au climat et aux gens. C'est nous qui avons l'air de barbares au milieu de ces barbares, brutes il est vrai, mais qui sont chez eux et auxquels les siècles ont appris des coutumes dont nous semblons n'avoir pas encore compris le sens. Napoléon III a dit un mot (peut-être soufflé par un ministre) : – « Ce qu'il faut à l'Algérie, ce n'est pas des conquérants, mais des initiateurs. » – Nous sommes restés des conquérants brutaux, maladroits, infatués de nos idées toutes faites. Nos mœurs imposées, nos maisons parisiennes, nos usages choquent sous ce ciel comme des fautes grossières d'art, de sagesse et de compréhension. Tout ce que nous faisons semble un contresens, un défi à ce pays, non pas tant à ses habitants qu'à la terre elle-même.

*

J'ai vu le soir même de mon arrivée un bal en plein air à Mustapha. C'était la fête de Neuilly, telle qu'elle m'apparut la semaine dernière. Des boutiques, des quadrilles mabilliens[1], la femme-silure, et des calicots dansant avec des demoiselles de magasin ; tandis que derrière le bal, dans la plaine immense et sablonneuse, des centaines d'Arabes couchés sous la lune, immobiles en leurs loques blanches, écoutaient les refrains des *chahuts*[2] sautés par les Européens.

1. Néologisme forgé sur le nom du *Bal Mabille*. Celui-ci se trouvait sur les Champs-Élysées. Taine décrivait ainsi ce bal populaire : « Une grande allée d'abord, diaprée de verres de couleur ; puis des bosquets […]. Les becs de gaz allongent leur petit jet bleuâtre à rase terre entre les fleurs […]. Le kiosque au centre avec les musiciens. À l'entour est un parcours dallé où l'on danse. Véritablement on danse, sous une chaleur torride en s'épongeant » (*Vie et opinions de M. Thomas Graindorge*, Paris, 1867). 2. Le « chahut » est au XIXe siècle une danse populaire grossière, caractérisée par une musique tapageuse et des pas déhanchés et tournoyants, sur un rythme rapide.

Demain, je quitte Alger et je pars pour Saïda (lès Bou-Amama). Ce chef vient de nouveau de passer le chott et semble se diriger vers Daya, qu'il se propose de razzier sans doute. Les officiers signalent sa marche jour par jour ; quant à l'atteindre, c'est autre chose. Eux-mêmes semblent le juger imprenable. Il accomplit des courses fantastiques avec ses cavaliers, infatigables, qui mangent peut-être tous les deux jours, tandis que nos pauvres soldats, éreintés par le soleil, surchargés de matériel, assoiffés sans cesse, réclament des liqueurs fortes pour les soutenir, ce qui les achève, et tombent de fatigue à la première étape.

Un bataillon de zouaves doit partir pour Géryville. Je le suivrai, si c'est possible.

Autour d'Oran

Maupassant a quitté Alger pour Oran. Le train suit la vallée du Chélif, séparée de la mer par les collines pelées du Dahra, et qui s'étend jusqu'à Mostaganem. Il aperçoit de place en place les détachements militaires qui protègent les exploitations agricoles tenues par des Européens, parmi lesquels de nombreux Espagnols, surtout dans la région d'Oran. Les villages de colons, avec leurs drapeaux tricolores et leurs gendarmes, ressemblent à ceux des banlieues maraîchères du côté de Nanterre et de La Garenne… Mais plus loin passent des troupes de nomades avec femmes et enfants.

À Oran comme à Alger, on raconte à Maupassant le soulèvement conduit par Bou-Amama, les massacres de Saïda, la déroute d'une garnison française, la défection d'une tribu entière partie pour le désert. Le diagnostic de Maupassant est clair : « Le principe de la colonisation française consiste à […] faire crever [les Arabes] de faim. Quand ils se révoltent, nous pardonnons trop vite peut-être. […] Quand ils sont sages, nous les affamons ». Une sécheresse désastreuse a aggravé la famine. D'où la révolte : les Algériens se battent pour la nourriture et pour l'eau. Le fanatisme religieux et les « âneries » du gouvernement aidant, « une guerre générale » n'est pas à exclure.

Le réquisitoire est plus virulent que dans la chronique précédente. Le Gaulois *n'hésite pas à le publier, le 26 juillet 1881. C'est un journal conservateur ; mais précisément les milieux conservateurs détestent Jules Ferry, républicain de la gauche modérée, et sa politique coloniale, non pas par humanisme, mais parce qu'elle leur paraît dissiper des moyens qui seraient mieux employés à préparer la revanche militaire contre l'Allemagne. Sur cet échiquier politique, le reportage de Maupassant est une aubaine.*

Plus on approche du centre de l'insurrection, moins on en entend parler. C'est toujours l'histoire des bâtons flottants. À Paris, on ne s'occupe que de Bou-Amama. À Alger, on n'en parle guère ; à Oran on n'en parle plus.

Il existe pourtant, ce chef arabe ; il me fait l'effet d'un *impresario* fort habile. C'est un metteur en scène de premier ordre.

Mais voyons d'abord le pays.

Villages et nomades

D'Alger à Oran, c'est l'Afrique, l'Afrique vraie, nue, brûlante, terrible. Le train suit l'immense vallée du Chélif[1], enfermée en des montagnes désolées, grises et brûlées, sans un arbre, sans une herbe. De place en place, une plaine démesurée s'ouvre bornée là-bas, à l'horizon presque invisible, par la ligne effacée de la montagne.

---

1. Le Chélif est un oued qui s'écoule (quand il coule) vers le nord à partir du djebel Amour, puis, à partir du mont Boghar (voir plus loin), s'oriente vers l'ouest, séparé de la mer par le mamelonnage du Dahra, jusqu'à Mostaganem.

Puis, sur les crêtes incultes et grises, de place en place, de gros points blancs, tout ronds, apparaissent comme des œufs énormes pondus là par des oiseaux géants.

Ce sont des marabouts élevés à la gloire d'Allah.

Dans la plaine jaune, sans fin, quelquefois, on aperçoit un bouquet d'arbres, des hommes debout, des Européens[1] hâlés, de grande taille, qui regardent filer le convoi et, tout près de là, de petites tentes rondes d'où sortent des soldats barbus. C'est un hameau d'agriculteurs protégé par un détachement de ligne, car l'insurrection couve partout, dit-on. Puis, dans l'étendue de sable illimitée on distingue, si loin, si loin, qu'on le voit à peine, une sorte de fumée, un nuage mince qui monte vers le ciel.

Est-ce un feu allumé ? Non, c'est un Arabe à cheval qui soulève la poussière fine et brûlante et chacune de ces nuées sur la plaine indique un homme, dont on finit par distinguer le burnous presque imperceptible.

De temps en temps, des villages ou bien des campements d'indigènes. On les découvre à peine, ces villages. Auprès d'un torrent desséché où des enfants font paître quelques chèvres, quelques moutons ou quelques vaches (*paître* semble indéfiniment dérisoire), des huttes de toile brune entourées de broussailles sèches se confondent avec la couleur monotone du sol. Sur le remblai de la ligne, un homme à peau noire, à la jambe nue, nerveuse et sans mollets, enveloppé de haillons blanchâtres, contemple gravement la bête de fer qui roule devant lui.

Plus loin, c'est une troupe de nomades en marche. La caravane s'avance dans la poussière jaune, laissant un

1. Maupassant ne dit pas « Français » mais « Européens », sans doute parce que de nombreux colons espagnols, ou d'origine espagnole, peuplent la région oranaise.

nuage derrière elle. Les femmes et les enfants sont montés sur des ânes ou des petits chevaux ; et quelques cavaliers marchent gravement en tête, d'une allure infiniment noble.

Et c'est ainsi toujours. Aux haltes du train, d'heure en heure, un village européen se montre : quelques maisons pareilles à celles de Nanterre ou de La Garenne, quelques arbres brûlés alentour, dont l'un porte des drapeaux tricolores, souvenir du 14 juillet, et un gendarme grave devant la porte de sortie, semblable aux gendarmes de Rueil et de Bougival.

Les rebelles

Puis on arrive à Oran, vraie ville d'Europe, commerçante, plus espagnole que française.

Comme je vais aller vers le Sud, à Saïda, et Géryville même (si c'est possible), enfin dans tous les pays révoltés, il n'est peut-être pas inutile de dire quelques mots de cette insurrection dont on fait à Paris beaucoup trop de bruit.

Les faits sont simples. Une grande agitation religieuse remuait depuis longtemps toutes ces contrées. Le soulèvement devait avoir lieu cette année. Un fait, la famine, l'a, en même temps, précipité et circonscrit.

Rien ne peut donner une idée de l'intolérable situation que nous faisons aux Arabes. Le principe de la colonisation française consiste à les faire crever de faim. Quand ils se révoltent, nous pardonnons trop vite peut-être. Mais que faire ? Nous sommes 300 000 Européens contre 3 000 000 d'indigènes, nous n'avons pas dans l'intérieur un colon pour cent Arabes !

Quand ils sont sages, nous les affamons.

La famine est donc venue cette année, une famine affreuse, complète. C'était la mort pour des milliers d'hommes. Il n'a pour ainsi dire pas plu ici depuis plus d'un an.

Alors, un exalté et un ambitieux, ce Bou-Amama[1] (Amama semble être, enfin, l'orthographe indiscutable de ce surnom arabe) est venu, courant les douars, chauffant les esprits, ne mangeant qu'en cachette, se disant l'envoyé de Dieu. Et il a levé des cavaliers.

On sait l'histoire des massacres de Saïda[2], l'évacuation des champs d'alfa, les razzias des fermes et la déroute du colonel Innocenti[3], dont les approvisionnements sont restés aux mains des révoltés.

C'est que les rebelles ne se battent aujourd'hui que pour les vivres, ou plutôt pour vivre.

Les tribus du Tell[4], au contraire, qui se seraient infailliblement jointes à l'insurrection par fanatisme religieux,

---

1. Le marabout Bou-Amama, chef religieux et politique, avait fondé en 1876 une zaouïa. Son influence supplanta celle de Si Hamza, chef de la tribu des Cheragas qui, après être passée au Maroc, était rentrée en Algérie. L'insurrection animée par Bou-Amama sera défaite en 1882. – Les Cheragas font partie de la grande tribu des Oulad-Sidi-Cheikh, répartie entre les Cheragas à l'est, côté français, et les Ghârabas à l'ouest, côté marocain. 2. Une colonie de producteurs d'alfa espagnols a été massacrée par les hommes de Bou-Amama à Kralfallah, dans la région de Saïda, à une centaine de kilomètres au sud-est d'Oran. La panique s'est emparée des journaliers espagnols, dont on dit que dix mille sont repartis pour l'Espagne. 3. Le 19 mai 1881, les troupes du colonel Innocenti, trop dispersées entre plusieurs postes, ont cédé devant l'attaque des insurgés. Bilan : 34 morts, 26 disparus et de lourdes pertes matérielles. 4. Le Tell est un pays de culture qui monte des bords de la Méditerranée, dont sont proches les villes de la région du Nord, jusqu'à la limite des steppes désertiques.

n'ont pas bougé, pourquoi ? Parce qu'elles ne peuvent pas emporter d'approvisionnements. Chez elles, elles parviennent à ne pas mourir de faim, grâce au voisinage des villes. Mais pour gagner le désert, il faut de longs convois permettant de subsister longtemps.

Donc, l'insurrection est circonscrite à quelques tribus ; il est juste d'ajouter que les mesures vexatoires employées par le gouvernement général contre certaines autres tribus augmentent tous les jours le nombre de révoltés.

Ainsi l'affaire dont on s'occupe le plus en ce moment est la défection des Rezaïnas[1].

On les a chassés de chez eux sous prétexte de sécurité ; on les a poussés à bout et affamés. Ils sont partis vers le désert avec leurs trois mille chameaux. Puis de là ils ont écrit pour demander l'aman, arguant qu'ils ne s'étaient pas révoltés, qu'ils n'avaient commis aucune action contraire à nos lois, qu'ils demeuraient nos sujets dévoués, mais demandant à rentrer chez eux, refusant de mourir de faim, réclamant simplement ce qui est un droit pour tous, la vie. Et, même ici, on leur donne raison.

Je sais des militaires, des hommes énergiques mais sages, qui m'ont dit : « Ils ont raison, ces gens, mille fois raison. » Et, si le gouvernement ne cède pas, voici quelques centaines de cavaliers de plus pour suivre Bou-Amama et piller nos convois de vivres.

Des hommes compétents affirment qu'en occupant les points d'eau, très rares dans le désert, on arrêterait immédiatement l'insurrection. L'affaire très brillante de Kreïder[2] semble le prouver. L'ennemi n'a attaqué notre

---

1. La tribu des Rezaïnas était une des plus importantes et les plus féodales du Sud-Oranais. 2. Le Kreïder est situé dans la cuvette du Chott-Ech-Chergui, paysage désertique au sud de Saïda, à la limite

colonne que pour avoir de l'eau. Il s'est battu avec acharnement et sans succès, uniquement pour gagner la source que défendaient nos troupes.

En somme, tout se borne à une guerre de maraudeurs et de pillards AFFAMÉS. Ils sont peu nombreux, mais hardis et désespérés comme des hommes poussés à bout. Mais comme le fanatisme s'en mêle, comme les marabouts travaillent sans repos la population, comme le Gouvernement français semble accumuler les âneries, il se peut que cette simple révolte, insurrection religieuse avortée, devienne enfin une guerre générale que nous devrons surtout à notre impéritie et à notre imprévoyance.

(*Le Gaulois*, 26 juillet 1881.)

---

des Hauts Plateaux. En juillet 1881, Bou-Amama y a multiplié les attaques contre les tirailleurs du commandant Jacquet, avant de se retirer.

Sur les Hauts Plateaux

Le même jour, 26 juillet, paraît une deuxième « Lettre d'Afrique », également signée « Un colon ». Maupassant l'a peut-être envoyée en même temps que la chronique intitulée « Autour d'Oran ». On y trouve les faits déjà signalés : la bataille pour les points d'eau, le différend avec la tribu des Rezaïnas, la fuite des ouvriers espagnols, l'attentisme des militaires. De plus, Maupassant stigmatise les atrocités des supplétifs de l'armée française, l'impuissance des détachements français devant les mouvements incessants de Bou-Amama, l'incapacité du gouverneur général Albert Grévy – sans pour autant mettre en question la légitimité de la colonisation, qu'il voudrait au contraire moins hésitante dans ses décisions militaires, moins tributaire de l'irrésolution du gouverneur. La troisième « Lettre d'Afrique », que nous ne reprenons pas davantage ici, est publiée le 28 juillet et signée cette fois « Un officier ». L'article explique aux lecteurs du Gaulois, *dans un résumé des récents événements, les déplacements successifs et les ruses de Bou-Amama, les ralliements dont il a bénéficié, les décisions et les opérations des autorités militaires.*

La chronique intitulée « Sur les Hauts Plateaux », publiée dans Le Gaulois *du 31 juillet 1881, est nettement plus longue que les précédentes. Maupassant s'est rendu à Saïda en passant par Arzew, à une quarantaine de kilomètres à l'est d'Oran, d'où il a pris un train en direction du*

Sud. La chronologie exacte de son parcours ne peut être établie. Il est sans doute à Saïda dès le 25 juillet. Il se donne le temps de dépeindre le paysage que suit la ligne de chemin de fer, puis d'évoquer la haute société militaire de la ville.

Le 29 juillet, de Saïda, il écrit à sa mère, Laure de Maupassant, pour la rassurer. Puis il monte dans un train spécial d'exploration, qui l'emmène, avec trois généraux et leur suite, loin dans le Sud – si son récit est exact –, jusqu'aux Hauts Plateaux et à Oued-Falled. De là, il s'aventure à pied à travers les collines, sous le vent de sirocco, avec deux compagnons et trois fusils : « Solitude horrible, brûlante et désolée », où il fait cinquante-six degrés à l'ombre…

Le récit se transforme peu à peu en western. Le train a peiné dans les montées, le mécanicien guettait, redoutant l'attaque. Le danger rôde. Une colonne de soutien n'est pas là où on l'attendait. On ne traînera pas dans le désert : le train ne dispose que de deux heures d'attente à Oued-Falled. On repart vers Mousbah en laissant derrière soi un commandant et son ordonnance. Heureusement, la colonne se portera à leurs côtés une heure plus tard.

Le décor africain, défilant sous les yeux de Maupassant, est aussi mystérieux que sublime. Il faut, pour le connaître, lire ces chroniques ; car il n'en a pas vraiment tiré parti dans ses nouvelles et ses romans. Le mystère n'est pas seulement géographique. La chronique s'achève par une interrogation sur les dessous de l'insurrection : quelle fut la part de la provocation, ou d'une opération téléguidée contre les Espagnols ? De nouveau, Maupassant termine sur l'immoralité foncière de la politique coloniale en Algérie : « Toute notion de justice disparaît dès qu'on met le pied ici ».

D'Arzew à Saïda, le chemin de fer à voie étroite, construit par la Compagnie franco-algérienne pour l'exploitation de l'alfa, monte sans cesse, court en serpentant sur le flanc des côtes de sable jaune, pivote en des courbes rapides pour éviter les obstacles, puis soudain s'élance dans une plaine à toute vitesse, en zigzaguant toujours un peu comme par suite de l'habitude prise. Il côtoie les difficultés du sol ; et soufflant, râlant, comme exténué parfois, il marche vers le désert, vers les solitudes mornes des hauts plateaux, vers l'inconnu, à la façon de ces deux voyageurs hardis du Moyen Âge qui découvraient des continents.

À Saïda

Toute la contrée qu'il traverse est aride et désolée. C'est le pays du feu, le royaume brûlé du soleil. Il règne là, en maître absolu, l'astre ardent qu'on pourrait appeler le roi d'Afrique. Le train s'arrête à Saïda. C'est une petite ville qui ressemble à un village de France. Ce point, en ce moment, ne semble habité que par des généraux. On en rencontre partout : général Saussier[1], général Delebecque, général Colonieu, général Germain (un invalide toujours au lit, qu'on a justement envoyé dans le pays où il

1. Le général Saussier (1828-1905) a été chargé de coordonner les opérations en Afrique du Nord. Il réduit l'insurrection de Bou-Amama dans l'été de 1881, puis, à l'automne, l'insurrection tunisienne. Après l'entrée des troupes françaises à Tunis, le 10 octobre, il marchera sur Kairouan, qui sera occupée le 28 octobre. – En 1894, au moment du déclenchement de l'affaire Dreyfus, il sera gouverneur militaire de Paris.

faudrait être toujours à cheval) ; plus deux ou trois généraux du commun, qui se promènent sous l'ironie des habitants et des réfugiés. Parmi ces réfugiés, il en est qui sont restés huit jours enfermés avec quelques hommes dans des fermes assiégées par les Arabes, et ces fermes, détruites aujourd'hui par les révoltés, existeraient encore si l'autorité militaire avait envoyé seulement vingt soldats au secours de leurs énergiques défenseurs.

On revoit ici chaque jour la prodigieuse confusion et l'indicible incapacité dont nous avons été témoins pendant toute la campagne de Prusse. Seulement, le chef ennemi, au lieu de s'appeler le feld-maréchal de Moltke, s'appelle Bou-Amama, un simple bandit, un pillard à la tête d'une bande, rien de plus.

Saïda fut autrefois une résidence d'Abd el-Kader[1]. La ville du célèbre émir se trouve un peu au sud de la colonie européenne.

Il n'en reste presque rien. On voit un roc à pic d'un rouge superbe, d'un rouge de brique panée au four, et sur ce roc, un reste de muraille. Il est séparé de la montagne par un adorable ravin, tout rempli, tapissé, fleuri de lauriers-roses. Ces merveilleux arbustes poussent jusque dans le lit du fleuve, l'Oued Saïda, large de deux mètres, mais le seul fleuve du pays dont l'eau ne soit pas tarie tout de suite par le soleil et par le sable, ces deux insatiables buveurs.

---

1. L'émir Abd el-Kader (1808-1883) a dirigé la guérilla contre les troupes françaises après la conquête de l'Algérie. Il a conclu un traité avec la France en 1837, mais les combats ont continué, jusqu'à ce qu'il se rende le 23 décembre 1847. Interné en France, à Pau puis à Amboise, il a été libéré en 1852 par Napoléon III, et il s'est alors installé en Turquie, puis à Damas, où il est mort.

On y voit même des cascades, et des sources claires au pied des figuiers, sous le squelette morne de la vieille forteresse arabe.

Toute excursion isolée dans les environs est impossible depuis la défection des Rezaïnas. Des troupes de dix, quinze, vingt cavaliers pillards parcourent la contrée en tous sens ; et quiconque tombe en leurs mains est un homme mort.

J'attendis donc une occasion pour m'avancer jusqu'aux chotts. Cette occasion pouvait se présenter sous deux formes : un train d'exploration allant jusqu'à l'Oued-Falled pour inspecter la voie abandonnée, ou un détachement de troupes gagnant un des points occupés.

Le train du désert

C'est un train qui m'emporta ; et, dans ce train, je me trouvai justement en face du commandant Jacquet, le seul officier qui ait remporté un vrai succès sur les révoltés.

Après avoir passé Aïn-el-Hadjar, gardé aujourd'hui par les troupes, et où se trouvent les magnifiques usines abandonnées à la Compagnie franco-algérienne, le train gagne les hauts plateaux. La machine geint dans les montées trop rudes ; elle s'arrête parfois, impuissante, et tout le monde descend pour pousser, comme on pousse une simple voiture.

Le mécanicien, le corps penché en dehors, regarde sans cesse la voie que les Arabes auraient pu détruire, et nous autres, nous inspectons l'horizon, très attentifs, en éveil dès qu'un filet de poussière semble indiquer au loin un cavalier encore invisible. Nous portons des fusils et des revolvers, car à tout moment on peut être attaqué.

Parfois, un chacal s'enfuit devant la machine ; un énorme vautour s'envole, abandonnant la carcasse d'un chameau presque entièrement dépecé ; des poules de Carthage, très semblables à des perdrix, gagnent des touffes de palmiers nains.

À la petite station de Tafaroua, deux compagnies de ligne sont campées. Ici, on a tué beaucoup d'Espagnols.

À Kralfallah[1], c'est une compagnie de zouaves qui se fortifient à la hâte, édifiant leurs retranchements avec des rails, des poutres, des poteaux télégraphiques, des balles d'alfa, tout ce qu'on trouve. Nous déjeunons là, et les trois officiers, tous trois jeunes et gais, le capitaine, le lieutenant et le sous-lieutenant nous offrent le café.

*

Le train repart. Il court interminablement dans une plaine illimitée que les touffes d'alfa font ressembler à une mer calme. Le sirocco souffle, nous jetant à la face l'air enflammé du désert : et, parfois, à l'horizon, une île apparaît, entourée d'eau : c'est le mirage. Sur un talus, voici des pierres brûlées et des ossements d'homme : les restes d'un Espagnol. Puis, d'autres chameaux morts, toujours dépecés par des vautours. On a traversé une forêt. Quelle forêt ! Un océan de sable où des touffes rares de genévriers ressemblent à des plants de salade dans un potager gigantesque ! Désormais aucune verdure, sauf l'alfa, sorte de jonc d'un vert bleu qui couvre le sol.

1. Kralfallah est le lieu où commence la culture de l'alfa.

Parfois, on croit voir un cavalier dans le lointain. Mais il disparaît : on s'était peut-être trompé.

À Mousbah, le commandant Jacquet s'attendait à trouver la colonne qu'il commande et qui doit camper là venant du camp de Sfid. Deux Arabes se tenaient sur la voie en agitant une lettre. Les ordres envoyés de Saïda n'étaient pas parvenus au camp ; on envoyait simplement un cheval au commandant. Il le renvoie avec les Arabes et donne l'ordre de faire venir immédiatement sa colonne qu'il retrouvera le soir en retournant avec nous. Il voulait rester seul dans cette solitude ; c'était jouer sa vie, car les bandits sont cachés partout pour épier ; nous le décidons à nous accompagner.

C'est un officier de quarante et un ans, de taille moyenne, maigre et brun comme un Arabe. Il parle avec facilité, en homme instruit, réfléchi et très fin. Parfois, il étend le bras vers l'horizon monotone : « Voyez ce pays, dit-il ; comment voulez-vous qu'on saisisse ces voleurs rapides comme le vent. Là, derrière ce monticule, une bande ennemie, peut-être, nous regarde passer. Comment le savoir ? C'est le désert. Personne ne peut nous guider vers eux, nous révéler leur présence. Les vols, seulement, nous font connaître leur passage. Ils n'attaquent jamais, ils pillent quand nous sommes loin, voilà tout. »

L'Afrique dangereuse

Nous arrivons à Oued-Falled, au milieu d'une étendue toujours morne et déserte. Alors je m'éloigne à pied avec deux compagnons, vers le Sud encore. Nous gravissons une colline basse sous une écrasante chaleur. Le sirocco charrie du feu ; il sèche la sueur sur le visage à mesure qu'elle apparaît, brûle les lèvres et les yeux, dessèche la gorge. Sous toutes les pierres on trouve des scorpions. Un reptile s'enfuit ; c'est peut-être la fameuse vipère minute dont la blessure est toujours mortelle, dit-on. Deux lièvres partent. Nous les manquons, car nos fusils sont chargés à balle, à cause des Arabes. Là-bas, devant nous, sont les Chotts[1], mais il faut revenir ; le train ne stationne que deux heures à Oued-Falled, et puis nous pouvons, d'un moment à l'autre, nous trouver en face d'un goum dissident. Nos armes sont devenues tellement brûlantes qu'on n'en peut plus toucher les canons.

C'est ce Chott, vers lequel nous marchons, qui fut traversé dernièrement par les Rezaïnas qui nous abandonnaient, grâce à la politique habile de M. Albert Grévy. La chaleur fut telle, durant la traversée de ce marais desséché, que la tribu fugitive perdit tous ses bourricots de soif, et même seize enfants, morts entre les bras de leur mère.

Nous revenons à Oued-Falled. Un remarquable fait de guerre rend aujourd'hui ce lieu célèbre dans la contrée.

Une colonne dernièrement y était établie, gardée par un détachement du 15e de ligne. Or, une nuit, deux goumiers arrivent, après dix heures de cheval, apportant un ordre pressant du général. Selon l'usage, ils agitent une torche pour se faire reconnaître. La sentinelle, qu'on avait oublié de prévenir, tire sur les courriers. Les pauvres diables avancent quand même, le poste saisit ses armes ; les hommes prennent position, et une fusillade terrible

1. Les Chotts sont des étendues salines, d'ouest en est, souvent sur un fond boueux, à environ quatre-vingts kilomètres au sud de Saïda.

commence. Après avoir essuyé 150 coups de fusil, les deux Arabes, enfin, se retirent ; l'un d'eux avait une balle dans l'épaule. Le lendemain, ils rentraient au quartier général, rapportant leurs dépêches.

*

Nous repartons avec le train, à travers l'horrible et morne paysage.

La machine siffle. C'est de nouveau Mousbah[1]. Le commandant Jacquet nous dit adieu, mais la baraque de planches, qui servait jadis de gare, est déserte. Sa colonne n'est pas arrivée, bien que le camp ne soit distant que de sept kilomètres. Malgré nos instances, il déclare qu'il restera pour attendre son monde. Son ordonnance est épouvanté. Alors un jeune sous-lieutenant, qui nous accompagnait EN AMATEUR dans cette excursion, s'offre à demeurer auprès du commandant. Nous leur laissons de l'eau, deux fusils et des cartouches, et le train repart juste au moment où on découvrait à l'horizon, dans la direction du camp, quelques cavaliers à peine visibles : c'est l'avant-garde de la colonne, sans doute, et nous nous éloignons.

Le soir, après notre retour à Saïda, l'autorité militaire, effrayée de l'imprudence du commandant, expédia immédiatement un goum à Mousbach. Je viens d'apprendre que la colonne attendue arrivait environ une heure après notre départ.

*

1. Aujourd'hui, Modzbah, à une cinquantaine de kilomètres au sud de Saïda.

J'ai donc traversé les hauts plateaux depuis Saïda jusqu'aux Chotts. C'est sinistre et lamentable. Les Espagnols qui n'ont pas été tués sont partis, de sorte que le train court un jour entier dans ces solitudes sans rencontrer un être. Quant à Bou-Amama, où est-il aujourd'hui ? Personne ne le sait, pas plus les militaires que nous. Il attend sans doute, embusqué quelque part, car il n'a pas encore pu charger les quatre cents chameaux qui le suivent. Cet homme, je le répète, n'est qu'un chef de bandits. Il ne se bat pas pour l'indépendance de son pays, mais pour voler seulement. On dirait vraiment que toute cette ridicule et sanglante insurrection a été jusqu'à un certain point favorisée ; car on entend des gens dire sérieusement que *ce massacre des Espagnols n'est pas un mal.* Tout cela est louche, ténébreux. Qu'y a-t-il dessous ? Quant aux dépêches communiquées par les agences aux journaux parisiens, elles sont presque toutes d'une fausseté impudente et révoltante. Pourquoi trompe-t-on ainsi ?

Enfin le général Saussier vient d'arriver. C'est, paraît-il, un homme habile, énergique et intègre. Ce n'est pas trop tôt. Voir clair dans ces affaires algériennes où chacun travaille pour soi ; saisir la vérité dans ce pays où tout le monde trafique, pille, ment et tue à l'occasion ; où l'Arabe, sans cesse pressuré, volé et assommé, ne vaut pas mieux que l'Européen qui pressure, vole et assomme, semble un problème trop compliqué pour l'intelligence humaine.

Toute notion de justice disparaît dès qu'on met le pied ici ; toutes les règles ordinaires sont renversées ; toute droiture est inconnue ; toute raison est bafouée, toute question devient insoluble par la faute des intéressés.

« Buvons de l'absinthe, rossons l'Arabe et trompons tout le monde », semble être la devise des Algériens. Seulement, quand l'Arabe enfin se fâche, c'est lui qui rosse à son tour, voilà le mal.

(*Le Gaulois*, 31 juillet 1881.)

Les Oulad-Naïl

Avant cette chronique, publiée dans Le Gaulois *du 11 août 1881, une quatrième « Lettre d'Afrique », écrite par Maupassant et signée « Un colon », a paru le 2 août. On y lit le même procès que celui déjà fait plusieurs fois aux fonctionnaires et aux généraux ineptes, dont l'unique souci serait de trouver dans le désert leur « absinthe à la place ». La « Lettre » du colon raconte une visite d'état-major auprès des frontières du Maroc, et laisse entendre que les rodomontades du général Saussier, se faisant fort d'aller prendre Figuig, en territoire marocain, sont un ballon d'essai témoignant de visées françaises sur le royaume. Celles-ci n'auront pas de suite immédiate. Mais Maupassant leur fera un sort dans* Bel-Ami, *en 1885, en transposant au Maroc les opérations financières, politiques et militaires qui permettent, en cette même année 1881, la conquête de la Tunisie.*

Maupassant, quittant l'axe Oran-Saïda, est rentré à Alger à la fin de juillet 1881. Dans une lettre du 2 août, il a annoncé qu'il allait repartir dans une autre direction, mais toujours vers le Sud : « Je vais à Laghouat. » Cette localité se trouve à plus de deux cent cinquante kilomètres au sud d'Alger. En fait, Maupassant n'a pas dépassé Boukhari, à cent vingt kilomètres au sud de la capitale. Il a sans doute voyagé par la route : il décrit son itinéraire par la gorge de la Chiffa, son arrêt à l'auberge du Ruisseau-des-Singes, *son passage à Médéa. Comme à son habitude, il place le lecteur à ses côtés et lui fait découvrir chemin faisant les variations du paysage algérien, gorges sauvages, oasis peuplées de singes, cascades et forêts, petite ville blanche qui ressemble à une sous-préfecture française, terres pelées au-dessus desquelles planent les vautours, vallée du Chélif calcinée par le soleil.*

On arrive au « ksar de Boukhari » et le point de vue change. Se détournant du décor naturel, l'objectif se braque sur les femmes : les Oulad-Naïl, filles des tribus qui vivent de l'élevage du mouton dans la région des Hauts Plateaux, tisserandes, danseuses professionnelles et éventuellement prostituées, que viennent regarder, le soir venu, des « paquets d'Arabes ».

Maupassant joue lui aussi les voyeurs. Il détaille longuement les formes et les décorations de ces « beautés arabes », les bijoux qui sont toute leur fortune : scènes d'exotisme et d'érotisme propres à faire rêver d'un voyage impossible les lecteurs du Gaulois. *Au-delà de cette complaisance échauffée, il observe les danseuses avec une précision de chorégraphe, attentif au discours presque abstrait des figures. Les Oulad-Naïl travaillent peut-être « de leurs charmes », mais avec un raffinement artiste qui tient à distance le désir des hommes.*

Je viens de voir des choses étranges, des mœurs d'Afrique dans leur simplicité brutale. Le sujet est difficile ; je le raconterai cependant. Je prie ceux qui me liront de ne point oublier que les règles de la morale changent souvent avec les latitudes, et que c'est le devoir d'un voyageur de ne reculer devant aucun spectacle.

*

Il est en Algérie, une tribu, celle des Oulad-Naïl, qui diffère absolument des autres. L'Arabe, ordinairement, ne montre jamais ses femmes, n'en parle jamais, et si, les rencontrant, vous semblez les effleurer seulement du regard, devant l'époux, si vous commettez l'imprudence de demander à un cheikh des nouvelles de ses compagnes, vous l'outragez mortellement. Les Oulad-Naïl, au contraire, fournissent des courtisanes à tout le nord de l'Afrique. Dès que leurs filles sont nubiles, et même sans attendre cette époque, ils les expédient par troupeaux dans tous les grands centres arabes. Aussitôt arrivées, elles s'installent et commencent leurs opérations. Elles ont un costume particulier, une danse particulière, un type particulier. Elles sont les *Oulad-Naïl* ; partout on les connaît et on les reconnaît. On ne les méprise pas ; elles amassent leur dot ; c'est la coutume des Oulad-Naïl ; c'est honorable chez elles.

Je viens de voir ces beautés arabes dans un des centres où elles opèrent, à Boukhari[1]. Tout dans ce voyage m'a semblé superbe et nouveau, je le dirai d'un bout à l'autre.

Sur la route de Boukhari

Quand on regarde l'Atlas de l'immense plaine de Mitidja[2], on aperçoit une coupure gigantesque qui fend

1. Maupassant emploie tantôt la forme *Boukhrari*, tantôt la forme *Boghari*. Nous choisissons la forme moderne *Boukhari* (Ksar el-Boukhari). 2. La plaine de la Mitidja se situe au sud d'Alger, d'ouest en est, entre Alger et Blida, sur une centaine de kilomètres de long. L'Atlas se trouve à plusieurs centaines de kilomètres au sud.

la montagne dans la direction du sud. C'est comme si un coup de hache l'eût ouverte. Cette trouée s'appelle la gorge de la Chiffa. C'est par là que passe la route de Médéa, de Boukhari et de Laghouat.

On entre dans la coupure du mont ; on suit la mince rivière, la Chiffa ; on s'enfonce dans la gorge étroite, sauvage et boisée.

Partout des sources. Les arbres gravissent les pentes à pic, s'accrochent partout, semblent monter à l'escalade.

Le passage se rétrécit encore. Les rochers droits vous menacent ; le ciel apparaît comme une bande bleue entre les sommets ; puis, soudain, dans un brusque détour, une petite auberge se montre à la naissance d'un ravin couvert d'arbres. C'est l'auberge du *Ruisseau-des-Singes*.

Devant la porte, l'eau chante dans les réservoirs ; elle s'élance, retombe, emplit ce coin de fraîcheur, fait songer aux calmes vallons suisses. On se repose, on s'assoupit à l'ombre ; mais soudain, sur votre tête, une branche remue ; on se lève – alors dans toute l'épaisseur du feuillage c'est une fuite précipitée de singes, des bondissements, des dégringolades, des sauts et des cris.

Il y en a d'énormes et de tout petits, des centaines, des milliers peut-être. Le bois en est rempli, peuplé, fourmillant. Quelques-uns, captivés par les maîtres de l'auberge, sont caressants et tranquilles. Un tout jeune, pris l'autre semaine, reste un peu sauvage encore.

Sitôt que l'on demeure immobile, ils approchent, vous guettent, vous observent. On dirait que le voyageur est

---

Maupassant semble se tromper de désignation. La gorge de la Chiffa ne fend pas la chaîne de l'Atlas, mais les monts de Blida (qui culminent à 1 600 mètres). De fait, la route qui conduit vers le sud, par Médéa et Boukhari, jusqu'à Djelfa et Laghouat, emprunte en son début cette voie nouvelle.

la grande distraction des habitants de ce vallon. Dans certains jours, pourtant, on n'en aperçoit pas un seul.

Après l'auberge du *Ruisseau-des-Singes*, la vallée s'étrangle encore ; et soudain à gauche, deux grandes cascades s'élancent presque du sommet du mont : deux cascades claires, deux rubans d'argent. Si vous saviez comme c'est doux à voir, des cascades, sur cette terre d'Afrique ! On monte, longtemps, longtemps. La gorge est moins profonde, moins boisée. On monte encore, la montagne se dénude peu à peu ; ce sont des champs à présent ; et quand on parvient au faîte, on rencontre des chênes, des saules, des ormeaux, les arbres de nos pays ; puis on traverse Médéa, blanche petite ville, toute pareille à une sous-préfecture d'Europe.

C'est après Médéa que recommencent ces furieux ravages du soleil. On franchit une forêt pourtant, mais une forêt maigre, pelée, montrant partout la peau brûlante de la terre bientôt vaincue. C'est le vrai pays du vautour au cou rongé. Comme je regardais sous moi une vallée nue où pas un arbuste n'eût poussé, une grande ombre, une tache noire et mobile la parcourait lentement. Elle était, cette ombre, la vraie, la seule habitante de ce lieu sans vie, et je n'eus pas besoin de lever les yeux pour le reconnaître, le grand dépeceur de charognes, le vautour maigre qui planait sur son domaine, au-dessus de cet autre maître du vaste pays qu'il tue, le soleil, ce dur soleil.

Quand on descend vers Boukhari, on découvre, à perte de vue, l'interminable vallée du Chélif[1]. C'est dans toute sa hideur, la misère, la jaune misère de la terre. Elle semble loqueteuse comme un vieux pauvre Arabe, cette

1. Le voyageur retrouve en effet ici le Chélif-amont, qui coule du sud vers le nord. Voir, p. 248 *sqq.*, « Autour d'Oran » (26 juillet 1881).

vallée que parcourt l'ornière sale du fleuve sans eau, bu jusqu'à sa lie par le feu du ciel. Cette fois, il a tout vaincu, tout dévoré, tout pulvérisé, tout calciné, ce feu qui remplace tout, remplit l'horizon.

Quelque chose vous passe sur le front : ailleurs ce serait du vent, ici c'est du feu. Quelque chose flotte là-bas sur les côtes terreuses, ailleurs, ce serait une brume ; ici c'est du feu, ou plutôt de la chaleur visible. Si le sol n'était point déjà calciné jusqu'aux os, cette étrange buée rappellerait la petite fumée qui s'élève des chairs vives brûlées au fer rouge. Et tout cela a une couleur étrange, aveuglante et pourtant veloutée, la couleur du sable chaud auquel semble se mêler une nuance un peu violacée, tombée du ciel en fusion.

Point d'insectes dans cette poussière de terre. Quelques grosses fourmis seulement. Les mille petites bêtes qu'on voit chez nous sont mortes dans cette fournaise. En certains jours torrides, les mouches elles-mêmes meurent comme au retour des froids, dans le nord. C'est à peine si on peut élever des poules. Et voilà que depuis trois ans, les dernières sources tarissent. Et le tout-puissant soleil semble rire de son immense victoire.

Au café arabe

Cependant, voici quelques arbres, quelques pauvres arbres. C'est Boghar[1], à droite, au sommet d'un mont poudreux.

---

1. Boghar, à 80 kilomètres au sud de Médéa, a d'abord été une ferme. Abd el-Kader l'a fait fortifier, puis les troupes françaises ont détruit le fort ; mais le lieu, surélevé, est devenu un point stratégique pour les forces de la colonisation. Il sera question de Boghar dans la

À gauche, dans un repli rocheux, couronnant un monticule et à peine distinct du sol, tant il en a pris la coloration monotone, un grand village se dresse sur le ciel, c'est le ksar de Boukhari.

Au pied du cône de poussière qui porte ce vaste village arabe, quelques maisons sont cachées dans le mouvement de la colline ; elles forment la commune mixte.

Boukhari est habité par un grand nombre d'Oulad-Naïl[1].

Quand on monte pendant le jour au village arabe, on est saisi de stupéfaction à la première rencontre de ces femmes.

Les rues populeuses sont pleines d'Arabes couchés en travers des portes, en travers de la route, accroupis, causant à voix basse ou dormant. Partout leurs vêtements flottants et blancs semblent augmenter la blancheur unie des maisons. Point de taches, tout est blanc ; et soudain une femme apparaît, debout sur une porte, avec une large coiffure qui semble d'origine assyrienne, et surmontée d'un diadème d'or.

Elle porte une longue robe rouge éclatante ; ses bras et ses chevilles sont cerclés de bracelets

---

nouvelle intitulée « Mohammed-Fripouille » (*Le Gaulois*, 20 septembre 1884) : « Vous connaissez Boghar, qu'on appelle le balcon du Sud, vous avez vu du sommet du fort le commencement de ce pays de feu, rongé, nu, tourmenté, pierreux et rouge. C'est bien là l'antichambre du désert, la frontière brûlante et superbe de l'immense région des solitudes jaunes. » – Nous adoptons la forme moderne *Boghar*, alors que Maupassant emploie tantôt *Bogar*, tantôt *Boghar*.

1. Les Oulad-Naïl viennent du sud. Le djebel Ouled-Naïl, d'où elles tiennent leur nom, se trouve au sud de Djelfa, dans l'Atlas saharien. La chaîne court du sud-ouest au nord-est et s'élève jusqu'à 1 500 mètres.

admirables ; et sa figure aux lignes droites est tatouée d'étoiles bleues.

Puis en voici d'autres, beaucoup d'autres, avec la même coiffure monumentale : une montagne carrée qui laisse pendre de chaque côté une grosse tresse tombant jusqu'au bas de l'oreille, puis relevée en arrière pour se perdre de nouveau dans la masse opaque des cheveux. Et toujours des diadèmes dont quelques-uns sont princiers. La poitrine est noyée sous les colliers, les médailles, les fins bijoux ; et deux fortes chaînettes d'argent font tomber jusqu'au bas-ventre une grosse serrure de même métal, curieusement ciselée à jour et dont la clef pend au bout d'une autre chaîne.

Quelques-unes de ces filles n'ont encore que de minces bracelets. Elles débutent. Les autres, les anciennes, portent sur elles quelquefois pour dix ou quinze mille francs de bijoux. J'en ai vu une dont le collier était formé de huit rangées de pièces de vingt francs. Elles gardent ainsi leur fortune, leurs économies, laborieusement gagnées. Les anneaux de leurs chevilles sont en argent pur et d'un poids surprenant ; en effet, dès qu'elles possèdent en pièces d'argent la valeur de deux ou trois cents francs, elles les donnent à fondre aux bijoutiers mozabites, qui leur rendent alors ces anneaux ciselés, ou ces serrures symboliques, ou ces chaînes, ou ces larges bracelets. Les diadèmes qui les couronnent sont obtenus de la même façon.

Mais c'est le soir qu'il faut les voir, quand elles dansent au café arabe.

Le village est silencieux. Des formes blanches gisent étendues le long des maisons. La nuit brûlante est criblée d'étoiles ; et ces étoiles d'Afrique brillent d'une clarté que je ne leur connaissais pas, une clarté de diamants de feu, palpitante, vivante, aiguë.

Tout à coup, au détour d'une rue, un bruit vous frappe, une musique sauvage et précipitée, un grondement saccadé de tambours de basque que domine la clameur aigre et féroce d'une flûte qu'emplit de son souffle infatigable un grand diable à la peau cirée, le maître de l'établissement.

Devant la porte, un monceau de burnous, un paquet d'Arabes, qui regardent sans entrer et qui forment une grande lueur mouvante sous la clarté de l'intérieur qui les frappe.

Au-dedans, des files d'êtres immobiles et blancs assis sur des planches, le long des murs blancs, sous un toit très bas. Et par terre, accroupies, avec leurs oripeaux flamboyants, leurs éclatants bijoux, leurs faces tatouées, leurs hautes coiffures à diadèmes qui rappellent les bas-reliefs égyptiens, les Oulad-Naïl attendent.

Nous entrons. Personne ne bouge. Alors, pour nous asseoir, et selon l'usage, on saisit les Arabes, on les bouscule, on les rejette de leurs bancs ; et ils s'en vont, impassibles. D'autres se tassent pour leur faire place.

Sur une estrade, au fond, les quatre tambourineurs avec des poses extatiques battent frénétiquement la peau tendue des instruments ; et le maître, le grand nègre, se promène d'un pas majestueux, en soufflant furieusement dans sa flûte enragée, sans un repos, sans une défaillance d'une seconde.

La danse

Alors deux Oulad-Naïl se lèvent, vont se placer aux extrémités de l'espace laissé libre entre les bancs et elles se mettent à danser. Leur danse est une marche douce que rythme un coup de talon faisant sonner les anneaux des pieds. À chacun de ces coups, le corps entier fléchit dans une sorte de boiterie méthodique et leurs mains, élevées et tendues à la hauteur de l'œil, se retournent doucement à chaque retour du sautillement, avec une vive trépidation, une secousse rapide des doigts. La face un peu tournée, rigide, impassible, figée, demeure étonnamment immobile, une face de sphinx, tandis que le regard oblique reste tendu sur les ondulations de la main, comme fasciné, hypnotisé, séduit par ce mouvement doux, que coupe sans cesse la brusque convulsion des doigts.

Elles vont ainsi, l'une vers l'autre. Quand elles se rencontrent, leurs mains se touchent ; elles semblent frémir ; leurs tailles se renversent, laissant traîner un grand voile de dentelle qui va de la coiffure aux pieds. Elles se frôlent, cambrées en arrière, comme pâmées dans un joli mouvement de colombes amoureuses ; le grand voile bat comme une aile ; puis, redressées soudain, redevenues impassibles, elles se séparent ; et chacune continue jusqu'à la ligne des spectateurs son glissement lent et boitillant.

Toutes ne sont point jolies ; mais toutes sont singulièrement étranges. Et rien ne peut donner l'idée exacte de ces Arabes accroupis au milieu desquels passent, de leur allure calme et scandée, ces filles couvertes d'or et d'étoiles flamboyantes.

Quand elles ont gagné leur dot (les unes amassent jusqu'à vingt mille francs), elles retournent dans leur pays. On fête à coups de fusil la revenue ; la poudre chante en raison de la fortune faite, et elles se marient plus ou moins noblement, toujours selon la valeur qu'elles ont su tirer de leurs charmes.

(*Le Gaulois*, 11 août 1881.)

Le Ramadan

Avant cette étude d'ethnographie musulmane prend place une cinquième « Lettre d'Afrique », signée cette fois directement par Maupassant, datée de Djelfa, 10 août et publiée dans Le Gaulois *du 20 août 1881. Maupassant signe de son nom parce qu'il entend réagir personnellement aux critiques dont ses articles précédents ont fait l'objet à Paris. Il maintient beaucoup de ses propos sur les « aventuriers » français et étrangers, qui « se sont jetés » sur l'Algérie, et en particulier sur les planteurs d'alfa espagnols : il n'est visiblement pas à l'abri d'un certain degré de xénophobie, voire d'antisémitisme lorsqu'il évoque les « juifs cosmopolites »… Mais il exprime aussi de nouveau « la sympathie que l'Arabe lui a inspirée à première vue » (nuance restrictive cependant) ainsi que son indignation contre les discours d'extermination et les pratiques d'expropriation des « citadins » européens. Les forêts brûlent, mais quoi d'étonnant ? La révolte naît tout naturellement des vols officialisés par l'administration. C'est d'ailleurs ce que pensent les officiers des « bureaux arabes ». Mais on vitupère à Alger et à Paris leur « arabophilie ». Contre les attaques de la presse colonialiste, Maupassant retourne le réquisitoire.*

À la fin de sa « Lettre d'Afrique » datée du 10 août, Maupassant a annoncé son départ pour l'oasis de Laghouat, puis pour le sud de la province d'Alger et de Constantine, par Aïn-Rich et Bou-Saada. Mais si la chronique sur le Ramadan, non datée et publiée dans Le Gaulois *du 25 août, fait circuler le lecteur, en son début, « au milieu des tribus frontières de la province d'Alger, sur la limite du désert », où il « vien[t] de passer vingt jours » (c'est-à-dire entre le 3 ou le 4 août et le 20 ou 22 août), elle le ramène ensuite à Alger, avant de revenir à Boukhari.*

L'essentiel, ici, en effet, n'est pas le récit d'un itinéraire, mais une leçon sur les règles et les rituels de la période religieuse du Ramadan. Ce sujet se justifie au moins pour deux raisons. D'abord parce que les détails de « ce carême mahométan » ne manqueront pas de paraître pittoresques aux Parisiens de l'époque, peu familiers des réalités musulmanes ; et ensuite parce qu'en pays colonial, la période qui suit la clôture du Ramadan passe pour être dangereuse : on redoute qu'après plusieurs semaines de jeûnes et d'absence de sommeil, les violences ne se déchaînent et ne viennent attiser la révolte armée. Ces craintes sont diffuses dans la population des colons et dans l'armée.

Maupassant les relativise en donnant du Ramadan une vision attentive, compréhensive, sereine et artistiquement rendue, et en écartant la probabilité d'un soulèvement.

Un grand calme – apparent dit-on – règne dans l'Algérie. Nous sommes dans le Ramadan. Les journaux, il est vrai, pour ne point rester sans dépêches à sensation, annoncent pompeusement les intentions du problématique Bou-Amama. L'un affirme qu'il a fait alliance avec Si-Sliman ; un autre raconte ses démarches pour entraîner les tribus indécises. En somme, rien ne bouge. Nous sommes dans le Ramadan.

Dans quelques jours, cependant, cette période d'immobilité aura pris fin, et nous verrons ce que nous réserve le fanatisme musulman exaspéré par la prière et le jeûne. Avant d'en arriver aux suppositions et de prévoir les révoltes futures, parlons de ce carême mahométan.

La loi du jeûne

Le Ramadan dure trente jours. Pendant cette période, aucun serviteur de Mahomet ne doit boire, manger ou fumer depuis l'heure matinale où le soleil apparaît jusqu'à l'heure où l'œil ne distingue plus *un fil blanc d'un fil rouge*. Cette dure prescription n'est pas absolument prise à la lettre, et l'on voit briller le feu de plus d'une cigarette dès que l'astre de feu s'est caché derrière l'horizon, et avant que l'œil ait cessé de distinguer la couleur d'un fil rouge ou noir.

En dehors de cette précipitation, aucun Arabe ne transgresse la loi sévère du jeûne, de l'abstinence résolue. Les hommes, les femmes, les enfants à partir de quinze ans environ demeurent le jour entier sans manger ni boire. Ne pas manger n'est rien ; mais s'abstenir de boire est horrible par ces effrayantes chaleurs. Dans ce carême, il n'est point de dispense. Personne, d'ailleurs, n'oserait en demander, et les filles publiques elles-mêmes, les Oulad-Naïl, qui fourmillent dans tous les centres arabes et dans les grandes oasis, jeûnent comme les marabouts, peut-être plus que les marabouts. Et ceux-là des Arabes qu'on croyait civilisés, qui se montrent en temps ordinaire disposés à accepter nos mœurs, à partager nos idées, à seconder notre action, redeviennent tout à coup, dès que le Ramadan commence, sauvagement fanatiques et stupidement fervents.

Il est facile de comprendre quelle furieuse exaltation résulte, pour ces cerveaux bornés et obstinés, de cette dure pratique religieuse. Tout le jour ces malheureux méditent, l'estomac tiraillé, regardant passer les roumis conquérants qui mangent, boivent et fument devant eux. Et ils se répètent que, s'ils tuent un de ces roumis pendant le Ramadan, ils vont droit au ciel ; que l'époque de notre domination expire cette année, et que, dès la période de prières achevée, ils nous précipiteront dans la mer à coups de matraque.

C'est pendant le Ramadan que fonctionnent spécialement les *khouan*, mangeurs de scorpions, avaleurs de serpents, saltimbanques religieux, les seuls, avec quelques marabouts, quelques mécréants et quelques nobles, qui n'aient point une foi violente.

J'ai dit : « avec quelques nobles ». De même que la noblesse, au siècle dernier a été la première incrédule, et que ses enfants marqués de philosophie ou d'orgueil, ont répété, en levant le front : « Nous sommes des gentilshommes : la religion est bonne pour le peuple et non pour nous ! », ainsi font aujourd'hui quelques Arabes de haute famille.

Je viens de passer vingt jours au milieu des tribus frontières de la province d'Alger, sur la limite du désert. Trois cavaliers accompagnaient le jeune officier qui m'avait proposé cette excursion. Or, avant le départ, il avait demandé à ses hommes de ne point faire le Ramadan, estimant qu'il ne pourrait rien tirer de ces gens exténués par le jeûne. Deux ont refusé, le troisième répondit : « Mon lieutenant, je ne fais pas le Ramadan ; je ne suis pas un marabout, moi, je suis un noble. »

Et, en effet, il est de GRANDE TENTE, comme on dit ici pour désigner la vieille noblesse ; c'est le fils d'une des plus anciennes et des plus illustres familles indigènes.

Une coutume singulière persiste, qui date de l'occupation, et qui paraît profondément comique quand on songe aux résultats terribles que le Ramadan peut avoir pour nous. Comme on voulait, au début se concilier les vaincus, et comme flatter leur religion est le meilleur moyen de les prendre, on a décidé que le canon français donnerait le signal de l'abstinence pendant l'époque consacrée. Donc, au matin, dès les premières rougeurs de l'aurore, un coup de canon commande le jeûne ; et, chaque soir, vingt minutes environ après le coucher du soleil, de toutes les villes, de tous les forts, de toutes les places militaires, un autre coup de canon part qui fait allumer des milliers de cigarettes, boire à des milliers de gargoulettes et préparer par toute l'Algérie d'innombrables plats de couscous.

Dans la mosquée

J'ai pu assister, dans une grande mosquée d'Alger, à la cérémonie religieuse qui ouvre le Ramadan.

L'édifice est tout simple, avec ses murs blanchis à la chaux et son sol couvert de tapis épais. Les Arabes entrent vivement, nu-pieds, avec leurs chaussures à la main. Ils vont se placer par grandes files régulières, largement éloignées l'une de l'autre et plus droites que des rangs de soldats à l'exercice. Ils posent leurs souliers devant eux par terre, avec les menus objets qu'ils pouvaient avoir aux mains, et ils restent immobiles comme des statues, le visage tourné vers une petite chapelle qui indique la direction de La Mecque.

Dans cette chapelle, le mufti officie. Sa voix vieille, douce, bêlante et très monotone vagit une espèce de chant triste qu'on n'oublie jamais quand une fois seulement on a pu l'entendre. L'intonation change souvent, et alors tous les assistants, d'un seul mouvement, rythmique, silencieux et précipité, tombent le front par terre, restent prosternés quelques secondes et se relèvent sans qu'aucun bruit soit entendu, sans que rien n'ait voilé une seconde le petit chant tremblotant du mufti. Et sans cesse toute l'assistance ainsi tombe et se redresse avec une promptitude, un silence et une régularité fantastiques. On n'entend point là-dedans le fracas des chaises, les toux et les chuchotements des églises catholiques. On sent qu'une foi sauvage plane, emplit ces gens, les abat et les relève comme des pantins ; c'est une foi muette et tyrannique envahissant les corps, immobilisant les faces, tordant les cœurs. Un indéfinissable sentiment de respect, mêlé de pitié, vous prend devant ces fanatiques maigres, qui n'ont point de ventre pour gêner leurs souples prosternations, et qui font de la religion avec le mécanisme et la rectitude des soldats prussiens faisant la manœuvre.

Les murs sont blancs, les tapis, par terre, sont rouges ; les hommes sont blancs, ou rouges, ou bleus, avec d'autres couleurs encore, suivant la fantaisie de leurs vêtements d'apparat ; mais tous sont largement drapés, d'allure fière, et ils reçoivent sur la tête et les épaules la lumière douce tombant des lustres.

Une famille de marabouts occupe une estrade et chante les répons avec la même intonation de tête donnée par le mufti. Et cela continue indéfiniment.

La kasbah

C'est pendant les soirs du Ramadan qu'il faut visiter la kasbah ou ville arabe. Puisqu'on jeûne et qu'on dort le jour, on mange et on vit la nuit. Alors ces petites rues rapides comme des sentiers de montagne, raboteuses, étroites comme des galeries creusées par des bêtes, tournant sans cesse, se croisant et se mêlant et si profondément mystérieuses que, malgré soi, on y parle à voix basse, sont parcourues par une population des *Mille et Une Nuits*. C'est l'impression exacte qu'on y ressent. On fait un voyage en ce pays que nous a conté la sultane Shéhérazade. Voici les portes basses, épaisses comme des murs de prison, avec d'admirables ferrures ; voici les femmes voilées ; voilà, dans la profondeur des cours entrouvertes, les visages un moment aperçus, et voilà encore tous les bruits vagues dans le fond de ces maisons closes comme des coffrets à secret. Sur les seuils, souvent des hommes étendus mangent et boivent ; parfois leurs groupes vautrés occupent tout l'étroit passage ; il faut enjamber des mollets nus, frôler des mains, chercher la place où poser le pied au milieu d'un paquet de linge blanc étendu et d'où sortent des têtes et des membres.

Les juifs laissent ouvertes les tanières qui leur servent de boutiques ; et les maisons des plaisirs clandestins, pleines de rumeurs, sont si nombreuses qu'on ne marche guère cinq minutes sans en rencontrer deux ou trois.

Dans les cafés arabes, les files d'hommes tassés les uns contre les autres, accroupis sur la banquette collée au mur, ou simplement restés par terre, boivent du café en des tasses microscopiques. Ils sont là immobiles et muets, gardant à la main leur tasse qu'ils portent parfois à leur bouche, par un mouvement très lent, et ils peuvent tenir à vingt, tant ils sont pressés, en un espace où nous serions gênés à dix. [...]

(*Le Gaulois*, 25 août 1881.)

La vie arabe

*Entre deux reportages sur les incendies de forêts, Maupassant prend le temps de regrouper toutes les scènes vues, les informations recueillies, les anecdotes entendues pendant son voyage d'une vingtaine de jours à travers le Sud, en compagnie, selon ses dires, de deux jeunes officiers (*Le Gaulois, *31 août 1881). Cette chronique sur la vie arabe s'apparente, par son intention ethnographique, à la chronique sur le Ramadan ; une fenêtre de repos et d'analyse entre les récits d'expéditions ou les évocations de révoltes.*

Après le rituel religieux du Ramadan, Maupassant décrit les rites de la vie civile tels qu'il en a été lui-même le bénéficiaire ou l'observateur et tels qu'on les lui a exposés : l'accueil des étrangers, le décor des tentes, l'offrande du café, la composition des menus, les recettes des mets, les rituels de la table, le déroulement des heures, et aussi les palabres, les débats judiciaires, les procès truqués, la vénalité des cadis. – La nuit venue, l'agitation est retombée. C'est l'heure de la causerie, de la rêverie, de l'ensommeillement, « sous le ciel criblé d'étoiles ».

Je ne puis, dans ces courts articles, raconter le long voyage que je viens de faire jusqu'au Sahara. J'essayerai simplement de donner, en quelques traits rapides, la physionomie étrange de ce pays, et d'indiquer, par les faits qui m'ont semblé les plus caractéristiques, les mœurs, les coutumes, les habitudes de vie des tribus arabes.

Je suis parti à cheval avec deux jeunes officiers chargés d'une mission à travers une contrée dont il n'existe aucune carte précise, dont les points d'eau et les passages sont presque inconnus, et dont le lieutenant qui commandait notre petite troupe (quatre spahis) faisait à chaque pas la topographie.

Nous avons couché chaque soir sous la tente, au milieu des tribus, vécu de leur vie, et mangé leur nourriture pendant vingt jours consécutifs ; j'ai donc pu me faire une idée exacte de ce qu'est l'Arabe chez lui.

L'accueil du caïd

Chaque jour, l'officier en tournée envoie en avant un cavalier indigène pour prévenir le caïd, chez qui il mangera et dormira le lendemain, afin que celui-ci puisse prélever dans sa tribu l'alfa et la diffa[1] (nourriture des hommes et des bêtes). Cette coutume, qui équivaut aux billets de logement chez l'habitant des villes en France, devient fort onéreuse pour les tribus par la manière dont elle est pratiquée.

Qui dit Arabe dit voleur, sans exception. Voici donc comment les choses se passent. Le caïd s'adresse à un chef de fraction et réclame la diffa de ses hommes.

1. La *diffa* est la nourriture offerte à l'hôte de passage, et l'*alfa* nourrit ses bêtes.

Pour s'exempter de cet impôt et de cette corvée, le chef de fraction paye. Le caïd empoche et s'adresse à un autre, qui souvent aussi s'exonère de la même façon. Enfin, il faut bien que l'un d'eux s'exécute.

Si le caïd a un ennemi, la diffa tombe sur celui-là, qui procède, vis-à-vis des simples Arabes, de la même façon que le caïd vis-à-vis des cheikhs.

Et voilà comment une charge, qui ne devrait pas coûter plus de 20 à 30 francs à chaque tribu, lui coûte 4 à 500 francs invariablement.

Et il est impossible encore de changer cela, pour une infinité de raisons trop longues à développer ici.

Dès qu'on approche un campement, on aperçoit au loin un groupe de cavaliers qui vient vers vous. Un d'eux marche seul, en avant. Ils sont au pas, ou au trot. Puis tout à coup, ils s'élancent au galop, un galop furieux, fantastique, que nos bêtes du Nord ne supporteraient pas deux minutes. C'est le galop des chevaux de course, qui ressemble au passage d'un train express. Mais l'Arabe reste presque droit sur sa selle, avec ses vêtements blancs flottants, et, d'une seule secousse, il arrête l'animal, qui fléchit sur ses jambes. Puis il saute à terre d'un bond, et s'avance, respectueux, vers l'officier, dont il baise la main.

Quel que soit le titre de l'Arabe, son origine, sa puissance et sa fortune, il baise la main de tout officier qu'il rencontre.

Puis le caïd se remet en selle et dirige les voyageurs vers la tente qu'il leur a fait préparer. On s'imagine généralement que les tentes arabes sont blanches, éclatantes au soleil. Elles sont au contraire d'un brun sale, rayé de jaune. Leur tissu très épais, en poil de chameau et de chèvre, semble grossier. La tente est fort basse (on s'y tient tout juste debout) et très étendue. Des piquets la supportent d'une façon assez irrégulière ; et tous les bords sont relevés, ce qui permet à l'air de circuler librement dessous.

Malgré cette précaution, la chaleur est écrasante, pendant le jour, dans ces demeures de toile ; mais les nuits y sont délicieuses, et on dort merveilleusement sur les épais et magnifiques tapis du djebel Amour[1], bien qu'ils soient peuplés d'insectes. Les tapis constituent le seul luxe des Arabes riches. On les entasse les uns sur les autres, on en forme des amoncellements, et on les respecte infiniment, car chaque homme retire sa chaussure pour marcher dessus, comme à la porte des mosquées.

Réception sous la tente

Aussitôt que ses hôtes sont assis, ou plutôt étendus à terre, le caïd fait apporter le café. Ce café est exquis. La recette pourtant est simple. On le broie au lieu de le moudre, et on y mélange une quantité respectable de poivre rouge, puis on le fait bouillir dans l'eau.

Rien de drôle comme la vaisselle arabe. Quand un riche caïd vous reçoit, sa tente est ornée de tentures inappréciables, de coussins admirables et de tapis merveilleux ; puis vous voyez arriver un vieux plateau de tôle supportant quatre tasses ébréchées, fêlées, hideuses, qui semblent achetées à quelque bazar des boulevards extérieurs à Paris. Il y en a de toutes les grandeurs et de toutes les formes, porcelaine anglaise, imitation du Japon, creil

1. Région montagneuse située à l'ouest de Laghouat, réputée pour ses couvertures et ses tapis.

commun ; tout ce qu'on a fait de plus laid et de plus grossier en faïence dans toutes les parties du monde.

Le café est apporté dans un vieux pot à tisane ou dans une gamelle de troupier ou dans une inénarrable cafetière en plomb déformée, bossuée, qui semble malade.

Et c'est une chose remarquable que toute industrie reste étrangère à ce peuple. Il sait à peine coudre les peaux de bouc pour emporter l'eau, et il emploie, en toutes circonstances, des procédés tellement primitifs qu'on en demeure stupéfait.

Les Arabes boivent à l'orifice même de la peau de bouc ; mais on présente l'eau aux étrangers dans une collection de récipients invraisemblables. Tout s'y trouve, depuis la casserole de fer jusqu'au bidon défoncé. S'ils s'emparaient, dans quelque razzia, d'un de nos chapeaux parisiens à haute forme, ils le conserveraient assurément pour offrir à boire dedans au premier général qui traverserait la tribu.

Leur cuisine se compose uniquement de quatre ou cinq plats ; l'ordre de ces plats ne varie point.

On présente d'abord le mouton rôti en plein air. Un homme l'apporte tout entier sur son épaule au bout d'une perche qui a servi de broche ; et la silhouette de la bête écorchée, juchée en l'air, fait songer à quelque exécution du Moyen Âge. Elle se profile, le soir, sur le ciel rouge, d'une façon sinistre et burlesque, tenue ainsi par un personnage sévère et drapé de blanc.

Ce mouton est déposé dans une corbeille plate d'alfa tressé, au milieu du cercle des mangeurs assis en rond, à la turque. La fourchette est inconnue : on dépèce avec les doigts ou avec un petit couteau indigène à manche de corne. La peau rissolée, vernie par le feu et croustillante, passe pour ce qu'il y a de plus fin. On l'arrache par longues plaques et on la croque en buvant soit de l'eau toujours bourbeuse, soit du lait de chamelle coupé d'eau par moitié, soit du lait aigre qui a fermenté dans une peau de bouc, dont il prend le goût fortement musqué. Les Arabes appellent « leben » cette boisson médiocre.

Après l'*entrée* apparaît, tantôt dans une jatte, tantôt dans une cuvette, tantôt dans une marmite antique, une espèce de pâtée au vermicelle. Le fond de ce potage est un jus jaunâtre où le piment se bat avec le poivre rouge dans un mélange d'abricots secs et de dattes pilées ensemble.

Je ne recommande pas ce bouillon aux gourmets.

Quand le caïd qui vous reçoit est magnifique, on sert ensuite le *hamis* ; ce mets est remarquable. Je serai peut-être agréable à quelques personnes en en donnant la recette.

On le prépare soit avec du poulet, soit avec du mouton. Après avoir coupé la viande en petits morceaux, on la fait revenir dans le beurre sur la poêle.

On se procure ensuite un très léger bouillon en arrosant cette viande avec de l'eau chaude. (Je crois qu'il vaudrait mieux se servir de bouillon faible préparé d'avance.) On ajoute du poivre rouge en grande quantité, un soupçon de piment, du poivre ordinaire, du sel, des oignons, des dattes et des abricots secs, et on fait cuire jusqu'à ce que les dattes et les abricots se soient écrasés naturellement. C'est exquis.

Le repas se termine invariablement par le couscous, le mets national. Les Arabes préparent le couscous en roulant à la main de la semoule de façon à en former de petits grains pareils à du plomb de chasse. On cuit ces granules d'une façon particulière, et on les arrose avec un bouillon spécial. Je serai muet sur ces recettes, pour qu'on ne m'accuse pas de ne parler que de cuisine.

Quelquefois on apporte encore de petits gâteaux au miel, feuilletés, qui sont fort bons.

Chaque fois qu'on vient de boire, le caïd qui vous reçoit vous dit : *Saa !* (merci !). On doit lui répondre : *Allah icelmek !* ce qui équivaut à notre : « Que Dieu vous bénisse ! » ; ces formules sont répétées dix fois pendant chaque repas. [...]

(*Le Gaulois*, 31 août 1881.)

Les grands chefs indigènes en Algérie

Voici la dernière chronique signée « Un colon ». Elle paraît dans Le Gaulois *le 14 septembre 1881. À cette date, Maupassant a quitté l'Algérie. Il s'est embarqué à Bône le 10 septembre 1881. Il séjourne à Erbalunga, en Corse, chez des amis. Il visite la ville et la côte de Bonifacio. Il restera en Corse jusqu'au 1er octobre. Entre le 1er et le 8 octobre, il se rend auprès de sa mère à Santa Margherita, près de Gênes, puis visite avec elle Florence. Il rentrera à Paris vers le 15 octobre.*

Il signe « Un colon », comme il l'a déjà fait plusieurs fois, parce qu'il laisse de côté le reportage pour aborder la réflexion réformatrice, qu'il entend donner à ses observations un caractère de compétence et d'autorité, et qu'il aborde un des principaux problèmes politiques rencontrés en Algérie par la colonisation française : quelle conduite adopter à l'égard des chefs traditionnels, seuls maîtres de la vie collective sur la plus grande partie du territoire, et du même coup à la fois « danger permanent » en cas de velléités insurrectionnelles, et de toute manière « obstacle » à la pénétration coloniale ?

Les autorités françaises, et en particulier les militaires, ont pris le parti de s'entendre avec « les chefs arabes » et de leur conserver leurs prérogatives – au moins pour l'immense zone du Sud, qui n'obéit qu'aux « grands chefs indigènes » et à leurs « caïds » locaux. Le littoral et la zone intermédiaire du Tell font en effet exception, le premier parce qu'il est largement européanisé, la seconde parce que les colons n'ont de cesse qu'ils y exproprient les Arabes et les repoussent vers le Sud.

La politique de compromis est sage, mais non sans risques. Ou bien « l'agha », apparemment rallié, pille des tribus elles-mêmes ralliées, qui, devant les forfaits d'un allié des Français, font défection et s'en vont renforcer les rangs des insurgés. Ou bien l'agha change alternativement de camp, en fonction de sa cupidité. Ou bien, passé carrément au service des Français, et devenu leur agent de renseignements et de répression, il profite de son impunité pour rançonner et terrifier les populations dont il a la charge.

Face à ces dérives, Maupassant propose deux mesures : corrompre sans détour les principaux chefs et les convaincre, à coups de prébendes, d'aller dépenser ailleurs la richesse acquise ; les remplacer par des fonctionnaires métropolitains compétents. Deux problèmes : où trouver ces compétences ? La question a déjà été abordée dans les premières chroniques. Et comment concilier la critique radicale des aspects fondamentaux de la colonisation, déjà entamée, avec une réforme qui reviendrait à renforcer le pouvoir colonial ?

Au milieu de toutes les questions que soulève en ce moment l'état troublé de l'Algérie, il en est une capitale dont la solution ne devrait pas se faire attendre : celle des grands chefs indigènes qui sont en réalité les seuls administrateurs de toute la partie de notre colonie comprise entre Tell et le désert.

Au début de l'occupation française, on a investi, sous le titre d'Aghas ou de Bach-Aghas[1], les chefs qui offraient le plus de garanties de fidélité, d'une autorité fort étendue sur les tribus de toute une partie du territoire. Notre action aurait été impuissante ; nous y avons substitué celle des chefs arabes gagnés à notre cause, en nous résignant d'avance aux trahisons possibles ; et elles furent assez fréquentes. La mesure était sage, politique, elle a donné, en somme, d'excellents résultats. Certains chefs nous ont rendu des services considérables, et grâce à eux la vie de plusieurs milliers peut-être de soldats français a été épargnée.

Mais de ce qu'une mesure a été excellente à un moment donné il ne s'ensuit pas qu'elle demeure parfaite, malgré toutes les modifications que le temps apporte dans un pays en voie de colonisation.

Aujourd'hui, la présence parmi les tribus de ces chefs tout-puissants, seuls respectés, seuls obéis, est une cause de danger permanent pour nous et un obstacle insurmontable à la civilisation des Arabes. Cependant, le parti militaire semble défendre énergiquement le système des chefs indigènes contre les tendances à les supprimer du parti civil. Dans cette affaire, M. Albert Grévy reste l'homme qu'il est toujours, c'est-à-dire le plus perplexe,

1. Le *bachaga*, nommé par le ministre de la Guerre, a autorité sur l'unité administrative indigène la plus vaste : la circonscription. L'*agha*, nommé également par le ministre de la Guerre, a autorité sur le caïdat, unité administrative immédiatement inférieure. Le caïdat est composé de tribus, à la tête de chacune desquelles se trouve un caïd, nommé par le commandant de subdivision. Au-dessous de la tribu se trouve la *ferka*, réunion de plusieurs douars, gérée par un cheikh.

le plus indécis, le plus tatillon des êtres et en somme le moins capable d'administrer ce pays.

Sans traiter à fond cette très grave question, ce qui m'entraînerait beaucoup trop loin, je vais d'abord par quelques faits, puis par quelques considérations générales, indiquer brièvement les énormes inconvénients de la situation actuelle.

C'est presque uniquement à l'agha de Saïda qu'est due la longue résistance de Bou-Amama.

Pillards et traîtres

Dans le début de l'insurrection, cet agha allait rejoindre la colonne française avec ses goums. Il rencontra en route les Trafis, mandés dans la même intention, et il se joignit à eux.

Mais l'agha de Saïda est chargé de dettes qu'il ne peut payer. Or, l'idée lui vint, pendant la nuit, de se refaire par une razzia, et, réunissant son goum, il se précipita sur les Trafis. Ceux-ci, battus dans la première attaque, reprirent l'avantage. Et l'agha de Saïda fut contraint de fuir avec ses hommes.

Or, comme l'agha de Saïda est notre allié, notre ami, notre lieutenant, comme il représente l'autorité française, les Trafis se persuadèrent que nous avions la main dans l'affaire ; au lieu de rejoindre le camp français, ils firent défection et allèrent immédiatement trouver Bou-Amama, qu'ils ne quittèrent plus et dont ils constituent la principale force.

L'exemple est caractéristique, n'est-ce pas ? Et l'agha de Saïda est resté notre fidèle ami. Il marche sous nos drapeaux !

Voici, d'un autre côté, le célèbre Sahraoui, agha des Harrars, que nos chefs militaires traitent avec la plus grande considération, parce que son influence est considérable, prédominante sur toutes les tribus comprises entre les Chotts et le djebel Amour.

Tantôt il nous aide, tantôt il nous trahit, selon son avantage. Allié ouvertement aux Français, dont il tient son autorité, il favorise secrètement Bou-Amama ; mais il est vrai de dire qu'il lâche indifféremment l'un ou l'autre, sitôt qu'il s'agit de piller.

Après avoir pris une part indéniable à l'assassinat du colonel Beauprêtre, le voici, aujourd'hui, qui marche avec nous. Mais on l'accuse d'avoir contribué fortement à la débâcle de Chellala et d'avoir favorisé le pillage de notre convoi autant qu'il dépendait de lui. Il est vrai que, peu de temps après, il razziait douze cents chameaux du convoi ennemi.

*

Notre inébranlable allié, l'agha de Frendah, nous a maintes fois prévenus du double jeu de Sahraoui. Nous avons fermé l'oreille, parce qu'il rend à l'autorité militaire des services intéressés, quitte à en rendre d'autres à nos ennemis.

Cette situation particulière, la protection ouverte dont nous couvrons ce chef, assure l'impunité pour une multitude de forfaits qu'il commet journellement.

Voici ce qui se passe.

Les Arabes par toute l'Algérie se volent les uns les autres. Il n'est point de nuit où on ne nous signale vingt chameaux volés à droite, cent moutons à gauche, des bœufs enlevés auprès de Biskra, des chevaux auprès de

Djelfa. Les voleurs restent toujours introuvables. Et pourtant il n'est pas un officier de bureau arabe qui ignore où va le bétail volé ! Il va chez Sahraoui. Ce chef sert de receleur à tous les bandits du désert. Les bêtes enlevées sont mêlées à ses immenses troupeaux ; il en garde une partie pour prix de sa complaisance, et rend les autres au bout d'un certain temps, lorsque le danger de poursuites est passé.

Personne, dans le Sud, n'ignore cette situation.

Mais on a besoin de Sahraoui, à qui on a laissé prendre une immense influence, augmentée chaque jour par l'aide qu'il donne à tous les maraudeurs ; et on ferme les yeux.

Aussi l'agha des Harrars est incalculablement riche, tandis que l'agha de Djelfa, par exemple, s'est en partie ruiné à servir les intérêts de la colonisation, en créant des fermes, en défrichant, etc.

Les villes et l'intérieur

Maintenant, en dehors de cet ordre de faits, une foule d'autres inconvénients, plus graves encore, résultent de la présence dans les tribus de ces potentats indigènes. Pour bien s'en rendre compte, il faut avoir une notion exacte de l'Algérie actuelle.

Le territoire et la population de notre colonie sont divisés d'une façon très nette.

Il y a d'abord les villes du littoral, qui n'ont guère plus de relations avec l'intérieur de l'Algérie que n'en ont les villes de France elles-mêmes.

Les habitants des villes algériennes de la côte sont essentiellement sédentaires ; ils ne font que ressentir le contrecoup des événements qui se passent dans l'intérieur, mais leur action sur la colonie arabe est nulle absolument.

La seconde zone de territoire, le Tell, est en partie occupée par les colons européens. Or, le colon ne voit dans l'Arabe que l'ennemi à qui il faut disputer la terre. Il le hait instinctivement, le poursuit sans cesse et le pille quand il peut. L'Arabe le lui rend.

L'hostilité guerroyante des Arabes et des colons empêche donc que ces derniers n'aient aucune action civilisatrice sur les premiers. Dans cette région, il n'y a encore que demi-mal. L'élément européen tendant sans cesse à éliminer l'élément indigène, il ne faudra pas une période de temps bien longue pour que l'Arabe, ruiné ou dépossédé, se réfugie plus au sud.

Or il est indispensable que ces voisins vaincus restent toujours tranquilles. Pour cela, il faut que notre autorité s'exerce chez eux à tous les instants, que notre action soit incessante, et surtout que notre influence prédomine.

Que se passe-t-il aujourd'hui ?

Les tribus, égrenées sur un immense espace de pays, ne reçoivent jamais la visite d'Européens. Seuls, les officiers des bureaux arabes font de temps en temps une tournée d'inspection, et se contentent de demander aux caïds ce qui se passe dans la tribu.

Mais le caïd est placé sous l'autorité du grand chef indigène, l'agha ou le bach-agha. Si ce chef est de grande tente, d'une illustre famille, respectée au désert, son influence alors est illimitée. Tous les caïds lui obéissent comme ils auraient fait avant l'occupation française ; et rien de ce qui se passe ne parvient jamais à la connaissance de l'autorité militaire.

La tribu est alors un monde fermé par le respect et la crainte de l'agha qui, continuant les traditions de ses ancêtres, exerce des exactions de toute sorte sur les Arabes ses sujets. Il est maître, se fait donner ce qui lui plaît, tantôt cent moutons, tantôt deux cents, se comporte enfin comme un petit tyran ; et, comme il tient de nous son autorité, c'est la continuation de l'ancien régime arabe sous le gouvernement français, le vol hiérarchique, etc., etc., sans compter que nous ne sommes rien, et que nous ignorons à perpétuité l'état du pays.

C'est uniquement à cette situation que nous devons le peu de soupçons que nous avons toujours des révoltes des indigènes, jusqu'au moment où elles éclatent.

Quelles solutions ?

Donc, la présence des grands chefs indigènes recule indéfiniment l'influence réelle et directe de l'autorité française sur les tribus, qui restent pour nous un monde fermé.

Le remède ? Le voici. Presque tous les chefs indigènes, sauf Sahraoui et deux ou trois autres, ont besoin d'argent. Il faut leur donner dix, vingt, trente mille livres de rente en raison de leur influence et des services qu'ils nous ont rendus jadis et les contraindre à vivre soit à Alger, soit dans une autre ville du littoral. Certains militaires prétendent qu'une insurrection suivrait cette mesure. Ils ont leurs raisons… connues. D'autres officiers, vivant dans l'intérieur, affirment au contraire que ce serait l'apaisement. Ce n'est pas tout. Il faudrait remplacer ces hommes par des fonctionnaires civils, vivant constamment dans les tribus et exerçant sur les caïds une autorité directe. De cette façon, la civilisation, peu à peu, pourrait pénétrer dans ces contrées, une fois ce grand obstacle écarté.

Ce qui est plus difficile, c'est de trouver des fonctionnaires civils, à moins de créer à Alger une sorte d'École de fonctionnaires, dirigée par les professeurs des écoles supérieures des lettres et des sciences.

Ici, nous retombons dans la question des administrateurs civils, dont le recrutement serait lamentable s'il n'était risible. À part deux ou trois hommes vraiment capables d'occuper ce poste, nous voyons ces graves fonctions exercées par une armée de fonctionnaires hétéroclites parmi lesquels on compte un ancien capitaine d'habillement, un ancien instituteur, etc. Et le gouvernement général recherche en ce moment tous les anciens officiers des bureaux arabes ! Ceux-ci connaissent au moins fort bien les indigènes ; mais il est difficile d'admettre que leur changement de costume ait changé immédiatement leurs principes d'administration, et il ne faut pas alors les chasser avec fureur quand ils portent l'uniforme, pour les reprendre aussitôt qu'ils ont revêtu la redingote.

(*Le Gaulois*, 14 septembre 1881.)

Dans le désert

Cette chronique est publiée par Le Gaulois *le 20 septembre 1881. Maupassant y revient sur son passage à Boukhari, au début d'août, et sur son excursion à cheval au-delà du « ksar », en compagnie de deux jeunes officiers et d'une petite escorte. Il joue ici non pas la carte de l'étude politique, mais celles du récit d'aventures et de l'exotisme, concurrençant par les mots les tableaux de la peinture orientaliste, fort à la mode depuis Delacroix et Eugène Fromentin, et évidemment favorisée par l'installation des Français en Algérie, ancienne déjà d'un demi-siècle.*

Le scénario de la chronique intégrale se divise en six séquences. La première raconte le départ au petit matin, après l'arrivée de la mission militaire que Maupassant est autorisé à accompagner, et du matériel indispensable pour une expédition d'une vingtaine de jours à travers l'inconnu. La seconde évoque somptueusement le lever du soleil sur le désert, dans un silence absolu, sans un cri d'oiseau. La troisième accompagne la lente chevauchée de la petite troupe, de vallon en vallon, sous une chaleur brûlante, et dans une buée qui adoucit les horizons au-delà de l'éclat aveuglant du paysage : des images qu'on croirait tirées des Voyages extraordinaires *de Jules Verne… ou d'un western à l'africaine.*

Apparaît alors, comme dans une péripétie bien arrangée pour rompre la régularité du parcours, et de son récit, un de ces caïds qui règnent princièrement sur les territoires du Sud. Au tableau des pistes du désert succède celui d'une réception dont la paix et le charme s'accordent à ceux de la source bienfaisante qui rend la vie à la terre du désert. Un sourire passe sur les lèvres de l'auteur et du lecteur lorsqu'ils comprennent à demi-mot quelle est la raison de la fatigue du plus jeune fils du bachaga *: un jeune prince arabe à l'école des femmes... Mais à l'autre bout du jour, le coucher du soleil offre aux voyageurs une nouvelle apothéose de couleurs.*

Suivent, dans la cinquième séquence, plusieurs jours de traversée d'une « plaine infinie », d'apparence nue et plate, mais parcourue en réalité d'« ondulations comme une mer après la tempête », derrière lesquelles pourraient aisément se cacher des partis d'insurgés. Chaque soir, cependant, on est accueilli par des cavaliers drapés de blanc venus on ne sait d'où, dont on va partager nourriture, palabre, sommeil et rêves. Le récit se terminera par un retour à l'aventure et au danger : la suffocation d'un ouragan surgi du désert, qui obscurcit toutes choses d'une nuit de poussière et transforme les voyageurs en hommes de sable, et l'événement en finale d'une sorte d'opéra exotique. Maupassant a tout de même cédé ici à un mythe romantique très « Légion étrangère ». Mais avec quel panache !

Il était trois heures du matin quand un spahi vint m'éveiller en frappant fortement à la porte de la pauvre auberge de Boukhari.

Quand j'eus ouvert, l'homme se présenta avec sa veste rouge brodée de noir, son large pantalon plissé, finissant au genou, là où commencent les bottes en cuir cramoisi des cavaliers du désert. C'était un Arabe de taille moyenne. Son nez courbé avait été fendu d'un coup de sabre, et la cicatrice laissait ouverte toute la narine du côté gauche. Il s'appelait Bou-Abdallah. Il me dit :

— Mossieu, ton cheval il est prêt.

Je demandai :

— Le lieutenant est-il arrivé ?

Il me répondit :

— Va venir.

En expédition

Bientôt, un bruit lointain s'éleva dans la plaine obscure et nue puis des ombres et des silhouettes apparurent, passèrent. Je distinguai seulement les trois corps étranges et lents des trois chameaux qui portaient les cantines, nos lits de camp et les quelques objets que nous prenions pour un voyage de vingt jours dans une solitude à peine connue des officiers eux-mêmes.

Puis bientôt, toujours dans la direction du fort de Boghar, retentit le galop rapide d'une troupe de cavaliers ; et les deux jeunes officiers qui s'en allaient en mission parurent avec leur escorte, composée d'un autre spahi et d'un cavalier arabe appelé Dellis, un homme de grande tente, d'une illustre famille indigène.

Je montai immédiatement à cheval, et l'on partit.

La nuit était encore absolue, calme, on pourrait dire immobile. Après avoir remonté quelque temps vers le nord, en suivant la vallée du Chélif, nous tournâmes à droite dans un vallon, juste au moment où le jour naissait.

En ce pays, soir et matin, le crépuscule n'existe presque pas. Presque jamais on ne voit non plus ces belles nuées traînantes, empourprées, découpées, bigarrées, et bizarres, saignantes ou enflammées, qui colorent nos horizons du nord au moment où le soleil se lève, ainsi qu'à l'heure où le soleil se couche.

Ici, c'est d'abord une lueur très vague qui augmente, s'étend, envahit tout l'espace en quelques instants. Puis soudain, à la crête d'un mont, ou bien au bord de la plaine infinie, le soleil apparaît tel qu'il va monter au ciel, et sans avoir cet aspect rougeoyant, comme endormi encore, qu'ont ses levers en ces pays brumeux.

Mais ce qu'il y a de plus singulier dans ces aurores du désert, c'est le silence – qui ne connaît, chez nous, ce premier cri d'oiseau bien avant le jour, dès les premières pâleurs du ciel ; puis cet autre cri qui répond dans l'arbre voisin ; puis enfin cet incessant charivari de sifflets, de ritournelles répétées, aux voix vives, avec le chant lointain et continu des coqs, toute cette rumeur du réveil des bêtes, toute cette gaieté des voix dans les feuilles ?

*

Ici, rien. L'énorme soleil s'élève au-dessus de cette terre qu'il a dévastée, qu'il semble déjà regarder en maître, comme pour voir si rien de vivant n'existe plus. Pas un cri de bête, sauf parfois le hennissement d'un cheval ; pas un mouvement de vie, sauf lorsqu'on a campé dans le voisinage d'un puits, le long, lent, et muet défilé des troupeaux qui s'en viennent boire.

Tout de suite la chaleur est brûlante. On met pardessus le capuchon de flanelle et le casque blanc l'immense mépi, chapeau de paille à bords démesurés.

Nous suivions le vallon, lentement. Aussi loin que la vue allait, tout était nu, d'un gris jaune, ardent et superbe. Parfois, au milieu des bas-fonds où croupissait un reste d'eau dans le lit vidé des rivières, quelques joncs verts faisaient une tache crue et toute petite ; parfois, dans un repli de la montagne, deux ou trois arbres indiquaient une source. Nous n'étions point encore dans la contrée assurée que nous devions bientôt traverser.

On montait indéfiniment. D'autres petits vallons se jetaient dans le nôtre ; et, à mesure que nous approchions de midi, des horizons se perdaient un peu dans une légère buée de chaleur, dans une fumée de terre rôtie, qui noyait les lointains en des tons à peine bleus, à peine blancs, mais qui avaient cependant un peu de tout cela, et qui semblaient d'une douceur, d'une tendresse, d'un charme infinis, au-delà de l'état aveuglant du paysage immédiat.

L'enfant de l'agha

Enfin, on arriva sur la crête de la montagne, et le caïd Elakhedar-ben-Yahia chez qui nous allions camper apparut, venant vers nous, suivi de quelques cavaliers. C'est un Arabe de sang illustre, le fils du bach-agha Yahia-ben-Aïssa, surnommé le « Bach-agha à la jambe de bois ».

Il nous conduisit au campement préparé auprès d'une source, sous quatre arbres géants, dont l'eau sans cesse baignait le pied, seule verdure qu'on aperçût par tout l'horizon de sommets pierreux et secs, qui s'étendait à perte de vue autour de nous.

On servit tout de suite le déjeuner, auquel le Ramadan interdisait au caïd de prendre part. Mais afin de veiller à ce que nous ne manquions de rien, il s'assit en face de nous, à côté de son frère El-Haouès-ben-Yahia, caïd des Ouled-Alane-Berchieh. Alors je vis s'approcher un enfant d'une douzaine d'années, la peau grêle, mais d'une grâce fière et charmante, que j'avais déjà remarqué quelques jours auparavant au milieu des Oulad-Naïl dans le café maure de Boukhari.

J'avais été frappé par la finesse et l'éclatante blancheur de vêtements de ce frêle petit Arabe, par son allure noble, et par le respect que chacun semblait lui témoigner ; et comme je m'étonnais qu'on le laissât ainsi rôder, à cet âge, au milieu des courtisanes, on me répondit : « C'est le plus jeune fils du bach-agha. Son père l'a envoyé ici pour apprendre la vie et connaître les femmes ! » Comme nous voici loin de nos mœurs françaises !

L'enfant me reconnut aussi et vint gravement me tendre la main. Puis, comme son âge ne le contraignait pas encore au jeûne, il s'assit avec nous et se mit, de ses petits doigts fins et maigres, à dépecer le mouton rôti. Et je compris que ses grands frères, les deux caïds, qui devaient avoir environ quarante ans, le plaisantaient sur son voyage au Ksar, lui demandant pourquoi il avait l'air si fatigué, d'où lui venait cette cravate de soie qu'il portait au cou, si c'était un cadeau de femme…

Tant il est vrai que la morale change avec les latitudes !

Ce jour-là, l'ombre des arbres nous permit de faire la sieste. Je me réveillai comme le soir tombait, et je gravis un monticule voisin pour avoir l'œil sur tout l'horizon.

Le soleil près de disparaître se teintait de rouge, au milieu d'un ciel orange. Et partout, du nord au midi, de l'est à l'ouest, les files de montagnes dressées sous mes yeux jusqu'aux extrêmes limites du regard étaient roses, d'un rose extravagant comme les plumes des flamants. On eût dit une féerique apothéose d'opéra, d'une surprenante et invraisemblable couleur, quelque chose de factice, de forcé, et contre nature, et de singulièrement admirable cependant. […]

(*Le Gaulois*, 20 septembre 1881.)

Le pays du sel

C'est la dernière des chroniques presque exclusivement consacrées aux paysages du Sud, et qui servent à donner de leur auteur l'image d'un authentique baroudeur du désert et des territoires irrédentistes.

Au cours de ses « vingt » jours de voyage dans le Sud, Maupassant – si on l'en croit – est parvenu à la chaîne de Djebel-Gada, à une centaine de kilomètres au sud de Boukhari. Après l'avoir contournée, il a découvert de loin un immense « lac » de sel, une « sebkra », qui compte cinquante ou soixante kilomètres de longueur sur trente ou quarante de largeur. C'est la sebkra Zarez.

Installés pour une nuit dans un fortin abandonné, lui et ses compagnons ont reçu, comme tous les jours, les plaignants arabes : l'officier français fait office de juge de paix. La nuit venue, Maupassant s'immobilise, contemplant le lointain et fantasmagorique lac de sel sous la clarté de la lune, et au premier plan les burnous blancs des Arabes endormis.

Il a atteint le lendemain le Zarez. Vu de près et parcouru, celui-ci n'est plus qu'une « croûte de salpêtre » ; mais dès qu'on lève les yeux pour regarder au loin, on croit ne voir qu'une nappe d'eau, sans horizon identifiable, et n'offrant, au fur et à mesure de la marche, qu'un kaléidoscope de mirages. Sur l'autre rive, les dunes de sable remplacent le sel. Mais le lendemain celui-ci réapparaîtra, sous la forme d'une « montagne de sel », « une colline fantastique » d'où s'échappent « des eaux plus salées que l'Océan ».

Ainsi s'achèvent les dernières chroniques de cette longue aventure algérienne : un ouragan de sable, une coulée de sel, et entre les deux, la féerie d'une civilisation des oasis. Devant ces étrangetés fascinantes de la nature africaine, Maupassant a fini par oublier les profanations de l'administration coloniale.

On voit dans les féeries d'étranges contrées qu'enfanta l'imagination galopante du poète.

Dans un récent voyage en Afrique, j'ai eu, pendant deux jours entiers, l'impression que j'assistais à quelque fantasmagorie de cette espèce. Et pourtant cette singulière sensation se doublait de la certitude raisonnée que le spectacle étalé sous mes yeux était vrai, naturel, et non créé par des artifices trompeurs.

Et voilà le grand charme des voyages. Ce sont des espèces de portes qui nous conduisent de la réalité connue vers une autre réalité, qui semble un rêve.

Un mirage

Nous traversions par un étroit défilé la chaîne de Djebel-Gada et, planté comme une pyramide dans le ravin, un pic tout droit barrait la vue. Lorsque nous l'eûmes contourné, je demeurai saisi d'étonnement.

Une vaste plaine s'étendait devant nous, puis un lac, un lac immense, éblouissant au soleil, aveuglant, dont je ne voyais pas l'autre bout, perdu à l'horizon vers la gauche, et dont l'extrémité ouest se trouvait presque en face de moi. Un lac en cette contrée, en plein Sahara ? Un lac dont personne ne m'avait parlé, que n'indiquait aucun voyageur ? Étais-je fou ?

Je me tournai vers le lieutenant.

— Quel est ce lac ? lui demandai-je.

Il se mit à rire et répondit :

— Ce n'est pas de l'eau, c'est du sel.

Tout le monde s'y tromperait, en effet, tant l'illusion est parfaite. Cette sebkra, qu'on appelle ici Zarez (le Zarez-Chergui) a environ cinquante à soixante kilomètres de longueur sur vingt, trente ou quarante kilomètres de largeur, suivant les endroits. Ces chiffres sont, bien entendu, approximatifs, ce pays n'ayant été que rarement et rapidement traversé, comme il l'est par nous aujourd'hui...

Je regardais avec une stupéfaction émerveillée l'immense nappe de sel étincelant sous le soleil enragé de ces contrées, toute cette surface, plane et cristallisée, luisait comme un miroir démesuré, comme une plaque d'acier, et les yeux brûlés ne pouvaient supporter l'éclat de ce lac étrange, bien qu'il fût encore à vingt kilomètres de nous, ce que j'avais peine à croire, tant il me paraissait proche.

Nous finissions de descendre de l'autre côté du Djebel-Gada, et nous approchions du « poste fortifié » abandonné, dit poste de la Fontaine (Bordj-el-Hamman), où nous devions camper, cette étape étant, par extraordinaire, fort courte.

Le bâtiment à créneaux construit au commencement de la conquête, afin de pouvoir occuper cette contrée perdue en cas d'insurrection, et y laisser une troupe à peu près en sûreté, est aujourd'hui fort détérioré. Le mur d'enceinte reste pourtant en assez bon état, et quelques pièces ont été maintenues habitables.

Comme les jours précédents, nous vîmes jusqu'au soir défiler des Arabes qui venaient exposer à « l'officier » des affaires infiniment embrouillées ou des griefs imaginaires dans la seule intention de parler au chef français. Une folle, sortie on ne sait d'où, vivant on ne sait comment en ces solitudes désolées, rôdait sans cesse autour de nous.

Sitôt que nous sortions, nous la retrouvions, accroupie en des postures singulières, presque nue, hideuse.

Les voyageurs poétisants ont beaucoup parlé du respect des Arabes pour les fous. Or, voici comment on les respecte : dans leur famille… on les tue ! Plusieurs caïds, pressés de questions, nous l'ont avoué. Quelques-uns de ces misérables idiots arrivent, il est vrai, à la sainteté par le crétinisme ; ces exemples ne sont pas absolument particuliers à l'Afrique, mais c'est rare. La famille généralement se débarrasse des déments. Et les tribus restant pour nous un monde fermé, grâce au système des grands chefs indigènes, nous ne pouvons, le plus souvent, avoir même le soupçon de ces disparitions.

Le lac de sel

Comme j'avais peu marché dans la journée, j'écrivis une partie de la nuit. Vers onze heures, ayant très chaud, je sortis pour étaler mon tapis devant la porte et dormir sous le ciel.

La pleine lune emplissait l'espace d'une clarté luisante qui semblait vernir tout ce qu'elle frôlait. Les montagnes, jaunes déjà sous le soleil, les sables jaunes, l'horizon jaune, semblaient plus jaunes encore, caressés par la lueur safranée de l'astre.

Là-bas, devant moi, le Zarez, le vaste lac de sel figé, semblait incandescent. On eût dit qu'une phosphorescence fantastique s'en dégageait, flottait au-dessus, une brume lumineuse de féerie, quelque chose de si surnaturel, de si doux, captivant le regard et la pensée, que je restai plus d'une heure à regarder, ne pouvant me résoudre à fermer les yeux. Et partout autour de moi, éclatants aussi sous la caresse de la lune, des burnous d'Arabes endormis semblaient d'énormes flocons de neige tombés là.

On partit au soleil levant.

La plaine conduisant vers la sebkra était faiblement inclinée, semée d'alfa maigre et roussi. Le vieil Arabe à figure de rat prit la tête et nous le suivions d'un pas rapide. Plus nous approchions, plus l'illusion de l'eau était parfaite. Comment cela pouvait-il n'être pas un lac, un lac géant ? Sa largeur, sur notre gauche, occupait tout l'espace entre les deux montagnes, distantes de quarante kilomètres. Nous marchions droit vers son extrémité, car nous ne devions le traverser que sur une courte étendue.

Mais, de l'autre côté du Zarez, je distinguais une sorte de colline ou plutôt de bourrelet d'un jaune doré qui semblait le séparer de la montagne. Sur notre gauche, cette ligne suivait jusqu'à l'horizon la ligne blanche du sel, et sur notre droite, où s'étendait une plaine infinie et nue serrée entre les deux montagnes, je distinguais jusqu'à perte de vue cette même traînée jaune. Le lieutenant me dit : « Ce sont les dunes. – Ce banc de sable a plus de deux cents kilomètres de long sur une largeur très variable. Nous le traverserons demain. »

Le sol devenait singulier, couvert d'une croûte de salpêtre que crevaient les pieds des chevaux. Des herbes se montraient, des joncs ; on sentait qu'une nappe d'eau s'étendait à fleur de terre. Cette plaine enfermée par des monts, buvant quatre rivières (des rivières périodiques), et recevant toutes les averses furieuses de l'hiver, serait un immense marécage si le terrible soleil n'en desséchait quand même la surface. Parfois, dans les creux, des flaques d'eau saumâtre apparaissaient et des bécassines s'envolaient devant nous avec ce crochet rapide qui leur est propre.

Puis soudain nous fûmes au bord de la sebkra, et nous nous engageâmes sur cet océan tari.

Tout était blanc devant nous, d'un blanc d'argent neigeux, vaporeux et miroitant. Et même, en avançant sur cette surface cristallisée, poudrée d'une poussière de sel pareille à de la neige fine, et qui parfois s'enfonçait un peu sous le pied des bêtes, comme une glace molle, on gardait l'impression singulière qu'on avait devant les yeux une nappe d'eau. Une seule chose pouvait à la rigueur indiquer à un œil expérimenté que ce n'était point une étendue liquide : l'horizon. Ordinairement la ligne qui sépare l'eau du ciel reste sensible, l'une étant toujours plus ou moins foncée que l'autre. Quelquefois, il est vrai, tout semble se mêler ; la mer alors prend une teinte, une vague de nuée bleue fondue qui se perd dans l'azur pâlissant du vide infini. Mais il suffit de regarder attentivement pendant quelques instants pour toujours distinguer la séparation, si faible, si enveloppée qu'elle soit. Ici, on ne voyait rien. L'horizon était voilé entièrement dans une brume blanche, une sorte de vapeur de lait d'une douceur intraduisible ; et tantôt on cherchait dans l'espace la limite terrestre, tantôt on croyait la voir beaucoup trop bas, au milieu de la plaine salée sur laquelle flottaient ces buées crémeuses et singulières.

Tant que nous avions dominé le Zarez, nous avions gardé la perception nette des distances et des formes ; dès que nous fûmes dessus, toute certitude de la vue disparut ; nous nous trouvions enveloppés dans les fantasmagories du mirage.

Tantôt on croyait distinguer l'horizon à une distance prodigieuse ; et on apercevait soudain au milieu du lac figé, qui tout à l'heure semblait uni, vide et plat comme un miroir, d'énormes rochers bizarres, des roseaux démesurés, des îles aux berges escarpées. Puis, à mesure qu'on avançait, ces visions étranges disparaissaient brusquement comme englouties par un truc de théâtre ; et, à la place des blocs de rochers, on découvrait quelques toutes petites pierres. Les roseaux, en approchant, n'étaient plus que des herbes sèches, hautes comme le doigt, démesurément grandies par ce curieux effet d'optique ; les berges devenaient de légers renflements de la croûte saline, et cet horizon qu'on supposait à trente kilomètres était fermé à cent mètres de nous par ce voile de buée tremblante que le furieux soleil du désert faisait sortir de la couche brûlante du sel.

Cela dura une heure environ, puis on toucha l'autre rive.

En face de nous, les dunes se dressaient, toutes semblables à des flots furieux soulevés en tous sens, qu'on s'étonnait de ne point voir bondir et déferler sur nous. Les unes sont très hautes, d'autres plus basses. Des creux profonds les séparent ; mais toutes sont également striées comme de la moire, couvertes de petites lignes pressées et régulières qui suivent leurs ondulations inégales, pareilles à ce frémissement de l'eau qui court sur le dos des vagues.

Et notre tente était dressée entre ces deux voisins étranges : le sable houleux comme une mer agitée, et le sel uni comme une mer calme.

*

Puis, le lendemain, après dix heures d'une marche éreintante à travers les replis sablonneux des dunes, nous nous trouvions soudain en face d'une sorte de montagne grise, verte, bleue, aux reflets métalliques, aux croupes singulières ; une montagne de sel ! Des eaux plus salées que l'Océan s'échappaient de son pied et, volatilisées par la chaleur folle du soleil, laissaient sur le sol une écume blanche, pareille à la bave des flots, une mousse de sel ! On ne voyait plus la terre, cachée sous une poudre légère, comme si quelque colosse se fût amusé à râper ce mont pour en semer la poussière alentour ; et de gros blocs détachés gisaient dans les enfoncements des blocs de sel.

Cette colline fantastique est appelée dans le pays « le rocher de sel de Khang-el-Melah ».

(*Le Gaulois*, 19 octobre 1881.)

Mosquée et zaouïa

Maupassant retrouve l'Algérie après sept ans d'absence, le 8 novembre 1888. Il profite de son séjour à Alger pour préparer dans la paix son nouveau roman, Fort comme la mort, *qui paraîtra en mai 1889. Il écrit à Geneviève Straus, le 21 novembre 1888 : « Je vais rêvasser à mon roman dans ces très paisibles asiles de prières, où aucun bruit ne pénètre jamais, où je reste des heures à côté des Arabes assis ou prosternés, sans éveiller la moindre curiosité ou la moindre hostilité de ces admirables impassibles. »*

Les « asiles de prières » sont les mosquées. La première partie de la chronique entraîne ses lecteurs dans l'une d'entre elles, « au bout du quai d'Alger ». La description des lieux, des fidèles et du rite est conduite à la première personne et accompagne la démarche et les regards du visiteur. Maupassant dessine la cour, les pièces successives, les colonnades intérieures de la mosquée, les silhouettes, les costumes, les attitudes de la prière. Il ajoute à ses croquis une étude attentive du rituel et une analyse des différences qui séparent la piété féminine de la piété masculine.

Les femmes musulmanes ont besoin plus que les hommes d'un intermédiaire entre elles et la divinité. Le narrateur les suit donc jusqu'à la zaouïa, petite mosquée où se trouve la koubba, le tombeau du marabout qui sera leur intercesseur.

De sorte, nous traversons avec notre guide la ville arabe. La chronique s'élargit alors, dans sa deuxième grande partie, en un tableau grouillant et contrasté des quartiers populaires : boutiquiers, mendiants, femmes arabes ou espagnoles... et maisons de plaisir, dont les pensionnaires voisinent sans gêne avec les femmes en prière.

Après un panorama étendu sur tout l'espace de la ville arabe et au loin, sur la mer, la dernière partie de la chronique resserre son champ successivement sur les tombeaux qui entourent le marabout, puis sur la koubba. Et de nouveau le regard et l'écoute de Maupassant s'attardent sur les femmes : leurs corps, leurs yeux, leurs chuchotements, leurs confidences au corps du marabout, leurs présents, et aussi leurs rendez-vous galants : équivoques de la féminité emplissant ce lieu de religion. Mais ce dont Maupassant se convainc, c'est qu'ici la vénération d'un saint homme n'est qu'une des formes de la soumission des femmes arabes au mâle.

C'est sur ces images que se clôt son dernier passage à Alger. « Mosquée et zaouïa » paraîtra dans Le Gaulois *le 11 décembre 1888, jour où Maupassant quittera Tunis pour descendre en direction de Kairouan.*

Sur les quais d'Alger, dans les rues des villages indigènes, dans les plaines du Tell, sur les montagnes du Sahel ou dans les sables du Sahara, tous ces corps drapés comme en des robes de moines, la tête encapuchonnée sous le turban flottant par-derrière, ces traits sévères, ces regards fixes, ont l'air d'appartenir à des religieux d'un même ordre austère, répandus sur la moitié du globe.

Leur démarche même est celle de prêtres ; leurs gestes, ceux d'apôtres prêcheurs ; leur attitude, celle de mystiques pleins du mépris du monde.

Nous sommes, en effet, chez des hommes où l'idée

religieuse domine tout, efface tout, règle les actions, étreint les consciences, moule les cœurs, gouverne la pensée, prime tous les intérêts, toutes les préoccupations, toutes les agitations.

La religion est la grande inspiratrice de leurs actes, de leur âme, de leurs qualités et de leurs défauts. C'est par elle, pour elle qu'ils sont bons, braves, attendris, fidèles, car ils semblent n'être rien par eux-mêmes, n'avoir aucune qualité qui ne leur soit inspirée ou commandée par leur foi. Nous ne découvrons guère la nature spontanée ou primitive de l'Arabe sans qu'elle ait été pour ainsi dire, recréée par sa croyance, par le Coran, par l'enseignement de Mohammed. Jamais aucune autre religion ne s'est incarnée ainsi en des êtres.

La prière

Allons donc les voir prier dans leur mosquée, dans la mosquée blanche qu'on aperçoit là-bas, au bout du quai d'Alger.

Dans la première cour, sous une arcade de colonnettes vertes, bleues et rouges, des hommes, assis ou accroupis, causent à voix basse, avec la tranquillité grave des Orientaux. En face de l'entrée, au fond d'une petite pièce carrée, qui ressemble à une chapelle, le cadi rend la justice. Des plaignants attendent sur des bancs ; un Arabe agenouillé parle, tandis que le magistrat, enveloppé, presque disparu sous tous les plis de ses vêtements et sous la masse de son lourd turban, ne montre qu'un peu de visage et regarde le plaideur d'un œil dur et calme, en l'écoutant. Un mur, où s'ouvre une fenêtre grillée, sépare cette pièce de celles où les femmes, créatures moins nobles que l'homme, et qui ne peuvent se tenir en face du cadi, attendent leur tour pour exposer leur plainte par ce guichet de confessionnal.

Le soleil qui tombe en flots de feu sur les murs de neige de ces petits bâtiments pareils à des tombeaux de marabouts, et sur la cour, où une vieille Arabe jette des poissons morts à une armée de chats tigrés, rejaillit à l'intérieur sur les burnous, les jambes sèches et brunes, et les figures impassibles. Plus loin, voici l'école, à côté de la fontaine, où l'eau coule sous un arbre. Tout est là, dans cette douce et paisible enceinte, la religion, la justice, l'instruction.

J'entre dans la mosquée après m'être déchaussé et je m'avance sur le tapis au milieu des colonnes claires dont les lignes régulières emplissent ce temple silencieux, vaste et bas, d'une foule de larges piliers. Car ils sont très larges, ayant une face orientée vers La Mecque afin que chaque croyant puisse, en se plaçant devant, ne rien voir, n'être distrait par rien, et, tourné vers la ville sainte, s'absorber dans la prière.

En voici qui se prosternent ; d'autres, debout, murmurent les formules du Coran dans les postures prescrites ; d'autres, encore, libres de ces devoirs accomplis, causent assis par terre, le long des murs, car la mosquée n'est pas seulement un lieu de prière, c'est aussi un lieu de repos, où l'on séjourne, où l'on vit des jours entiers.

Les fidèles

Tout est simple, tout est nu, tout est blanc, tout est doux, tout est paisible en ces asiles de foi, si différents de nos églises décoratives, agitées, quand elles sont pleines, par le bruit des offices, le mouvement des assistants, la pompe des cérémonies, les chants sacrés, et, quand elles sont vides, devenues si tristes, si douloureuses, qu'elles serrent le cœur, qu'elles ont l'air d'une chambre de mourant, de la froide chambre de pierre où le Crucifié agonise encore.

Sans cesse, des Arabes entrent, des humbles, des riches, le portefaix du port et l'ancien chef, le noble sous la blancheur soyeuse de son burnous éclatant. Tous, pieds nus, font les mêmes gestes, prient le même Dieu avec la même foi exaltée et simple, sans pose et sans distraction. Ils se tiennent d'abord debout, la face levée, les mains ouvertes à la hauteur des épaules, dans l'altitude de la supplication. Puis les bras tombent le long du corps, la tête s'incline ; ils sont devant le souverain du monde dans l'attitude de la résignation. Les mains ensuite s'unissent sur le ventre, comme si elles étaient liées. Ce sont des captifs sous la volonté du maître. Enfin ils se prosternent plusieurs fois de suite, très vite, sans aucun bruit. Après s'être assis d'abord sur leurs talons, les mains ouvertes sur les cuisses, ils se penchent en avant jusqu'à toucher le sol avec le front.

Cette prière, toujours la même, et qui commence par la récitation des premiers versets du Coran, doit être répétée cinq fois par jour par les fidèles, qui, avant d'entrer, se sont lavé les pieds, les mains et la face.

On n'entend, par le temple muet, que le clapotement de l'eau coulant dans une autre cour intérieure, qui donne du jour à la mosquée. L'ombre du figuier, poussé au-dessus de la fontaine aux ablutions, jette un reflet vert sur les premières nattes.

La ville arabe et ses femmes

Les femmes musulmanes peuvent entrer comme les hommes, mais elles ne viennent presque jamais. Dieu est trop loin, trop haut, trop imposant pour elles. On n'oserait pas lui raconter tous les soucis, lui confier toutes les peines, lui demander tous les menus services, les menues consolations, les menus secours contre la famille, contre le mari, contre les enfants, dont ont besoin les cœurs de femmes. Il faut un intermédiaire plus humble entre lui si grand et elles si petites.

Cet intermédiaire, c'est le marabout. Dans la religion catholique, n'avons-nous pas les saints et la Vierge Marie, avocats naturels des timides auprès de Dieu ?

C'est donc au tombeau du saint, dans la petite chapelle où il est enseveli, que nous trouverons la femme arabe en prière.

Allons l'y voir.

La zaouïa Abd-er-Rahman-el-Tcalbi[1] est la plus originale et la plus intéressante d'Alger. On nomme « zaouïa » une petite mosquée unie à une « koubba » (tombeau d'un marabout), et comprenant aussi parfois une école et un cours de haut enseignement pour les musulmans lettrés.

Pour atteindre la zaouïa d'Abd-er-Rahman, il faut traverser la ville arabe. C'est un monde inimaginable à travers un labyrinthe de ruelles, emmêlées, tortueuses, entre les murs sans fenêtres des maisons mauresques. Elles se touchent presque à leur sommet, et le ciel, aperçu entre les terrasses, semble une arabesque bleue d'une irrégulière

1. Du nom d'un marabout du XVe siècle, membre de la tribu des Tsalibas, ascète, théologien et homme de science. La zaouïa qui porte son nom a été construite à la fin du XVIIe siècle.

et bizarre fantaisie. Quelquefois, un long couloir sinueux et voûté, escarpé comme un sentier de montagne, paraît conduire directement dans l'azur dont on aperçoit soudain, au détour d'un mur, au bout des marches, là-haut, la tache éclatante, pleine de lumière.

Tout au long de ces étroits corridors sont accroupis, au pied des maisons, des Arabes qui sommeillent en leurs loques ; d'autres, entassés dans les cafés maures, sur des banquettes circulaires ou par terre, toujours immobiles, boivent en de petites tasses de faïence qu'ils tiennent gravement entre leurs doigts. En ces rues étroites qu'il faut escalader, le soleil, tombant par surprises, par filets ou par grandes plaques à chaque cassure des voies entrecroisées, jette sur les murs des dessins inattendus, d'une clarté aveuglante et vernie. On aperçoit, par les portes entrouvertes, les cours intérieures qui soufflent de l'air frais. C'est toujours le même puits carré qu'enferme une colonnade, supportant des galeries. Un bruit de musique douce et sauvage s'échappe parfois de ces demeures, dont on voit sortir aussi souvent, deux par deux, des femmes. Elles vous jettent entre les voiles qui leur couvrent la face un regard noir et triste, un regard de prisonnières, et passent.

*

Coiffées toutes comme on nous représente la Vierge Marie, d'une étoffe serrée sur le crâne, le torse enveloppé du haïck, les jambes cachées sous l'ample pantalon de toile ou de calicot, qui vient étreindre la cheville, elles marchent lentement, un peu gauches, hésitantes ; et on cherche à deviner leur figure sous le voile qui la dessine un peu en se collant sur les saillies. Les deux arcs bleuâtres des sourcils, joints par un trait d'antimoine, se prolongent, au loin, sur les tempes[1].

Soudain des voix m'appellent. Je me retourne, et par une porte ouverte j'aperçois, sur les murs, de grandes peintures inconvenantes comme on en retrouve à Pompéi. La liberté des mœurs, l'épanouissement, en pleine rue, d'une prostitution innombrable, joyeuse, naïvement hardie, révèlent tout de suite la différence profonde qui existe entre la pudeur européenne et l'inconscience orientale.

N'oublions pas qu'on a interdit dans ces mêmes rues, depuis peu d'années seulement, les représentations de Caragousse, sorte de Guignol obscène et monstrueux, dont les enfants regardaient de leurs grands yeux noirs, ignorants et corrompus, en riant et en applaudissant, les invraisemblables, ignobles et inénarrables exploits.

Par tout le haut de la ville arabe, entre les merceries, les épiceries et les fruiteries des incorruptibles Mozabites, puritains mahométans que souille le seul contact des autres hommes, et qui subiront, en rentrant dans leur patrie, une longue purification, s'ouvrent tout grands des débits de chair humaine, où l'on est appelé dans toutes les langues. Le Mozabite, accroupi dans sa petite boutique, au milieu de ses marchandises bien rangées autour de lui, semble ne pas voir, ne pas savoir, ne pas comprendre.

---

1. « Quand je vais dans la ville arabe, dans ce féerique labyrinthe de maisons des Mille et Une Nuits, les odeurs sont moins douces, par exemple, et plus humaines que champêtres, mais, si le nez en souffre un peu, l'œil se grise follement à voir ces formes blanches ou rouges et ces hommes aux jambes nues et ces femmes enveloppées de mousseline blanche passer d'une porte à l'autre sans bruit, comme des personnages de conte qui vivraient » (à Mme Émile Straus, 21 novembre 1888).

À sa droite, les femmes espagnoles roucoulent comme des tourterelles ; à sa gauche, les femmes arabes miaulent comme des chattes. Il a l'air, au milieu d'elles, entre les nudités impudiques peintes pour achalander les deux bouges, d'un fakir, vendeur de fruits, hypnotisé dans un rêve.

Je tourne à droite par un tout petit passage qui semble tomber dans la mer, étalée au loin, derrière la pointe de Saint-Eugène, et j'aperçois, au bout de ce tunnel, à quelques mètres sous moi, un bijou de mosquée, ou plutôt une toute mignonne zaouïa qui s'égrène par petits bâtiments et par petits tombeaux carrés, ronds et pointus, le long d'un escalier allant en zigzags de terrasse en terrasse. L'entrée en est masquée par un mur qu'on dirait bâti en neige argentée, encadré de carrelages en faïence verte, et percé d'ouvertures régulières par où l'on voit la rade d'Alger.

J'entre. Des mendiants, des vieillards, des enfants, des femmes, sont accroupis, sur chaque marche, la main tendue, et demandant l'aumône en arabe. À droite, dans une petite construction couronnée aussi de faïences, est une première sépulture, et l'on aperçoit, par la porte ouverte, des fidèles, assis devant le tombeau. Plus bas s'arrondit le dôme éclatant de la koubba du marabout Abd-er-Rahman, à côté du minaret mince et carré d'où l'on appelle à la prière.

Voici, tout le long de la descente, d'autres tombes plus humbles, puis celle du célèbre Ahmed, bey de Constantine, qui fit dévorer par des chiens le ventre des prisonniers français[1].

---

1. Ahmed Bey, dernier bey de Constantine, résista aux troupes françaises après la conquête d'Alger. La ville fut attaquée en 1837. Le

De la dernière terrasse à l'entrée du marabout, la vue est délicieuse. Notre-Dame-d'Afrique, au loin, domine Saint-Eugène et toute la mer, qui s'en va jusqu'à l'horizon, où elle se mêle au ciel. Puis, plus près, à droite, c'est la ville arabe, montant, de toit en toit, jusqu'à la zaouïa et étageant encore, au-dessus, ses petites maisons de craie. Autour de moi, des tombes, un cyprès, un figuier, et des ornements mauresques encadrant et crénelant tous les murs sacrés.

Confidences au marabout

Après m'être déchaussé, je pénètre dans la koubba. D'abord, dans une pièce étroite, un savant musulman, assis sur ses talons, lit un manuscrit qu'il tient de ses deux mains, à la hauteur des yeux. Des livres, des parchemins sont étalés autour de lui sur les nattes. Il ne tourne pas la tête.

Plus loin, j'entends un frémissement, un chuchotement. À mon approche, toutes les femmes accroupies autour du tombeau se couvrent la figure avec vivacité. Elles ont l'air de gros flocons de linge blanc où brillent des yeux. Au milieu d'elles, dans cette écume de flanelle, de soie, de laine et de toile, des enfants dorment ou s'agitent, vêtus de rouge, de bleu, de vert : c'est charmant et naïf. Elles sont chez elles, chez leur saint, dont elles

---

général Damrémont mourut dans le combat. Constantine fut prise par le général Lamoricière après une terrible bataille. Ahmed Bey était réputé pour sa cruauté. Il fit sa soumission à la France en 1848. Mort en 1850, il fut inhumé auprès de la koubba d'Abd er-Rahman.

ont paré la demeure, – car Dieu est trop loin pour leur esprit borné, trop grand pour leur humilité.

Elles ne se tournent pas vers La Mecque, elles, mais vers le corps du marabout, et elles se mettent sous sa protection directe, qui est encore, qui est toujours la protection de l'homme. Leurs yeux de femmes, leurs yeux doux et tristes, soulignés par deux bandeaux blancs, ne savent pas voir l'immatériel, ne connaissent que la créature. C'est le mâle qui, vivant, les nourrit, les défend, les soutient ; c'est encore le mâle qui parlera d'elles à Dieu, après sa mort. Elles sont là tout près de la tombe parée et peinturlurée, un peu semblable à un lit breton mis en couleur et couvert d'étoffes, de soieries, de drapeaux, de cadeaux apportés.

Elles chuchotent, elles causent entre elles, et racontent au marabout leurs affaires, leurs soucis, leurs disputes, les griefs contre le mari. C'est une réunion intime et familière de bavardages autour d'une relique.

Toute la chapelle est pleine de leurs dons bizarres : de pendules de toute grandeur qui marchent, battent les secondes et sonnent les heures, de bannières votives, de lustres de toute sorte, en cuivre et en cristal. Ces lustres sont si nombreux qu'on ne voit plus le plafond. Ils pendent côte à côte, de tailles différentes comme dans la boutique d'un lampiste. Les murs sont décorés de faïences élégantes d'un dessin charmant, dont les couleurs dominantes sont toujours le vert et le rouge. Le sol est couvert de tapis, et le jour tombe de la coupole par des groupes de trois fenêtres cintrées, dont une domine les deux autres.

Ce n'est plus la mosquée sévère, nue, où Dieu est seul ; c'est un boudoir, orné pour la prière par le goût enfantin de femmes sauvages. Souvent des galants viennent les voir en ce lieu, leur donner un rendez-vous, leur dire quelques mots en secret. Des Européens, qui parlent l'arabe, nouent, ici, parfois, des relations avec ces créatures enveloppées et lentes dont on ne voit que le regard[1].

Lorsque la confrérie masculine du marabout vient à son tour faire ses dévotions, elle n'a point pour le saint habitant du lieu les mêmes attentions exclusives. Après avoir témoigné leur respect au sépulcre, les hommes se tournent vers La Mecque et adorent Dieu – car il n'y a de divinité que Dieu – comme ils répètent en toutes leurs prières.

(*Le Gaulois*, 11 décembre 1888.)

1. Sur les relations amoureuses entre Européens et femmes d'Algérie, lire la nouvelle intitulée « Allouma » (*L'Écho* de *Paris*, 10 et 15 février 1889).

Tunis

Maupassant arrive à Tunis en provenance de Bône (Annaba), par le chemin de fer, dans les premiers jours de décembre 1888. Après avoir pénétré dans le nord de la Tunisie, il a traversé des paysages ponctués de restes de villes romaines, saluant au passage les lieux où sont nés deux grands écrivains de la latinité impériale, Apulée et Augustin.

C'est un ami médecin qui lui a recommandé ce séjour en raison de la douceur et de la sécheresse du climat. Il s'installe avenue de la Marine, au cœur des nouveaux quartiers européens qui ont surgi depuis l'établissement du protectorat français sur la Tunisie, défini par le traité du Bardo en mai 1881.

Comme à Alger, il commence par découvrir le panorama de la ville, saisi du haut d'une colline. Il repère les paysages lacustres qui l'entourent, les marécages avoisinants, et au loin le golfe. Puis, conformément à son habituelle démarche itinérante, il met en scène son exploration des rues étroites et des ruelles de l'intérieur, en alternant les mentions des différents points du parcours et l'examen attentif de la population : son pullulement, la bigarrure de ses costumes, la diversité de ses types : vrai « défilé de féerie... ». Il s'arrête longuement sur la physionomie et sur l'habit des femmes juives, peut-être parce que l'importance quantitative et le pittoresque de la population juive lui paraissent plus frappants à Tunis qu'à Alger : il est vrai que Tunis est une porte ouverte sur le Proche-Orient, alors qu'Alger regarde plutôt l'Europe du Sud.

La finesse, la beauté délicate des adolescentes, « sveltes et légères », immobilisent longuement ses regards. « Une longue vision de petites Salomés troublantes ». Mais le mirage s'évanouit, devant un autre spectacle, qui le surprend et éteint en lui non pas tellement le voyeurisme, mais l'étincelle du désir : les mêmes jeunes filles, quelques années plus tard, à l'approche du mariage, se sont fait méthodiquement gaver et engraisser, « enfler » et bouffir, jusqu'à devenir des « créatures obèses », empâtées par la graisse – pour répondre à une loi non dite, mais aussi contraignante que les modes, et pour plaire à des hommes qui mettent leur signe de richesse et leur point d'honneur dans l'épaisseur du corps de leurs femmes.

À côté de l'intensité expressive de cette évocation de la société féminine juive, teintée, à l'arrière-plan, d'un discret relent d'antisémitisme, la page réservée au quartier des souks, dans la ville arabe, est écrite comme en passant, sans longue station, et se focalise principalement sur le décor et les senteurs du souk des parfums.

Cette chronique paraîtra dans Le Gaulois *du 10 janvier 1889.*

De Bône à Tunis

Le chemin de fer, qui va de Bône à Tunis, traverse un superbe pays de montagnes boisées. Après s'être élevé, en dessinant des lacets démesurés, jusqu'à une altitude de sept cent quatre-vingts mètres, d'où on domine un immense et magnifique paysage, il pénètre dans la Tunisie par la Kroumirie.

C'est alors une suite de monts et de vallées désertes, où jadis s'élevaient des villes romaines. Voici d'abord les restes de Thagaste[1] où naquit saint Augustin, dont le père était décurion.

Plus loin c'est Thubursicum Numidarum[2], dont les ruines couvrent une suite de collines rondes et verdoyantes. Plus loin encore, c'est Madaure[3], où naquit Apulée à la fin du règne de Trajan[4]. On ne pourrait guère énumérer les cités mortes, près desquelles on va passer jusqu'à Tunis.

Tout à coup, après de longues heures de route, on aperçoit dans la plaine basse les hautes arches d'un aqueduc à moitié détruit, coupé par places, et qui allait, jadis, d'une montagne à l'autre. C'est l'aqueduc de Carthage dont parle Flaubert dans *Salammbô*. Puis, on côtoie un beau village, on suit un lac éblouissant, et on découvre les murs de Tunis.

1. Aujourd'hui Souk Ahras, patrie de saint Augustin (350-430), à l'extrême est de l'Algérie. 2. Thubursicum Numidarum, comme son nom l'indique, se trouve en Numidie, partie est du Constantinois. 3. Colonie romaine de Numidie, patrie de l'écrivain latin Apulée (125-vers 80), auteur du roman *Les Métamorphoses ou L'Âne d'or*. 4. Trajan (53-117), empereur de 98 à 117, conquit la Dacie (au voisinage du Danube), et poussa les frontières de l'Empire romain jusqu'à l'Arménie, la Mésopotamie et la partie nord-ouest de l'Arabie.

Nous voici dans la ville.

Pour en bien découvrir l'ensemble, il faut monter sur une colline voisine. Les Arabes comparent Tunis à un burnous étendu ; et cette comparaison est juste. La ville s'étale dans la plaine, soulevée légèrement par les ondulations de la terre, qui font saillir par places les bords de cette grande tache de maisons pâles, plaque d'où surgissent les dômes des mosquées et les clochers des minarets. À peine distingue-t-on, à peine imagine-t-on que ce sont là des maisons, tant cette tache blanche est compacte, continue et rampante. Autour d'elle, trois lacs qui, sous le dur soleil d'Orient, brillent comme des plaines d'acier. Au nord, au loin, la Sebkra-er-Bouan ; à l'ouest, la Sebkra-Seldjoum, aperçue par-dessus la ville ; au sud, le grand lac Bahira ou lac de Tunis ; puis, en remontant vers le nord, la mer, le golfe profond, pareil lui-même à un lac dans son cadre éloigné de montagnes.

Et puis partout autour de cette ville plate, des marécages fangeux où fermentent des ordures, une inimaginable ceinture de cloaques en putréfaction, des champs nus et bas où l'on voit briller, comme des couleuvres, de minces cours d'eau tortueux. Ce sont les égouts de Tunis qui s'écoulent sous le ciel bleu. Ils vont sans arrêt, empoisonnant l'air, traînant leur flot lent et nauséabond, à travers des terres imprégnées de pourritures, vers le lac qu'ils ont fini par emplir, par combler sur toute son étendue, car la sonde y descend dans la fange jusqu'à dix-huit mètres de profondeur : on doit entretenir le chenal à travers cette boue afin que les petits bateaux y puissent passer.

Mais par un jour de plein soleil, la vue de cette ville couchée entre ces lacs, dans ce grand pays que ferment au loin des montagnes dont la plus haute, le

Zagh'ouan[1], apparaît presque toujours coiffée d'une nuée en hiver, est la plus saisissante et la plus attachante, peut-être, qu'on puisse trouver sur le bord du continent africain.

*

Descendons de notre colline et pénétrons dans la cité. Elle a trois parties bien distinctes : la partie française, la partie arabe et la partie juive.

« Une ville juive » !

En vérité, Tunis n'est ni une ville française, ni une ville arabe, c'est une ville juive. C'est un des rares points du monde où le juif semble chez lui comme dans une patrie où il est le maître presque ostensiblement, où il montre une assurance tranquille, bien qu'un peu tremblante encore.

C'est lui surtout qui est intéressant à voir, à observer dans ce labyrinthe de ruelles étroites où circule, s'agite, pullule la population la plus colorée, bigarrée, drapée, pavoisée, miroitante, soyeuse et décorative, de tout ce rivage oriental.

Où sommes-nous ? Sur une terre arabe ou dans la capitale éblouissante d'Arlequin, d'un Arlequin très artiste, ami des peintres, coloriste inimitable, qui s'est

1. La montagne du Zagh'ouan, à une centaine de kilomètres au sud-ouest de Tunis, domine, à 1 298 mètres, la chaîne dorsale qui s'étend à une centaine de kilomètres à l'ouest de Tunis. De ses flancs coule l'eau qui abreuve Tunis.

amusé à costumer son peuple avec une fantaisie étourdissante ? Il a dû passer par Londres, par Paris, par Saint-Pétersbourg, ce costumier divin qui, revenu plein de dédain des pays du Nord, bariola ses sujets avec un goût sans défaillances et une imagination sans limites. Non seulement il voulut donner à leurs vêtements des formes gracieuses, originales et gaies, mais il employa, pour les nuancer, toutes les teintes créées, composées, rêvées par les plus délicats aquarellistes.

Aux juifs seuls il toléra les tons éclatants, mais en leur interdisant les rencontres trop brutales et en réglant l'éclat de leurs costumes avec une hardiesse prudente. Quant aux Maures, ses préférés, tranquilles marchands accroupis dans les souks, jeunes gens alertes ou gros bourrus allant à pas lents par les petites rues, il s'amusa à les vêtir avec une telle variété de coloris, que l'œil, à les voir, se grise comme une grive avec des raisins. Oh ! pour ceux-là, pour ses bons Orientaux, ses Levantins métis de Turcs et d'Arabes, il a fait une collection de nuances si fines, si douces, si calmées, si tendres, si pâlies, si agonisantes et si harmonieuses, qu'une promenade au milieu d'elles est une longue caresse pour le regard.

Voici des burnous de cachemire ondoyant comme des flots de clarté, puis des haillons superbes de misère, à côté des gebbas de soie, longues tuniques tombant aux genoux, et de tendres gilets appliqués au corps sous les vestes à petits boutons égrenés le long des bords.

Et ces gebbas, ces vestes, ces gilets, ces haïcks croisent, mêlent et superposent les plus fines colorations. Tout cela est rose, azuré, mauve, vert d'eau, bleu pervenche, feuille-morte, chair-de-saumon, orangé, lilas fané, lie-de-vin, gris ardoise.

C'est un défilé de féerie, depuis les teintes les plus évanouies jusqu'aux accents les plus ardents, ceux-ci noyés dans un tel courant de notes discrètes, que rien n'est dur, rien n'est criard, rien n'est violent le long des rues, ces couloirs de lumière, qui tournent sans fin, serrés entre les maisons basses, peintes à la chaux.

Filles à marier

À tout instant, ces étroits passages sont obstrués presque entièrement par des créatures obèses, dont les flancs et les épaules semblent toucher les deux murs à chaque balancement de leur marche. Elles portent sur leur tête une coiffe pointue, souvent argentée ou dorée, sorte de bonnet de magicienne d'où tombe une écharpe, par-derrière. Sur leur corps monstrueux, masse de chair houleuse et ballonnée, des blouses de couleurs vives sur leurs cuisses informes, des caleçons blancs collés à la peau sur leurs mollets et leurs chevilles empâtées par la graisse gonflent des bas, ou bien, quand elles sont en toilette, des espèces de gaines en drap d'or et d'argent. Elles vont, à petits pas pesants, sur des escarpins qui traînent ; car elles ne sont chaussées qu'à la moitié du pied ; et les talons frôlent et battent le pavé. Ces créatures étranges et bouffies, ce sont les juives, les belles juives !

Dès qu'approche l'âge du mariage, l'âge où les hommes riches les recherchent, les fillettes d'Israël rêvent d'engraisser ; car plus une femme est lourde, plus elle fait honneur à un mari et plus elle a de chances de le choisir à son gré. À quatorze ans, à quinze ans, elles sont, ces gamines sveltes et légères, des merveilles de beauté, de finesse et de grâce.

Leur teint pâle, un peu maladif, d'une délicatesse lumineuse, leurs traits fins, ces traits si doux d'une race ancienne et fatiguée, dont le sang jamais ne fut rajeuni ; leurs yeux sombres sous les fronts clairs, qu'écrase la masse noire, épaisse, pesante, des cheveux ébouriffés, et leur allure souple quand elles courent d'une porte à l'autre, emplissent le quartier juif de Tunis d'une longue vision de petites Salomés troublantes.

Puis elles songent à l'époux. Alors commence l'inconcevable gavage qui fera d'elles des monstres. Immobiles maintenant, après avoir pris chaque matin la boulette d'herbes apéritives qui surexcitent l'estomac, elles passent les journées entières à manger des pâtes épaisses qui les enflent incroyablement. Les seins se gonflent, les ventres ballonnent, les croupes s'arrondissent, les cuisses s'écartent, séparées par la bouffissure ; les poignets et les chevilles disparaissent sous une lourde coulée de chair. Et les amateurs accourent, les jugent, les comparent, les admirent comme dans un concours d'animaux gras. Voilà comme elles sont belles, désirables, charmantes, les énormes filles à marier !

Alors on voit passer ces êtres prodigieux, coiffés d'un cône aigu nommé *koufia*, qui laisse pendre sur le dos le *bechkir*, vêtus de la *camiza* flottante, en toile simple ou en soie éclatante ; culottés de maillots tantôt blancs, tantôt richement ouvragés, et chaussés de savates traînantes, dites « saba » ; êtres inexprimablement surprenants, dont la figure demeure encore souvent jolie sur ces corps d'hippopotames.

Dans leurs maisons, facilement ouvertes, on les trouve, le samedi, jour sacré, jour de visites et d'apparat, recevant leurs amies dans les chambres blanches, où elles sont assises, les unes près des autres, comme des idoles symboliques, couvertes de soieries et d'oripeaux luisants, déesses de chair et de métal, qui ont des guêtres d'or aux jambes et, sur la tête, une corne d'or !

La fortune de Tunis est dans leurs mains, ou plutôt dans les mains de leurs époux toujours souriants, accueillants et prêts à offrir leurs services. Dans bien peu d'années, sans doute, devenues des dames européennes, elles s'habilleront à la française et, pour obéir à la mode, jeûneront, afin de maigrir. Ce sera tant mieux pour elles et tant pis pour nous, les spectateurs.

Les souks

Dans la ville arabe, la partie la plus intéressante est le quartier des Souks, longues rues voûtées ou couvertes de planches, à travers lesquelles le soleil glisse des lames de feu, qui semblent couper au passage les promeneurs et les marchands. Ce sont les bazars, galeries tortueuses et entrecroisées où les vendeurs, par corporations, assis ou accroupis au milieu de leurs marchandises en de petites boutiques couvertes, appellent avec énergie le client ou demeurent immobiles dans ces niches de tapis, d'étoffes de toutes couleurs, de cuirs, de brides, de selles, de harnais brodés d'or, ou dans les chapelets jaunes et rouges des babouches.

Chaque corporation a sa rue, et l'on voit, tout le long de la galerie, séparés par une simple cloison, tous les ouvriers du même métier travailler avec les mêmes gestes. L'animation, la couleur, la gaieté de ces marchés orientaux ne sont point possibles à décrire, car il faudrait en exprimer en même temps l'éblouissement, le bruit et le mouvement.

Un de ces souks a un caractère si bizarre, que le souvenir en reste extravagant et persistant comme celui d'un songe. C'est le souk des parfums.

En d'étroites cases pareilles, si étroites qu'elles font penser aux cellules d'une ruche, alignées d'un bout à l'autre et sur les deux côtés d'une galerie un peu sombre, des hommes au teint transparent, presque tous jeunes, couverts de vêtements clairs, et assis comme des bouddhas, gardent une rigidité saisissante dans un cadre de longs cierges suspendus, formant autour de leur tête et de leurs épaules un dessin mystique et régulier.

Les cierges d'en haut, plus courts, s'arrondissent sur le turban. D'autres, plus longs, viennent aux épaules ; les grands tombent le long des bras. Et, cependant, la forme symétrique de cette étrange décoration varie un peu de boutique en boutique. Les vendeurs, pâles, sans gestes, sans paroles, semblent eux-mêmes des hommes de cire en une chapelle de cire. Autour de leurs genoux, de leurs pieds, à la portée des mains, si un acheteur se présente, tous les parfums imaginables sont enfermés en de toutes petites boîtes, en de toutes petites fioles, en de tout petits sacs.

Une odeur d'encens et d'aromates flotte, un peu étourdissante, d'un bout à l'autre du souk.

Quelques-uns de ces extraits sont vendus très cher, par gouttes. Pour les compter, l'homme se sert d'un petit coton qu'il tire de son oreille et y replace ensuite.

Quand le soir vient, tout le quartier des souks est clos par de lourdes portes à l'entrée des galeries, comme une ville précieuse enfermée dans l'autre.

(*Le Gaulois*, 10 janvier 1889.)

Vers Kairouan

Maupassant quitte Tunis après quelques jours, le 11 décembre 1888, et prend la route du Sud en direction de Kairouan. Il est accompagné du directeur de la banque de Tunis et de plusieurs anciens officiers du corps expéditionnaire qui a conquis la Tunisie en avril 1881. Ils se déplacent dans une voiture attelée de quatre chevaux. Le voyage sera long et accidenté. Des ponts se sont effondrés, la route est ravinée, on multiplie les détours.

Chemin faisant, Maupassant prend note de nombreuses koubbas, analogues à celle qu'il a visitée à Alger ; à la jumelle, il aperçoit des ruines romaines, byzantines ou arabes. Les paysages se succèdent, avec les changements de végétation, de cultures, d'habitat. On longe ou on traverse les domaines de la colonisation française, comme celui, immense, de l'Enfida. La première étape s'achève à Bou-Ficha après quatre-vingts kilomètres.

Cette chronique est, sous sa forme intégrale, exceptionnellement longue parce qu'elle est destinée à la Revue des Deux Mondes, *où elle paraîtra le 1er février 1889. Ainsi s'explique en particulier la richesse de l'observation géographique et ethnographique. Au soir du 11 décembre, cependant, la prise de notes s'est attardée sur la beauté du crépuscule tunisien.*

Le lendemain matin, 12 décembre, Maupassant conserve encore un moment la plume du rêveur pour évoquer les sensations venues du spectacle de l'aurore, puis les vestiges romains et l'histoire des cités disparues. Il retrouve dans les types qu'il croise – une femme et son âne, une autre auprès d'un puits – les figures de la Bible. Mais il revient à la mission qu'il s'est imposée : l'étude de l'économie agricole tunisienne. Levant les yeux dans les parages d'Enfidaville, terme de cette étape, il regarde de loin la dernière montagne qu'il apercevra avant Kairouan : le djebel Zagh'ouan.

D'Enfidaville, le 13 décembre, les voyageurs prennent la route du Sud-Ouest vers Kairouan. Apercevant dans la plaine des nécropoles berbères, Maupassant se livre à une méditation comparative sur les inhumations en pays « oriental » et en pays occidental. À la fin de la journée, avant l'arrêt à El-Menzel, apparaît l'épisode au cours duquel les myriades d'oiseaux du lac Triton lui offrent un concert aussi assourdissant et confus que fantastique. Le convoi longera le lac le lendemain : à la surface de l'eau, les peuplades d'oiseaux forment à elles seules des îles. Après une alternance de plaines cultivées et de landes incultes, on approche de Kairouan. Quelqu'un raconte à Maupassant la légende de la ville. Et enfin, après avoir pataugé dans une plaine transformée par la pluie en un « marais de boue », c'est l'arrivée triste et décevante dans les rues tortueuses d'une ville austère. Par bonheur, l'accueil du gouverneur tunisien est « empressé ».

Le 15 décembre, Maupassant visite Kairouan : bain maure, souks – avec au passage une réflexion antijuive –, grande mosquée de Djama-Kebir, mosquées et zaouïas. Pour ses lecteurs de la Revue des Deux Mondes, *il ajoutera à ses notes de visites les informations sur le culte musulman qu'il a glanées dans l'ouvrage du commandant Rinn :*

Marabouts et Kouan. *Les pages qu'il consacre à Kairouan se terminent ainsi par une véritable petite encyclopédie de la mystique islamique.*

La route du Sud

11 décembre.

Nous quittons Tunis par une belle route qui longe d'abord un coteau, suit un instant le lac, puis traverse une plaine. L'horizon large, fermé par des montagnes aux crêtes vaporeuses, est nu, tout nu, taché seulement de place en place par des villages blancs, où l'on aperçoit de loin, dominant la masse indistincte des maisons, les minarets pointus et les petits dômes des koubbas. Sur toute cette terre fanatique, nous les retrouvons sans cesse, ces petits dômes éclatants des koubbas, soit dans les plaines fertiles d'Algérie ou de Tunisie, soit comme un phare sur le dos arrondi des montagnes, soit au fond des forêts de cèdres ou de pins, soit au bord des ravins profonds dans les fourrés de lentisques et de chênes-lièges, soit dans le désert jaune entre deux dattiers qui se penchent au-dessus, l'un à droite, l'autre à gauche, et laissent tomber sur la coupole de lait l'ombre légère et fine de leurs palmes.

Ils contiennent, comme une semence sacrée, les os des marabouts qui fécondent le sol illimité de l'Islam, y font germer, de Tanger à Tombouctou, du Caire à La Mecque, de Tunis à Constantinople, de Khartoum à Java, la plus puissante, la plus mystérieusement dominatrice des religions qui ait dompté la conscience humaine.

Petits, ronds, isolés, et si blancs qu'ils jettent une clarté, ils ont bien l'air d'une graine divine jetée à poignées sur le monde par ce grand semeur de foi, Mohammed, frère d'Aïssa et de Moïse.

Pendant longtemps, nous allons, au grand trot des quatre chevaux attelés de front, par des plaines sans fin, plantées de vignes ou ensemencées de céréales qui commencent à sortir de terre.

Puis soudain la route, la belle route établie par les Ponts et Chaussées depuis le protectorat français, s'arrête net. Un pont a cédé aux dernières pluies, un pont trop petit, qui n'a pu laisser passer la masse d'eau venue de la montagne. Nous descendons à grand-peine dans le ravin, et la voiture, remontée de l'autre côté, reprend la belle route, une des principales artères de la Tunisie, comme on dit dans le langage officiel. Pendant quelques kilomètres, nous pouvons trotter encore, jusqu'à ce qu'on rencontre un autre petit pont qui a cédé également sous la pression des eaux. Puis, un peu plus loin, c'est au contraire le pont qui est resté, tout seul, indestructible, comme un minuscule arc de triomphe, tandis que la route, emportée des deux côtés, forme deux abîmes autour de cette ruine toute neuve.

Vers midi, nous apercevons devant nous une construction singulière. C'est, au bord de la route presque disparue déjà, un large pâté d'habitations soudées ensemble, à peine plus hautes que la taille d'un homme, abritées sous une suite continue de voûtes dont les unes, un peu plus élevées, dominent et donnent à ce singulier village l'aspect d'une agglomération de tombeaux. Là-dessus courent, hérissés, des chiens blancs qui aboient contre nous.

Ce hameau s'appelle Gorombalia[1] et fut fondé par un chef andalous mahométan, Mohammed Gorombali, chassé d'Espagne par Isabelle la Catholique.

Nous déjeunons en ce lieu, puis nous repartons. Partout, au loin, avec la lunette-jumelle, on aperçoit des ruines romaines. D'abord Vico Aureliano, puis Siago, plus important, où restent des constructions byzantines et arabes. Mais voilà que la belle route, la principale artère de la Tunisie, n'est plus qu'une ornière affreuse. Partout l'eau des pluies l'a trouée, minée, dévorée. Tantôt les ponts écroulés ne montrent plus qu'une masse de pierres dans un ravin, tantôt ils demeurent intacts, tandis que l'eau, les dédaignant, s'est frayé ailleurs une voie, ouvrant à travers le talus des Ponts et Chaussées des tranchées larges de 50 mètres.

Pourquoi donc ces dégâts, ces ruines ? Un enfant, du premier coup d'œil, le saurait. Tous les ponceaux, trop étroits d'ailleurs, sont au-dessous du niveau des eaux dès qu'arrivent les pluies. Les uns donc, recouverts par le torrent, obstrués par les branches qu'il traîne, sont renversés, tandis que le courant capricieux refusant de se canaliser sous les suivants, qui ne sont point sur son cours ordinaire, reprend le chemin des autres années, en dépit des ingénieurs. Cette route de Tunis à Kairouan est stupéfiante à voir. Loin d'aider au passage des gens et des voitures, elle le rend impossible, crée des dangers sans nombre. On a détruit le vieux chemin arabe qui était bon, et on l'a remplacé par une série de fondrières, d'arches démolies, d'ornières et de trous. Tout est à refaire avant d'avoir été fini. On recommence à chaque pluie

1. À mi-chemin entre Tunis et Hammamet.

les travaux, sans vouloir avouer, sans consentir à comprendre qu'il faudra toujours recommencer ce chapelet de ponts croulants. Celui d'Enfidaville[1] a été reconstruit deux fois. Il vient encore d'être emporté. Celui d'Oued-el-Hammam est détruit pour la quatrième fois. Ce sont des ponts nageurs, des ponts plongeurs, des ponts culbuteurs. Seuls, les vieux ponts arabes résistent à tout.

On commence par se fâcher, car la voiture doit descendre en des ravins presque infranchissables où, dix fois par heure, on croit verser, puis on finit par en rire, comme d'une incroyable cocasserie. Pour éviter ces ponts redoutables, il faut faire d'immenses détours, aller au nord, revenir au sud, tourner à l'est, repasser à l'ouest. Les pauvres indigènes ont dû, à coups de pioche, à coups de hache, à coups de serpe, se frayer un passage nouveau à travers le maquis de chênes verts, de thuyas, de lentisques, de bruyères et de pins d'Alep, l'ancien passage étant détruit par nous.

Bientôt les arbustes disparaissent, et nous ne voyons plus qu'une étendue onduleuse, crevassée par les ravines, où, de place en place, apparaissent, soit les os clairs d'une carcasse aux côtes soulevées, soit une charogne à moitié dévorée par les oiseaux de proie et les chiens. Pendant quinze mois, il n'est point tombé une goutte d'eau sur cette terre, et la moitié des bêtes y sont mortes de faim. Leurs cadavres restent semés partout, empoisonnent le vent, et donnent à ces plaines l'aspect d'un pays stérile, rongé par le soleil et ravagé par la peste. Seuls, les chiens sont gras, nourris de cette viande en putréfaction. Souvent, on en aperçoit deux ou trois acharnés sur la même

1. À mi-chemin entre Hammamet et Sousse, à l'embranchement de la route de Sousse et de celle de Kairouan.

pourriture. Les pattes raides, ils tirent sur la longue jambe d'un chameau ou sur la courte patte d'un bourricot, ils dépècent le poitrail d'un cheval ou fouillent le ventre d'une vache. Et on en découvre au loin qui errent, en quête de charognes, le nez dans la brise, le poil épais, tendant leur museau pointu.

La saison des pluies

Et il est bizarre de songer que ce sol calciné depuis deux ans par un soleil implacable, noyé depuis un mois sous des pluies de déluge, sera, vers mars et avril, une prairie illimitée, avec des herbes montant aux épaules d'un homme, et d'innombrables fleurs comme nous n'en voyons guère en nos jardins. Chaque année, quand il pleut, la Tunisie entière passe, à quelques mois de distance, par la plus affreuse aridité et par la plus fougueuse fécondité. De Sahara sans un brin d'herbe elle devient tout à coup, presque en quelques jours, comme par un miracle, une Normandie follement verte, une Normandie ivre de chaleur, jetant en ses moissons de telles poussées de sève qu'elles sortent de terre, grandissent, jaunissent et mûrissent à vue d'œil.

Elle est cultivée, de place en place, d'une façon très singulière, par les Arabes.

Ils habitent, soit les villages clairs aperçus au loin, soit les gourbis, huttes de branchages, soit les tentes brunes et pointues cachées, comme d'énormes champignons, derrière des broussailles sèches ou des bois de cactus. Quand la dernière moisson a été abondante, ils se décident de bonne heure à préparer les labours ; mais quand la sécheresse les a presque affamés, ils attendent en général les premières pluies pour risquer leurs derniers grains on pour emprunter au gouvernement la semence qu'il leur prête assez facilement. Or, dès que les lourdes ondées d'automne ont détrempé la contrée, ils vont trouver tantôt le caïd qui détient le territoire fertile, tantôt le nouveau propriétaire européen qui loue souvent plus cher, mais ne les vole pas, et leur rend dans leurs contestations une justice plus stricte, qui n'est point vénale, et ils désignent les terres choisies par eux, en marquent les limites, les prennent à bail pour une seule saison, puis se mettent à les cultiver.

Alors on voit un étonnant spectacle ! Chaque fois que, quittant les régions pierreuses et arides, on arrive aux parties fécondes, apparaissent au loin les invraisemblables silhouettes des chameaux laboureurs attelés aux charrues. La haute bête fantastique traîne, de son pas lent, le maigre instrument de bois que pousse l'Arabe, vêtu d'une sorte de chemise. Bientôt ces groupes surprenants se multiplient, car on approche d'un centre recherché. Ils vont, viennent, se croisent par toute la plaine, y promenant l'inexprimable profil de l'animal, de l'instrument et de l'homme, qui semblent soudés ensemble, ne faire qu'un seul être apocalyptique et solennellement drôle.

Le chameau est remplacé de temps en temps par des vaches, par des ânes, quelquefois même par des femmes. J'en ai vu une accouplée avec un bourricot et tirant autant que la bête, tandis que le mari poussait et excitait ce lamentable attelage.

Le sillon de l'Arabe n'est point ce beau sillon profond et droit du laboureur européen, mais une sorte de feston qui se promène capricieusement à fleur de terre autour des touffes de jujubiers. Jamais ce nonchalant cultivateur ne s'arrête ou ne se baisse pour arracher une plante parasite poussée devant lui. Il l'évite par un détour, la respecte, l'enferme comme si elle était précieuse, comme si elle était sacrée, dans les circuits tortueux de son labour. Ses champs sont donc pleins de touffes d'arbrisseaux, dont quelques-unes si petites qu'un simple effort de la main les pourrait extirper. La vue seule de cette culture mixte de broussailles et de céréales finit par tant énerver l'œil qu'on a envie de prendre une pioche et de défricher les terres où circulent, à travers les jujubiers sauvages, ces triades fantastiques de chameaux, de charrues et d'Arabes.

On retrouve bien, dans cette indifférence tranquille, dans ce respect pour la plante poussée sur la terre de Dieu, l'âme fataliste de l'Oriental. Si elle a grandi là, cette plante, c'est que le Maître l'a voulu, sans doute. Pourquoi défaire son œuvre et la détruire ? Ne vaut-il pas mieux se détourner et l'éviter ? Si elle croît jusqu'à couvrir le champ entier, n'y a-t-il point d'autres terres plus loin ? Pourquoi prendre cette peine, faire un geste, un effort de plus, augmenter d'une fatigue, si légère soit-elle, la besogne indispensable ?

Chez nous, le paysan, rageur, jaloux de la terre plus que de sa femme, se jetterait, la pioche aux mains, sur l'ennemi poussé chez lui et, sans repos jusqu'à ce qu'il l'eût vaincu, il frapperait, avec de grands gestes de bûcheron, la racine tenace enfoncée au sol.

Ici, que leur importe ? Jamais non plus ils n'enlèvent la pierre rencontrée ; ils la contournent aussi. En une heure, certains champs pourraient être débarrassés, par un seul homme, des rochers mobiles qui forcent le soc de la charrue à des ondulations sans nombre. Ils ne le seront jamais. La pierre est là, qu'elle y reste. N'est-ce pas la volonté de Dieu ?

Quand les nomades ont ensemencé le terrain choisi par eux, ils s'en vont, cherchant ailleurs des pâturages pour leurs troupeaux et laissant une seule famille à la garde des récoltes.

Le domaine de l'Enfida

Nous sommes à présent dans un immense domaine de 140 000 hectares, qu'on nomme l'Enfida[1], et qui appartient à des Français. L'achat de cette propriété démesurée, vendue par le général Kheir-ed-Din, ex-ministre du bey, a été une des causes déterminantes de l'influence française en Tunisie.

Les circonstances qui ont accompagné cet achat sont amusantes et caractéristiques. Quand les capitalistes français et le général se furent mis d'accord sur le prix, on se rendit chez le cadi pour rédiger l'acte ; mais la loi tunisienne contient une disposition spéciale qui permet aux voisins limitrophes d'une propriété vendue de réclamer la préférence à prix égal.

Chez nous, par prix égal, on entendrait exprimer une somme égale en n'importe quelles espèces ayant cours ; mais le code oriental, qui laisse toujours ouverte une porte pour les chicanes, prétend que le prix sera payé par le voisin réclamant en monnaies identiquement pareilles : même nombre de titres de même nature, de billets de banque de même valeur, de pièces d'or, d'argent ou de cuivre. Enfin, afin de rendre, en certains cas, insoluble

1. Le domaine de l'Enfida avait été acheté par la Société marseillaise de crédit. Il couvrait un territoire s'étendant du nord-ouest de Sousse au sud-ouest de Bou-Ficha.

cette difficulté, il permet au cadi d'autoriser le premier acheteur à ajouter aux sommes stipulées une poignée de menues piécettes indéterminées, par conséquent inconnues, ce qui met les voisins limitrophes dans l'impossibilité absolue de fournir une somme strictement et matériellement semblable.

Devant l'opposition d'un Israélite, M. Lévy, voisin de l'Enfida, les Français demandèrent au cadi l'autorisation d'ajouter au prix convenu cette poignée de menues monnaies. L'autorisation leur fut refusée.

Mais le code musulman est fécond en moyens, et un autre se présenta. Ce fut d'acheter cet énorme bloc de terres de 140 000 hectares, moins un ruban d'un mètre sur tout le contour. Dès lors, il n'y avait plus contact avec aucun voisin ; et la société franco-africaine demeura, malgré tous les efforts de ses ennemis et du ministère beylical, propriétaire de l'Enfida.

Elle y a fait faire de grands travaux dans toutes les parties fertiles, a planté des vignes, des arbres, fondé des villages et divisé les terres par portions régulières de 10 hectares chacune, afin que les Arabes eussent toute facilité pour choisir et indiquer leur choix sans erreur possible.

Pendant deux jours, nous allons traverser cette province tunisienne avant d'en atteindre l'autre extrémité. Depuis quelque temps, la route, une simple piste à travers les touffes de jujubiers, était devenue meilleure, et l'espoir d'arriver avant la nuit à Bou-Ficha[1], où nous devions coucher, nous réjouissait, quand nous aperçûmes une

1. Bou-Ficha se trouve entre Hammamet et Enfidaville. Maupassant anticipe ici sur la topographie et la chronologie réelles de son parcours, comme la suite de ce journal de voyage va le montrer.

armée d'ouvriers de toute race occupés à remplacer ce chemin passable par une voie française, c'est-à-dire par un chapelet de dangers, et nous devons reprendre le pas. Ils sont surprenants ces ouvriers. Le nègre lippu, aux gros yeux blancs, aux dents éclatantes, pioche à côté de l'Arabe au fin profil, de l'Espagnol poilu, du Marocain, du Maure, du Maltais et du terrassier français égaré, on ne sait comment ni pourquoi, en ce pays ; il y a aussi là des Grecs, des Turcs, tous les types de Levantins ; et on songe à ce que doit être la moyenne de morale, de probité et d'aménité de cette horde.

Vers trois heures, nous atteignons le plus vaste caravansérail que j'aie jamais vu. C'est toute une ville, ou plutôt un village enfermé dans une seule enceinte, qui contient, l'une après l'autre, trois cours immenses où sont parqués en de petites cases les hommes, boulangers, savetiers, marchands divers, et, sous des arcades, les bêtes. Quelques cellules propres, avec des lits et des nattes, sont réservées pour les passants de distinction.

Sur le mur de la terrasse, deux pigeons blancs argentés et luisants nous regardent avec des yeux rouges qui brillent comme des rubis.

Les chevaux ont bu. Nous repartons.

La route se rapproche un peu de la mer, dont nous découvrons la traînée bleuâtre à l'horizon. Au bout d'un cap, une ville apparaît, dont la ligne, droite, éblouissante sous le soleil couchant, semble courir sur l'eau. C'est Hammamet, qui se nommait PutPut sous les Romains. Au loin, devant nous, dans la plaine, se dresse une ruine ronde qui, par un effet de mirage, semble gigantesque. C'est encore un tombeau romain, haut seulement de 10 mètres, qu'on nomme Kars-el-Menara.

Le soir vient. Sur nos têtes le ciel est resté bleu, mais devant nous s'étale une nuée violette, opaque, derrière laquelle le soleil s'enfonce. Au bas de cette couche de nuages s'allonge sur l'horizon et sur la mer un mince ruban rose, tout droit, régulier, et qui devient, de minute en minute, de plus en plus lumineux à mesure que descend vers lui l'astre invisible. De lourds oiseaux passent d'un vol lent ; ce sont, je crois, des buses. La sensation du soir est profonde, pénètre l'âme, le cœur, le corps avec une rare puissance, dans cette lande sauvage qui va ainsi jusqu'à Kairouan, à deux jours de marche devant nous. Telle doit être, à l'heure du crépuscule, la steppe russe. Nous rencontrons trois hommes en burnous. De loin, je les prends pour des nègres, tant ils sont noirs et luisants, puis je reconnais le type arabe. Ce sont des gens du Souf, curieuse oasis presque enfouie dans les sables entre les chotts et Touggourt. La nuit bientôt s'étend sur nous. Les chevaux ne vont plus qu'au pas. Mais soudain surgit dans l'ombre un mur blanc. C'est l'intendance nord de l'Enfida, le bordj de Bou-Ficha, sorte de forteresse carrée, défendue par des murs sans ouvertures et par une porte de fer contre les surprises des Arabes. On nous attend. La femme de l'intendant, Mme Moreau, nous a préparé un fort bon dîner. Nous avons fait 80 kilomètres, malgré les Ponts et Chaussées.

12 décembre.

Nous partons au point du jour. L'aurore est rose, d'un rose intense. Comment l'exprimer ? Je dirais saumonée si cette note était plus brillante. Vraiment nous manquons de mots pour faire passer devant les yeux toutes les combinaisons des tons. Notre regard, le regard moderne, sait voir la gamme infinie des nuances. Il distingue toutes les unions de couleurs entre elles, toutes les dégradations qu'elles subissent, toutes leurs modifications sous l'influence des voisinages, de la lumière, des ombres, des heures du jour. Et pour dire ces milliers de subtiles colorations, nous avons seulement quelques mots, les mots simples qu'employaient nos pères afin de raconter les rares émotions de leurs yeux naïfs.

Regardons les étoffes nouvelles. Combien de tons inexprimables entre les tons principaux ! Pour les évoquer, on ne peut se servir que de comparaisons qui sont toujours insuffisantes.

Ce que j'ai vu, ce matin-là, en quelques minutes, je ne saurais, avec des verbes, des noms et des adjectifs, le faire voir.

Nous nous approchons encore de la mer, ou plutôt d'un vaste étang qui s'ouvre sur la mer. Avec ma lunette-jumelle, j'aperçois, dans l'eau, des flamants, et je quitte la voiture afin de ramper vers eux entre les broussailles et de les regarder de plus près.

J'avance. Je les vois mieux. Les uns nagent, d'autres sont debout sur leurs longues échasses. Ce sont des taches blanches et rouges qui flottent, ou bien des fleurs énormes poussées sur une menue tige de pourpre, des fleurs groupées par centaines, soit sur la berge, soit dans l'eau, On dirait des plates-bandes de lis carminés, d'où sortent, comme d'une corolle, des têtes d'oiseau tachées de sang au bout d'un cou mince et recourbé.

J'approche encore, et soudain la bande la plus proche me voit ou me flaire, et fuit. Un seul s'enlève d'abord, puis tous partent. C'est vraiment l'envolée prodigieuse d'un jardin, dont toutes les corbeilles l'une après l'autre s'élancent au ciel ; et je suis longtemps, avec ma jumelle, les nuages roses et blancs qui s'en vont là-bas, vers la mer, en laissant traîner derrière eux toutes ces pattes sanglantes, fines comme des branches coupées.

Ruines antiques

Ce grand étang servait autrefois de refuge aux flottes des habitants d'Aphrodisium, pirates redoutables qui s'embusquaient et se réfugiaient là.

On aperçoit au loin les ruines de cette ville, où Bélisaire[1] fit halte dans sa marche sur Carthage. On y trouve encore un arc de triomphe, les restes d'un temple de Vénus et d'une immense forteresse.

Sur le seul territoire de l'Enfida, on rencontre ainsi les vestiges de dix-sept cités romaines. Là-bas, sur le rivage, est Hergla[2], qui fut l'opulente Aurea Coelia d'Antonin[3], et si, au lieu d'incliner vers Kairouan, nous continuions en ligne droite, nous verrions, le soir du troisième jour de marche, se dresser dans une plaine absolument inculte l'amphithéâtre de Ed-Djem[4] aussi grand que le Colisée de Rome, débris colossal qui pouvait contenir 80 000 spectateurs.

Autour de ce géant, qui serait presque intact si Hamouda, bey de Tunis, ne l'avait fait ouvrir à coups de canon pour en déloger les Arabes qui refusaient de payer l'impôt, on a trouvé, de place en place, quelques traces d'une grande ville luxueuse, de vastes citernes et

---

1. Bélisaire (vers 500-565), général byzantin sous le règne de l'empereur Justinien, reconquit l'Afrique du Nord contre les Vandales.
2. Aujourd'hui Harqualah, sur la côte entre Bou-Ficha et Sousse.
3. Empereur romain (138-161).
4. À une petite centaine de kilomètres au sud de Sousse, sur la route de Sfax.

un immense chapiteau corinthien de l'art le plus pur, bloc unique de marbre blanc.

Quelle est l'histoire de cette cité, la Tusdrita de Pline[1], la Thysdrus de Ptolémée[2], dont le nom seul se trouve transcrit une ou deux fois par les historiens ? Que lui manque-t-il pour être célèbre, puisqu'elle fut si grande, si peuplée et si riche ? Presque rien, un Homère !

Sans lui, qu'eût été Troie ? qui connaîtrait Ithaque ?

Dans ce pays, on apprend par ses yeux ce qu'est l'histoire et surtout ce que fut la Bible. On comprend que les patriarches et tous les personnages légendaires, si grands dans les livres, si imposants dans notre imagination, furent de pauvres hommes qui erraient à travers les peuplades primitives, comme errent ces Arabes graves et simples, pleins encore de l'âme antique et vêtus du costume antique. Les patriarches ont eu seulement des poètes historiens pour chanter leur vie.

Une fois au moins par jour, au pied d'un olivier, au coin d'un bois de cactus, on rencontre la *Fuite en Égypte* ; et on sourit en songeant que les peintres galants ont fait asseoir la Vierge Marie sur l'âne qui fut monté sans aucun doute par Joseph, son époux, tandis qu'elle suivait à pas pesants, un peu courbée, portant sur son dos, dans un burnous gris de poussière, le petit corps rond, comme une boule, de l'enfant Jésus.

Celle que nous voyons surtout, à chaque puits, c'est Rébecca[3]. Elle est habillée d'une robe en laine bleue,

---

1. Pline l'Ancien (23-79), naturaliste, amiral de la flotte romaine, écrivain, auteur d'une *Histoire naturelle*, mort dans l'éruption du Vésuve qui engloutit Pompéi. 2. Savant grec (vers 100-170), astronome et géographe, auteur d'une *Géographie*. 3. Personnage féminin de la Bible, épouse d'Isaac, mère d'Ésaü et de Jacob.

superbement drapée ; porte aux chevilles des anneaux d'argent et, sur la poitrine, un collier de plaques du même métal, unies par des chaînettes. Quelquefois, elle se cache la figure à notre approche ; quelquefois aussi, quand elle est belle, elle nous montre un frais et brun visage, qui nous regarde avec de grands yeux noirs. C'est bien la fille de la Bible, celle dont le cantique a dit : *Nigra sum sed formosa*, celle qui, soutenant une outre sur son front par les chemins pierreux, montrant la chair ferme et bronzée de ses jambes, marchant d'un pas tranquille, en balançant doucement sa taille souple sur ses hanches, tenta les anges du ciel, comme elle nous tente encore, nous qui ne sommes point des anges.

En Algérie et dans le Sahara algérien, toutes les femmes, celles des villes comme celles des tribus, sont vêtues de blanc. En Tunisie, au contraire, celles des cités sont enveloppées de la tête aux pieds en des voiles de mousseline noire qui en font d'étranges apparitions dans les rues si claires des petites villes du Sud, et celles des campagnes sont habillées avec des robes gros bleu d'un gracieux et grand effet, qui leur donne une allure encore plus biblique.

Nous traversons maintenant une plaine où l'on voit partout les traces du travail humain, car nous approchons du centre de l'Enfida, baptisé Enfidaville, après s'être nommé Dar-el-Bey.

Voici là-bas des arbres ! Quel étonnement ! Ils sont déjà hauts, bien que plantés seulement depuis quatre ans, et témoignent de l'étonnante richesse de cette terre et des résultats que peut donner une culture raisonnée et sérieuse. Puis, au milieu de ces arbres, apparaissent de grands bâtiments sur lesquels flotte le drapeau français. C'est l'habitation du régisseur général et l'œuf de la ville future. Un village s'est déjà formé autour de ces constructions importantes, et un marché y a lieu tous les lundis, où se font de très grosses affaires. Les Arabes y viennent en foule de points très éloignés.

Rien n'est plus intéressant que l'étude de l'organisation de cet immense domaine où les intérêts des indigènes ont été sauvegardés avec autant de soin que ceux des Européens. C'est là un modèle de gouvernement agraire pour ces pays mêlés où des mœurs essentiellement opposées et diverses appellent des institutions très délicatement prévoyantes.

Après avoir déjeuné dans cette capitale de l'Enfida, nous partons pour visiter un très curieux village perché sur un roc éloigné d'environ cinq kilomètres.

D'abord nous traversons des vignes, puis nous rentrons dans la lande, dans ces longues étendues de terre jaune, parsemées seulement de touffes maigres de jujubiers.

La nappe d'eau souterraine est à deux ou trois ou cinq mètres sous presque toutes ces plaines, qui pourraient devenir, avec un peu de travail, d'immenses champs d'oliviers.

Les bois de cactus

On y voit seulement, de place en place, de petits bois de cactus grands à peine comme nos vergers.

Voici l'origine de ces bois :

Il existe en Tunisie un usage fort intéressant appelé *droit de vivification du sol,* qui permet à tout Arabe de s'emparer des terres incultes et de les féconder si le propriétaire n'est point présent pour s'y opposer.

Donc l'Arabe, apercevant un champ qui lui paraît fertile, y plante, soit des oliviers, soit surtout des cactus appelés à tort par lui figuiers de Barbarie, et, par ce seul fait, s'assure la jouissance de la moitié de chaque récolte jusqu'à extinction de l'arbre. L'autre moitié appartient au propriétaire foncier, qui n'a plus dès lors qu'à surveiller la vente des produits, pour toucher sa part régulière.

L'Arabe envahisseur doit prendre soin de ce champ, l'entretenir, le défendre contre les vols, le sauvegarder de tout mal comme s'il lui appartenait en propre, et chaque année, il met les fruits aux enchères pour que le partage soit équitable. Presque toujours, d'ailleurs, il s'en rend lui-même acquéreur, et paye alors au vrai propriétaire une sorte de fermage irrégulier et proportionnel à la valeur de chaque récolte.

Ces bois de cactus ont un aspect fantastique. Les troncs tordus ressemblent à des corps de dragons, à des membres de monstres aux écailles soulevées et hérissées de pointes. Quand on en rencontre un le soir, au clair de lune, on croirait vraiment entrer dans un pays de cauchemar.

Tout le pied du roc escarpé qui porte le village de Tac-Rouna est couvert de ces hautes plantes diaboliques. On traverse une forêt du Dante. On croit qu'elles vont remuer, agiter leurs larges feuilles rondes, épaisses et couvertes de longues aiguilles, qu'elles vont vous saisir, vous étreindre, vous déchirer avec ces redoutables griffes. Je ne sais rien de plus hallucinant que ce chaos de pierres énormes et de cactus qui garde le pied de cette montagne.

Tout à coup, au milieu de ces rochers et de ces végétaux à l'air féroce, nous découvrons un puits entouré de femmes, qui viennent chercher de l'eau. Les bijoux d'argent de leurs jambes et de leurs cous brillent au soleil. En nous apercevant, elles cachent leurs faces brunes sous un pli de l'étoffe bleue qui les drape, et, un bras levé sur leur front, nous laissent passer en cherchant à nous voir.

Le sentier est escarpé, à peine bon pour des mulets. Les cactus aussi ont grimpé le long du chemin, dans les roches. Ils semblent nous accompagner, nous entourer, nous enfermer, nous suivre et nous devancer. Là-haut, tout au sommet de la montée, apparaît toujours le dôme éclatant d'une koubba[1].

Voici le village : un amas de ruines, de murs croulants, où on ne parvient guère à distinguer les trous habités de ceux qui ne servent plus. Les pans de muraille encore debout au nord et à l'ouest sont tellement minés et menaçants que nous n'osons pas nous aventurer au milieu : une secousse les ferait crouler.

La vue de là-haut est magnifique. Au sud, à l'est, à l'ouest, la plaine infinie que la mer baigne sur une longue étendue. Au nord, des montagnes pelées, rouges, dentelées comme la crête des coqs. Tout au loin, le djebel Zagh'ouan, qui domine la contrée entière.

Ce sont les dernières montagnes que nous apercevrons maintenant jusqu'à Kairouan.

Ce petit village de Tac-Rouna est une espèce de place forte arabe, tout à fait à l'abri d'un coup de main. Tac, d'ailleurs, est un diminutif de Tackesche, qui veut dire forteresse. Une des principales fonctions des habitants, car on ne peut, en ce cas, dire « occupations », consiste à garder dans leurs silos les grains que les nomades leur confient après la moisson.

Nous revenons, le soir, coucher à Enfidaville.

---

1. Voir « Mosquée et zaouïa », p. 313 *sqq.* (*Le Gaulois*, 11 décembre 1888).

La nécropole et les oiseaux

13 décembre.

Nous passons d'abord au milieu des vignes de la Société franco-africaine, puis nous atteignons des plaines démesurées où errent, par tout l'horizon, ces apparitions inoubliables faites d'un chameau, d'une charrue et d'un Arabe. Puis le sol devient aride, et devant nous j'aperçois, avec la jumelle, un grand désert de pierres énormes, debout, dans tous les sens, à droite, à gauche, à perte de vue. En approchant, on reconnaît des dolmens. C'est là une nécropole de proportions inimaginables, car elle couvre quarante hectares ! Chaque tombeau est composé de quatre pierres plates. Trois debout forment le fond et les deux côtés, une autre, posée dessus, sert de toit. Pendant longtemps, toutes les fouilles faites par le régisseur de l'Enfida pour découvrir des caveaux sous ces monuments mégalithiques sont demeurées inutiles. Il y a dix-huit mois ou deux ans, M. Hamy, conservateur du musée d'ethnographie de Paris, après beaucoup de recherches, parvint à découvrir l'entrée de ces tombes souterraines, cachée avec beaucoup d'adresse sous un lit de roches épaisses. Il a trouvé dedans quelques ossements et des vases de terre révélant des sépultures berbères. D'un autre côté, M. Mangiavacchi, régisseur de l'Enfida, a indiqué, non loin de là, les traces presque disparues d'une vaste cité berbère. Quelle pouvait être cette ville qui a couvert de ses morts une étendue de quarante hectares ?

Chez les Orientaux, d'ailleurs, on est frappé sans cesse par la place abandonnée aux ancêtres dans ce monde. Les cimetières sont immenses, innombrables. On en rencontre partout. Les tombes, dans la ville du Caire, tiennent plus de place que les maisons. Chez nous, au contraire, la terre coûte cher et les disparus ne comptent plus. On les empile, on les entasse l'un contre l'autre, l'un sur l'autre, en un petit coin, hors la ville, dans la banlieue, entre quatre murs. Les dalles de marbre et les croix de bois couvrent des générations enfouies là depuis des siècles. C'est un fumier de morts à la porte des villes. On leur donne tout juste le temps de perdre leur forme dans la terre engraissée déjà par la pourriture humaine, le temps de mêler encore leur chair décomposée à cette argile cadavérique ; puis, comme d'autres arrivent sans cesse, et qu'on cultive dans les champs voisins des plantes potagères pour les vivants, on fouille à coups de pioche ce sol mangeur d'hommes, on en arrache les os rencontrés, têtes, bras, jambes, côtes, de mâles, de femelles et d'enfants, oubliés et confondus ensemble ; on les jette, pêle-mêle, dans une tranchée, et on offre aux morts récents, aux morts dont on sait encore le nom, la place volée aux autres que personne ne connaît plus, que le néant a repris tout entiers, car il faut être économe dans les sociétés civilisées.

En sortant de ce cimetière antique et démesuré, nous apercevons une maison blanche. C'est El-Menzel, l'intendance sud de l'Enfida, où finit notre étape.

Comme nous étions restés longtemps à causer après dîner, l'idée nous vint de sortir quelques minutes avant de nous mettre au lit. Un clair de lune magnifique éclairait la steppe et, glissant entre les écailles de cactus énormes poussés à quelques mètres devant nous, leur donnait l'aspect surnaturel d'un troupeau de bêtes infernales éclatant tout à coup et jetant en l'air, en tous sens, les plaques rondes de leurs corps affreux.

Nous étant arrêtés pour les regarder, un bruit lointain, continu, puissant, nous frappa. C'étaient des voix innombrables, aiguës ou graves, de tous les timbres imaginables, des sifflements, des cris, des appels, la rumeur inconnue et terrifiante d'une foule affolée, d'une foule innombrable, irréelle, qui devait se battre quelque part, on ne savait où, dans le ciel ou sur la terre. Tendant l'oreille vers tous les points de l'horizon, nous finîmes par découvrir que cette clameur venait du sud. Alors quelqu'un s'écria :

— Mais ce sont les oiseaux du lac Triton[1]. Nous devions en effet, le lendemain, passer à côté de ce lac appelé par les Arabes El-Kelbia (la chienne), d'une superficie de 10 000 à 13 000 hectares, dont certains géographes modernes font l'ancienne mer intérieure d'Afrique, qu'on avait placée jusqu'ici dans les chotts Fedjedj, R'arsa et Melr'ir.

C'était bien, en effet, le peuple piaillard des oiseaux d'eau, campé comme une armée de tribus diverses, sur les bords du lac, éloigné cependant de 16 kilomètres, qui faisait dans la nuit ce grand vacarme confus, car ils sont là des milliers, de toute race, de toute forme, de toute plume, depuis le canard au nez plat, jusqu'à la cigogne au long bec. Il y a des armées de flamants et de grues, des flottes de macreuses et de goélands, des régiments de grèbes, de pluviers, de bécassines, de mouettes. Et sous les doux clairs de lune, toutes ces bêtes, égayées par la belle nuit, loin de l'homme, qui n'a point de demeure près de leur grand royaume liquide, s'agitent, poussent leurs cris, causent sans doute en leur langue d'oiseaux, emplissent le ciel lumineux de leurs voix perçantes,

1. Triton était le nom donné par la géographie antique de Ptolémée à un ancien golfe qui aurait recouvert cette région. On a conservé le nom pour désigner plusieurs dépressions desséchées, salines et inondables voisines les unes des autres : notamment le chott Melghir, le chott Rharsa et le chott El-Djerid, au sud de Biskra et à 250 kilomètres à l'ouest de Gabès, et à plus de 300 kilomètres au sud-ouest de Kairouan. Mais une autre hypothèse, à laquelle se conforme la topographie du récit de Maupassant, identifie le lac Triton à la « sebkra Kelbia », au nord de Kairouan.

auxquelles répondent seulement l'aboiement lointain des chiens arabes ou le jappement des chacals.

À l'approche de Kairouan

14 décembre.

Après avoir encore traversé quelques plaines cultivées çà et là par les indigènes, mais demeurées la plupart du temps complètement incultes, bien que très fertilisables, nous découvrons sur la gauche la longue nappe d'eau du lac Triton. On s'en approche peu à peu, et on y croit voir des îles, de grandes îles nombreuses, tantôt blanches, tantôt noires. Ce sont des peuplades d'oiseaux qui nagent, qui flottent, par masses compactes. Sur les bords, des grues énormes se promènent deux par deux, trois par trois, sur leurs hautes pattes. On en aperçoit d'autres dans la plaine, entre les touffes du maquis que dominent leurs têtes inquiètes.

Ce lac, dont la profondeur atteint six ou huit mètres, a été complètement à sec cet été, après les quinze mois de sécheresse qu'a subis la Tunisie, ce qui ne s'était pas vu de mémoire d'homme. Mais, malgré son étendue considérable, en un seul jour il fut rempli à l'automne, car c'est en lui que se ramassent toutes les pluies tombées sur les montagnes du centre. La grande richesse future de ces campagnes tient à ceci, qu'au lieu d'être traversées par des rivières souvent vides, mais au cours précis et qui canalisent l'eau du ciel, comme l'Algérie, elles sont à peine parcourues par des ravines où le moindre barrage suffit pour arrêter les torrents. Or, leur niveau étant partout le même, chaque averse tombée sur les monts lointains se répand sur la plaine entière, en fait, pendant plusieurs jours ou pendant plusieurs heures, un immense marécage, et y dépose, à chacune de ces inondations, une couche nouvelle de limon qui l'engraisse et la fertilise ; comme une Égypte qui n'aurait point de Nil.

Nous arrivons maintenant en des landes illimitées, où se répand une lèpre intermittente, une petite plante grasse vert-de-grisâtre dont les chameaux sont très friands. Aussi aperçoit-on, pâturant à perte de vue, d'immenses troupeaux de dromadaires. Quand nous passons au milieu d'eux, ils nous regardent de leurs gros yeux luisants, et on se croirait aux premiers temps du monde, aux jours où le Créateur hésitant jetait à poignées sur la terre, comme pour juger la valeur et l'effet de son œuvre douteuse, les races informes qu'il a depuis peu à peu détruites, tout en laissant survivre quelques types primitifs sur ce grand continent négligé, l'Afrique, où il a oublié dans les sables la girafe, l'autruche et le dromadaire.

Ah ! la drôle et gentille chose que voici : une chamelle qui vient de mettre bas, et qui s'en va vers le campement, suivie de son chamelet que poussent, avec des branches, deux petits Arabes dont la figure n'arrive pas au derrière du petit chameau. Il est grand, lui, déjà, monté sur des jambes très hautes portant un rien du tout de corps que terminent un cou d'oiseau et une tête étonnée dont les yeux regardent depuis un quart d'heure seulement ces choses nouvelles : le jour, la lande et la bête qu'il suit. Il marche très bien pourtant, sans embarras, sans hésitation, sur ce terrain inégal, et il commence à flairer la mamelle, car la nature ne l'a fait si haut, cet animal vieux de quelques minutes, que pour lui permettre d'atteindre au ventre escarpé de sa mère.

En voici d'autres âgés de quelques jours, d'autres encore âgés de quelques mois, puis de très grands, dont le poil a l'air d'une broussaille, d'autres tout jaunes, d'autres d'un gris blanc, d'autres noirâtres. Le paysage devient tellement étrange que je n'ai jamais rien vu qui lui ressemble. À droite, à gauche, des lignes de pierres sortent de terre, rangées comme des soldats, toutes dans le même ordre, dans le même sens, penchées vers Kairouan, invisible encore. On les dirait en marche, par bataillons, ces pierres dressées l'une derrière l'autre, par files droites, éloignées de quelques centaines de pas. Elles couvrent ainsi plusieurs kilomètres. Entre elles, rien que du sable argileux. Ce soulèvement est un des plus curieux du monde. Il a d'ailleurs sa légende.

Quand Sidi-Okba, avec ses cavaliers, arriva dans ce désert sinistre où s'étale aujourd'hui ce qui reste de la ville sainte, il campa dans cette solitude. Ses compagnons, surpris de le voir s'arrêter dans ce lieu, lui conseillèrent de s'éloigner, mais il répondit :

— Nous devons rester ici et même y fonder une ville, car telle est la volonté de Dieu.

Ils lui objectèrent qu'il n'y avait ni eau pour boire, ni bois ni pierres pour construire.

Sidi-Okba leur imposa silence par ces mots : « Dieu y pourvoira. »

Le lendemain, on vint lui annoncer qu'une levrette avait trouvé de l'eau. On creusa donc à cet endroit, et on découvrit, à seize mètres sous le sol, la source qui alimente le grand puits coiffé d'une coupole où un chameau tourne, tout le long du jour, la manivelle élévatoire.

Le lendemain encore, des Arabes, envoyés à la découverte, annoncèrent à Sidi-Okba qu'ils avaient aperçu des forêts sur les pentes de montagnes voisines.

Et le jour suivant, enfin, des cavaliers, partis le matin, rentrèrent au galop, en criant qu'ils venaient de rencontrer des pierres, une armée de pierres en marche, envoyées par Dieu sans aucun doute.

Kairouan, malgré ce miracle, est construite presque entièrement en briques.

Mais voilà que la plaine est devenue un marais de boue jaune où les chevaux glissent, tirent sans avancer, s'épuisent et s'abattent. Ils enfoncent dans cette vase gluante jusqu'aux genoux. Les roues y entrent jusqu'aux moyeux. Le ciel s'est couvert, la pluie tombe, une pluie fine qui embrume l'horizon. Tantôt le chemin semble meilleur quand on gravit une des sept ondulations appelées les sept collines de Kairouan, tantôt il redevient un épouvantable cloaque lorsqu'on redescend dans l'entre-deux. Soudain la voiture s'arrête ; une des roues de derrière est enrayée par le sable.

Il faut mettre pied à terre et se servir de ses jambes. Nous voici donc sous la pluie, fouettés par un vent furieux, levant à chaque pas une énorme botte de glaise qui englue nos chaussures, appesantit notre marche jusqu'à la rendre exténuante, plongeant parfois en des fondrières de boue, essoufflés, maudissant le sol glacial, et faisant vers la cité sacrée un pèlerinage qui nous vaudra peut-être quelque indulgence après ce monde, si, par hasard, le Dieu du Prophète est le vrai.

On sait que, pour les croyants, sept pèlerinages à Kairouan valent un pèlerinage à La Mecque.

Après un kilomètre ou deux de ce piétinement épuisant, j'entrevois dans la brume, au loin, devant moi, une tour mince et pointue, à peine visible, à peine plus teintée que le brouillard, et dont le sommet se perd dans la nuée. C'est une apparition vague et saisissante qui se précise peu à peu, prend une forme plus nette et devient un grand minaret debout dans le ciel sans qu'on voie rien autre chose, rien autour, rien au-dessous : ni la ville, ni les murs, ni les coupoles des mosquées. La pluie nous fouette la figure, et nous allons lentement vers ce phare grisâtre dressé devant nous comme une tour-fantôme qui va tout à l'heure s'effacer, rentrer dans la nappe de brume où elle vient de surgir.

Puis, sur la droite, s'estompe un monument chargé de dômes : c'est la mosquée dite du Barbier, et enfin apparaît la ville, une masse indistincte, indécise, derrière le rideau de pluie ; et le minaret semble moins grand que tout à l'heure, comme s'il venait de s'enfoncer dans les murs après s'être élevé jusqu'au firmament pour nous guider vers la cité.

Oh ! la triste cité perdue dans ce désert ; en cette solitude aride et désolée ! Par les rues étroites et tortueuses, les Arabes, à l'abri dans les échoppes des vendeurs, nous regardent passer ; et, quand nous rencontrons une femme, ce spectre noir entre ces murs jaunis par l'averse semble la Mort qui se promène.

L'hospitalité nous est offerte par le gouverneur tunisien de Kairouan, Si-Mohammed el-Marabout, général du bey, très noble et très pieux musulman ayant accompli trois fois déjà le pèlerinage de La Mecque. Il nous conduit, avec une politesse empressée et grave, vers les chambres destinées aux étrangers, où nous trouvons de grands divans et d'admirables couvertures arabes dans lesquelles on se roule pour dormir. Pour nous faire honneur, un de ses fils nous apporte, de ses propres mains, tous les objets dont nous avons besoin.

Nous dînons, ce soir même, chez le contrôleur civil et consul français, où nous trouvons un accueil charmant et gai, qui nous réchauffe et nous console de notre triste arrivée. [...]

(*La Revue des Deux Mondes*, 1er février 1889.)

Sousse

Voici les dernières pages de la longue chronique intitulée « Vers Kairouan ». Nous les détachons de celle-ci parce qu'elles sont consacrées à la visite de Sousse.

Le 16 décembre 1888, en effet, Maupassant quitte Kairouan, où il n'est resté qu'une journée. Il repart en direction de la Méditerranée. Retrouvant la plaine marécageuse, il se retourne un moment sur les dômes et les minarets de Kairouan, puis entame une longue marche qui le conduit à la koubba de Sidi-L'Hanni, sorte de dôme aveuglant de blancheur, dont il tente de cerner, après l'éblouissement, les couleurs secondes et les ombres. Puis il entre dans une région moins déserte, ponctuée d'oliviers, où s'offrent à lui des figures pittoresques et séduisantes, à la Fromentin : « une superbe fille » rieuse, un jeune et élégant bourgeois de Sousse assis sur son âne, un « petit nègre » qui court derrière son maître…

À Sousse revient à sa mémoire une vision de sa « jeune vie » au collège d'Yvetot, lorsqu'il découvrait dans les récits de croisades le nom, les remparts et les « hommes à turban » de cette ville. Et celle-ci se transforme, quand la lune s'est levée sur les murailles et sur la mer, en une « cité fantastique », « un rêve prodigieux de poète réalisé ». Sousse inspire les yeux et l'imagination de Maupassant plus que Kairouan. La chronique s'achève sur un ton de nouvelle orientale, et la documentation ethnographique laborieusement déversée dans les pages précédentes se dissipe devant la montée d'une rêverie romantique que n'auraient pas reniée, peut-être, Musset ni Nerval : une « Juliette arabe » veille peut-être sur le grand balcon fermé de cette belle demeure orientale devant laquelle le voyageur s'est arrêté dans la nuit ; mais aucun Européen ne peut espérer devenir son Roméo…

[…]

16 décembre.

La sortie de Kairouan vers Sousse augmente encore l'impression de tristesse de la ville sainte.

Après de longs cimetières, vastes champs de pierres, voici des collines d'ordures faites des détritus de la ville, accumulés depuis des siècles ; puis recommence la plaine marécageuse, où on marche souvent sur des carapaces de petites tortues, puis toujours la lande où pâturent des chameaux. Derrière nous la ville, les dômes, les mosquées, les minarets se dressent dans cette solitude morne, comme un mirage du désert, puis peu à peu s'éloignent et disparaissent.

Après plusieurs heures de marche, la première halte a lieu près d'une koubba, dans un massif d'oliviers. Nous sommes à Sidi-L'Hanni, et je n'ai jamais vu le soleil faire d'une coupole blanche une plus étonnante merveille de couleur. Est-elle blanche ?

Oui, – blanche à aveugler ! et pourtant la lumière se décompose si étrangement sur ce gros œuf, qu'on y distingue une féerie de nuances mystérieuses, qui semblent évoquées plutôt qu'apparues, illusoires plus que réelles, et si fines, si délicates, si noyées dans ce blanc de neige qu'elles ne s'y montrent pas tout de suite, mais après l'éblouissement et la surprise du premier regard. Alors on n'aperçoit plus qu'elles, si nombreuses, si diverses, si puissantes et presque invisibles pourtant ! Plus on regarde, plus elles s'accentuent. Des ondes d'or coulent sur ces contours, secrètement éteintes dans un bain lilas, léger comme une buée que traversent par places des traînées bleuâtres. L'ombre immobile d'une branche est peut-être grise, peut-être verte, peut-être jaune ? je ne sais pas. Sous l'abri de la corniche, le mur, plus bas, me semble violet : et je devine que l'air est mauve autour de ce dôme aveuglant qui me paraît à présent presque rose, oui, presque rose, quand on le contemple trop, quand la fatigue de son rayonnement mêle tous ces tons si fins et si clairs qu'ils affolent les yeux. Et l'ombre, l'ombre de cette koubba sur ce sol, de quelle nuance est-elle ? Qui pourra le savoir, le montrer, le peindre ? Pendant combien d'années faudra-t-il tremper nos yeux et notre pensée dans ces colorations insaisissables, si nouvelles pour nos organes instruits à voir l'atmosphère de l'Europe, ses effets et ses reflets, avant de comprendre celles-ci, de les distinguer et de les exprimer jusqu'à donner à ceux qui regarderont les toiles où elles seront fixées par un pinceau d'artiste la complète émotion de la vérité ?

Nous entrons à présent dans une région moins nue, où l'olivier pousse. À Moureddin, auprès d'un puits, une superbe fille rit et montre ses dents en nous voyant passer, et, un peu plus loin, nous devançons un élégant bourgeois de Sousse qui rentre à la ville, monté sur son âne et suivi de son nègre qui porte son fusil. Il vient sans doute de visiter son champ d'oliviers ou sa vigne ! Dans le chemin encaissé entre les arbres, c'est un tableautin charmant. L'homme est jeune, vêtu d'une veste verte et d'un gilet rose en partie cachés sous un burnous de soie drapant les reins et les épaules. Assis comme une femme sur son âne qui trottine, il lui tambourine le flanc de ses deux jambes moulées sous des bas d'une blancheur parfaite, tandis qu'il retient fixés à ses pieds, on ne sait comment, deux brodequins vernis qui n'adhèrent point à ses talons.

Et le petit nègre, habillé tout de rouge, court, son fusil sur l'épaule, avec une belle souplesse sauvage, derrière l'âne de son maître.

Voici Sousse.

Mais je l'ai vue, cette ville ! Oui, oui, j'ai eu cette vision lumineuse autrefois, dans ma toute jeune vie ; au collège, quand j'apprenais les croisades dans l'*Histoire de France* de Burette. Oh ! je la connais depuis si longtemps !

Elle est pleine de Sarrasins, derrière ce long rempart crénelé, si haut, si mince, avec ses tours de loin en loin, ses portes rondes, et les hommes à turban qui rôdent à son pied. Oh ! cette muraille, c'est bien celle dessinée dans le livre à images, si régulière et si propre qu'on la dirait en carton découpé. Que c'est joli, clair et grisant ! Rien que pour voir Sousse, on devrait faire ce long voyage. Dieu ! l'amour de muraille qu'il faut suivre jusqu'à la mer, car les voitures ne peuvent entrer dans les rues étroites et capricieuses de cette cité des temps passés. Elle va toujours, la muraille, elle va jusqu'au rivage, pareille et crénelée, armée de ses tours carrées, puis elle fait une courbe, suit la rive, tourne encore, remonte et continue sa ronde, sans modifier une fois, pendant quelques mètres seulement, son coquet aspect de rempart sarrasin. Et sans finir, elle recommence, à la façon d'un chapelet dont chaque grain est un créneau et chaque dizaine une tourelle, enfermant dans son cercle éblouissant, comme dans une couronne de papier blanc, la ville serrée dans son étreinte et qui étage ses maisons de plâtre entre le mur du bas, baigné dans le flot, et le mur du haut, profilé sur le ciel.

Après avoir parcouru la cité, entremêlement de ruelles étonnantes, comme il nous reste une heure de jour, nous allons visiter, à dix minutes des portes, les fouilles que font les officiers sur l'emplacement de la nécropole d'Hadrumète[1]. On y a découvert de vastes caveaux contenant jusqu'à vingt sépulcres et gardant des traces de peintures murales. Ces recherches sont dues aux officiers, qui deviennent, en ces pays, des archéologues acharnés, et qui rendraient à cette science de très grands services si l'administration des beaux-arts n'arrêtait leur zèle par des mesures vexatoires.

En 1860, on a mis au jour, en cette même nécropole, une très curieuse mosaïque représentant le labyrinthe de Crète, avec le minotaure au centre, et près de l'entrée une barque amenant Thésée, Ariane et son fil. Le bey voulut faire apporter à son musée cette pièce remarquable, qui fut totalement détruite en route. On a bien voulu m'en offrir une photographie faite sur un croquis de M. Larmande, dessinateur des Ponts et Chaussées. Il n'en existe que quatre, exécutées tout récemment. Je ne crois pas qu'une d'elles ait encore été reproduite.

Nous revenons à Sousse au soleil couchant, pour dîner chez le contrôleur civil de France, un des hommes les mieux renseignés et les plus intéressants à écouter parler des mœurs et des coutumes de ce pays.

De son habitation on domine la ville entière, cette cascade de toits carrés, vernis de chaux, où courent des chats noirs et où se dresse parfois le fantôme d'un être

1. Ruines proches de Sousse, vestiges d'une ancienne colonie phénicienne.

drapé en des étoffes pâles ou colorées. De place en place, un grand palmier passe la tête entre les maisons et étale le bouquet vert de ses branches au-dessus de leur blancheur unie.

Puis quand la lune se fut levée, cela devint une écume d'argent roulant à la mer, un rêve prodigieux de poète réalisé, l'apparition invraisemblable d'une cité fantastique d'où montait une lueur au ciel.

Puis nous avons erré fort longtemps par les rues. La baie d'un café maure nous tente. Nous entrons. Il est plein d'hommes assis ou accroupis, soit par terre, soit sur les planches garnies de nattes, autour d'un conteur arabe. C'est un vieux, gras, à l'œil malin, qui parle avec une mimique si drôle qu'elle suffirait à amuser. Il raconte une farce, l'histoire d'un imposteur qui voulut se faire passer pour marabout, mais que l'imam a dévoilé. Ses naïfs auditeurs sont ravis et suivent le récit avec une attention ardente, qu'interrompent seuls des éclats de rire. Puis nous nous remettons à marcher, ne pouvant, par cette nuit éblouissante, nous décider au sommeil.

Et voilà qu'en une rue étroite je m'arrête devant une belle maison orientale dont la porte ouverte montre un grand escalier droit, tout décoré de faïences et éclairé, du haut en bas, par une lumière invisible, une cendre, une poussière de clarté tombée on ne sait d'où. Sous cette lueur inexprimable, chaque marche émaillée attend quelqu'un, peut-être un vieux musulman ventru, mais je crois qu'elle appelle un pied d'amoureux. Jamais je n'ai mieux deviné, vu, compris, senti l'attente que devant cette porte ouverte et cet escalier vide où veille une lampe inaperçue. Au-dehors, sur le mur éclairé par la lune, est suspendu un de ces grands balcons fermés qu'ils appellent une *barmakli*. Deux ouvertures sombres au milieu, derrière les riches ferrures contournées des moucharabiehs. Est-elle là-dedans qui veille, qui écoute et nous déteste, la Juliette arabe dont le cœur frémit ? Oui, peut-être. Mais son désir tout sensuel n'est point de ceux qui, dans nos pays à nous, monteraient aux étoiles par des nuits pareilles. Sur cette terre amollissante et tiède, si captivante que la légende des Lotophages[1] y est née dans l'île de Djerba, l'air est plus savoureux que partout, le soleil plus chaud, le jour plus clair, mais le cœur ne sait pas aimer. Les femmes, belles et ardentes, sont ignorantes de nos tendresses. Leur âme simple reste étrangère aux émotions sentimentales et leurs baisers, dit-on, n'enfantent point le rêve.

(*La Revue des Deux Mondes,* 1er février 1889.)

---

1. Les Lotophages, dont il est question dans l'*Odyssée*, étaient un peuple imaginaire, mangeur de lotus, une plante qui apportait l'oubli. Ulysse en éloigna rapidement ses compagnons, pour les préserver de la perte du souvenir et du désir de rentrer au pays natal. Pour les historiens antiques, l'île des Lotophages n'était autre que celle de Djerba, à l'est de Gabès.

Les Africaines

C'est sans doute, pour une part, avec le souvenir encore frais de son second voyage au Maghreb que Maupassant visite l'Exposition universelle de Paris, qui a ouvert ses portes le 6 mai 1889. Fière de ses possessions coloniales, la France a construit, sans vergogne, sur l'esplanade des Invalides, des simulations de villages arabes et indochinois : gros succès auprès de la foule parisienne et provinciale, bouche bée devant le pittoresque exotique et exaltée par ces témoignages de la grandeur impériale.

Ce n'est pas exactement ces sentiments qui emplissent l'âme de Maupassant, mais plutôt le souvenir des musiciens et des danseuses côtoyés autrefois dans les décors authentiques de Djelfa et de Tunis. À la contemplation des merveilles de la mécanique et de la chimie, et même à celle des tentes arabes reconstituées, il préfère la mémoire des courtisanes qui ont « allumé » ses yeux et son désir lors de ses équipées algériennes, dans les cafés maures de Djelfa. Ce sera l'objet des deux chroniques publiées le 15 juin 1889 dans L'Écho de Paris.

Ce retour en arrière fait écho aux chroniques du 26 juillet et des 11 et 31 août 1881 (voir p. 266 et 283), que Maupassant avait consacrées aux Oulad-Naïl et à son voyage jusqu'aux limites du Sahara. Il raconte de nouveau son voyage sous le soleil des plaines d'alfa au sud d'Oran, puis, loin au sud d'Alger, des Hauts Plateaux jusqu'à Djelfa. Il s'était abstenu, en 1881, d'évoquer cette petite ville de colons. Le souvenir qui lui en reste aujourd'hui est celui des danseuses oulad-naïl, « étranges et saisissantes », « affolant les nerfs » par leur « danse auguste et primitive », accompagnée par « le vacarme formidable » des tambourins et de « la flûte en corne noire ».

Sur cette ville cosmopolite qu'est devenue l'esplanade des Invalides depuis l'ouverture de l'Exposition, s'abattait un de ces coups de soleil lourds, brûlants et moites, qui tombent entre deux averses, les jours d'orage ; toutes les constructions hétérogènes, plantées l'une contre l'autre, habitées par des races nées sous tous les ciels, donnaient à ce labyrinthe international l'aspect d'un petit champ miraculeux, où un dieu fantaisiste aurait semé des échantillons de tous les peuples et de toutes les constructions connues.

Je parcourais une sorte de ruelle tortueuse où l'on voyait, se suivant, des logis faits avec des bâtons et habités par de petits hommes jaunâtres et grimaçants, d'autres faits avec des nattes, avec des peaux, avec des boues, avec des toiles, des cases pleines de nègres, des tentes pleines d'Arabes. Soudain une musique bizarre, aigre et bondissante, jaillissant d'une petite construction mauresque, noya brusquement mon cœur sous une vague de souvenirs qui fit passer dans mes yeux de claires visions africaines.

J'entrai et j'aperçus sur une estrade des femmes de là-bas dansant la danse du désert que scandait un sauvage orchestre de musiciens juifs et maures, au milieu desquels un fort mozabite bronzé soufflait avec des joues enflées de triton monstrueux dans la terrible rhaïta, flûte formidable, faite d'une corne noire que l'homme, à moitié fou d'énervement, balançant la tête, ouvrant des yeux énormes, sans arrêt, sans repos, sans paraître respirer, sans dégonfler une seconde sa grande bouche ballonnée, emplissait interminablement de son haleine assourdissante.

Les femmes se balançaient, tournaient, glissaient en frappant du talon les planches de l'estrade. Il y avait Aklita (duvet de pêche), Yamina (fleur de jasmin), deux Mauresques, une Arabe, Houria, deux Négresses du Soudan, une chanteuse juive, Sultana, une enfant de six ans, déjà danseuse et deux Oulad-Naïl, une de Biskra, et l'autre de Boghar[1].

Ce fut en moi une joie profonde, un de ces ressouvenirs qui grisent, une suite d'images, de gens, de choses, de paysages aimés, apparus, évoqués, dans ce petit coin forain de la grande fête parisienne ; et je revis surtout, avec une netteté surprenante, les deux plus étranges apparitions de danses et de femmes africaines, qui aient émerveillé mes yeux, l'une à Djelfa, l'autre à Tunis. Je dois ajouter que les danseuses venues à Paris sont pour la plupart mariées, tandis que celles rencontrées là-bas étaient… libres.

1. Sur Boghar, voir « Les Oulad-Naïl », p. 266 *sqq.* (*Le Gaulois*, 11 août 1881).

Les danseuses de Djelfa

Depuis huit jours, j'errais à cheval à travers les plaines d'alfa, les longs espaces pierreux et les dunes, en compagnie de deux officiers qu'on m'avait autorisé à accompagner dans une excursion topographique[1]. Le soir, devant la tente, puis, pendant les longs trajets au pas, sous le soleil martyrisant des premiers jours d'août dans le désert, nous causions de ce pays que je commençais à aimer non seulement par les yeux, mais aussi par le cœur. Oh ! quel soleil, non point pesant comme celui des régions humides et tropicales, qui semble une matière brûlante, lourde et féconde, mais terrible, dévastateur et léger, une sorte d'onde sèche et impalpable de feu qui s'est répandue sur le monde, qui a tout brûlé, tout mangé, ne laissant plus une herbe, plus d'insecte, presque plus de bêtes, calcinant les pierres, desséchant les sources, buvant même la sueur des hommes dont la peau semble tannée par cette atmosphère d'incendie.

Pendant huit jours nous n'avions rien vu, senti, respiré que Lui, ce Roi dévorant de l'été africain. Nous étions noirs déjà comme des Arabes, maigris et forts, rafraîchis d'ailleurs par l'air froid des nuits que nous passions devant les tentes, la tête enveloppée en des burnous dont j'écartais parfois les plis pour regarder le ciel violet du sud, où les astres palpitants semblaient vivre.

Nous avions rencontré des tribus nomades cherchant des restes d'herbes brûlées pour leurs troupeaux affamés. Les campements apparus au loin comme une lèpre brune étaient les seules manifestations de vie que nous eussions

1. Voir « Autour d'Oran », p. 248 *sqq.* (*Le Gaulois*, 26 juillet 1881) et « Les Oulad-Naïl », p. 266 *sqq.*

aperçues sur la surface du sol, tandis que des vautours glissaient lentement dans le ciel jaune comme s'ils eussent nagé, épiant ce passage des hommes qui laissent derrière eux des charognes.

Or, un soir, tout à coup, nous rencontrâmes une route, puis des voitures, deux voitures pareilles à celles qu'on loue dans les sous-préfectures. Elles nous attendaient, conduites par des soldats qui lancèrent au grand trot les chevaux pour nous emmener à la ville.

Car Djelfa est une ville, une petite ville d'Europe, non une ville arabe, une petite ville qui a même une petite rivière où on pêche des petits poissons, où on voit des boutiques le long des rues, et des épiciers mozabites ou juifs, attendant le client, comme chez nous.

Mais soudain, au milieu d'un passage étroit enfermé entre deux lignes de maisons apparut, grande, mince, le corps cambré, drapée superbement sous des étoffes rouges et bleues, la tête couverte d'une montagne inimaginable de cheveux noirs formant une sorte de tour carrée, soutenue par un étrange diadème et par des chapelets de médailles qui serpentaient dedans, la gorge disparue sous des colliers faits avec des pièces de vingt francs, le ventre emprisonné sous une bizarre plaque d'argent naïvement ciselée où pendait, au bout d'une chaîne, une serrure symbolique, les bras couverts de bracelets, les chevilles chargées d'anneaux, une femme, une Oulad-Naïl, une courtisane du Sud.

Dans cette petite ville de colons, poussée en plein désert, l'apparition subite de cet être éclatant et magnifique, couvert de parures, au visage tatoué d'étoiles bleues, à la démarche fière comme celle d'une reine barbare, me saisit d'étonnement et d'admiration. Plus loin j'en vis une autre debout sur le seuil de son logis, encadrée par sa porte, comme en une niche d'idole. La masse de ses cheveux édifiés en monument touchait le haut de l'entrée ; et elle nous regardait avec des yeux fixes, dédaigneux, vaguement souriants. Elles n'étaient belles ni l'une ni l'autre, mais inexprimablement étranges et saisissantes, bestiales et mystiques, parées pour des vices primitifs exigeants et simples de nomades.

D'autres nous apparurent encore. Dans ce village franco-arabe elles étaient plus de cinquante, car Bou-Amama, en ce temps-là, terrorisait les petites oasis de l'Ouest et avait forcé les courtisanes couvertes d'argent et d'or à se réfugier à Djelfa, centre de la tribu des Oulad-Naïl, à laquelle beaucoup de ces femmes appartenaient.

C'est une tradition dans cette tribu, tradition acceptée, presque respectée par tout le peuple arabe, que les filles aillent amasser dans les ksours et villages, en se livrant aux hommes, la dot qu'elles rapporteront pour se marier chez elles.

Après le dîner, au mess des officiers, dont je n'oublierai jamais l'accueil charmant, un d'eux me proposa d'aller au Café maure.

Au Café maure

De loin, trois ou quatre rues avant celle où était placé cet établissement, on entendait la clameur aiguë, assourdie par les murs de terre, de la flûte en corne noire qui semblait un cri féroce, ininterrompu, mystérieux. Certes, quand Aïssa viendra, au dernier jour, réveiller les morts, il fera sortir de terre les cadavres arabes couchés sous les pierres du désert, au son de la rhaïta.

Nous approchons ; des fantômes blancs sont debout devant la porte, immobiles sous le flot de clarté jaune qui jaillit de ce lieu, et va frapper, de l'autre côté de la rue, ce mur de chaux où des silhouettes noires sont plaquées. D'autres hommes accroupis le long de ce logis, pour ne point payer l'entrée, écoutent. Il faut écarter ces corps qui ne se dérangent jamais, les bousculer et les enjamber et j'aperçois, dans une pièce basse, claire, nue et vaste, pleine de fumée d'huile à quinquet et de tabac, un monceau d'Arabes, debout, couchés, roulés, deux cents peut-être, ne laissant au milieu d'eux qu'un étroit et long passage sur le sol nu où glissent l'une en face de l'autre deux femmes qui dansent, la taille droite et la tête immobile.

Seul le ventre s'agite, tressaille, traversé de frissons, et les jambes aussi remuent sans qu'on devine sous la robe éclatante et longue quel mouvement elles font, comment elles portent ce torse rigide et cette tête sévère avec ce glissement mystérieux, charmant, incompréhensible, scandé parfois d'un coup de talon sec qui rend encore plus étrange cette danse auguste et primitive. Les tambourins et la rhaïta accélèrent leur vacarme formidable, crispent, tordent, déchirent, affolent les nerfs ; et on comprend quel autre effet cela doit produire sur ces primitifs.

Devant les premiers Arabes vautrés à terre, une ligne d'autres danseuses est accroupie. Elles attendent leur tour pour se montrer. Deux d'entre elles, tout à l'heure se lèveront, le corps sonnant sous les parures d'or et d'argent dont l'amour des hommes les a couvertes et, un mouchoir de soie bleue ou rouge tenu par les bouts entre leurs mains et balancé devant leur visage impassible, elles allumeront, en dansant aussi, les désirs dans les cœurs, afin d'amasser une dot pour l'époux.

*

Ce que je vis à Tunis m'a plus surpris encore, bien que je fusse préparé par plusieurs mois passés, à deux reprises différentes, dans l'intérieur des pays arabes, à tout ce qu'ils peuvent nous révéler de singulier. À Tunis, nous ne pouvons pénétrer ni dans les mœurs, ni dans les maisons des indigènes. Ils vivent à côté de nous, soumis, semble-t-il, à des lois européennes, ou plutôt à la police qui gouverne la voie publique, mais libres, en leurs demeures, de tout faire puisque nous n'y entrons point. Un prélat, que ses immenses propriétés et de grosses sommes gagnées, dit-on, par ses participations heureuses aux affaires de la jeune colonie, ont fait surnommer, là-bas, Monseigneur Mercanti, prêche une croisade contre les nègres esclaves chassés comme du gibier en des contrées lointaines ; pourquoi ne s'occupe-t-il pas plutôt de l'esclavage à Tunis, où on achète l'ouvrier au moyen d'un subterfuge très simple, où tout musulman peut acheter une femme, deux femmes, autant de femmes qu'il veut, pour les enfermer dans une oubliette conjugale où elles disparaissent, où il en fait ce qu'il lui plaît, où la seule loi qui veille véritablement sur elles, est le grand principe d'économie domestique auquel obéissent secrètement tous les propriétaires de chair humaine ou d'autre chose.

(*L'Écho de Paris*, 15 juin 1889.)

Nuit tunisienne

Le second motif mémoriel induit par les sites pseudo-africains de l'Exposition universelle est tunisien, beaucoup plus proche dans le temps : quelques mois. Maupassant n'a pas encore épuisé sa réserve de choses vues. Il mentionne les terrassiers noirs des chantiers de construction, « esclaves chassés comme du gibier en des contrées lointaines ». Puis le souvenir d'une promenade nocturne dans Tunis, transformée par la nuit en une « cité abandonnée » le conduit cette fois, par privilège spécial, dans « quelques mauvais lieux de plaisir arabes ». D'abord des bouges où des mères font payer aux visiteurs le spectacle de leurs filles exécutant une danse du ventre ; un peu plus tard, dans un logis de grandes courtisanes ; et enfin, avec l'assistance d'un agent de police tunisien, dans une « maison publique » « en plein quartier débauché ». Là, toujours en posture de voyeur, il s'est trouvé en présence de quatre femmes qui chantent, « parées comme pour une féerie », deux d'entre elles très jeunes adolescentes, prostituées déguisées en « princesses des Mille et Une Nuits »... Les deux plus jeunes ont une beauté de déesses, dont Maupassant se plaît à dessiner les traits sans s'attarder sur l'horreur de leur destin. Chacune attend le caprice d'un des hommes présents. Celui-ci, le moment venu, priera ses invités, à qui il a seulement offert la vue de son « idole », de rentrer chez eux.

Des femmes à vendre. Une « pile » d'hommes. Des enfants esclaves. Puis la musique aérienne de deux flûtes rustiques, entrées dans ce faubourg de Tunis avec deux grands bergers des montagnes kabyles, comme « un souffle [...] de l'âme du vent ». Le sordide et la poésie : un authentique contraste que Maupassant se plaît à opposer, sans emphase, au pastiche parisien, factice et frelaté.

La danse du ventre

Le soir de ce même jour, un fonctionnaire français, armé d'un pouvoir spécial, m'offrit de me faire pénétrer dans quelques mauvais lieux de plaisir arabes, ce qui est fort difficile aux étrangers[1].

Nous dûmes d'ailleurs être accompagnés par un agent de la police beylicale, sans quoi aucune porte, même celle des plus vils bouges indigènes, ne se serait ouverte devant nous.

La ville arabe d'Alger est pleine d'agitation nocturne. Dès que le soir vient, Tunis est mort. Les petites rues étroites, tortueuses, inégales, semblent des couloirs d'une cité abandonnée, dont on a oublié d'éteindre le gaz, par places.

Nous voici très loin, dans ce labyrinthe de murs blancs ; et on nous fit entrer chez des juives qui dansaient la « danse du ventre ». Cette danse est laide, disgracieuse, curieuse seulement pour les amateurs par la maestria de l'artiste. Trois sœurs, trois filles très parées, faisaient leurs contorsions impures, sous l'œil bienveillant de leur mère, une énorme petite boule de graisse vivante coiffée d'un

1. Il s'agit non plus de la visite de Maupassant à Djelfa, mais d'un soir de son séjour à Tunis.

cornet de papier doré et mendiant pour les frais généraux de la maison, après chaque crise de trépidation des ventres de ses enfants. Autour du salon trois portes entrebâillées montraient les couches basses de trois chambres. J'ouvris une quatrième porte et je vis, dans un lit, une femme couchée qui me parut belle. On se précipita sur moi, mère, danseuses, deux domestiques nègres et un homme inaperçu qui regardait, derrière un rideau, s'agiter pour nous le flanc de ses sœurs. J'allais entrer dans la chambre de sa femme légitime qui était enceinte, de la belle-fille, de la belle-sœur des drôlesses qui tentaient, mais en vain, de nous mêler, ne fût-ce qu'un soir, à la famille. Pour me faire pardonner cette défense d'entrer, on me montra le premier enfant de cette dame, une petite fille de trois ou quatre ans, qui esquissait déjà la « danse du ventre ».

Je m'en allai fort dégoûté.

Courtisanes

Avec des précautions infinies on me fit pénétrer ensuite dans le logis de grandes courtisanes arabes. Il fallut veiller au bout des rues, parlementer, menacer, car si les indigènes savaient que le roumi est entré chez elles, elles seraient abandonnées, honnies, ruinées. Je vis là de grosses filles brunes, médiocrement belles, en des taudis pleins d'armoires à glace.

Nous songions à regagner l'hôtel quand l'agent de police indigène nous proposa de nous conduire tout simplement dans un bouge, dans un lieu d'amour dont il ferait ouvrir la porte d'autorité.

Et nous voici encore le suivant à tâtons dans des ruelles noires inoubliables, allumant des allumettes pour ne pas tomber, trébuchant tout de même en des trous, heurtant les maisons de la main et de l'épaule et entendant parfois des voix, des bruits de musique, des rumeurs de fête sauvage sortir des murs, étouffés, comme lointains, effrayants d'assourdissement et de mystère. Nous sommes en plein dans le quartier de la débauche.

Devant une porte on s'arrête ; nous nous dissimulons à droite et à gauche tandis que l'agent frappe à coups de poing en criant une phrase arabe, un ordre.

Une voix, faible, une voix de vieille répond derrière la planche ; et nous percevons maintenant des sons d'instruments et des chants criards de femmes arabes dans les profondeurs de ce repaire.

On ne veut pas ouvrir. L'agent se fâche, et de sa gorge sortent des paroles précipitées, rauques et violentes. À la fin, la porte s'entrebâille, l'homme la pousse, entre comme en une ville conquise, et d'un beau geste vainqueur semble nous dire : « Suivez-moi. »

Nous le suivons, en descendant trois marches qui nous mènent en une pièce basse, où dorment, le long des murs, sur des tapis, quatre enfants arabes, les petits de la maison. Une vieille, une de ces vieilles indigènes qui sont des paquets de loques jaunes nouées autour de quelque chose qui remue, et d'où sort une tête invraisemblable et tatouée de sorcière, essaye encore de nous empêcher d'avancer. Mais la porte est refermée, nous entrons dans une première salle où quelques hommes sont debout qui n'ont pu pénétrer dans la seconde dont ils obstruent l'ouverture en écoutant d'un air recueilli l'étrange et aigre musique qu'on fait là-dedans. L'agent pénètre le premier, fait écarter les habitués et nous atteignons une chambre étroite, allongée, où des tas d'Arabes sont accroupis sur des planches, le long des deux murs blancs, jusqu'au fond.

Là, sur un grand lit français qui tient toute la largeur de la pièce, une pyramide d'autres Arabes s'étage, invraisemblablement empilés et mêlés, un amas de burnous d'où émergent cinq têtes à turban.

Devant eux, au pied du lit, sur une banquette nous faisant face, derrière un guéridon d'acajou chargé de verres, de bouteilles de bière, de tasses à café et de petites cuillers d'étain, quatre femmes assises chantent une interminable et traînante mélodie du Sud, que quelques musiciens juifs accompagnent sur des instruments.

Elles sont parées comme pour une féerie, comme les princesses des Mille et Une Nuits, et une d'elles, âgée de quinze ans environ, est d'une beauté si surprenante, si parfaite, si rare, qu'elle illumine ce lieu bizarre, en fait quelque chose d'imprévu, de symbolique et d'inoubliable.

Les cheveux sont retenus par une écharpe d'or qui coupe le front d'une tempe à l'autre. Sous cette barre droite et métallique s'ouvrent deux yeux énormes, au regard fixe, insensible, introuvable, deux yeux longs, noirs, éloignés que sépare un nez d'idole tombant sur une petite bouche d'enfant, qui s'ouvre pour chanter et semble seule vivre en ce visage. C'est une figure sans nuances, d'une régularité imprévue, primitive et superbe, faite de lignes si simples qu'elles semblent les formes naturelles et uniques de ce visage humain.

En toute figure rencontrée, on pourrait, semble-t-il, remplacer un trait, un détail, par quelque chose pris sur une autre personne. Dans cette tête de jeune Arabe on ne pourrait rien changer, tant ce dessin en est typique et parfait. Ce front uni, ce nez, ces joues d'un modelé imperceptible qui vient mourir à la fine pointe du menton, en encadrant, dans un ovale irréprochable de chair un peu brune, les seuls yeux, le seul nez et la seule bouche qui puissent être là, sont l'idéal d'une conception de beauté absolue dont notre regard est ravi, mais dont notre rêve seul peut ne se pas sentir entièrement satisfait. À côté d'elle, une autre fillette, charmante aussi, point exceptionnelle, une de ces faces blanches, douces, dont la chair a l'air d'une pâte faite avec du lait. Encadrant ces deux étoiles, deux autres femmes sont assises, au type bestial, à la tête courte ; aux pommettes saillantes, deux prostituées nomades, de ces êtres perdus que les tribus sèment en route, ramassent et reperdent, puis laissent un jour à la traîne de quelque troupe de spahis qui les emmène en ville.

Elles chantent en tapant sur la darbouka avec leurs mains rougies par le henné, et les musiciens juifs les accompagnent sur de petites guitares, des tambourins et des flûtes aiguës.

Tout le monde écoute, sans parler, sans jamais rire, avec une gravité auguste.

Où sommes-nous ? Dans le temple de quelque religion barbare, ou dans une maison publique ?

Dans une maison publique ? Oui, nous sommes dans une maison publique, et rien au monde ne m'a donné une sensation plus imprévue, plus fraîche, plus colorée que l'entrée dans cette longue pièce basse, où ces filles, parées, dirait-on, pour un culte sacré, attendent le caprice d'un de ces hommes graves qui semblent murmurer le Coran jusqu'au milieu des débauches.

On m'en montre un, assis devant sa minuscule tasse de café, les yeux levés, plein de recueillement. C'est lui qui a retenu l'idole ; et presque tous les autres sont des invités. Il leur offre des rafraîchissements et de la musique, et la vue de cette belle fille jusqu'à l'heure où il les priera de rentrer chacun chez soi. Et ils s'en iront en le saluant avec des gestes majestueux. Il est beau, cet homme de goût, jeune, grand, avec une peau transparente d'Arabe des villes que rend plus claire la barbe noire, luisante, soyeuse et un peu rare sur les joues.

Les joueurs de flûte

La musique cesse, nous applaudissons. On nous imite. Nous sommes assis sur des escabeaux, au milieu d'une pile d'hommes. Soudain une longue main noire me frappe sur l'épaule et une voix, une de ces voix étranges des indigènes essayant de parler français, me dit :

— Moi, pas d'ici, Français comme toi.

Je me retourne et je vois un géant en burnous, un des Arabes les plus hauts, les plus maigres, les plus osseux que j'aie jamais rencontrés.

— D'où es-tu donc ? lui dis-je stupéfait.

— D'Algérie !

— Ah ! je parie que tu es Kabyle ?

— Oui, Moussi.

Il riait, enchanté que j'eusse deviné son origine, et me montrant son camarade :

— Lui aussi.

— Ah ! bon.

C'était pendant une sorte d'entracte.

Les femmes, à qui personne ne parlait, ne remuaient pas plus que des statues, et je me mis à causer avec mes deux voisins d'Algérie, grâce au secours de l'agent de police indigène.

J'appris qu'ils étaient bergers, propriétaires aux environs de Bougie, et qu'ils portaient dans les replis de leurs burnous des flûtes de leur pays dont ils jouaient le soir, pour se distraire. Ils avaient envie sans doute qu'on admirât leur talent et ils me montrèrent deux minces roseaux percés de trous, deux vrais roseaux coupés par eux au bord d'une rivière.

Je priai qu'on les laissât jouer, et tout le monde aussitôt se tut avec une politesse parfaite.

Ah ! la surprenante et délicieuse sensation qui se glissa dans mon cœur avec les premières notes si légères, si bizarres, si inconnues, si imprévues, des deux petites voix de ces deux petits tubes poussés dans l'eau. C'était fin, doux, haché, sautillant : des sons qui volaient, qui voletaient l'un après l'autre sans se rejoindre, sans se trouver, sans s'unir jamais ; un chant qui s'évanouissait toujours, qui recommençait toujours, qui passait, qui flottait autour de nous, comme un souffle de l'âme des feuilles, de l'âme des bois, de l'âme des ruisseaux, de l'âme du vent, entré avec ces deux grands bergers des montagnes kabyles dans cette maison publique d'un faubourg de Tunis.

(*L'Écho de Paris*, 15 juin 1889.)

Une fête arabe. La route

Entre la fin de septembre et la fin d'octobre 1889, laissant derrière lui l'agitation de l'Exposition universelle, Maupassant a accompli son troisième et dernier voyage en Italie. De retour en France, il a séjourné à Paris, sur la Côte d'Azur, en Angleterre, puis encore à Paris. Au cours de l'été, cherchant désespérément un remède à ses maux, il a erré entre Cannes, Aix-les Bains, Paris, Plombières, Étretat, Aix-les-Bains et Cannes de nouveau. Il a navigué entre Nice et Saint-Tropez. Puis il a éprouvé le désir de voir une troisième fois les paysages d'Algérie, comme il l'avait fait l'année précédente pour l'Italie. Comme en 1888 et en 1889, il part au moment où approchent les froids de l'hiver, pour demander quelque soulagement au soleil et à la chaleur. Son séjour sera cependant plus bref que les deux précédents : embarqué pour Alger entre le 20 et le 25 octobre 1890, il sera de retour à Marseille vers le 8 novembre, après être passé, à marches forcées, à Blida, Médéa, Boukhari, Constantine, Biskra, Oran, et Tlemcen : un voyage sans aucun doute exagérément fatigant et peut-être écourté pour cette raison. Dans juste un peu plus d'un an, la folie l'aura retiré du monde, le corps épuisé de souffrances et l'esprit anéanti. Ses deux dernières chroniques africaines n'en sont que plus admirables. Publiées pour l'une le 7 avril 1891 et pour l'autre le 13 avril, dans L'Écho de Paris, *elles forment le point d'orgue de sa symphonie africaine, dont les premières notes ont retenti dix ans plus tôt.*

La première, écrite quelques mois après son retour, évoque l'aller par mer, à bord du Duc de Bragance, *en compagnie du valet de chambre François Tassart, et l'installation des voyageurs à l'Hôtel de l'Europe, près du port d'Alger. Entre Marseille et Alger, Maupassant s'est partagé entre trois impressions : l'inconfort du paquebot, exagérément sensible à la houle et aux vagues, les beautés nocturnes de la mer – déjà maintes fois goûtées, à l'approche d'Ajaccio, d'Alger lors des deux premiers voyages, et des côtes italiennes –, et enfin la rêverie, impatiente et frémissante, sur la terre qu'il va revoir.*

*La seconde partie de cette longue chronique est consacrée au récit de son voyage à l'intérieur de l'Algérie, « au bord du désert ». Le but du voyage est la fête arabe annuelle qui sera donnée à Bou-Guezoul, sur la route de Laghouat. Chemin de fer jusqu'à la Chiffa, puis landau attelé de trois chevaux dans la vallée de la Chiffa déjà parcourue en 1881, jusqu'à Médéa. Les voyageurs roulent pendant plusieurs jours, dans une alternance de montées et de descentes, sous le soleil et dans les vols de mouches, mal protégés par les « ombrelles blanches », même s'ils partent dans l'après-midi, après le pic de chaleur. « Mais cet étrange pays est si bizarre, si caractérisé et si beau, qu'au soleil levé on oublie tout ». Maupassant ouvre grands ses yeux, qu'il a malades pourtant, sur tous les reliefs, toutes les lumières, toutes les couleurs, toutes les silhouettes, rivalisant de son propre aveu avec l'artiste qui l'a précédé sur ces routes, Eugène Fromentin, peintre et auteur d'*Un été au Sahara.

Après une nuit passée à Médéa, le landau repart et roule de nuit, laissant à Maupassant le loisir d'admirer les teintes changeantes du crépuscule et d'entrevoir les bois de pins

« noyés dans les ombres » de la nuit – avant la déception d'une arrivée, au petit matin, dans une auberge nauséabonde de Boukhari. Les pages qui suivent reprennent – avec quelques détails supplémentaires empruntés à Fromentin – la description du paysage de Boukhari déjà présentée dans les chroniques de 1881.

Au tableau de paysage va succéder, pour la dernière partie de la chronique, un tableau de genre, dans le genre « orientaliste » précisément. « Voici que sur la grande côte de Boghar apparaissent des chameaux chargés conduits par des Arabes qui vont lentement, las de fatigue ». Peu à peu le texte va se peupler, bande après bande, chameaux, hommes, femmes, enfants, groupes ou traînards isolés, saisis alternativement dans un panoramique sur les attelages alignés le long du fleuve, et dans les plans rapprochés où s'encadre une famille attachée aux soins de ses enfants – avec un dernier resserrement de la prise de vues sur la mère. C'est d'un grand scénographe, et d'un homme qui, dans les dernières pages sorties de sa plume, laisse percer son humanité, avec une admiration neuve et pensive pour ces familles altières du désert, « assemblées pour chercher, selon les saisons, de quoi nourrir les bêtes et les gens ».

Revoir Alger

Le *Duc de Bragance*, un des transatlantiques du dernier type à grande vitesse qui font le service entre Marseille et Alger, glissait sur une mer sans rides, sous une lune claire que des nuages déchiquetés et festonnés voilaient et découvraient, déroulant une fantasmagorie d'effets lumineux et sombres dans l'infini pays des astres.

On appelle transatlantique du dernier type à grande vitesse un bateau mince et long, qui, par cela même qu'il est très rapide, secoue ses voyageurs d'une inimaginable façon dès que s'élève la moindre houle, les asphyxie, quand la mer est forte, dans ses flancs étroits chauffés comme une étuve par les chaudières, et offre aux voyageurs de première classe une salle à manger sur l'avant, admirablement exposée au tangage pour faciliter sans doute les économies de cuisine de la Compagnie. Ces économies, d'ailleurs, elle les pratique avec beaucoup d'adresse, car je n'ai jamais été plus mal nourri, même dans les trains de luxe, que sur ce bateau, et le pain qu'on vous y présente serait refusé par des mendiants.

Mais la mer est belle, toute unie, et, entre les nuages, tombe dessus une cendre de lumière lunaire éclatante et triste. Ces traînées d'argent sur l'eau s'effacent puis recommencent. Elles sont délicieuses, mystérieuses et mélancoliques. Quelque chose y manque pour moi, non pour mes yeux qui sont charmés, mais pour mon âme qui voudrait là quelque apparition surnaturelle. Laquelle ? Une seule, hélas impossible, disparue avec la Foi, celle de celui qui marchait sur les flots.

Je me mis à rêver à la terre que j'allais revoir et qui a mis en moi des désirs de retour dont je ne me croyais point capable. Les grands horizons nus, pierreux et jaunes où apparaît au loin, presque invisible, la tache blanche d'un Arabe qui pousse devant lui la forme plus haute, brune et bossue, d'un chameau, flottaient dans ma pensée, aveuglants de soleil. Je sentais déjà ma chair pénétrée et brûlée par ce souverain féroce qui règne sur l'Afrique, du haut du ciel, et j'avais envie d'être arrivé dans le port de la blanche Alger, afin d'en repartir pour les bords du désert.

Une dépêche m'attendait à l'hôtel, venue d'un fonctionnaire français, à qui j'avais été adressé et annoncé. Saharien fervent, administrateur de Boukhari, il me faisait savoir qu'une fête arabe annuelle, d'une nature toute spéciale, allait avoir lieu près de Bou-Guezoul, sur la route de Laghouat, quelques jours plus tard.

Retour à Boukhari

Je me mis en route le lendemain pour refaire ce voyage si beau, que Fromentin a raconté, en coloriste incomparable. Un landau, le seul existant à Blida, paraît-il, nous attendait à la gare de la Chiffa. L'Atlas, immense barrière de montagnes, limitant vers le sud la plaine de la Mitidja et soutenant, sur ses reins de rochers soulevés, les hauts plateaux qui conduisent au désert, laisse voir de loin l'entaille gigantesque de la Chiffa, couloir tortueux et boisé par où passe la route de Médéa, de Boukhari et de Laghouat. Nous partons au train lent et ininterrompu de trois chevaux infatigables, qui graviront puis descendront, pendant plusieurs jours successifs, d'interminables montées, du même trottinement régulier qu'ils garderont aux descentes. Sur le dos du cocher, vêtu d'un veston de drap gris, une telle nuée de mouches s'installe et s'immobilise, qu'on dirait un enduit de grains volants collés sur lui.

Au moindre mouvement de nos ombrelles blanches, cette colonie ailée et vagabonde d'insectes noirs se dissipe dans l'air en une seconde avec la rapidité d'une disparition, puis elle revient aussi vite s'installer au grand soleil, sur le gros dos pacifique du gros homme qu'elle a choisi. Et elle nous suivra, sur ce dos de cocher, toujours plus nombreuse, d'étape en étape, d'auberge en auberge, l'innombrable foule aérienne et légère de petites bêtes tournoyantes qui vont ainsi n'importe où, avec n'importe qui, vers le désert ou vers la mer, au hasard des voitures qui passent.

Quand notre attelage eut gravi la longue vallée profonde de la Chiffa, nous arrivâmes dans les plaines cultivées qui forment le territoire de Médéa. Je n'avais pas vu cette contrée depuis huit ans, et mon étonnement fut grand de traverser, avant comme après la ville, un superbe pays vignoble. Médéa, vulgaire sous-préfecture de colonie, sans quartier original, sans caractère, sans grâce aucune, insinue par les yeux, dans le cœur et jusque dans la chair, toute la tristesse monotone, toute la mélancolie profonde que doit prendre la vie des exilés qui font du vin sur cette terre lointaine.

Ils s'enrichissent d'ailleurs, et les vendanges que nous voyons partout nous montrent l'admirable fertilité de ce terrain qui semble suer, comme des gouttes de sang, toutes ces grappes de raisin luisant et noir dont est garni chaque pied de vigne.

L'étonnante grosseur des grains et leur rougeur teintant de taches de meurtre les bras et les mains des vendangeurs, font songer, dans ce décor de l'Atlas qui emplit l'horizon de sommets énormes, au beau sonnet de Louis Bouilhet :

LE SANG DES GÉANTS

Quand les géants, tordus sous la foudre qui gronde
Eurent enfin payé leurs complots hasardeux,
La terre but le sang qui stagnait autour d'eux
Comme un linceul de pourpre étalé sur le monde.

On dit que, prise alors d'une pitié profonde,
Elle cria « Vengeance ! » et, pour punir les Dieux,
Fit du sable mouvant sortir le cep joyeux
D'où l'orgueil indompté coule à flots, comme une onde.

De là cette colère et ces fougueux transports,
Dès que l'homme ici-bas goûte à ce sang des morts
Qui garde, jusqu'à nous, sa rancune éternelle.

Ô vigne ! ton audace a gonflé nos poumons,
Et sous ton noir ferment de haine originelle
Bout encor le désir d'escalader les monts[1] *!*

Et les grands hommes maigres, arabes, moricauds et marocains à la peau brûlée par le soleil, aux membres empourprés par cette moisson de vins, circulent, la tête chargée de paniers qui portent des ivresses futures.

Nous avons passé la nuit à Médéa et nous en sommes repartis à trois heures de l'après-midi pour éviter le trop grand soleil et arriver à Boukhari vers quatre ou cinq heures du matin, la distance étant de soixante-seize kilomètres.

La route gravit des montagnes aux plans démesurés ; la végétation disparaît ou plutôt ne se révèle plus que par

1. Ce sonnet de Louis Bouilhet est extrait des *Dernières chansons* (1872). – Jusqu'à la fin de sa vie, Maupassant est resté fidèle à son admiration et à son affection pour Louis Bouilhet (1824-1869).

petites plaques vertes sur les immenses ondulations de terre rousse, crevassée, pierreuse, soulevées en vagues gigantesques vers les cimes éloignées dont le soleil à son déclin colore les pentes des reflets du soir.

C'est un des plus vastes, des plus larges, des plus désolés paysages de cette contrée aux aspects changeants, féerie ininterrompue de lumières tombées du ciel sur des solitudes. Le soir de chez nous, c'est bien le soir, l'approche de la nuit, l'entrée de l'ombre ; mais le soir, en Afrique, devient souvent une fantastique aurore, aurore éblouissante et courte de lueurs roses qui se traînent et se promènent sur les lointains, dorées et changeantes, transformées sans cesse, passant en quelques minutes par tous les tons imaginables des roses. Puis elles s'éteignent peu à peu sur les crêtes, et finissent par s'effacer sous un voile gris léger, bleuâtre, qui enveloppe la terre entière, doux comme un adieu charmant du jour.

L'obscurité se fit ; nous roulons toujours, nous roulons indéfiniment à travers des montagnes et des vallées où on entrevoit des bois de pins noyés dans les ombres d'une nuit claire et sans lune.

Le jour allait paraître quand les trois chevaux qui nous traînaient de leur petit trot toujours égal s'arrêtèrent devant ce qu'on appelle l'auberge de Boukhari. Avec des airs peu engageants le patron, maire du pays, nous reçut et nous fit pénétrer dans le plus nauséabond taudis à qui on ait jamais donné le nom d'auberge. Rien ne peut être fermé, ni portes, ni fenêtres, dans cette bicoque où toutes les puanteurs algériennes semblent emmagasinées.

La saleté doit être en effet un des traits caractéristiques de l'Algérie. Les rues d'Alger même sont des cloaques de pourritures et quand on s'aventure dans la ville arabe, il faut être doué d'un cœur introublable pour résister à l'infection de toutes les immondices qui se décomposent et glissent sous vos pieds. J'ajoute que la ville européenne n'est qu'insensiblement mieux tenue.

Chacun de nous se barricade dans sa case avec des meubles roulés devant ces issues que le vent ou quelque animal domestique ouvrirait à son gré, et l'on attend l'aurore en dormant si l'on peut. Mais cet étrange pays est si bizarre, si caractérisé et si beau, qu'au soleil levé on oublie tout.

C'est une grande vallée nue et jaune que dominent à droite le fort de Boghar sur une hauteur de neuf cent soixante-dix mètres, et, à gauche dans un pli du sol pierreux et roux, le ksar (village arabe) de Boukhari, accroupi avec ses maisons basses, plein de marchands mozabites et de filles publiques dites Oulad-Naïl[1], couvertes d'oripeaux brillants ; car c'est en ce lieu que les Arabes nomades viennent s'approvisionner et se livrer au plaisir.

En regardant vers le Sud, on aperçoit, à quelques centaines de mètres de la sortie du hameau des colons, bâti dans le fond de la vallée, un étrange petit mont rocheux, blanc et rouge, hérissé de pierres, qui semble la sentinelle debout à l'entrée du Sahara, car nous sommes au bord du désert. [...]

Le grand cyclone qui venait de passer sur le nord de l'Afrique avait versé sur Boukhari ses plus terribles trombes. Huit jours de soleil n'avaient pas suffi à la sécher, on voyait par places, au loin, de petits lacs luisants comme des plaques de verre, et il me sembla que toute cette vallée rousse semblait frottée d'une teinte verdâtre, imperceptible, inexprimable.

1. Voir « Les Oulad-Naïl », p. 266 *sqq.* (*Le Gaulois,* 11 août 1881).

« Le grand fleuve de l'Algérie »

Je n'y fis qu'une vague attention ; et je descendis vers le Chélif. Ah ! Madame Deshoulières[1], comme j'ai pensé à vous !

Je récitais tout en marchant :

Dans ces prés fleuris
Qu'arrose la Seine,
Cherchez qui vous mène,
Mes chères brebis.

Au milieu de ce pays dévoré par le soleil se déroule, brisée sans cesse par les détours et les crochets que le courant y a creusés, une immense ornière d'argile aux berges droites et profondes dans lesquelles coule un fleuve de boue. Voilà le Chélif[2], le grand fleuve de l'Algérie, et voilà l'eau potable des Arabes. Goûtons-la, car nous la retrouverons partout dans les oasis. On dirait qu'on boit de la terre brûlée, râpée et fondue dedans. On mange de l'Afrique quand on boit cette eau, et on garde longtemps dans la bouche une saveur de sable et d'argile.

Ô fleuves d'Europe, fleuves de pêcheurs à la ligne, rivières à fleurs, à saules, à joncs et à nénuphars, cours d'eau gentils de poètes et d'amoureux, je songe à vous, mais je ne vous regrette pas aujourd'hui. Voici que sur la grande côte de Boghar apparaissent des chameaux chargés, conduits par des Arabes qui vont lentement, las de

1. Mme Deshoulières a déjà été mentionnée dans « Alger à vol d'oiseau », p. 239 *sqq.* (*Le Gaulois*, 17 juillet 1881) sans citation de ses vers. 2. Sur le Chélif, voir « Autour d'Oran », p. 248 *sqq.* (*Le Gaulois*, 26 juillet 1881).

fatigue. Plus loin, par-derrière, voici des bourricots, une troupe de moutons ; et ces paquets de loques d'où sortent deux pieds nus, je devine que ce sont les femmes.

Le premier groupe de chameaux et d'hommes arrive au pont, le traverse, s'arrête ; puis, par un étroit sentier qui descend la haute berge escarpée du fleuve, un chameau passe, suivi d'un autre, puis de tous, et ils s'alignent dans la boue, un peu plus sombres que le sol, presque de la couleur des rochers roux de la montagne.

Pendant qu'ils boivent, leur long cou tombe vers l'eau où trempe leur bouche aux grosses lèvres, et on voit enfler leurs ventres sous leurs bosses chargées de choses diverses, car ils s'approvisionnent de liquide comme des barriques souples qui se gonfleraient.

Les hommes accroupis plus loin font leurs ablutions, boivent aussi et emplissent d'eau pour la route leurs outres en peaux de bouc, affreuses bedaines mortes, aux membres tronqués. Puis tout remonte et se remet en marche.

Seul, un Arabe reste en arrière avec un chameau qu'il agenouille, puis, sur le sol, à côté de l'animal impatient et grognant, il étend deux petites couvertures, tissées en poils de ces bêtes, s'assied et attend aussi.

L'arrêt des caravanes

La seconde bande des voyageurs arrive plus lentement, les femmes portant les enfants sur leurs reins, harassées, traînant les jambes, les pieds nus sur les pierres. Seuls les bourricots semblent alertes, petites bêtes infatigables, aux allures plaisantes, au grand œil charmant. Tout cela s'arrête, va boire, et reprend l'interminable chemin.

On aperçoit maintenant, là-bas, l'avant-garde, la troupe des premiers chameaux égrenés sur la route de Laghouat.

Voici des traînards, encore des enfants à pied, mous d'éreintement, ne marchant plus qu'à peine.

Alors, l'homme qui attendait auprès de son chameau, se lève, et comme un des petits Arabes s'approche de lui, il le fait boire au trou de sa peau de bouc, puis, le prenant par le milieu du corps, il le couche sur une des couvertures, le roule dedans comme un mince paquet de chair inerte, puis le pose, l'attache et le sangle sur le dos du chameau qui grogne toujours.

Une femme apparaît, un autre enfant la suit, péniblement. Elle rejoint l'homme qui lui dit quelques mots rapides, un ordre sans doute ; puis il désaltère à son tour le second gamin, le prend, le couche, l'enveloppe et le case à côté du premier.

Le petit se laisse manier comme son frère, sans résistance, accoutumé à cet empaquetage, muet et docile dans les mains du père qui relève ensuite la bête à coups de pied et la met en marche en la poussant.

Et l'on ne se douterait guère, si l'on n'avait pas vu cela, que cette bosse de chameau emporte et balance, de son tranquille mouvement de vague, dans ces deux morceaux de toile rousse, deux petits êtres humains.

La femme s'est assise ; elle se repose et regarde partir sa famille. Elle a le visage nu, ce qui n'est pas surprenant chez les nomades pauvres, et même elle me parle en me voyant l'examiner. Cela est rare, très rare. Je tire de ma poche une pièce d'argent et je la lui donne ; sa joie est immense. Elle la manifeste par des rires, des mouvements de mains et des paroles expressives que je ne comprends pas, d'ailleurs. Puis elle se lève et s'en va, en se retournant encore pour me faire des gestes de reconnaissance. Et moi, je suis des yeux cette sauvage aux pommettes saillantes, et là-bas sur la route conduisant au désert, les nomades qui s'en vont débandés. Ce n'est pas une tribu, mais un groupement de quelques familles assemblées pour chercher, selon les saisons, de quoi nourrir les bêtes et les gens.

Horde errante, étrange, sans cesse en quête de pâturages, ignorant la maison, notre domicile bâti sur la terre, elle porte ses demeures de toile sur les bosses de ses chameaux, les plante au soir, les enlève au matin, les déplaçant ainsi du nord au sud au gré des étés et des hivers, de la pluie qui fait pousser l'herbe, et du soleil qui la brûle.

Ils me font pitié, ils me font peine, ils me font plaisir aussi à voir ces primitifs buveurs d'eau du Chélif. Je ne vous regrette pas, aujourd'hui, fleuves d'Europe, fleuves de pêcheurs à la ligne, rivières à fleurs, à saules, à joncs et à nénuphars, cours d'eau gentils de poètes et d'amoureux.

La nuit suivante fut encore passée dans l'auberge de Boukhari à entendre hurler les chiens sous les fenêtres. Au soleil levant j'étais debout, et je voulus revoir le Chélif avant de partir à la fête de Bou-Guezoul.

Ô stupeur, la plaine est verte. Une petite herbe minuscule et fine, à peine soupçonnable hier, faite d'aiguilles de gazon innombrablement pressées, a tant germé, pendant la nuit, sur toute cette campagne sèche et rouge, qu'elle l'a vêtue d'une mince toison de prairie, car elle a plutôt l'air, cette herbe, d'une espèce de poil de la terre que d'une végétation véritable.

(*L'Écho de Paris*, 7 avril 1891.)

Une fête arabe. La fête

De Boukhari, Maupassant est parti pour la fête de Bou-Guezoul, accompagné par l'administrateur civil et son adjoint. Toute la population de la région converge vers la « fantasia ». Et le convoi officiel progresse au milieu de cavaliers enveloppés de burnous colorés, qui rendent honneur aux visiteurs en les assourdissant de coups de fusil tirés en tous sens.

Toute la chronique est écrite sur le mode d'un pittoresque exotique déchaîné, pour laisser bouche bée les lecteurs de L'Écho de Paris, *et aussi donner témoignage d'une maîtrise narrative et descriptive inentamée. Sur le mode humoristique et titillant aussi. Tout ce peuple franchit une rivière à dos de chameau et de mulet, non sans offrir à la salacité du voyageur européen quelques visions bienvenues : des femmes jetées à bas des bêtes montrent soudain leurs jambes dressées vers le ciel…*

Si Maupassant cherche à égaler ici les peintres, c'est à Delacroix qu'il pense plus qu'à Fromentin. Mais pour faire imaginer à son public les aspects paroxystiques, le déluge de mouvements, de couleurs et de poussière de la fête arabe, il joue de deux instruments dont le peintre n'a pas le même usage que l'écrivain : la durée et la variation des points de vue.

Il ordonne en effet son reportage en quatre temps et autant de changements de cadrages, de visée et de plans : la fantasia, avec ses charges et ses fusillades, la distribution de la poudre pour une nouvelle cavalcade pétaradante, la danse affolée et affolante des Oulad-Naïl – qui n'ont cessé de captiver Maupassant –, et le déjeuner. Après le vacarme des tirs, les convulsions de la danse, la ruée gloutonne et joyeuse sur les mets, tout s'apaise, les voyageurs repartent dans le silence du soir, une symphonie sauvage s'éteint.

Prélude à la fantasia

C'est un vrai jour de l'été africain ; tout Boukhari descend du ksar pour se rendre à Bou-Guezoul ; et les Oulad-Naïl, couvertes de leurs bijoux, chamarrées d'étoffes éclatantes, petites pour la plupart, avec des têtes gentilles et douces, quand elles sont jeunes, horribles quand elles sont vieilles, se mêlent aux femmes des Arabes vêtues de blanc et voilées, et aux grands hommes drapés dans leurs burnous. Tout cela s'en va par groupes, en des voitures empruntées ou louées, inimaginables véhicules du désert, ou bien sur des chevaux aux jambes fines, sur des mulets, sur des bourricots trottinants.

Le long de la route on en aperçoit de tous côtés, sur la droite ou sur la gauche, se dirigeant vers le même point. Des troupes de cavaliers dessinent par places les fiers profils des Arabes à cheval. Ce sont des caïds entourés de leurs hommes. Le sol n'est plus couvert de la petite herbe de Boukhari, et nous suivons une espèce de val, dont un horizon démesuré forme les bords et dont le vaste espace est coupaillé dans tous les sens, par des montelets de rochers aux pointes rouges dressées sur le ciel comme des dents. Puis nous quittons la grand-route et tournons à droite pour suivre une ondulation qui nous conduit vers une hauteur, lointaine encore. Mais voilà qu'au sommet d'un de ces petits soulèvements qui ressemblent à des vagues et empêchent cette contrée d'être jamais unie, nous apercevons un goum qui accourt vers nous ventre à terre en jouant avec des cannes ou des cravaches, avec les longs fusils, au bout d'un bras levé.

Comme il arrive droit à nous, chargeant à fond de train, la troupe se divise, en nous enveloppant ; et les armes tonnent à nos oreilles ; les coups nous partent dans la figure tandis que les cavaliers aux burnous blancs, aux burnous rouges, aux burnous bleus nous frôlent au galop furieux de leurs chevaux. C'est un honneur qu'on nous rend, le commencement de la fantasia qui va durer jusqu'au soir.

Éclair de jambes

Un affluent du Chélif se présente à franchir. Des mulets et deux chameaux en grande tenue saharienne nous attendent pour ce passage, qui n'a pas trois mètres de large. Devant ce déploiement de pompe, on s'émerveille d'abord de l'hospitalité arabe, tandis que mon serviteur murmure derrière moi, avec son sourire goguenard : « Une planche là-dessus aurait été plus commode que cette ménagerie. » C'était si vrai que je me mis à rire.

Le fait lui donna raison.

Le premier chameau, portant deux dames, passa fort bien. Il balançait les voyageuses emprisonnées dans une hutte en tapis d'Orient, édifiée sur sa bosse, tandis qu'au-dessus de ce monumental animal, oscillait, comme un mât de navire dans la tempête, une immense perche honorifique faite de roseaux liés ensemble et qu'on appelle le bassour. Puis la bête continua sa route vers la kouba de Sidi-Mohammed Bel-Kassem qu'on apercevait sur la hauteur prochaine.

La traversée du second chameau qui portait les suivantes des dames ne fut pas également heureuse. La bête fit un faux mouvement, et les Arabes affirment que ses passagères se mirent à crier. Alors le chameau, saisi de peur, lâché par ses conducteurs, détala avec de telles secousses que la tente aérienne finit par culbuter sur son flanc. Il en sortait des clameurs perçantes et des jambes levées au ciel.

À mesure que nous avancions sur la longue pente montant vers le marabout, un extraordinaire spectacle se déroulait à nos yeux. À perte de vue sur la gauche, le mirage apparaît ; une vision de marais et de roseaux dedans. Puis autour du mamelon couvert d'indigènes, auquel nous arrivions, dans la plaine étendue en cercle, dix-huit ou vingt tribus arabes étaient campées. Les tentes brunes, basses, presque rampantes, vrais champignons du sable, laissaient voir un peu seulement leur sommet pointu, et leurs arêtes inclinées et déjà, au-dessus de ces villages errants piqués là pour un jour, s'élevaient des fumées droites, de fines colonnes grises, dans l'air, transparente annonce des festins de couscous.

À travers ces campements, les chameaux rôdaient par groupes, profilant sur la terre nue leurs silhouettes invraisemblables, et devant nous la fête arabe faisait sonner son bruit sauvage de fusillade ininterrompue, de tambourins et de flûtes perçantes.

La fête

L'administrateur civil, M. Arnaud, et son adjoint, M. Chambige, qui nous ont invités et reçus, nous conduisent au milieu de la foule vers la tente préparée pour eux et pour nous. Elle a appartenu au sultan du Maroc et appartient maintenant à un caïd voisin qui l'a prêtée pour cette réjouissance. L'intérieur en est orné de décorations orientales en drap rouge. Entourée d'un peuple d'hommes en burnous, de femmes voilées et de courtisanes, elle nous sert d'abri contre le soleil dont la brûlure devient cuisante. Elle est ouverte au sud et au nord. D'un côté, là-bas, vers le désert, c'est le paysage admirable de cette plaine éclatante de lumière, où les tribus sont reposées ; de l'autre, sur une lente montée de sol rouge vers une crête voisine hérissée de rocs, ce sont des centaines de cavaliers qui vont et viennent, au pas, au trot, au galop, le fusil à la main ou pendu sur la cuisse, une armée arabe en délire. Ils s'éloignent et vont se grouper là-bas, à mille mètres environ des tentes, car la nôtre n'est pas seule ; et la fantasia recommence pour nous.

Galops et fusillades

Voici quatre pelotons de cinq ou six hommes chacun qui se détachent de la masse blanche. Un peu éloignés d'abord les uns des autres, les cinq ou les six cavaliers de chaque troupe, lancés sur nous au grand galop, s'unissaient tout à coup, comme s'ils se collaient ensemble, pour former une sorte de tourbillon opaque d'hommes aux burnous de toutes nuances voltigeant autour d'eux et de chevaux dont les jambes deviennent presque invisibles dans leur vertigineux mouvement. Au-dessus de ces trombes qui laissent derrière elles des nuages de poussière, les fusils s'agitent, voltigent, lancés en l'air et rattrapés au vol par les mains de ces acrobates centaures.

Ils approchent, stupéfiants de vitesse ; ils grandissent, ils sont sur nous sans ralentir leur élan fantastique. Les armes partent, la poudre coiffe les coureurs de panaches blancs qui se déroulent et s'allongent sur leurs têtes. La foule indigène répond par des clameurs et des applaudissements, tandis que les femmes arabes poussent ces cris suraigus et vibrants dont toujours et partout elles expriment leurs émotions de gaieté, de douleur ou de pieuse exaltation.

Les cavaliers chargent toujours. Ils sont à vingt mètres de nous. La masse des spectateurs recule, car des accidents arrivent quelquefois. Une petite émotion émeut une seconde notre tente où sont quelques invités et les femmes des fonctionnaires de Boukhari, car il semble que ces fous emportés vont passer à travers nous comme des balles. Mais voilà qu'en un instant ils s'arrêtent brusquement, avec des secousses, des bondissements, des pirouettes sur place, un tas de mouvements brisés, jolis, imprévus, frémissants, de cavaliers de boîte à joujoux dont on arrête la mécanique.

Puis quand ils se furent séparés et éloignés au milieu des acclamations, on en aperçut deux seulement qui arrivaient à leur tour, deux poseurs équestres, préparant leur effet derrière le rideau des premiers. Ce ne sont plus des chevaux qui galopent, ce sont des animaux de légende, tant ils vont vite, tant ils sont légers et inimaginablement gracieux avec ces manteaux qui flottent et palpitent comme des drapeaux sur le dos de leurs maîtres.

D'autres, là-bas, se sont mis en route et accourent à leur tour. Il y en a six groupes, inégalement espacés. Derrière eux d'autres partent encore, et pendant une heure au moins, nous subissons les charges frénétiques, les fusillades ininterrompues qui nous claquent dans les oreilles, et la menace parfois réelle de l'invasion sous la tente. Les Arabes alors au service de l'administrateur se jettent à la tête des bêtes qui se cabrent en les soulevant.

Rien de plus charmant au monde, de plus original et de plus souple à voir que ce jeu inimaginable, ce défilé vertigineux de coups de fusil éclatant au galop fou des chevaux, quand on y assiste pour la première fois. Mais lorsqu'on le connaît déjà, il devient à la fin monotone, car aucune fantaisie nouvelle n'y est jamais introduite.

Voilà qu'il s'interrompt soudain ; et tous les cavaliers reviennent au pas. Pourquoi ?

La ruée sur la poudre

El Hadji Ahmed, caïd des Zenakhras qui nous reçoivent, tribu sage, agricole et pacifique, se charge de l'apprendre à l'administrateur civil. On n'a plus de poudre. C'est le gouvernement qui l'offre pour cette fête. Elle est empaquetée et emmagasinée dans la tente voisine sous la garde de spahis, sans quoi la provision serait déjà pillée.

La poudre excite le désir des Arabes comme les diamants, les perles et les pierres précieuses, celui des femmes coquettes. Pour eux, c'est le bruit et la fumée grisants, la chasse et la guerre.

On annonce la distribution que l'administrateur adjoint va commencer et des centaines d'hommes à cheval, pirouettant et cabriolant, entourent cette tente comme un trésor. Les spahis sont sur leur garde, le fusil d'ordonnance au dos et la matraque à la main, car il va falloir frapper, peut-être ; oui, on frappera. La poudre est trop tentante pour qu'on ne se jette pas dessus, quand on la voit à sa portée.

Pendant quelques minutes le partage des boîtes eut lieu au milieu d'une bousculade et d'un tumulte affreux de mouvements et de cris gutturaux. Puis une poussée se fit du dehors jetant les Arabes dans la tente, et ils se ruèrent sur les boîtes.

Les caïds et leur escorte se précipitèrent pour empêcher le pillage. Les spahis tapaient à coups de bâton sur les bras, sur les mains, sur les têtes des envahisseurs, qui furent enfin repoussées. Et malgré des clameurs violentes on cessa de donner la poudre. Mais ils en avaient obtenu déjà beaucoup, et la fantasia reprit.

Les fonctionnaires officiels nous racontent avec complaisance et sérénité que l'indigène n'a aucun moyen de se procurer cette poudre.

Directement, non, mais indirectement, oui. L'israélite, électeur et citoyen français, qui peut acheter ouvertement et revendre en cachette, est le pourvoyeur naturel et discret de l'Arabe.

Libre de s'approvisionner dans les villes de toute la poudre de chasse qu'il désire, comment n'en vendrait-il pas, le plus possible, à son voisin l'Arabe, avec un bon bénéfice, la marchandise étant prohibée.

Sous notre tente on apporte le déjeuner, déjeuner indigène bien entendu. Comme les coups de fusil nous étourdissent, et comme les caïds, un surtout, le caïd Ali, qui porte sur un burnous noir la croix d'honneur, nous engagent à aller voir le reste de la fête pendant les apprêts du repas, nous voici mêlés à la foule arabe, ballottés par la cohue, dévisagés par les yeux noirs, les yeux perçants et cernés de khôl des femmes voilées dont les bandeaux, cachant le front, les joues, le nez, la bouche et le menton, avivent le regard aigu dans le bâillement du linge blanc.

La danse sacrée

Des musiques étranges et bondissantes résonnent de tous les côtés. Nous approchons d'un attroupement que le caïd entrouvre pour nous donner passage. Ce sont des femmes qui dansent, des Oulad-Naïl. Elles sautent suivant le rythme sauvage, monotone et affolant de la danse sacrée des Aïssaouas. Depuis une heure, deux heures peut-être, en plein soleil, les yeux hagards, la salive aux lèvres, les vêtements presque arrachés du corps : laissant sortir entre les bandes d'étoffes les seins noirs et flasques agités de secousses, les cheveux répandus sur les épaules, noirs, mêlés, huileux, cinq femmes, deux jeunes et trois vieilles, font des sauts, des bonds et des flexions de jambes avec des gestes épileptiques. Dieu, leur Dieu Allah, le seul Dieu, s'amuse à les regarder sans doute, du haut de son paradis, car c'est pour lui qu'elles dansent ainsi.

Peut-être un peu pour nous. Quand elles nous aperçoivent, leurs mouvements s'accentuent, leurs frémissements augmentent. Deux hommes s'élancent, se mêlent à elles, les yeux en extase, et sans interrompre l'exercice sacré, les effleurent du bout des mains, sur les épaules, les bras, la poitrine, par des attouchements mystérieux qui sont effrayants et chastes. D'autres encore se joignent à ces fous, et tous, par des cris et la prière éperdue des regards, ils excitent les musiciens qui ne font pas assez de bruit. Le rythme s'accroît, les tambourins roulent leurs battements désordonnés, la darbouka résonne, et dominant tout, la flûte, la terrible flûte pousse sa note ininterrompue sous l'infatigable souffle d'un nègre aux gros yeux blancs.

Autour de nous, cinquante Oulad-Naïl se pressent, curieuses de tout, des étrangers et du divertissement. Elles sont couvertes de pièces d'or alignées en colliers, de pierres précieuses à peine taillées qu'on appelle les pierres arabes, de bijoux bizarres en argent, qui pendent sur la poitrine ou sur le ventre. Les bras sont cerclés d'anneaux, les chevilles aussi. Beaucoup sont jeunes, très jeunes, âgées de treize à seize ans, gentilles, d'une grâce et d'une joliesse un peu repoussantes de petits animaux, qui sont pourtant des femmes.

Mais voilà que deux danseuses s'abattent, en proie à des convulsions. L'écume leur sort de la bouche et des femmes de la foule se précipitent, les ramassent, les caressent, leur parlent, les calment et les réconfortent, tandis qu'un des hommes, les yeux tout à fait retournés, dénoue d'un geste son turban, qui se déroule derrière lui, comme un long serpent qui se livrerait aussi aux transports divins des Aïssaouas.

Déjeuner arabe

On nous vient chercher. Le déjeuner nous attend. Il est ce que sont sous les tentes les repas indigènes offerts aux Européens.

L'excellent mouton rôti en plein air, cadavre rissolé dont la peau se soulève en écailles dorées par le feu, apparaît porté par quatre Arabes sur un immense plat de bois. Son entrée sous les bords relevés de la tente et sous le soleil qui l'illumine surprend toujours comme l'apparition d'un supplicié du Moyen Âge.

On ne le découpe jamais, on le mange avec les mains. L'hôte soulève, sur les côtés de la colonne dorsale, de longs filets entre son pouce et son index et les présente aux dames gravement. Elles doivent les prendre en souriant, entre deux doigts aussi, et les manger.

Cette politesse une fois faite et reçue, les invités arrachent d'abord eux-mêmes les belles croûtes de peau vernies et parfumées par les braises de bois odorant et les croquent, puis attaquent la chair, le filet, le gigot, l'épaule. On emploie alors quelquefois le couteau, et les hommes galants viennent en aide aux dames. Mais on ne découpe pas, on dépèce, on arrache, on s'en nourrit en sauvages. Et c'est bon, très bon, excellent, excitant si fort l'appétit, la gaieté, la bonne humeur, qu'à sept personnes, dont deux dames, nous en avons mangé un tout entier.

Puis viennent des ragoûts où les fruits sucrés du désert et les piments féroces sont mêlés aux graisses chaudes et fondues des bêtes, autour des viandes bouillies qui ressemblent en même temps à des entremets et à du feu.

Puis c'est le tour du couscous, quelquefois bon et souvent détestable. C'est une farine de granules cuite dans une vapeur de mouton bouilli, avec des légumes, des haricots, des choux, toujours du piment. On obtient cette farine granuleuse avec du blé, qu'on a d'abord beaucoup mouillé, puis couvert de linges humides au soleil, pour le faire enfler et fermenter sans le laisser germer. D'autres préparations suivent pour l'amener à la perfection. On le sèche, on le broie entre deux meules légères en pierre dure, mais on ne le réduit point en poudre fine. Comme le grain ordinaire, on le casse simplement en grumeaux un peu plus gros que du millet. Ces grumeaux sont de nouveau séchés au soleil, puis on les vanne pour les débarrasser de l'écorce et de l'endocarpe du blé, et on les enferme enfin pour les conserver, en des peaux de chèvre ou de mouton.

Quand le couscous est fait avec du bon beurre et de bons légumes, il semble parfois excellent, et il contient des qualités nutritives tout à fait exceptionnelles, mais les beurres arabes le rendent presque toujours répugnant.

Pour le manger on fait un trou dans la pâte élevée en dôme au milieu d'une espèce de grande jatte de bois, vaste et pas très profonde. Par ce trou, on verse en abondance la sauce qui se répand dans le fond. Cette sauce est un bouillon de viandes et de légumes pimenté fortement. Chaque convive alors avec sa cuiller fouille dans le plat devant lui, jusqu'à ce liquide, et il le mélange dans son assiette avec la farine sèche restée par-dessus.

Pendant que nous nous livrions à ces usages compliqués et barbares, les détonations continuaient autour de nous. La tête des chevaux, mal arrêtés, arrivait parfois jusqu'à la tente et la fumée de la fusillade y flottait d'une entrée à l'autre, comme celle d'un train dans un tunnel.

Sur nos têtes, au-dessus de cette toile, le soleil tombait en pluie de feu, et je sentais sur mes épaules et sur ma nuque cette température d'étuve sèche qui caractérise si fort les midis sahariens.

Il n'y a pas un atome d'humidité dans l'air, pas une trace d'eau dans ce sol brûlé, pas un arbre et pas une herbe dans cet horizon tout nu, il n'y a rien que la tombée ininterrompue de lumière aveuglante et de chaleur dévoratrice que le soleil verse sur cette terre aimée par lui entre toutes, qu'il détruit et tue de sa caresse.

La brûlure qui tombe de son globe sur certaines oasis, en été, vers deux heures, quand tous les Arabes sont cachés dans leurs cases de boue, n'est comparable à rien de ce qu'on peut imaginer, et on sent que ce bienfaiteur des régions fertiles, atteintes seulement de loin par ses rayons, n'est ici qu'une sorte de destructeur tout-puissant, le féroce pacha du ciel.

La saison d'automne que nous traversons l'a calmé. Il est attiédi, un peu dur encore ; et nous, bien que doucement haletants et étourdis, nous déjeunons avec grand plaisir, écoutant toujours la musique lointaine des danseurs Aïssaouas qui continuent leurs exercices.

Trois heures plus tard, nous repartions, à la première sensation du soir, et nos chevaux trottinants nous traînèrent jusqu'à la nuit à travers l'idéale féerie des crépuscules roses d'Afrique.

(*L'Écho de Paris*, 13 avril 1891.)

Table

Composition réalisée par PCA

Achevé d'imprimer en juin 2011, en France sur Presse Offset par
Maury-Imprimeur - 45330 Malesherbes
N° d'imprimeur : 165531
Dépôt légal 1re publication : juillet 2011
LIBRAIRIE GÉNÉRALE FRANÇAISE - 31, rue de Fleurus - 75278 Paris Cedex 06

30/8895/2